SCHULDIG

WEITERE TITEL VON LAURA ELLIOT

In deutscher Sprache

Nach der Hochzeit

Schuldig

In englischer Sprache

The Marriage Retreat

After the Wedding

The Silent House

The Thorn Girl

The Wife Before Me

Guilty

Sleep Sister

The Betrayal

The Prodigal Sister

Stolen Child

Fragile Lies

LAURA ELLIOT

SCHULDIG

Übersetzt von Jasmine Hofmann

bookouture

Die Originalausgabe erschien 2017 unter dem Titel
„Guilty"
bei Storyfire Ltd. trading als Bookouture.

Deutsche Erstausgabe herausgegeben von Bookouture, 2024
1. Auflage April 2024

Ein Imprint von Storyfire Ltd.
Carmelite House
50 Victoria Embankment
London EC4Y 0DZ

deutschland.bookouture.com

ISBN: 978-1-83525-307-6
eBook ISBN: 978-1-83525-306-9

Für meine einzig wahre, geliebte Schwester Deirdre Mullally.
Danke für deine Liebe, Unterstützung und beständige Freundschaft.

PROLOG

Die Nacht hat sich über die Cherrywood Terrace gelegt. Straßenlaternen beleuchten die Bürgersteige und Alarmanlagen blinken von den Wänden schlummernder Häuser. Ein Spaltbreit Licht dringt durch die Schlafzimmervorhänge des alten Mr Shannon. Er schlafe nachts nie, hat er ihr erzählt, sondern halte sich mit Kreuzworträtseln und Gedichtbänden wach, für den Fall, dass der Tod ihn in den frühen Morgenstunden unversehens holen kommen wolle.

Im Zimmer nebenan schlafen ihre Eltern. Das schwache, gleichmäßige Schnarchen ihres Vaters ist das einzige Geräusch, das die Stille durchbricht, während sie das Durcheinander am Boden ihres Kleiderschranks durchwühlt. Sie greift in einen Stiefel, aus dem sie herausgewachsen ist, zieht ein Handy daraus hervor und liest die letzte Nachricht, die sie empfangen hat. Die, die sie bis jetzt ignoriert hat. Die Aufgabe ist klar. Sie ist gefährlich, höchst riskant, waghalsig, unnötig. Sie muss sie noch nicht annehmen, doch während sie sich das immer wieder einredet, spürt sie bereits die Aufregung in sich aufsteigen, dieses schwindelerregende Gefühl, zu wissen, dass sie es schaffen kann – schaffen wird – und niemand sie je wieder Feigling nennen wird.

Sie stopft mehrere Spraydosen und eine Taschenlampe in ihren Rucksack, dazu das Handy. Ihre Turnschuhe tauscht sie vorsorglich gegen Stiefel aus, denn die Turnstone Marsh ist an einigen Stellen ganz schön sumpfig. Am Treppenabsatz hält sie inne. Das ist doch Wahnsinn, denkt sie. Warum tue ich das? Aber die Wut, die sie bis hierhin angetrieben hat, ist noch nicht verdampft, also steigt sie die Treppe hinunter.

Draußen zögert sie und blickt zu einem der Reihenhäuser gegenüber. Dort ist sie vorhin still und leise rein- und ebenso geräuschlos wieder rausgegangen. Sie schüttelt die Erinnerung ab und läuft eilig zum Ende der Häuserreihe, wo ein Fußweg eine Abkürzung zur Turnstone Marsh bildet.

Hier ist es dunkler. Ihre Schritte klingen zu laut. Der Wind, der zwischen den hohen Mauern zu beiden Seiten hindurchpfeift, zerzaust ihr das Haar. Sie sieht es im Schatten vor sich flattern und bleibt stehen, aus Angst, verfolgt zu werden. Doch als sie zurückblickt, ist alles leer. Keine sich nähernden Schritte. Sie erreicht das Ende des Fußwegs und überquert die Straße zur Marsch.

Die weißen Zaunwinden in den Hecken am Straßenrand zittern im Wind wie Gespenster, und sie zögert, hin- und hergerissen zwischen dem Verlangen, nach Hause zurückzukehren und sich unter ihrer Bettdecke zu verkriechen, und dem unbedingten Willen, weiterzugehen und die Challenge zu Ende zu bringen. Sie klettert eine Böschung hinauf und springt hinunter ins sumpfige Gras. Die Hügel und Senken der Marsch sind ihr vertraut. Als sie jünger war, ist sie hier immer Mountainbike gefahren, doch nun sieht alles so anders aus, gespenstisch und bedrohlich. Sie holt die Taschenlampe aus dem Rucksack und lässt den Lichtkegel über die gezackte Silhouette der Toblerone-Hügel schweifen. Sie weiß noch, wie anstrengend es immer war, hinauf zum höchsten Punkt zu strampeln, und wie berauschend, danach über die kleineren Hügel abwärtszurasen. Was für ein Nervenkitzel, immer weiterzurollen, ohne anzuhalten oder zu stürzen. Jetzt steht sie vor einer noch größeren Herausforderung, und sie will sie unbedingt schaffen, bevor ihre Eltern aufwachen und bemerken, dass sie nicht da ist.

Sie folgt dem Weg den Fluss entlang. Der Boden hier ist fester, sicherer als die grasbewachsenen Trampelpfade. Am Ende der Marsch überquert sie die Orchard Road und bleibt vor dem Spukhaus stehen. Das Tor ist mit einem Vorhängeschloss versperrt. Mit der Taschenlampe leuchtet sie die Grundstücksmauer entlang und entdeckt eine Lücke, in der einige herausgebrochene Ziegelsteine ihr eine Trittstelle bieten, um hinüberzuklettern.

Die Außenmauern des Hauses sind mit Graffitis bedeckt. Letztes Jahr hat jemand die Haustür herausgenommen und als Feuerholz für ein Halloweenfeuer verwendet. Am Eingang lässt sie der modrige Geruch innehalten. Erneut fragt sie sich, warum sie eine so bescheuerte Mutprobe angenommen hat. Das ist einfach nur gefährlich und verrückt. In diesem Haus ist ein Mann gestorben. Er war bereits sieben Tage tot, als er vom Postboten gefunden wurde. Sein Geist könnte da drinnen auf sie warten und losheulen, sobald sie die Schwelle übertritt. Und selbst wenn es keine Geister gibt, wimmelt es dort sicher nur so von Ratten, die sie beobachten und darauf warten, sie zu beißen.

Sie ist drauf und dran umzukehren, fasst sich dann aber ein Herz. Wenn sie ihren Platz bei den Furchtlosen zurückhaben will, muss sie das jetzt durchziehen. Sie steigt die Treppe in den Keller hinab. Im Schein ihrer Taschenlampe erkennt sie alte verfaulende Möbel, rostige Töpfe und Pfannen. Beinahe stolpert sie über einen Reitsattel. Er ist aufgeschlitzt und die zerrupfte Füllung quillt einem Krähennest gleich daraus hervor. Sie holt die Spraydosen aus dem Rucksack. Die Wände sind bereits mit Graffitis bedeckt, mit dämlichen Wirbeln und

Schnörkeln und scharfen Konturen und Schimpfwörtern. Das ist einfach nur Vandalismus. Ihrer Meinung nach sollte ein Graffiti etwas bezwecken. Es sollte etwas aussagen. Ein Protest gegen Autoritäten sein, insbesondere gegen Eltern, die vergessen haben, wie es ist, jung zu sein. Sie positioniert die Taschenlampe auf dem Boden und macht sich an die Arbeit.

Als sie fertig ist, macht sie mit dem Handy der Furchtlosen ein Video von ihrem Kunstwerk. Die Handyhülle löst sich und die Vorderklappe schlägt ihr gegen die Hand. Ungeduldig zieht sie das Handy heraus und filmt den Müll, der im Keller verstreut liegt. Das wird dem Video Atmosphäre verleihen. Da huschen Pfoten über den Boden. Sie sprintet auf die Treppe zu.

Endlich ist sie im Freien. Die frische Luft fühlt sich feucht an auf ihrer Haut, und sie atmet auf. Die Wut, die ihr den Mut für diese Challenge verliehen hat, verwandelt sich in Erleichterung, aber auch in Reue. Sie hat ein Versprechen gebrochen, das sie jemand Besonderem gegeben hat. Sie schiebt die Schuldgefühle beiseite und redet sich ein, dass Freunde wichtiger sind. Dazuzugehören ist wichtig. Und nach heute Nacht wird sie definitiv wieder dazugehören.

Ein Dornenzweig verfängt sich in ihrer Jeans. Im Dunkeln fühlt es sich an, als hätte eine Hand ihren Knöchel gepackt, um sie an der Flucht zu hindern. Sie bückt sich und reißt am Stoff, sodass ihr das Handy aus der Hand rutscht und ins hohe Gras fällt. Leise fluchend findet sie es mithilfe der Taschenlampe wieder. Die Hülle ist zwischen einige Disteln gefallen. Als sie sie aufzuheben versucht, stechen ihr die dornigen Blätter in die Finger. Sie lässt die Hülle liegen, denn sie will so schnell wie möglich fortkommen von diesem unheimlichen, verlassenen Ort.

Sie klettert zurück über die Grundstücksmauer und springt hinab auf die Orchard Road. Von außen filmt sie noch das Tor und das düstere Haus, durch dessen modrige Zimmer der Geist von Isaac Cronin wandelt.

Sie drückt auf »Aufnahme« und ruft: »Das geht an die Furchtlosen: Ich hab's durchgezogen. Jetzt kann mich niemand mehr Schisserin nennen.« Aufgedreht und voller Triumph wirbelt sie über die Straße. Sie kann es kaum erwarten, diese Geschichte zu erzählen. Wie eine Perle leuchtet der Mond am Himmel und scheint kalt und gnadenlos auf die letzten aufregenden Augenblicke von Constance Lawsons jungem Leben hinab.

TEIL 1

EINS

TAG EINS

Es begann mit einem Anruf. Verschlafen griff Karl Lawson nach seinem Handy auf dem Nachttisch und war überrascht, den Namen seines Bruders auf dem Bildschirm zu sehen. Justin rief morgens nie an. Als Frühaufsteher war er um diese Zeit normalerweise schon auf der M50 unterwegs, damit er die Abfahrt Nummer neun erreichte, bevor der Berufsverkehr alles lahmlegte.

»Ist Constance bei euch?«, fragte er, bevor Karl auch nur die Gelegenheit hatte, etwas zu sagen.

»Nein«, erwiderte er. Justins unvermittelte Frage hatte ihn vollständig wachgerüttelt. »Warum bitte sollte sie um diese Uhrzeit hier sein?«

»Hat sie sich heute Morgen oder letzte Nacht bei dir gemeldet?«

»Ich habe sie seit ein paar Tagen nicht gesehen. Warum? Stimmt was nicht?«

Justin zögerte, als müsste er seine Worte mit Bedacht wählen. »Sie ist nicht in ihrem Zimmer. Ich dachte, vielleicht ist sie zu euch gegangen, um mit dir zu reden.«

»Über was?« Karl stand aus dem Bett auf und ging zum

Fenster hinüber, von wo aus er das Haus seines Bruders sehen konnte. Justins Auto stand noch in der Einfahrt.

»Die Stimmung hier war gestern Abend etwas angespannt«, gab Justin zu. »Und normalerweise kommt sie immer zu dir, wenn sie meint, dass wir ihr mal wieder ungerechterweise etwas verbieten.«

Angespannt war vermutlich ein Euphemismus für einen regelrechten Tobsuchtsanfall, dachte Karl. Die Streitereien zwischen Constance und ihren Eltern waren nichts Neues. Sie war das älteste von drei Kindern und beschwerte sich häufig darüber, dass ihre Erziehung eine Art Generalprobe für ihre Geschwister sei. Justin hatte recht damit, dass sie sich Karl anvertraut haben könnte, aber das war dieses Mal nicht der Fall.

»War der Streit schlimm?«, fragte er.

»Abgesehen davon, dass wir angeblich ihr Leben ruiniert haben, nicht schlimmer als sonst«, antwortete Justin. »Aber das spielt jetzt keine Rolle.«

»Worüber habt ihr gestritten?«

»Ist das wichtig?«

»Wenn du dachtest, dass sie deshalb zu mir kommen würde, dann ja, es ist wichtig.«

»Wir erlauben ihr nicht, zum Konzert von Blasted Glass zu gehen.«

»Meine Güte, Justin, ihr könnt doch nicht –«

»Wir haben das mit den anderen Eltern besprochen«, unterbrach Justin seinen Einwand. »Wir waren uns alle einig, dass die Mädchen zu jung dafür sind ... und das sind sie auch. Du hättest uns um Erlaubnis bitten sollen, bevor du ihnen von den Tickets erzählt hast.«

»Ich hatte keine Ahnung, dass das ein Problem sein würde. Sie haben sich schon seit Wochen auf das Konzert gefreut.«

»Ich will jetzt nicht darüber diskutieren«, blaffte Justin. »Erst mal muss ich sie finden, sonst kommt sie noch zu spät zum Sommercamp.«

»Habt ihr schon ihre Freundinnen angerufen?«

»Das hat Jenna gemacht. Sie haben keine Ahnung, wo sie steckt. Gestern Abend haben sie noch wegen dem Konzert hin- und hergeschrieben. Hasstiraden über uns Eltern vermutlich, aber Constance hat wohl mit keinem Wort erwähnt, wo sie heute Morgen hinwollte ... oder ob sie vorhatte, in der Nacht rauszugehen.« Justins Stimme wurde brüchig, als wäre letztere Möglichkeit zu gefährlich, um sie auch nur in Betracht zu ziehen.

»In der *Nacht*? Constance würde nie nachts rausgehen.« Noch während er das aussprach, wusste Karl, dass es nicht stimmte, und die Besorgnis, die er aus den Fragen seines Bruders heraushörte, verstärkte seine eigene Unruhe.

»Was ist mit der Reitschule?«, fragte er. »Hilft sie in den Ferien nicht immer in den Ställen aus?«

»Nicht, ohne uns Bescheid zu geben ... normalerweise«, wandte Justin ein. »Aber du könntest recht haben. Ich frage mal nach. Wenn sie da nicht ist, dann muss sie im Park sein, um für den Querfeldeinlauf zu trainieren.«

»Ich nehme an, ihr habt sie schon angerufen?«

»Sie hat ihr Handy auf dem Nachttisch liegen lassen.«

»Dann kann sie nicht weit sein. Dieses Handy ist doch sonst wie festgewachsen an ihrer Hand.« Der Holzboden unter Karls Füßen war kalt, doch der Schauer, der ihn durchfuhr, rührte von einer Beklommenheit her, die noch keinen rechten Bezug hatte.

»Ich sehe am Strand nach«, verkündete er.

»Warum am Strand?« Justin klang überrascht.

»Wenn sie ausgeritten ist, könnte sie dorthin sein. Sie ist ein Teenager, vermutlich muss sie nur mal ein bisschen Dampf ablassen. Wir finden sie bestimmt bald.«

Nachdem sie aufgelegt hatten, ließ Karl sich auf der Bettkante nieder und überprüfte seine Nachrichten. Vor drei Tagen hatte er zum letzten Mal von Constance gehört.

Hast du die Tickets, Onkel Karl?

Nicht nur die, hatte er zurückgeschrieben.

Ich habe auch Backstage-Pässe, damit ihr die Band treffen könnt. Du schuldest mir was, Kleine. Aber so was von.

Was stimmte nur nicht mit Justin und Jenna, fragte er sich, während er sich T-Shirt und Jeans anzog. Constance war Fan von Blasted Glass, seit Karl ihr deren neue Musik gezeigt hatte. Dass er ihr und ihren Freundinnen kostenlose Konzertkarten besorgen konnte, war für sie die Kirsche auf der Sahne gewesen. Er konnte sich vorstellen, wie enttäuscht und wütend sie gestern Abend angesichts der Entscheidung ihrer Eltern gewesen sein musste.

Er hörte, wie Sashas Tür aufging und ihre Füße leise über den Flur tappten.

»Daddy ... Daddy.« Sie rannte durch das Schlafzimmer, wobei die Köpfe von Nickelodeons Dora auf ihren Pantoffeln nur so wackelten und ihr Dora-Bademantel hinter ihr herflatterte, und sprang in seine Arme.

Er nahm sie huckepack und so gingen sie, lauthals den Dora-Titelsong singend, die Treppe hinunter. Sasha hielt seinen Hals wie im Würgegriff umklammert, bis er sie schließlich auf einem Sessel absetzte und eine DVD einlegte.

»Zehn Minuten, mehr nicht«, mahnte er. »Dann musst du dich fürs Sommercamp anziehen.«

Sasha ignorierte ihn, ihre Aufmerksamkeit war bereits auf den Bildschirm gerichtet. Sie war nahtlos von den Teletubbies zu Barney dem Dinosaurier und schließlich zu Dora übergegangen, und diese neueste Phase schien noch lange nicht vorbei zu sein.

Nicole trug noch ihre Dienstkleidung, als er die Küche

betrat. Sie wirkte müde nach ihrer Nachtschicht als Krankenpflegerin in der Notaufnahme.

»Anstrengende Nacht?« Er küsste sie auf den Scheitel.

»Chaotisch, wie immer«, erwiderte sie. »Aber keine Dramen.« Sie drückte den Stempel der Cafetière herunter, und der Duft nach frisch gebrühtem Kaffee erfüllte die Küche. »Was gibt's bei dir Neues?«

»Justin hat gerade angerufen.« Er nahm die Tasse Kaffee entgegen und trank sie im Stehen. »Scheint, als würde Constance in Schwierigkeiten stecken.«

»Inwiefern?«

»Sie hat sich gestern Abend mit ihren Eltern gestritten.«

»Schon wieder?«

»Diesmal lässt sie ihre Eltern ganz schön zappeln. Sie war nicht in ihrem Zimmer, als Jenna vorhin nach ihr gesehen hat.«

»Das sieht Constance aber gar nicht ähnlich.« Nicole setzte sich auf einen Küchenstuhl und gähnte. Ihr Mascara war verschmiert und ein paar blonde Haarsträhnen fielen ihr ins Gesicht.

»Sie ist dreizehn«, entgegnete Karl. »Sie testet nur ihre Grenzen aus.«

»Es überrascht mich eher, dass sie nicht hier ist. Du bist doch für gewöhnlich ihre erste Anlaufstelle, wenn es zu Hause Ärger gibt.«

»Das hat Justin auch gedacht«, meinte er. »Aber diesmal wohl nicht. Ich weiß, du bist müde, aber kannst du noch ein wenig länger die Stellung halten? Ich habe Justin versprochen, dass ich ein bisschen rumfahre und nach ihr suche. Ich bin rechtzeitig zurück, um Sasha zum Sommercamp zu bringen.«

»Mach nur. Ich ziehe sie an. Ich nehme an, sie schaut schon wieder Dora?«

»Da fragst du noch?« Er zog die Haustür hinter sich zu und blickte hinüber zum Haus seines Bruders. Justin war wohl bereits zum Reitstall aufgebrochen.

Der Berufsverkehr nahm langsam zu, während Karl durch Glenmoore fuhr. Als er das Dorf hinter sich gelassen und auf die Küstenstraße abgebogen war, wurde es ruhiger. Es war noch zu früh für die Hundeausführer, doch ein paar Jogger waren bereits unterwegs. Karl parkte an der North Beach Road und ging die hölzernen Stufen zum Strand hinunter. Korallenrosa Wolken tüpfelten den Himmel und ein Kormoran tauchte aus dem Meer auf und landete flügelschlagend auf einem Felsen. Es würde ein heißer Tag werden.

Abgesehen von einigen toten Quallen, die glitzernd im Sand lagen, war der Strand verlassen und wies auch keine Hufabdrücke auf. Karl ging auf eine Steinformation zu, die sich zu einer geschützten Ausbuchtung wölbte. Sie wurde Ben's Shack genannt, zu Ehren des Teenagers, der hier die erste Strandparty organisiert hatte, und war seitdem im Sommer *der* Treffpunkt der jungen Leute von Glenmoore. Als Justin und Karl Teenager gewesen waren, waren die Shack-Partys für sie eine Art Übergangsritual ins Erwachsenenleben gewesen: prasselnde Lagerfeuer, Gitarrengeklimper, klirrende Flaschen, Gras und Sex; eine ausschweifende Mischung eben. Justin hatte seine Frau Jenna, die ebenfalls aus Glenmoore stammte, auf einer solchen Party kennengelernt. Die drei schwelgten des Öfteren in den Erinnerungen an diese Abende, lachten reumütig und schworen sich, ihre Kinder lieber einzusperren, als sie auch nur in die Nähe von Ben's Shack zu lassen.

Karl betrat die Felsnische, in der Erwartung, verglühte Kohle und zerdrückte Bierdosen vorzufinden. Doch der Sand war sauber. Offenbar hatten hier schon seit einer Weile keine Strandpartys mehr stattgefunden. Das Unbehagen, das er seit dem Anruf seines Bruders verspürt hatte, ließ ein wenig nach, und er ging zurück zu seinem Auto.

Da bekam er einen Anruf von Justin. Constance sei nicht in der Reitschule und er sei gerade auf dem Weg zum Glenmoore

Park, in der Hoffnung, dass sie mit dem Junior-Querfeldeinteam laufen gegangen sei.

Als Karl zurück nach Hause kam, lag Nicole ausgestreckt auf dem Sofa, und Sasha, die jetzt Jeans und ein Dora-T-Shirt trug, sah sich an sie gekuschelt ihre DVD an.

»Fehlanzeige«, verkündete er. »Entschuldige, dass es so lange gedauert hat.«

»Glaubst du, wir sollten uns Sorgen machen?« Nicole zog Sasha enger an sich.

»Ich bin mir sicher, ihr geht es gut«, meinte er. »Ich schaue mal bei Jenna vorbei und frage, wie die Lage ist.«

»Ich kann doch die Kinder zum Sommercamp fahren.«

»Nein, das tust du nicht«, beharrte er. »Es ist schon längst Schlafenszeit für dich. Ich gehe Matthew und Lara abholen, dann komme ich wieder und hole Sasha.«

Justins Auto stand immer noch nicht wieder in der Einfahrt. Karl schloss die Haustür auf und betrat die Küche, wo Jenna gerade mit Constance' Handy telefonierte.

»Sie würde doch nicht einfach so morgens das Haus verlassen, ohne uns Bescheid zu sagen, wo sie hingeht«, sagte sie zu Karl, nachdem sie aufgelegt hatte. »Sie hilft doch so gerne beim Sommercamp aus und sollte sich gerade fertig machen, damit wir loskönnen. Ich mache mir Sorgen, dass ihr etwas passiert ist.«

»Ihr ist schon nichts passiert«, beruhigte Karl sie. »Sie schmollt nur irgendwo, vermutlich bereut sie es schon, weggelaufen zu sein, aber traut sich nicht nach Hause, weil sie glaubt, dann noch mehr Ärger zu bekommen.«

Jenna starrte auf den Handybildschirm, als erwartete sie, dass eine Nachricht aufploppen und das Rätsel um den Verbleib ihrer Tochter auflösen würde. »Ich telefoniere mich gerade durch ihr Adressbuch. Ich wusste gar nicht, dass sie so viele Leute kennt.«

Die Küchentür ging auf und Lara, Jennas jüngere Tochter, spazierte im Nachthemd in die Küche.

»Wo ist Constance?«, fragte sie.

»Sie ist für eine Weile rausgegangen«, erklärte Jenna.

»Aber sie hat mich doch gar nicht geknuddelt.«

»Dafür knuddel ich dich jetzt.« Jenna hob sie hoch und drückte sie. »Constance knuddelt dich, so viel du willst, wenn sie zurückkommt.« Sie vergrub das Gesicht im Haar des kleinen Mädchens, ihre Stimme klang gedämpft. »Zeit, dich fürs Sommercamp fertigzumachen.« Sie reichte Karl das Handy. »Kannst du ein paar ihrer Kontakte anrufen, solange ich oben bin? Irgendjemand muss doch etwas wissen.«

»Mach ich.« Karl nahm das Handy und tippte die Nummer an, die Jenna ihm zeigte. Es läutete und läutete und er wollte gerade schon auflegen, als ein Jugendlicher ranging.

»Jo, Bitch. Was geht?« Die Stimme klang jung und dreist.

»Spreche ich mit Lucas O'Malley?«, fragte Karl.

Der Junge atmete hörbar ein und schwieg einen Moment lang. Als er erneut sprach, klang er verhaltener. »Wer ist da?«

»Ich bin Constance Lawsons Onkel. Ist meine Nichte bei dir?«

»Nein. Warum wollen Sie das wissen? Ist alles okay?«

»Ich hoffe es. Sie ist ohne ihr Handy losgezogen, und ihre Eltern versuchen, sie zu erreichen.«

»Warum rufen Sie dann mich an? Ich kenne sie kaum.«

»Nennst du Fremde also immer ›Bitch‹?«

»Das sagt man nur so, Mann. Das bedeutet nichts.«

»Wenn du sie siehst, sag ihr, sie soll sofort ihre Eltern anrufen.«

Karl beendete gerade seinen vierten Anruf und war keinen Schritt weitergekommen, was Constance' Aufenthaltsort betraf, als sein Neffe Matthew in Trainingsanzug und Sportschuhen in die Küche stürzte.

»Ist Constance *echt* weggelaufen?«, fragte er, während er sich Rice Krispies in eine Schüssel schüttete.

»Natürlich nicht«, erwiderte Karl. »Sie ist vermutlich bei ihren Freundinnen.«

»Sie hängt *immer* mit ihren Freundinnen rum.« Er schaufelte sich Krispies in den Mund und schluckte geräuschvoll. »Sie hasst es, bei uns zu wohnen. Das hat sie gestern Abend gesagt. Mädchen sind *so* doof. Immer heulen sie wegen irgendwas rum.«

Karl ließ seinen Neffen weiter über die Unzulänglichkeiten großer Schwestern sinnieren und floh ins Wohnzimmer, um die nächste Nummer anzurufen. Immer wieder sah er aus dem Fenster. Er war überzeugt, dass Constance jeden Moment verlegen und reumütig mit schwingendem Pferdeschwanz durchs Tor gerannt kommen und völlig entsetzt darüber sein würde, dass ihre Freunde kontaktiert wurden.

Als Jenna mit Lara die Treppe herunterkam, brachte er das kleine Mädchen und Matthew ins Auto und ging zu seinem Haus, um Sasha einzusammeln.

Vor dem Campus des Glenmoore College, wo während der Ferien das Sommercamp stattfand, herrschte reger Verkehr. Matthew hatte sich das Fußballcamp ausgesucht, und nachdem Karl die Mädchen zum Kunsthandwerksraum gebracht hatte, machte er sich auf den Weg zum Spielfeld hinter der Schule, wo das Leichtathletiktrainingslager stattfand. Vielleicht war Constance ja bei den anderen Freiwilligen. Doch keine Spur von ihr. Justin, der offenbar die gleiche Hoffnung gehegt hatte, sprach bereits mit dem Trainer. Seine hängenden Schultern machten deutlich, dass Constance nicht aufgetaucht war. Sie sei auch nicht am Bahnhof, im Einkaufszentrum oder in einem der Cafés im Dorf gesehen worden, erzählte er Karl, während sie wieder zu ihren Autos gingen.

Als sie zurück nach Hause kamen, war Jenna mit Constance' Adressbuch durch.

»Ich weiß, es ist zu früh, die Polizei zu rufen, aber …« Justin ließ sich auf einen Stuhl sinken und rieb sich das Kinn. »Aber es macht mir Angst, das Ganze noch länger laufen zu lassen.«

»Jetzt schon die Polizei einzuschalten, erscheint mir ziemlich drastisch«, meinte Karl. »Sie ist noch nicht lange weg.«

»Das hier *ist* drastisch«, entgegnete Jenna. »Es ist zehn Uhr und wir haben keine Ahnung, wie lange sie schon weg ist.«

»Haben ihre Freunde irgendetwas von einer Mutprobe erwähnt?«, fragte Karl.

»Einer Mutprobe?« Justin setzte sich auf. »Was meinst du?«

»Constance hat vor ein paar Wochen etwas Dummes getan.« Er zögerte, wohl wissend, dass sie ihn aufmerksam beobachteten. »Sie hat mich angefleht, euch nichts zu sagen. Sie hatte Angst vor eurer Reaktion –«

»Spar dir den Scheiß und erzähl uns, was passiert ist«, fuhr Justin ihn an.

Der Morgen hatte seine Klarheit verloren. Karl bemerkte, wie es regelrecht trüber wurde, als er zu sprechen begann, als hätte sich ein düsterer Schleier über seine Zukunft gelegt. Doch ihm war nicht bewusst, dass sein Leben von nun an nie wieder dasselbe sein würde.

ZWEI

»Ben's Shack«, begann er. »Vor drei Wochen habe ich Constance dort abgeholt.« Er sah, wie sein Bruder zusammenzuckte und Jenna einen Blick zuwarf. Abgesehen davon blieben sie regungslos, während Karl ihnen von dem Anruf berichtete, den er von Constance erhalten hatte. Das war früh morgens gewesen, als Nicole und Sasha noch geschlafen und er im Erdgeschoss an seinem Laptop gearbeitet hatte. Als er die gelallten und von Schluchzern unterbrochenen Sätze gehört hatte, war er zunächst von einem Telefonstreich ausgegangen. Dass ein betrunkener Teenager willkürlich irgendeine Nummer eingegeben hatte. Er wollte gerade schon auflegen, als er ihre Stimme erkannte.

»Onkel Karl ... hilf mir, Onkel Karl ... *bitte* hilf mir.«

»Beruhige dich erst mal.« Er versuchte, ihren Worten zu folgen. »Mach langsam und erzähl mir genau, was los ist.«

Nachdem ihre Eltern ins Bett gegangen waren, habe sie sich aus dem Haus geschlichen, um zu einer Party in Ben's Shack zu gehen. Mittlerweile sei die Party vorbei und sie allein am Strand. Der Haustürschlüssel sei ihr aus der Jackentasche gerutscht und im Sand verloren gegangen. Sie flehte ihn an, sie abzuholen und seinen Ersatzschlüssel mitzubringen. Er dürfe ihren Eltern nichts davon erzählen. Wenn er sie mitbrächte, dann würde sie geradewegs ins Meer rennen. Sie klang hysterisch, als wäre sie bereit, dieser Drohung wirklich Taten folgen zu lassen. Karl konnte nicht sagen, ob sie betrunken oder auf Drogen oder beides war, darum fuhr er schnell zum Strand, um sie abzuholen.

Er hatte die Dünen auf einem ausgetretenen Pfad durchquert, der durchs hohe Gras führte. Es war Flut gewesen und der nasse Sand glitzerte im Mondlicht. Ben's Shack lag verlassen da, doch die glimmende Kohle des Lagerfeuers führte Karl zu ihr. Sie hatte sich hinter den Felsen zusammengekauert, ihre Kleidung roch nach Erbrochenem, die Augen glänzten und ihr Blick war ganz desorientiert.

»Es tut mir leid ... so, so ... *leid* ...« Sie hatte Entschuldigungen in seine Schulter geschluchzt, während er sie vom Strand wegtrug. Federleicht lag sie in seinen Armen, ihre dünnen Beine baumelten herab. Mit ihrem kurzen hochgerutschten Rock und dem glitzernden Top, das sich über ihre kleinen Brüste spannte, erinnerte sie ihn an eine aufgebrezelte Puppe. Ein elfenhaftes Kind, das sich genau auf der Schwelle zwischen unberechenbarer, gefährlicher Unreife und aufkeimender Sexualität befand.

Zurück im Auto hatte er ihren Erklärungsversuchen gelauscht, was passiert war. Sie gehöre zu einer Bande, die sich »die Furchtlosen« nenne. Das sei eine exklusive Gruppe, die sich gegenseitig verschiedene Challenges als Mutproben auferlegen würde. Wände mit Graffitis besprühen, Haustüren von Lehrern mit Eiern bewerfen, Wasserbomben auf vorbeifahrende Autos schleudern, in einem Pub mit einem gefälschten Ausweis Wodka-Red-Bull bestellen, auf Friedhöfe einbrechen und auf Grabsteinen für Selfies posieren ... Ihre Stimme zitterte, während sie die verschiedenen Aufgaben aufzählte, die die Mitglieder ausgeführt hatten. Als Karl nach den Namen der Bandenmitglieder fragte, wich sie aus. Wenn ein Mitglied der Furchtlosen die Identität eines anderen verrate oder eine Mutprobe ablehne, würde die Mitgliedschaft entzogen. Constance war herausgefordert worden, Wodka aus der Hausbar ihrer Eltern zu stibitzen und die Party in Ben's Shack zu crashen.

Auf ihrem Handy zeigte sie Karl das Video, das sie auf der Party aufgenommen hatte. Die hochzüngelnden Flammen eines Lagerfeuers. Ein junger Mann, der auf einem Felsen sitzend Gitarre spielte. Zwei miteinander tanzende Mädchen, die einander berührten und die Arme hoben, Flaschen in den Händen. Die Leute am Strand waren alle mindestens fünf Jahre älter als Constance gewesen. Sie gab zu, dass sie sie nur von ihrem Versteck hinter den Felsen aus gefilmt und sich nicht getraut habe, sich unter sie zu mischen. Sie hatte Selfies gemacht, auf denen sie den Wodka trank, räumte aber ein, ihn nur zum Mutmachen getrunken zu haben. Der Abend hatte ein noch jämmerlicheres Ende gefunden, als sie ihre Schlüssel verlor und sich in den Sand erbrach.

»Um Himmels willen, Constance, ich dachte immer, du wärst ein vernünftiges Mädchen.« Karl war schockiert über ihren Leichtsinn gewesen. »Was werden deine Eltern nur sagen, wenn sie das herausfinden?«

»Bitte sag's ihnen nicht, Onkel Karl. *Versprich* mir, dass du es ihnen niemals erzählst.«

»Da gibt's keine Diskussion«, hatte er entgegnet. »Ich muss es ihnen sagen. Dir hätte heute Abend sonst was passieren können.«

»Ich habe dich angerufen, weil ich dachte, du würdest es verstehen.« Sie war außer sich vor Angst, schluchzte und flehte ... bitte ... bitte ... *bitte.* Sie würde alles tun, was er wolle, wenn er nur diesen Abend für sich behalte. »Wenn meine Eltern das rausfinden, geben die mir für den Rest meines Lebens Hausarrest. Du hast ja keine Ahnung, wie die drauf sind. Sie sind *so* streng. Sie wissen nicht mehr, wie es ist, jung zu sein. Nicht so wie du.«

Er verlangte, dass sie die Bande verließ. Sie weinte noch mehr, doch noch bevor er sie nach Hause fuhr, hatte er ihr das Versprechen abgerungen. Die Cherrywood Terrace war verlassen gewesen, als das Auto vor ihrem Haus zum Stehen kam.

»Danke, Onkel Karl, du bist der *Beste.*« Sie warf die Arme um ihn und gab ihm ein Küsschen auf die Wange. »Ich wünschte, du wärst mein Dad.« Sie stolperte die Auffahrt hinauf, drehte sich um und winkte noch einmal, dann schloss sie die Tür hinter sich.

In den folgenden Wochen fragte Karl immer wieder nach, ob sie ihr Versprechen auch gehalten habe. Sie schwor, dass sie nicht länger Mitglied der Bande sei, und er hatte sie beim Wort genommen. Jetzt, da er ihren Eltern gegenüberstand und ihre Beunruhigung wachsen sah, schlug die Bürde dessen, was sie ihm anvertraut hatte, wie ein Stein zwischen ihnen ein.

»Unsere Tochter hat sich also betrunken, ist zu einer Shack-Party gegangen und du hast es nicht für nötig gehalten, uns davon zu erzählen?« Jenna klang eher verwundert als wütend.

»Das war dumm von mir. Das weiß ich jetzt«, antwortete Karl. »Aber Constance hat mir ja versprochen, dass es nicht wieder vorkommen würde. Ich habe ihr vertraut. Wir haben doch alle ähnliche Erfahrungen gemacht, als wir –«

»Nicht als wir dreizehn waren.« Justin schlug mit der Faust in seine andere Hand. »Verdammt, Karl, ich kann nicht glauben, dass du uns das nicht erzählt hast.« Alte Vorwürfe schwangen in seinem scharfen Tonfall mit. Diese Vorwürfe waren immer da, brodelten unter der Oberfläche und konnten jederzeit erhoben werden, wenn Justin von seinem verantwortungslosen kleinen Bruder mal wieder das Schlimmste zu hören erwartete. So wie jetzt.

»Sie hatte Angst davor, was ihr sagen würdet –«

»Das spielt doch keine Rolle. Du hättest es uns sagen müssen.« Jenna starrte ihn wutentbrannt an. »Wenn Constance jetzt in Schwierigkeiten steckt, werde ich dir das nie verzeihen.«

»Es bringt doch nichts, wenn wir uns streiten«, versuchte Karl sie zu beschwichtigen. »Ich habe am Strand nach ihr gesucht, weil ich dachte, es hätte dort letzte Nacht vielleicht wieder eine Party gegeben. Es war ein Schuss ins Blaue und ich lag falsch. Aber sie könnte in eine andere Mutprobe verwickelt sein. Überprüft am besten die Nachrichten auf ihrem Handy –«

»Habe ich schon«, unterbrach ihn Jenna. »Da ist nichts, was uns weiterhilft.« Sie zeigte Karl die Nachrichten. Constance war wütend gewesen, hatte über ihre Eltern geschimpft und ihre Enttäuschung über das verbotene Konzert zum Ausdruck gebracht, aber da stand nichts über die Furchtlosen oder die waghalsigen Mutproben, die sie beschrieben hatte. Er überprüfte die Fotos in ihrer Galerie und die Daten, an denen sie aufgenommen worden waren, doch er konnte das Video, das Constance ihm gezeigt hatte, nicht finden.

»Sie muss es gelöscht haben.« Er gab Jenna das Handy zurück. »Ihre Freundinnen müssen etwas wissen. Ruf noch mal Tracey und Gillian an. Die gehören sicher auch zu der Bande.«

»Wenn sie etwas wissen, werden sie es vor der Polizei nicht verheimlichen können.« Justin stand auf und zog entschlossen seine Jacke an. »Ich habe genug Zeit verschwendet. Ich gehe jetzt zur Glenmoore Garda Station und melde sie als vermisst. Komm mit und erzähl ihnen, was du über diese sogenannten Challenges weißt.«

Als sie auf der Polizeiwache ankamen, lief gerade Kaffee durch die Maschine und der Garda, der Dienst am Empfang hatte, hatte sich soeben eine Tasse eingeschenkt. Sie kühlte neben seinem Ellbogen ab, während er die Informationen aufnahm, die Justin ihm gab. Nach einer kurzen Wartezeit wurden sie in ein Büro weiter hinten gebracht, wo sich ihnen eine korpulente Frau mit kurzem braunem Haar als Sergeant Moran vorstellte und sie bat, Platz zu nehmen. Dann durchlöcherte sie Justin mit Fragen. Hatte Constance einen festen Freund? Blieb sie abends öfter lange weg? Hatte es Anzeichen gegeben, dass sie sich zurückgezogen hatte? Hatte sie weniger Interesse an der Schule gehabt? Hatte es zu Hause Streit gegeben?

»So was in der Art«, gab Justin zu.

»So was in der Art gibt es nicht mit Dreizehnjährigen«, entgegnete Sergeant Moran. »Worum ging es?« Ihrem düsteren Gesichtsausdruck nach zu urteilen, musste sie auch Mutter von Teenagern sein. Karls Beunruhigung wuchs mit jedem ihrer Blicke in seine Richtung.

»Sie war genervt, weil wir ihr verboten haben, auf ein Rockkonzert zu gehen«, erklärte Justin. »Sie ist gegen elf ins Bett gegangen, aber wir haben erst heute Morgen gemerkt, dass sie nicht da ist.« Er wandte sich zu Karl um. »Erzähl ihr, warum du dachtest, Constance könnte am Strand sein.«

Sergeant Moran hörte ungerührt zu, während er wiederholte, was er wusste. »Das hier könnte gut und gerne eine ähnliche Eskapade sein«, bemerkte sie, nachdem er geendet hatte. »Wir werden mit den Rettungsdiensten sprechen und ihre engsten Freunde kontaktieren. Sobald wir einen Überblick haben, melden wir uns wieder bei Ihnen. In der Zwischenzeit setzen Sie Ihre Suche fort und kontaktieren uns, falls es etwas Neues gibt.«

Als Karl nach Hause kam, lag Nicole im Bett. Er überlegte, sie aufzuwecken, entschied dann aber, sie schlafen zu lassen. Er rief im Büro an und sprach mit Barbara Nelson, seiner stellvertretenden Chefredakteurin.

»Hier ist alles unter Kontrolle«, versicherte sie ihm, nachdem Karl ihr erklärt hatte, was passiert war. »Ich kümmere mich um alles, bis du wieder da bist.«

Er schluckte, seine Kehle war plötzlich ganz trocken. »Ich weiß nicht, was da gerade passiert, Barbara. Es sieht Constance so gar nicht ähnlich, rauszugehen, ohne ihren Eltern Bescheid zu sagen.«

»Sie kommt bestimmt bald zurück«, meinte Barbara. »Als ich vierzehn war, bin ich auch mal von zu Hause weggelaufen. Ich kann mich nicht mal mehr erinnern, warum. Das war entweder während meiner Bulimiephase oder zu meiner Klauzeit.« Sie lachte. »Diese Teenagerjahre, Karl. Wer wünscht sich die schon zurück? Da nehme ich lieber die Midlife-Crisis.«

»Du könntest recht haben.« Ihre Heiterkeit hob seine Stimmung ein wenig. »Ich melde mich später wieder bei dir.«

Da er es im Haus nicht aushielt, hinterließ er Nicole eine Nachricht und fuhr zum Wald. Die Bäume bildeten einen dichten Baldachin über ihm, und das Sonnenlicht schimmerte nur durch die hohen Kronen, während er Constance' Namen rief. In seiner Kindheit hatte er oft im Wald von Glenmoore gespielt. Er hatte das Gelände gekannt wie seine Westentasche, doch heute sah es für ihn überall gleich aus. Es gab nichts, woran er einen baumgesäumten Pfad vom anderen unterscheiden konnte. Könnte Constance hier gewesen sein? Hatte sie sich mit jemandem getroffen? Vielleicht mit einem Jungen, und ihn in einer der lehmigen Mulden geküsst? Karl stocherte mit einem Stock im Unterholz herum. Hoffte er, irgendetwas zu finden, das ihm verriet, dass sie hier entlanggekommen war? Einen Fetzen Kleidung, eine Haarspange, einen Schuh? Das Rascheln im Unterholz schreckte einen Vogel auf, dessen Flügel beinahe sein Gesicht streiften. Nein, sie wäre niemals hierhergekommen. Er verschwendete bloß seine Zeit. Dennoch durchkämmte er weiter den Wald, bis Justin ihn anrief. Die Polizei würde unverzüglich eine Vermisstenfahndung organisieren. Sergeant Moran wolle Karl noch einmal befragen und werde in Kürze bei Justin vorbeikommen.

In ihrer gelben Warnjacke sah Sergeant Moran noch einschüchternder aus. Ihre Präsenz schien dem Wohnzimmer sämtliche Luft zu entziehen. Sie war in Begleitung eines jüngeren Polizisten gekommen, der sich als Garda Finnegan vorstellte. Constance' Freundinnen seien befragt worden, sagte sie. Sie hätten jegliches Wissen über eine Mutprobe geleugnet und würden hartnäckig behaupten, noch nie von den Furchtlosen gehört zu haben. Die Fotogalerien ihrer Handys seien geprüft worden, doch es gebe keinen Hinweis auf die Bilder, die Karl beschrieben hatte.

Der junge Garda machte sich Notizen, während Karl ihnen erzählte, was er über die Furchtlosen wusste. Seine Angaben waren spärlich und klangen mit jeder Wiederholunghaarsträubender. Kurz darauf erschien eine Garda vom Opferschutz. Shauna Robertsons Miene war zuversichtlich und doch sanft, ihre Stimme war dazu geschult worden, aufgelöste Familien zu beruhigen. Matthew und Lara würden befragt werden müssen. Shauna versicherte ihnen, dass die Befragung einfühlsam sein und im Beisein der Eltern stattfinden werde. Wenn Journalisten Kontakt aufnähmen, würden ihre Fragen von der Pressestelle der Garda bearbeitet werden. Reißerische Berichte könnten Constance verängstigen und es so schwieriger machen, sie zu finden. Kurz darauf gingen die Gardaí wieder, nahmen aber Constance' Handy und ihren Laptop mit. Jenna konnte ihre Angst kaum noch zügeln, als sie sie zur Tür begleitete.

Nachbarn kamen an ihre Gartentörchen und rätselten über den Anblick eines Streifenwagens auf der Cherrywood Terrace. Die Nachricht verbreitete sich. Ein vermisstes Kind – bald schon würde sich die Erschütterung in ein regelrechtes

Erdbeben verwandeln. Sie kamen in die Küche, umarmten Jenna und Justin. Alle beharrten darauf, dass es eine rationale Erklärung für Constance' Verschwinden geben müsse. Man dürfe keine Zeit verlieren, sie zu finden. Sie sprachen zu schnell, so als fürchteten sie, dass jede Atempause den Zweifeln Raum geben würde, sich auszubreiten und zu wachsen.

Es klingelte erneut an der Tür. Als Karl öffnete, stand draußen ein Fotograf in Begleitung einer jungen Frau.

»Guten Tag.« Die Augen der Frau weiteten sich, als wäre sie überrascht, ihn vor sich zu sehen. »Ich bin Amanda Bowe vom *Capital Eye*«, stellte sie sich vor. »Könnte ich mit Justin oder Jenna Lawson sprechen?«

Das *Capital Eye* war eine Boulevardtageszeitung, die für ihre plakativen, reißerischen Schlagzeilen bekannt war. Die Vorstellung, dass Constance eine dieser Schlagzeilen sein könnte, stieß Karl übel auf.

»Tut mir leid«, sagte er. »Weder mein Bruder noch seine Frau stehen der Presse zur Verfügung.«

»Wollen Sie dann vielleicht ein paar Fragen beantworten?« Die Reporterin fuhr sich unwillkürlich mit der Zunge über die Zähne. Karl schätzte sie auf Mitte zwanzig, sie war modisch und doch businessmäßig in einen schwarzen Hosenanzug und eine weiße Bluse gekleidet, deren oberster Knopf geöffnet war und ein wenig Spitze im Dekolleté hervorblitzen ließ. Unbeirrt hielt sie Karl ein kleines Aufnahmegerät entgegen. »Stimmt es, dass Constance Lawson heute Morgen nicht in ihrem Bett lag, als ihre Mutter in ihr Zimmer kam?«

»Kein Kommentar«, erwiderte er. Hatten Constance' Freundinnen die Medien alarmiert? Das alles ging viel zu schnell, wie bei einem Schneeball, der einen Hügel hinunterrollt und mit jeder Umdrehung größer wird.

»Wenn Ihre Nichte vermisst wird – und laut meiner Quelle könnte sie seit letzter Nacht verschwunden sein –, dann brauchen Sie Publicity, und zwar schnell«, beharrte sie. »Ich kann die Einzelheiten in unserer Abendausgabe bringen, aber ich muss eine strenge Deadline einhalten, also brauche ich jetzt Informationen.«

»Wie gesagt, wir haben der Presse nichts zu sagen.«

»Indem Sie nichts sagen, geben Sie zu, dass Constance noch immer vermisst wird. Wenn Sie mir das Gegenteil bestätigen können, dann wird es keine Story geben.«

»Rufen Sie bei der Garda-Pressestelle an, wenn Sie Informationen wollen. Wie ich Ihnen bereits sagte, ich werde keinen Kommentar abgeben.«

Der Fotograf hob seine Kamera. Im Gegensatz zu der schicken Journalistin sah er aus, als hätte er in seiner ausgebeulten Cordhose und Jacke geschlafen.

»Ein Statement von der Pressestelle kann ich mir jederzeit holen«, meinte sie. »Aber wenn Sie mit mir reden, können Sie sich mit einem direkten Appell an Constance wenden. Sie haben doch ein besonderes Verhältnis zu Ihrer Nichte.«

Sie trat einen Schritt zurück, als forderte sie Karl heraus, diese Behauptung anzufechten, und glitt erneut mit der Zunge über ihre Zähne. War das ein nervöser Tick? Doch nichts deutete darauf hin, dass es ihr unangenehm war, unangekündigt hier aufzutauchen.

»Kein *Kommentar.*« Er trat zurück, um die Tür zu schließen. Der Fotograf zog sich bereits zurück und ging mit klickender Kamera rückwärts aufs Tor zu.

»Wer war die Frau?« Jenna kam in den Flur.

»Eine Journalistin vom *Capital Eye.*«

»Oh, Himmel!« Jenna schlug sich die Faust vor den Mund. »Dieses Schundblatt. Was hast du zu ihr gesagt?«

»Nichts.«

»Und was weiß sie?«

»Nur dass Constance vermisst wird.«

»Vermisst wird.« Jenna rang nach Luft, als hätten die

beiden Worte ihr die Lunge aufgerissen. »Ja, sie wird vermisst. Sie ist nicht weggelaufen. Sie wurde entführt –«

Karl zog sie in seine Arme. »Hör auf, Jenna. So zu denken, schwächt uns nur. Wir müssen konzentriert bleiben und uns auf die wahrscheinlichste Erklärung fokussieren. Constance ist aufgebracht. Sie ist irgendwohin weggelaufen, um sich abzuregen. Es ist nur eine Frage der Zeit, bis sie wieder zu uns zurückkommt.«

Wie lange würde es wohl dauern, bis solche Plattitüden sie nicht mehr beruhigten? Selbst jetzt klangen sie schon abgedroschen, doch Jenna entspannte sich in seinen Armen, als würden seine Versprechungen ihr zumindest kurzzeitig Erleichterung verschaffen.

Im Lauf des Tages war im Gemeindezentrum von Glenmoore eine Art Suchzentrum eingerichtet worden. Einige Frauen hatten angeboten, Sandwiches zu machen, Suppe und Tee zu kochen. Das passierte allesganz selbstverständlich, als hätte ein Plan existiert, um derartige Notfälle zu bewältigen. Doch es ergab Sinn. Es gab immer einen Plan. Selbst mitten im Krieg wurden im Stillen bereits Wiederaufbaustrategien ausgearbeitet. Karls Magen zog sich zusammen. Kurz wurde ihm übel. Er hatte den ganzen Tag nichts gegessen. Kein Wunder, dass er sich schwach fühlte. Er lehnte sich an die Wand, bis die Übelkeit abebbte, und schloss sich dann den Freiwilligen an. Langsam fuhr er durch die Wohngebiete, die Glenmoore umgaben. Einige der Häuser waren erst vor Kurzem gebaut worden, andere, wie das Haus seiner Kindheit auf dem High Strand Crescent, waren Teil des alten Glenmoore. So hatte es hier ausgesehen, bevor Glenmoore zu einer zugebauten Vorstadt geworden war. Als er zum Suchzentrum zurückkehrte, setzte bereits die Dämmerung ein. Die Emotionen des Tages – die

Sorge, der trügerische Optimismus, die Angst, der Unglauben und die Überzeugung, dass Constance gleich um die Ecke kommen oder hinter dem nächsten Hügel gefunden werden würde – hingen in der Luft, als die Freiwilligen sich im Zentrum für den folgenden Tag verabredeten.

DREI

Nicole bereitete gerade das Abendessen vor, als Karl in die Küche kam. Sie rührte die Nudeln in einem Topf mit kochendem Wasser, daneben blubberte eine Bolognesesoße. Der Geruch nach Knoblauch und Tomaten ließ ihn für einen Moment vergessen, was gerade los war. Nicole wandte sich ihm zu, und ihre Wut holte ihn zurück in die Realität.

»Jenna hat mir von der Strandparty erzählt«, begann sie. »Ich kann nicht fassen, dass du mir nichts davon gesagt hast.«

»Das war dumm«, gab er zu. »Ich hätte nie gedacht –«

»Das war mehr als dumm«, unterbrach sie ihn barsch. »Das war absolut unverantwortlich. Constance könnte in irgendeine bekloppte Mutprobe verwickelt sein, zu der es nie gekommen wäre, wenn ihre Eltern gewusst hätten, was vor sich geht.«

Ihre Wut verschlimmerte die Bilder in seinem Kopf nur. Er stellte sich vor, wie Constance in einem Eisenbahntunnel ein Graffiti sprühte und ein Zug auf sie zugebrettert kam. Sie könnte auch zu viel Wodka getrunken haben und an ihrem Erbrochenen erstickt sein. Was, wenn sie von einem Balkon gesprungen war, nur weil jemand sie herausgefordert hatte,

Magic Mushrooms zu probieren? Das war alles seine Schuld … komplett seine Schuld …

»Ich habe eine dumme Entscheidung getroffen und mache mir deswegen schon den ganzen Tag lang Vorwürfe«, fuhr er sie an. »Können wir es also einfach gut sein lassen … *bitte*?«

»Nicht so laut.« Sie wandte sich wieder dem Herd zu. »Lara und Matthew schlafen heute Nacht hier. Sie sind so schon aufgewühlt genug. Ich will nicht, dass du sie noch weiter durcheinanderbringst. Sagst du den Kindern, dass das Abendessen fertig ist?«

Die Mädchen spielten gerade mit Sashas Puppen im Wohnzimmer. Mit ihren vier Jahren war Lara ein Jahr jünger als ihre Cousine, doch die beiden sahen aus wie Zwillinge: feines blondes Haar, Ponys, blaue Augen, freche Stupsnasen und je eine Handvoll Sommersprossen auf den Wangen.

»Hab keinen Hunger.« Laras Unterlippe zitterte, als sie vom Spielen aufsah.

»Du musst aber etwas essen«, beharrte Karl. »Es gibt auch Eis zum Nachtisch. Wo ist Matthew?«

»Im Garten«, sagte Sasha.

»Okay. Dann geh ich ihn mal rufen. Und ihr zwei flitzt schnell ins Badezimmer und wascht euch die Hände.«

Matthew saß reglos auf Sashas Schaukel, seine Füße berührten gerade so das Gras.

»Hey, Kumpel, hast du Hunger?« Karl schubste die Schaukel an, doch Matthew bremste mit den Fersen ab.

»Glaubst du, Constance kommt zurück?«, fragte er.

»Natürlich kommt sie zurück.«

»Sie ist *so* eine Heulsuse.«

»Sie war gestern Abend sehr aufgebracht. Aber sie kommt bald nach Hause.«

»Sie will nie wieder bei uns wohnen.«

»Das hat sie nur gesagt, weil sie wütend war, Matthew. Komm mit nach drinnen. Das Abendessen ist fertig.«

Während des Essens hielt Nicole ein munteres Gespräch aufrecht, vermied es dabei aber, Karl anzusehen. Justin und Jenna kamen vorbei, um den Kindern eine gute Nacht zu wünschen. Mitgepressten Stimmen versicherten sie ihnen, dass morgen alles wieder gut sein werde. Ihr Haus war von der Polizei auf Hinweise durchsucht worden, doch sie hatten nichts gefunden, was Aufschluss über Constance' Verbleib gab.

Justin winkte Karl zu sich in die Küche. »Dir wurde doch ausdrücklich gesagt, nicht mit der Presse zu sprechen«, sagte er.

»Ich habe auch nicht mit der Presse gesprochen.«

»Wie erklärst du dir dann das?« Er reichte Karl eine Ausgabe vom *Capital Eye*.

Karl glättete die Titelseite der Boulevardzeitung und starrte auf das Bild von Constance. Ein leicht unscharfes Foto, das aussah, als wäre es von Instagram oder Facebook kopiert worden. In der Mitte des Berichts prangte das Foto von Karl, das vor ein paar Stunden an Justins Haustür aufgenommen worden war. Seine Haltung wirkte aggressiv, seine Miene angriffslustig.

MÄDCHEN AUS GLENMOORE VERMISST
VON AMANDA BOWE

Die Suchaktion nach dem Teenagermädchen begann an diesem Nachmittag in Glenmoore, einer belebten Vorstadt Dublins an der Ostküste. Constance Lawson (13) war nicht in ihrem Zimmer, als ihre Mutter Jenna Lawson (35) an diesem Morgen nach ihr sah. Ihre Eltern sind nicht sicher, wann sie das Haus verlassen hat, nehmen aber an, dass es zwischen Mitternacht und sieben Uhr morgens gewesen sein muss. Ihr verzweifelter Vater Justin (37) kontaktierte die Garda von Glenmoore, die kurz darauf eine Vermisstenfahndung startete.

Connie ist eine beliebte, intelligente und lebensfrohe Schülerin, mag Musik und ist leidenschaftlicher Fan der in

Ungnade gefallenen ehemaligen Hardrockband Blasted Glass. Ihr Onkel Karl Lawson (35), oben zu sehen im Haus seines Bruders an diesem Nachmittag, sprach kurz mit Capital Eye. *Der Redakteur der bekannten Musikzeitschrift* Hitz *hatte vor, Constance und zwei ihrer Freundinnen zu einem demnächst im Ovid im Dubliner Stadtviertel Temple Bar stattfindenden Blasted-Glass-Konzert mitzunehmen. Ihre Eltern, die wegen des notorischen Rufs der Band und der nicht jugendfreien Songtexte besorgt waren, hatten Connie den Besuch des Konzerts nicht erlaubt. Infolgedessen soll in der Familie ein erbitterter Streit entbrannt sein. Seitdem wurde Connie nicht mehr gesehen.*

Connie Lawson ist einen Meter sechzig groß, hat schulterlange braune Haare und braune Augen. Ihre Eltern glauben, dass sie eine schwarze Lederjacke, Levi's-Jeans mit Löchern an den Knien, einen blauen Pullover und schwarze Stiefel trägt, da diese Kleidungsstücke aus ihrem Schrank fehlen. Das Gemeindezentrum von Glenmoore wurde in ein Zentrum für die Suchaktion verwandelt, die Anzahl Freiwilliger nimmt stetig zu. Die Gardaí sind zuversichtlich, dass das vermisste Mädchen schon bald gefunden wird.

»Ich habe der Reporterin diese Informationen nicht gegeben.« Er gab Justin die Zeitung zurück.

»Woher sollte sie sonst von dem Streit wissen?«

»Sie muss Tracey oder Gillian kontaktiert haben.«

»Das habe ich bereits überprüft. Amanda Bowe hatte keinen Kontakt mit ihnen und sie hat diese Informationen mit Sicherheit *nicht* von der Garda-Pressestelle.«

»Warum sollte ich ihr das erzählen? Sie muss eine andere Quelle haben. Du glaubst mir doch, oder?«

Justin nickte, seine Schultern sackten herab. »Constance erzählt dir immer alles. Fällt dir nichts ein, was sie gesagt hat, das uns bei der Suche helfen könnte?«

»Um Himmels willen, Justin, glaubst du wirklich, das würde ich dir nicht erzählen? Guck, hier ist mein Handy. Lies ihre Nachrichten. Sieh selbst.«

Justin überflog die Nachrichten und gab ihm dann das Handy zurück. »Wie kommt es, dass sie Ben's Shack mit keinem Wort erwähnt?«

»Wir haben darüber gesprochen. Ich habe ihr vertraut, als sie mir versprochen hat, die Bande zu verlassen.«

»Du hast ihr vertraut?« Justins Augen blitzten auf. »Wie würdest du dich fühlen, wenn Sasha ein wehrloser Teenager wäre und ich so eine Information vor dir geheim gehalten hätte? Wenn ich dir sagen würde, ich hätte ihr Versprechen einfach so für bare Münze genommen?«

Karl versuchte, sich seine Tochter als Teenagerin vorzustellen, die ihre Dora-Phase längst hinter sich hatte. Er hatte keine Antwort auf Justins Frage. Die Atmosphäre war angespannt und alle möglichen unausgesprochenen Anschuldigungen hingen in der Luft, bis Justin und Jenna schließlich nach Hause gingen, um die Nacht über auf Neuigkeiten zu warten.

Karl erstarrte, als ein Geräusch die nächtliche Stille durchbrach. Der plötzliche dumpfe Aufschlag war direkt über ihm ertönt, aber er war sich nicht sicher, was ihn verursacht hatte. Leise verließ er das Schlafzimmer, darauf bedacht, Nicole nicht aufzuwecken, die im Gegensatz zu ihm erschöpft eingeschlafen war.

Die Klappleiter zum Dachboden war heruntergezogen worden, und die Bodenluke stand offen. Letztes Jahr hatte er dort einen Boden ausgelegt und Einbauschränke unter die Dachschrägen montiert. Er wollte ihn in ein Büro umwandeln, damit er von zu Hause aus arbeiten konnte, wenn Nicole im Krankenhaus Tagschicht hatte. Die Schränke waren noch nicht fertig und sein Plan, die Klappleiter durch eine Wendeltreppe zu ersetzen, war auf Eis gelegt worden, weil die Bank seinen Kredit nichthatte aufstocken wollen.

Dort oben war jemand. Könnte es Constance sein? Mit klopfendem Herzen stieg er nach oben durch die geöffnete Luke. Eine nackte Glühbirne leuchtete matt auf ihn herab, während er sich umsah. Vor einem der Schränke stand Matthew mit einem Schraubenzieher in der Hand. Der Junge hatte Karl nicht bemerkt und versuchte gerade, die Spitze des Schraubenziehers in den Türspalt zu schieben.

»Matthew, was machst du denn da?« Karl sprach leise. Ob der Junge wohl gerade schlafwandelte?

Matthew zuckte zusammen, wirkte aber hellwach, als er sich zu seinem Onkel umdrehte.

»Ich suche nach Constance«, sagte er. »Sie könnte sich hier oben versteckt haben. Das ist der einzige Ort, der noch übrig ist.«

»Warum um alles in der Welt sollte Constance sich in einem Schrank verstecken?« Karl ging über den Dachboden und nahm ihm den Schraubenzieher aus der Hand.

»Sie hat gesagt, sie würde zu dir und Tante Nicole ziehen. Unten ist sie nicht und im Garten auch nicht, also muss sie sich auf dem Dachboden verstecken.«

»Schau, Matthew, der Schrank ist leer«, sagte Karl, als er die Schranktür aufgestemmt hatte. »Und er ist auch viel zu klein für Constance.«

Vor lauter Staub musste Matthew niesen, danach wischte er sich mit der Hand über die Nase. »Die Gardaí haben mir Tausende Fragen über sie gestellt.«

»Was hast du ihnen erzählt?«

»Ich habe gesagt, sie mag unser Zuhause am liebsten.«

»Dann hast du die Wahrheit gesagt, Matthew.«

»Ja ...« Er nieste erneut. »Du bist nur unser Onkel. Constance kann dich nicht lieber mögen als Daddy.«

Karl legte ihm den Arm um die Schultern. »Dein Daddy ist ein ganz besonderer Daddy, Matthew. Ich würde nie versuchen, seinen Platz einzunehmen. Constance ist nicht hierhergekommen. Sonst hätte ich sie direkt wieder nach Hause geschickt.«

»Ich will, dass sie zurückkommt.«

»Das wollen wir alle.«

»Es tut mir leid, dass ich gestern gesagt habe, sie soll die Klappe halten, als sie geweint hat. Glaubst du, sie ist deshalb weggelaufen?«

»Du kannst nichts dafür, Matthew. Und sie kommt sicher bald nach Hause.«

»Ich habe den Gardaí nicht erzählt, dass sie gesagt hat, euer Zuhause ist besser als unseres. War das eine Lüge?«

»Was man sagt, wenn man wütend ist, stimmt nicht immer, Matthew. Mach dir keine Sorgen wegen der Gardaí. Du hast nichts falsch gemacht oder gelogen. Und jetzt ab zurück ins Bett, du bist doch ein braver Junge.«

Sie gingen ins Gästeschlafzimmer. Lara, die im unteren Bett lag, war die Decke hinuntergerutscht, sodass ihre Beine frei lagen. Ihre Arme lagen ausgestreckt über dem Kopf, als hätte sie sich voll und ganz dem Reich der Träume ergeben. Karl deckte sie wieder zu und half Matthew ins obere Bett.

Als er ins Schlafzimmer zurückkehrte, waren Nicoles Schultern so steif, dass sie wach sein musste. Er schlüpfte neben sie und knipste die Nachttischlampe aus. Sie hatte ihm den Rücken zugekehrt und rührte sich nicht, als er den Arm um ihre Taille legte, und er konnte nicht sagen, ob sie in die Dunkelheit starrte oder vielleicht doch schlief. Er würde ihr morgen früh von Matthew erzählen. Das Bedürfnis, sich durch ihre Berührung zu entspannen und seine Angst beim Sex zu vergessen, kam und ging wieder, ein abstraktes Gefühl ohne jede Leidenschaft, und Nicoles Regungslosigkeit mahnte ihn, ihr nicht näher zu kommen.

In der Nacht regnete es. Bis zum Morgengrauen hörte es nicht mehr auf zu schütten. Hatte Constance irgendwo Unterschlupf gefunden? Er wäre am liebsten losgezogen, um im prasselnden Regen nach ihr zu suchen, doch ihm war klar, wie nutzlos eine solche Aktion wäre. Er wünschte sich sehnlichst, das Handy würde mit Neuigkeiten der Polizei klingeln, doch es blieb still.

Als Constance geboren worden war, reiste Karl gerade durch Australien. Er erinnerte sich noch an Justins helle Freude am Telefon, als dieser ihn in den frühen Morgenstunden mit den Neuigkeiten weckte, weil er die Zeitverschiebung total vergessen hatte. Jenna hatte erschöpft, aber glücklich geklungen. Karl wäre am liebsten bei ihnen im Krankenhaus gewesen und hätte ihre Freude geteilt. Ihre Angst hatte er nie teilen wollen – doch was, wenn Constance morgen nicht gefunden wurde … was dann?

VIER

TAG ZWEI

Hatte Angst einen Geruch? Einen Geruch, der einem in der Kehle steckenblieb und die Luft zum Atmen nahm? Das fragte sich Karl, nachdem er die Tür zum Haus seines Bruders geöffnet hatte. Denn so roch es hier: als wäre die Angst ein Pesthauch, der aus den Poren jedes Zimmers drang. Jenna, die die Nacht in einem Sessel verbracht hatte, klang heiser, als sie überrascht feststellte, dass endlich ein neuer Tag angebrochen war. Justins Augen waren blutunterlaufen. Er hatte vermutlich kaum geschlafen.

Sie hatten ein Foto für das *Findet Constance*-Poster ausgesucht. Keins, auf dem sie lächelte. Wo auch immer Constance jetzt war, sie wussten, dass sie nicht lächelte. Ihre haselnussbraunen Augen waren das Auffallendste an ihrem Gesicht. Findet mich, schienen sie zu flehen. Rettet mich, bevor es zu spät ist. Karl schickte das Foto und den Text für das Poster an seine Stellvertreterin. Barbara hatte versprochen, die Poster so schnell wie möglich auszudrucken und per Kurier ans Gemeindezentrum zu schicken.

Die Opferschutzpolizistin traf ein und brachte zumindest etwas Ruhe in die fieberhafte Atmosphäre. Shauna berichtete ihnen, dass an der heutigen Suche Sondereinheiten mit Hubschraubern und Tauchern beteiligt sein würden. Nicole würde auf die Kinder aufpassen, und Karl würde sich der Suche anschließen.

Am Gemeindezentrum hatten sich bereits Freiwillige und Gardaí versammelt, die Becher mit heißem Kaffee in den Händen hielten. Auch Mitglieder des Bevölkerungsschutzes von Glenmoore hatten ihre Hilfe angeboten. Sie strahlten Zuversicht aus und wirkten gut ausgebildet, doch als die Suchenden in Gruppen aufgeteilt wurden, herrschte dennoch düstere Stimmung. Karl machte sich mit seiner Gruppe auf in Richtung Turnstone Marsh.

Er hatte so etwas schon mal im Fernsehen gesehen: Suchende, die sich in einer langen Menschenkette langsam über schroffes Gelände fortbewegten, den Blick nach unten gerichtet, um den Boden nach Hinweisen abzusuchen. Da war es immer die Geschichte von jemand anderem gewesen, doch jetzt war es ihre eigene.

Die Turnstone Marsh wurde im Winter zu einer Schwemmebene, doch im Sommer brausten Kinder mit ihren Mountainbikes über die grasbewachsenen Hügel. Als Junge hatte Karl sich einmal das Schlüsselbein gebrochen und die Rippen angeknackst, als er die sogenannten Toblerone-Hügel heruntergebrettert war, eine Kette aus buckligen Erdhügeln, die sich vom höchsten Hügel der Marsch aus erstreckte. Die Kinder hatten sich dort regelmäßig Wettrennen geliefert, und im Alter von zehn Jahren war Karl der Rekordhalter für die schnellste Abfahrt von den Toblerone-Hügeln gewesen. Constance zufolge hatte sein Rekord noch immer Bestand – zumindest hatte sie vergeblich versucht, seine Zeit zu schlagen.

Der Regen der vergangenen Nacht hatte zahllose Pfützen hinterlassen und Matsch besprenkelte nun seine Hosenbeine. Der Fluss, der sich durch die Marsch schlängelte, schimmerte grell silbern in der Sonne. Die Freiwilligen erstarrten allesamt, als auf dem Wasser etwas Blaues und Flattriges in Sicht kam. Eine Frau lachte nervös auf, als man schließlich erkannte, dass es sich um einen weggeworfenen Regenschirm handelte, dessen Stoff vom Wellengang aufgebläht worden war. Sie hielten erneut an, als sie im Gestrüpp einen rostigen Kühlschrank entdeckten. Ein junger Garda-Polizist zog mit Gewalt die Tür auf und wich stolpernd zurück, als ihm der ranzige Gestank entgegenschlug.

Am Ende der Marsch überquerten sie die Orchard Road. Der Obsthain, dem die Straße ihren Namen verdankte, war von der Wildnis zurückerobert worden, seit der Besitzer Isaac Cronin gestorben war. In seiner Jugend hatte Karl mit seinem Kumpel Domo Kelly immer Obst aus dem Garten geklaut. Domo hatte ihm eine Räuberleiter gegeben, sodass Karl flink die Mauer hinaufklettern konnte, wobei seine Knie über den rauen Stein schabten. Oben angekommen, hatte es immer einen Moment der Unentschlossenheit gegeben, wenn er auf den Garten weit unter ihm blickte. Dann war er hinuntergesprungen, leichtfüßig wie eine Katze gelandet und hatte eine Leiter und einen Eimer aus Isaacs Schuppen geholt. Sobald die Leiter an die Mauer gelehnt und der Eimer gefüllt war, hatte er diesen zu Domo hinabgelassen, der die Äpfel in einen anderen Behälter umgefüllt hatte. Das ging so weiter, bis sie so viele Äpfel hatten, wie sie tragen konnten. Mr Kingston, der damals einen Obst- und Gemüsetransporter fuhr und keine Fragen stellte, hatte ihnen immer ein kleines Taschengeld für ihre Beute gezahlt.

Isaac Cronin war ihnen nie nachgejagt. Er war zu alt gewesen und humpelte, aber selbst wenn er noch schnell zu Fuß gewesen wäre, hätte er sich vermutlich nicht darum geschert. Karls Mutter hatte immer gesagt, Isaac sei bereits faul zur Welt gekommen. Er war ein Einzelkind, das zu einem Muttersöhnchen heranwuchs und von seinen Eltern abhängig war, bis diese starben. Sie hatten den Obsthain erfolgreich bewirtschaftet, doch Isaac hatte sein Erbe lieber im Wettbüro verprasst. Er lag sieben Tage lang tot in seinem Wohnzimmer, bevor seine Leiche entdeckt wurde.

Karl hatte in New York gelebt, als Domo – oder Dominick, wie er nun lieber genannt wurde – ihn mit den Neuigkeiten anrief. Ein Postbote hatte den Notruf abgesetzt, als ihm aufgefallen war, dass jedes Mal, wenn er vorbeikam, dieselben Lichter brannten. Dominick war einer der ersten vor Ort gewesen. Er war inzwischen Feuerwehrmann, wie er es schon immer vorgehabt hatte. Er sagte, es sei ein grausiger Fund gewesen.

Karl war Dominick vorhin am Gemeindezentrum begegnet. Er war nicht im Dienst, wollte aber dennoch unbedingt helfen. Genau wie die Leute vom Bevölkerungsschutz strahlte er die Zuversicht eines Mannes aus, der es gewohnt war, Gefahren gegenüberzutreten. Er hatte sich demselben Suchtrupp angeschlossen wie Karl und arbeitete sich gerade aufmerksam durch das zugewucherte Gelände rund um das alte Haus.

Isaac war sich mit seiner Faulheit bis in den Tod treu geblieben, denn er hatte kein Testament hinterlassen. Da der einzige Verwandte, den man hatte finden können, kein Interesse an dem Haus hatte, stand es seit seinem Tod leer. Das Haus war zwei Stockwerke hoch, und mit seinen grauen Wänden und dem rein funktionellen Stil hatte es schon immer trostlos ausgesehen. Jetzt war es baufällig. Einige Dachziegeln und die Haustür fehlten, die Fenster waren zertrümmert.

Stumm näherten sich die Freiwilligen dem Haus. Graffitikünstler hatten ganze Arbeit geleistet: Die grauen Wände waren mit Wirbeln und Spiralen bedeckt, mit scharfen Konturen und dem ein oder anderen Kraftausdruck. Jemand hatte ein riesiges Paar Lippen um den leeren Türrahmen gesprayt. Als die Freiwilligen auf den Eingang zugingen, sah es aus, als würden sie in den Schlund einer dümmlich grinsenden Bestie treten.

Sie teilten sich in kleinere Gruppen auf, um die einzelnen

Zimmer auf jedem Stockwerk zu durchsuchen. »Achtet auf alles«, riet Sergeant Moran ihnen. Alles, was ihnen auch nur im Geringsten verdächtig vorkomme, solle gemeldet werden, und die Polizei würde dann entscheiden, ob es wichtig sei.

Karl stieg die rutschigen Stufen in den Keller hinab, wo die Familie Cronin über die Jahrzehnte kaputte Möbelstücke angehäuft hatte. Die Frau neben ihm keuchte auf und hielt sich angesichts des überwältigenden Gestanks nach Fäulnis und Feuchtigkeit die Nase zu. Karl spürte etwas Bedrohliches an diesem trostlosen Ort, das jedoch noch nicht greifbar war. Constance ... Constance ... Constance ... In seinem Kopf wiederholte sich ihr Name wie ein Mantra. Was würde er tun, wenn er sie hier fand? Er erschauderte bei dem Gedanken an Isaac Cronin, der sich hier langsam und unwiderruflich bläulich gefärbt hatte.

Ein Schrank lag mit den Türen nach unten auf dem Boden, was ihn an einen Sarg erinnerte. Dominick half ihm, den Schrank aufzustellen, um sicherzugehen, dass er leer war. Glas von einem Fernseher knirschte unter ihren Schuhen. Der Suchscheinwerfer beleuchtete zerbrochene Flaschen und Spritzen. Karl hob eine Flasche auf. Sie sah noch ziemlich sauber aus. Jemand hatte sie erst vor Kurzem hier getrunken. Dominick meinte, dass das regelmäßig vorkomme. Obdachlose, die billigen Rotwein tränken, Jugendliche, die sich einen Schuss setzten.

Schließlich wurde die Durchsuchung des Hauses für beendet erklärt und sie traten zurück ins Tageslicht. Die Freiwilligen waren aschfahl, als wäre die graue, vermodernde Atmosphäre in ihre Haut eingedrungen. Der Obstgarten erstreckte sich zu beiden Seiten des Hauses sowie zur Rückseite. Nicht, dass er noch wie ein Garten aussähe. Efeu rankte sich um die Zweige und Dornengestrüpp griff nach ihren Kleidern, als die Gruppe sich wieder zusammenfand und durch die Bäume ging. Karl war unklar, wie hier irgendetwas anderes als Unkraut gedeihen konnte, doch die Bäume wirkten gesund und im hohen Gras faulte Fallobst vor sich hin. Die Mauer, die Karl einst mit Dominicks Hilfe hinaufgeklettert war, wirkte noch genauso einschüchternd hoch wie vor all den Jahren.

Müll hing im hohen Gras: Konservendosen und verblichene Papierschnipsel aus einem schwarzen Plastikmüllsack, der von Vögeln aufgerissen worden war. Auf Sergeant Morans Kommando hin hielten die Suchenden an. Sie bückte sich, um etwas auf dem Boden in Augenschein zu nehmen.

»Was ist da?«, fragte Karl die Frau neben sich.

Die reckte den Hals und zuckte dann mit den Schultern. »Kann ich nicht sehen. Vielleicht ist es auch nichts.«

Doch es musste etwas Bedeutsames sein. Er bekam eine Gänsehaut. Am liebsten wäre er aus der Reihe ausgebrochen und auf die Polizistin zugerannt, doch er wartete mit allen anderen und hielt seine Position. Auf dem Gras herumzutrampeln, könne entscheidende Hinweise zerstören, hatte Sergeant Moran gesagt. Jetzt bedeutete sie Karl vorzutreten und ging vor einem Büschel Disteln in die Hocke. Eine Handyhülle hing zwischen den Stacheln. Sie war aufgeklappt und lag ausgebreitet da, wie die Flügel eines gefleckten Schmetterlings.

»Erkennen Sie diese Handyhülle?«, fragte sie Karl.

Er wollte sich hinknien, um die Hülle näher zu betrachten, doch sie gebot ihm schroff, stehenzubleiben.

»Nein, die habe ich noch nie gesehen«, antwortete er.

»Überlegen Sie genau. Haben Sie jemals gesehen, wie Ihre Nichte die benutzt hat?«

»Nein. Ihre Handyhülle ist pink und voller Musikaufkleber.«

Sergeant Moran zog sich ein Paar Gummihandschuhe über und packte die Handyhülle vorsichtig in einen Plastikbeutel. Der Regen von letzter Nacht hatte sich in den Vertiefungen der Hülle gesammelt und Flecken auf der ledernen Oberfläche hinterlassen. Da bemerkte Karl, dass die Flecken in Wirklichkeit kleine Löcher waren, als wäre das Leder von Vögeln zerpickt oder von Ratten zerkratzt worden. Sergeant Morans Miene war undurchdringlich, doch er vermutete, dass es schwer, wenn nicht sogar unmöglich sein dürfte, Fingerabdrücke von der Hülle zu nehmen.

Sergeant Moran ging langsam die Reihe der Suchenden ab und sprach leise mit ihnen. Sie sollten zurückgehen und nach einem Handy Ausschau halten. Also kehrten sie um und suchten sorgfältig das Gras ab, sahen zwischen Baumwurzeln und tief im wuchernden Unterholz nach, doch alles, was sie zutage förderten, waren noch mehr Müll und rostige Konservendosen. Schließlich wurde die Suche abgebrochen und sie kehrten ins Gemeindezentrum zurück, wo gedämpfte Stimmung herrschte und nur leise gemurmelt wurde. Ihnen wurden Tassen mit Tee oder Kaffee gereicht, und sie setzten sich an die Tische, auf denen Teller mit Sandwiches warteten.

Justin, der gerade mit einer Gruppe Freiwilliger gesprochen hatte, kam zu Karl herüber. »Hast du das gelesen?« Er klatschte eine Ausgabe des *Capital Eye* vor ihm auf den Tisch.

Die Schlagzeile *Komm nach Hause, Connie* und ein vergrößertes Foto von Karl und Constance sprangen ihm von der Titelseite regelrecht entgegen. Das Foto zeigte sie nach Ende eines Konzerts auf dem Rand der Bühne sitzend vor einem Hintergrund, der vom Scheinwerferlicht in grelles Rot getaucht war. Es war eindeutig mit einem Handy aufgenommen worden, entweder von Tracey oder von Gillian. Constance hatte den Arm um seinen Hals geschlungen, sich nach vorn gelehnt und provokativ die Lippen gespitzt. Karl erinnerte sich nicht an die Situation, doch er musste dagegen protestiert haben, fotografiert zu werden, denn er hatte die Hände vor dem Gesicht, sodass nur seine Augen zu sehen waren.

Sein Unbehagen wuchs, als er die Bildunterschrift las.

Die vermisste Schülerin Connie Lawson, hier auf einem Konzert mit ihrem Onkel Karl Lawson, dem umstrittenen Chefredakteur der Hitz, *dem bekannten Musikmagazin.*

Er fragte sich, wie viele Fotos Amanda Bowe auf den Handys der Mädchen durchgesehen haben musste, bis sie sich für dieses entschieden hatte. Dann begann er zu lesen.

KOMM NACH HAUSE, CONNIE
VON AMANDA BOWE

Einen Tag nachdem Gardaí die Fahndung nach der vermissten Schülerin Connie Lawson (13) begonnen haben, bleibt das Rätsel noch immer ungelöst. Wo ist sie hin? Ist sie von zu Hause weggelaufen? Wurde sie von jemandem, dem sie vertraute, aus ihrem Zimmer gelockt? Hat sich ein anonymer »Freund« online ihr Vertrauen erschlichen? Diesen schweren Fragen müssen sich ihre verzweifelten Eltern stellen, während die Suche nach ihrer Tochter weitergeht.

Connies enge Freundin Tracey Broome wischt sich die Tränen von den Wangen, als sie über sie spricht. »Sie liebt Pferde und Querfeldeinläufe mit dem Juniorteam aus Glenmoore. Ich hoffe, sie kommt bald zu uns zurück«, bringt sie schluchzend hervor.

»Sie ist Fan von Blasted Glass«, fügt Gillian Miller hinzu, ebenfalls eine gute Freundin. »Sie hat sich wirklich auf das Konzert im Ovid gefreut. Sie hat mich angerufen, kurz bevor ich schlafen gegangen bin, und meinte, sie würde ihren Onkel bitten, das zu klären. Das war das letzte Mal, dass wir miteinander gesprochen haben.«

Connies Onkel Karl Lawson, der umstrittene Redakteur des bekannten Musikmagazins Hitz, *hat ein enges Verhältnis zu seiner Nichte und hatte den Mädchen versprochen, sie nach dem Konzert in den Backstagebereich zu bringen und den Bandmitgliedern vorzustellen.*

Die beiden Schülerinnen wenden sich tränenüberströmt an ihre Freundin: »Connie, bitte melde dich. Wir machen uns solche Sorgen um dich. Wir haben dich so lieb, Connie. Bitte ruf an und sag uns, dass du in Sicherheit bist.«

Die Hoffnung, dass Connie schon bald wieder mit ihrer völlig aufgelösten Familie vereint sein wird, ist groß. Die Gardaí wollen sich in der Nachbarschaft der Cherrywood Terrace umhören, doch bisher wird nicht davon ausgegangen, dass Connie Opfer einer Straftat geworden ist.

Opfer einer Straftat ... Opfer einer Straftat ... Die Worte hatten eine stakkatoartige Kraft, die jeglichen Schein hinfortfegte, zusammen mit den diskutierten Möglichkeiten, den Beschwichtigungen und der Hoffnung, die die lebhafte Geschäftigkeit der Freiwilligen mit sich brachte. Denn sie hatten sich aus nur einem einzigen Grund zusammengefunden: um ein Mädchen zu finden, das Opfer einer Straftat geworden sein könnte.

»Wie oft muss ich es noch sagen?« Flehentlich hob er die Hände. »Constance hat sich nicht bei mir gemeldet, und wenn sie es getan hätte, dann hätte ich sie direkt nach Hause geschickt. Du weißt doch, dass ich mich nicht einmische, wenn ihr Streit habt. Du musst diesen Mist ignorieren.«

»Wie bitte soll ich das deiner Meinung nach tun?« Sein Bruder trug noch immer dieselben Klamotten, die er sich am Vortag übergestreift hatte, als er das Zimmer seiner Tochter leer vorgefunden hatte. Mittlerweile waren sie ganz zerknittert. »Soll ich einfach ignorieren, dass diese Reporterin die Wahrheit sagt?« Er stieß mit dem Finger gegen Karls Brust. »Du hast dafür gesorgt, dass Constance zu schnell erwachsen wird. Du hast sie in einen Groupie verwandelt.«

»Das ist nicht fair!«, protestierte Karl. »Ich behalte sie und ihre Freundinnen auf Konzerten immer im Auge. Sie machen doch nichts weiter, als sich ein paar Autogramme und Selfies mit den Bands zu holen.«

»Sie ist zu jung für dieses Umfeld. Sie stand auf harmlosen Boybandkram, bis du angefangen hast, sie zu beeinflussen –«

»Ich habe ihr ein paar Alben geschenkt, das ist alles. Manche mochte sie, manche nicht. Ich habe nie versucht, sie zu beeinflussen.«

Eine Frau kam mit einer Teekanne an ihren Tisch und füllte Karls Tasse auf. Ihre Hand zitterte, als wäre seine unbändige Angst auf sie übergegangen.

»Nein, du spielst einfach nur den Hipster-Onkel«, meinte Justin, als die Frau weg war. »Du untergräbst meine Autorität bei jeder Gelegenheit.«

»Das ist *nicht* wahr.«

Justin keuchte und zog einen Inhalator aus der Jackentasche. »O Gott ... Gott ... mein kleines Mädchen ... wo ist sie nur hin?« Seine Wangen wurden hohl, als er zweimal tief am Inhalator saugte.

»Nicht weit weg, Justin. Sie kann nicht weit weg sein.« Karl griff nach den Armen seines Bruders und hielt ihn, während ihm Tränen über das Gesicht strömten.

Wenig später traf Shauna am Gemeindezentrum ein. Die Garda-Pressestelle habe schon den ganzen Tag über Anfragen von der Presse erhalten. Sie habe Sorge, dass sich Journalisten auf der Cherrywood Terrace versammeln würden, und riet Justin und Jenna, nach Hause zu fahren, bevor das passierte. Heute könnten sie nichts weiter tun. Sie setzte sich über ihre Einwände hinweg und nickte zustimmend, als sie erfuhr, dass Matthew und Lara eine weitere Nacht bei Karl bleiben würden. Sie müssten um jeden Preis vor der wachsenden medialen Aufmerksamkeit geschützt werden.

Als Karl in der Reihenhausstraße ankam, waren bereits Fernsehteams vor Ort. Vor Justins Haus parkten zwei Vans mit

Satellitenschüsseln auf dem Dach. Fotografen hatten Kameras auf Stativen aufgestellt und lichteten Shauna ab, die gerade das Haus verlassen hatte. Sie ignorierte die Reporter, die sich um sie drängten, und die Mikrofone und Aufnahmegeräte, die sie ihr entgegenstreckten. Entschieden schritt sie zu ihrem Auto und fuhr davon.

»Ich habe gerade mit Jenna telefoniert«, begrüßte Nicole ihn bereits im Flur. »Sie sagt, Justin und du habt euch im Suchzentrum vor aller Augen gestritten?«

»Wir haben uns nicht gestritten. Justin war nur aufgebracht wegen etwas, das er in der Zeitung gelesen hat –«

»Ich hab's gesehen.« Nicole hatte geweint, ihre Augen waren gerötet, ihr Blick immer noch wütend. »Wo hat die Journalistin dieses Foto her?«

»Von einer von Constance' Freundinnen offensichtlich.«

»Das ist kein besonders vorteilhaftes Foto, Karl. Du siehst ...«

»Was?«

»Nichts.«

»Sag es.«

»Es wirkt, als hättest du was zu verbergen. Und Constance, wie sie da an dir hängt ...« Sie presste die Lippen zusammen und schüttelte den Kopf.

»Was willst du andeuten, Nicole?«

»Es ist ein unschönes Foto«, sagte sie rundheraus. »Es ist anstößig. Es könnte einen falschen Eindruck erwecken.«

»Das glaube ich jetzt nicht –«

»Onkel Karl!« Matthew stand mit seinem Gameboy in der Hand in der Tür zum Wohnzimmer. »Draußen vor dem Tor ist ein Mann und macht Fotos von deinem Haus.«

Als Karl ins Wohnzimmer eilte, standen Lara und Sasha auf dem Sofa unter dem Fenster und winkten dem Fotografen vom *Capital Eye*. Karl wies sie an, sich hinzusetzen, und zog mit einer raschen Bewegung die Vorhänge zu.

»Warum steht da ein Auto vom Fernsehen vor unserem Haus?«, fragte Matthew. »Ist Constance jetzt berühmt?«

»Nein. Sie ist immer noch die alte Constance.«

»Ich setze dem jetzt sofort ein Ende.« Nicole stürmte in den Flur.

»Bleibt sitzen und guckt nicht noch mal aus dem Fenster«, ermahnte Karl die Kinder, dann eilte er ihr hinterher. Sie hatte die Haustür schon geöffnet und war gerade im Begriff, hinauszutreten, als er sie am Arm packte.

»Lass mich«, fuhr sie ihn an. »Er hat kein Recht, auf unserem Grundstück zu sein.«

»Er steht vor unserem Tor, das ist öffentlicher Raum.« Karl schlug die Tür zu. »Wir können ihn nicht davon abhalten, unser Haus zu fotografieren.«

»Das werden wir ja sehen.« Sie versuchte, sich loszureißen, doch er hielt sie zurück.

»Hör mir zu, Nicole. Ich weiß, wie das läuft. Je mehr du auf die Presse eingehst, desto komplizierter wird es. Er wird bloß ein Foto von dir machen und es für die morgige Ausgabe benutzen.«

»Er ist immer noch da«, rief Matthew aus dem Wohnzimmer.

»Ich habe doch gesagt, ihr sollt vom Fenster wegbleiben«, rief Karl zurück.

»Ich gucke nur heimlich«, rief Matthew zurück. »Da kommt eine Frau zum Tor.«

»Geh zurück zu den Kindern«, flüsterte er Nicole zu, als es an der Tür klingelte. »Lenk sie irgendwie ab.«

Warum flüsterte er in seinem eigenen Haus und war plötzlich so nervös, als hätte er etwas zu verbergen? Die Klingel ertönte erneut. Diesmal länger. Bevor sie im Wohnzimmer verschwand, warf Nicole ihm einen Blick zu, der ihn warnte, die Klingel weiter zu ignorieren.

Beim dritten Klingeln öffnete er Amanda Bowe die Tür.

»Was machen Sie hier?«, fuhr er sie an.

»Ich will Ihnen nur ein paar Fragen stellen. War Connie Mitglied einer geheimen –«

»Ihr Name ist *Constance.*« Drohend deutete er mit dem Finger auf sie. »Sie hasst es, Connie genannt zu werden, und keine ihrer *tränenüberströmten* Freundinnen würde sie je so nennen. Recherchieren Sie doch wenigstens vernünftig.«

»War Constance Mitglied in einer geheimen Bande?« Sein Zorn schien sie nicht im Geringsten zu erschüttern. »Wussten Sie, dass sie an gefährlichen Ritualen beteiligt war? Wenn ja, wieso haben Sie ihre Eltern nicht informiert?« Ihre unnachgiebigen braunen Augen verrieten, dass für sie jede Antwort eine tiefere Wahrheit verbarg, die sie um jeden Preis aufdecken wollte.

»Warum redet die Frau über Constance?« Matthew musste sich an Nicole vorbeigedrängt haben und starrte nun zu der Journalistin auf.

»Du musst Matthew sein.« Ihr schwarzes Haar fiel ihr ins Gesicht, als sie zu ihm hinabsah. »Hat Constance dir gesagt, wo sie hinwill, bevor sie von zu Hause weggelaufen ist?«

Karl nahm seinen Neffen bei den Schultern und drehte ihn um. »Matthew, geh zurück ins Wohnzimmer und bleib da.« Er trat auf Amanda Bowe zu. »Offenbar war Ethik in Ihrer journalistischen Ausbildung nie ein Thema. Ich werde Sie beim Presserat wegen Befragung eines Kindes ohne Erlaubnis der Eltern melden.«

»Warum wollen Sie mich unbedingt davon abhalten, nach Antworten zu suchen, die bei der Suche nach Ihrer Nichte behilflich sein –?«

Er schlug die Tür zu und schnitt ihr damit das Wort ab. Mit den Armen stützte er sich gegen die Wand. Wo bekam sie ihre Informationen her? Was würde sie in der morgigen Ausgabe des *Capital Eye* daraus machen? Unter seiner Haut prickelte eine plötzliche, unbändige Welle der Panik.

»Ich schätze, es ist Zeit für Popcorn und heiße Schokolade.« Nicole scheuchte die Kinder in die Küche. »Komm, Matthew. Ich mache deine Lieblingssorte, Pekannuss und Butter.«

Popcorn ploppte laut gegen den Topfdeckel, während die Kinder sich um den Herd scharten.

Wenn es über Nacht keine Neuigkeiten von Constance geben sollte, würde Nicole die Kinder morgen nach Grass Haven bringen, einen Pferdeschutzhof in Wicklow, der von Jennas Freundin Caroline geführt wurde. Das war eine gute Idee. Die Cherrywood Terrace war kein sicherer Ort mehr für sie. Die Pferde würden sie von dem Schrecken ablenken, der sich um sie herum ausbreitete, während der zweite Tag seit Constance' Verschwinden sich dem Ende zuneigte.

FÜNF

TAG DREI

Die Suche wurde ausgeweitet. Brachland und Felder jenseits von Glenmoore wurden abgesucht, und Karl, der den Morgen mit einer weiteren vergeblichen Suchaktion verbracht hatte, fuhr ins Stadtzentrum von Dublin, um Flugblätter an Passanten zu verteilen. Einige ignorierten ihn, da sie vermutlich glaubten, er würde ein Restaurant oder Rabattaktionen bewerben, doch diejenigen, die die Flugblätter annahmen, verlangsamten ihren Schritt und wünschten ihm viel Erfolg bei der Suche nach Constance.

Da rief ihn seine Stellvertreterin an. Barbara hatte aufgehört, Witze über hormongesteuerte Teenager zu reißen. Ihr Tonfall war finster, als sie nach Neuigkeiten fragte, und voller Mitgefühl, als sie erfuhr, dass es keine gab.

»Hast du schon das *Capital Eye* gelesen?«, fragte sie.

»Noch nicht«, erwiderte er. »Warum?«

»Amanda Bowes Artikel ist schon wieder auf der Titelseite. Und sie hat ein Porträt über dich geschrieben, das im Innenteil steht. Sie gehört wohl zur nachtragenden Sorte.«

»Was meinst du?«

»Erinnerst du dich etwa nicht mehr an sie?« Barbara klang

überrascht. »Ich dachte, sie hätte bei ihrem Vorstellungsgespräch einen unvergesslichen Eindruck bei dir hinterlassen.«

»Welches Vorstellungsgespräch?«

»Wir haben nach einem Journalisten für Features gesucht, und du hast sie bei ihrem Gespräch komplett auseinandergenommen. Nicht, dass es nicht gerechtfertigt gewesen wäre. Sie kam zu spät und hatte nicht die geringste Ahnung von unserer Zeitschrift.«

Er rief sich die Vorstellungsgespräche ins Gedächtnis, die vor zwei Jahren stattgefunden hatten. Das Gespräch mit ihr war ihm nicht in Erinnerung geblieben, und ihr Name hatte ihm auch nichts gesagt, doch als Barbara ihm die Begegnung beschrieb, konnte er sich vage an sie erinnern.

Sie war damals fülliger gewesen, hatte zu enge Kleidung getragen und die Füße in zu hohe Schuhe gequetscht. Hatte sie eine Brille angehabt und das schwarze Haar kurz getragen? Das würde erklären, warum er sie nicht erkannt hatte. Ihm fiel wieder ein, wie schlecht sie vorbereitet gewesen war. Sie hatte seine Fragen alle nur halb beantwortet und den Eindruck vermittelt, dass sie die *Hitz* für eine anspruchslose Musikversion der *Hello!* hielt, was ihn zur Weißglut gebracht hatte. Ein kurzer Blick auf ihre Arbeitsproben hatte ihm verraten, dass sie schreiben konnte, doch es waren ihre Einstellung und ihre lustlosen Antworten gewesen, die ihn so genervt hatten, dass er das Gespräch vorzeitig abbrach.

Er betrat einen Zeitungsladen auf der Grafton Street und sah die Regale durch.

VERMISSTE SCHÜLERIN: VERBINDUNG ZU GEHEIMER SEKTE?

Die Überschrift nahm einen Großteil der Titelseite des *Capital Eye* ein. Er bezahlte die Zeitung und ging rüber zu St Stephen's Green. Es hatte sich zugezogen, regenschwere kohlschwarze Wolken verdüsterten den Himmel, doch niemand im Park schien es zu bemerken. Kinder warfen den Enten Brot hin, Mütter schoben Buggys über die von Bäumen gesäumten Wege, Menschen lachten. Ein Windstoß riss ihm eines der Flugblätter aus der Hand. Es fiel in den Ententeich.

Constance ... Constance trieb im Wasser ... verloren.

Er ließ sich auf einer Bank nieder und schlug die Boulevardzeitung auf.

Über der Cherrywood Terrace hängt dieser Tage eine dunkle Wolke. Bis vor drei Tagen war die Reihenhaussiedlung ein Ort, an dem Eltern ihre Kinder nur zu gern großzogen, eine sichere und weitläufige Umgebung. Doch das alles hat sich geändert, seit Connie Lawson verschwunden ist.

Die Gerüchteküche in der Nachbarschaft kocht. Angeblich sei Connie in eine Sekte hineingeraten. Bei der Aufnahme neuer Mitglieder würden geheime Rituale vollzogen. Diese Rituale seien auch später fortgeführt und als Loyalitätsbeweis gegenüber der Sekte betrachtet worden. Zudem gibt es Behauptungen, dass Connies Onkel Karl Lawson (35), umstrittener Redakteur der Zeitschrift Hitz, *durch seine vermisste Nichte von dieser Sekte erfahren, ihre Eltern aber bis zum Verschwinden des Teenagers nicht gewarnt habe.*

Die Gardaí, die dieser Möglichkeit derzeit nachgehen, haben Connies Handy und Laptop durchsucht, konnten aber keinerlei Hinweise finden, die Lawsons Aussage stützen. Dennoch schließen sie diese mysteriöse Möglichkeit derzeit noch nicht aus.

Connies Freunde bestreiten das Bestehen einer derartigen Sekte. »Connie ist am liebsten in ihrem Zimmer mit ihren Kuscheltieren und hört Musik«, berichtet Tracey Broome. »Eine geheime Sekte hat sie mir gegenüber nie erwähnt.«

Derweil wird die nervenaufreibende Suche fortgesetzt. Connies Bruder Matthew (8) und ihre Schwester Lara (4) sind seit ihrem Verschwinden bei Karl Lawson und seiner New Yorker Frau Nicole (33) untergekommen. Nun ist Nicole Lawson mit den Kindern und ihrer Tochter Sasha (5) an einen nicht bekannten Ort gezogen.

Die Gardaí sind immer noch zuversichtlich, Connie lebend zu finden. Morgen werden ihre Eltern im Fernsehen einen Aufruf starten, damit sie wohlbehalten zurückkehrt, sollte es bis dahin keine Neuigkeiten zur vermissten Teenagerin geben.

Ein Porträt zu Karl Lawson finden Sie auf Seite 6.

Karl starrte stumpf auf das Foto von sich. Mit erhobenem Finger stand er in seiner Haustür und sah aggressiv aus. Constance' Foto, das auch für die Plakate verwendet wurde, war in einem kleinen runden Rahmen daneben platziert.

Die Journalistin musste eine Quelle bei der Polizei haben. In den anderen Zeitungen, ob seriös oder Boulevard, und auch in den Nachrichtensendungen war Karls Verbindung zu seiner Nichte nicht erwähnt worden. Stattdessen fokussierten sie sich auf die Suche und baten die Öffentlichkeit um Informationen. Nutzte Amanda Bowe ihre Schreibfeder als Waffe, um sich für das Vorstellungsgespräch bei der *Hitz* zu rächen? Die Vorstellung war absurd, und doch schien der Boden unter ihm leicht zu schwanken, als er die Seiten der Zeitung umblätterte. So hatte er sich bisher nur ein einziges Mal gefühlt. Selina Lee … Arizona … Er versuchte, die Erinnerung zu verdrängen, als er begann, das Porträt über sich selbst zu lesen, doch das Gefühl, abermals in eine Falle getappt zu sein, aus der es keinen Ausweg gab, war beängstigend vertraut.

Provokativem Redakteur sind Kontroversen nicht fremd

Die Hitz *ist eine in der Musikbranche wohlbekannte Zeitschrift. Aufstrebende Bands wissen um die Macht des Maga-*

zins, ihnen zum Durchbruch zu verhelfen oder sie zum Scheitern zu verurteilen. Gestandene Künstler, die ihre neuen Alben promoten wollen, sind sich nur allzu bewusst, dass eine Besprechung in der Hitz *einen sofortigen Anstieg der Verkaufszahlen bewirkt, eine negative Kritik aber den Todesstoß bedeuten kann. Karl Lawson (35), Chefredakteur der Zeitschrift, hat seine ersten Erfahrungen beim renommierten New Yorker Musikmagazin* Cannonade *als Musikkritiker gesammelt. Zuvor verbrachte er einige Zeit in Arizona, wo er auf dem Bau arbeitete. Vor fünf Jahren kehrte er mit seiner aus New York stammenden Frau Nicole und ihrem gemeinsamen Töchterchen nach Irland zurück, nachdem er von Lar Richardson abgeworben worden war, dem energetischen Zeitschriftenmogul, Projektentwickler und Inhaber von LR1.*

Kurz darauf interviewte Lawson die Mitglieder der berüchtigten Rockband Blasted Glass aus Manchester, deren ehemaliger Schlagzeuger Ed Stone einen minderjährigen Fan missbraucht hatte. Trotz der Dementis der Bandmitglieder heißt es, dass sie die Augen vor Stones Taten verschlossen hätten. Nachdem Stone für schuldig befunden und inhaftiert wurde, gab Lawson der Band die Möglichkeit, die Anschuldigungen zu entkräften, sie seien an Vertuschungsversuchen beteiligt gewesen.

Zwei Monate später wurde ein Brief von Stone in der Hitz *veröffentlicht, in dem der verurteilte Pädophile sich selbst von seinem Verbrechen zu entlasten versuchte. Daraufhin wurde vor den Büroräumen der* Hitz *demonstriert, Fenster wurden eingeschlagen und einige Protestanten versuchten, das Gebäude zu stürmen. Lawson beharrte entschieden auf seinem Recht, Stones Brief zu veröffentlichen, es sei ein Versuch des Kinderschänders, für das Leid zu büßen, das er seinem jungen Opfer zugefügt habe. Später beging Stone in seiner Zelle Suizid.*

Jetzt befindet sich Lawson abermals im Fokus der Öffent-

lichkeit. Diesmal ist die Angelegenheit sehr viel persönlicher und intimer. Der Onkel der vermissten Schülerin Connie Lawson (13) hat ein enges Verhältnis zu seiner Nichte und ist derzeit aktiv an der Suche nach ihr beteiligt …

Unfähig weiterzulesen, saß Karl über die Zeitung gekauert da. Wie lange war es her, seit er zuletzt an Ed Stone gedacht hatte? Der unauffällig aussehende Schlagzeuger hatte immer im Hintergrund gestanden und seine düsteren Triebe gut verborgen. Das Gerichtsverfahren wäre entsetzlich geworden, doch er hatte sich schuldig bekannt und war still und leise ins Gefängnis befördert worden.

Die Band hatte einen neuen Schlagzeuger gefunden und ihr Image und auch ihre Musik gründlich umgekrempelt. Karl fand die neue Musik langweilig. Es fehlte ihr an anspruchsvollen Rhythmen, dafür zog sie ein jüngeres Publikum an. Als das erste Album mit dem neuen Sound herauskam, gab Karl der Band die Titelseite der *Hitz* sowie ein Interview. Barbara hatte ihn davor gewarnt, Ed Stones reuevollen Brief zu veröffentlichen. Sie hatte geahnt, dass ihnen das Ganze gehörig um die Ohren fliegen würde, und sie hatte Recht behalten. Karl war klar gewesen, dass es Hassbriefe geben würde, Anschuldigungen, dass er einem Kinderschänder erlaubt habe, seine verdorbenen Ansichten zu verbreiten. Ed hatte ihm anvertraut, was er vorhatte. Lieber einen schnellen Tod als die Schläge und Vergewaltigungen, die er im Gefängnis erdulden musste. Karl war die letzte Person gewesen, die er angerufen hatte. Am Tag nach der Veröffentlichung seines Briefs schnitt er sich die Pulsadern mit einer Glasscherbe auf, die er in seine Zelle geschmuggelt hatte. Angesichts des Bandnamens eine passende Waffe, um sein Leben zu beenden, symbolisch und tödlich. Nichts konnte den Blutfluss stoppen, genau wie nichts die Hassbriefe hatte stoppen können, die sich auf Karls Schreibtisch nur so stapelten. Die erhöhten Verkaufszahlen der *Hitz* bewiesen jedoch abermals, dass es so etwas wie schlechte Publicity nicht gab, und Lar Richardson hatte sich geweigert, in irgendeiner Weise gegen seinen Redakteur vorzugehen.

Amanda Bowe hatte sich viel Mühe mit seinem Porträt gegeben. Er schloss die Augen. Die Müdigkeit drohte, ihn zu überwältigen – zu wenig Schlaf, und das bisschen, das er bekommen hatte, war von Albträumen geplagt gewesen, die gerade gefährlich real wurden. Woher wusste sie von Arizona? Hatte sie das nur so dahergeschrieben oder bedeutete es etwa, dass sie Nachforschungen über diese Zeit in Karls Leben anstellte, über diesen weit entfernten Dunst aus rotem Staub und glühendem Sonnenschein, der ihn noch immer in seinen Träumen verfolgte?

Sein Handy klingelte erneut. Sergeant Moran war wie immer kurz angebunden. Die Polizei würde gern sein Haus durchsuchen, für den unwahrscheinlichen Fall, dass Constance dort einen Hinweis auf ihren Verbleib hinterlassen habe.

»Das ist reine Routine«, erklärte sie. »Da Ihr Haus ihr zweites Zuhause zu sein scheint, könnte uns das bei unseren Ermittlungen helfen.« Nach einer kurzen Pause fügte sie hinzu: »Wenn Sie irgendwelche Einwände haben, besorge ich einen Durchsuchungsbeschluss.«

»Ich habe keine Einwände«, erwiderte Karl. »Ich bin nur gerade in der Stadt und verteile Flugblätter.«

»Das ist mir bewusst.« Ihr Tonfall ließ annehmen, dass sie über alles, was er tat, genauestens Bescheid wusste. »Ich schlage vor, dass Sie sich auf den Weg machen. Wir warten auf Sie.«

SECHS

Aus dem oberen Stockwerk war lautes Poltern zu vernehmen. Türen wurden geöffnet, Schubladen aufgezogen und Möbel verschoben, während die Polizei sich methodisch von Zimmer zu Zimmer arbeitete. War es eine Routinedurchsuchung, wie Sergeant Moran gesagt hatte, oder steckte mehr dahinter? Was erwarteten sie zu finden? Er hätte einen Durchsuchungsbeschluss verlangen und seine Anwältin kontaktieren sollen, bevor er sie in sein Haus ließ. Doch warum sollte er einen Anwalt oder einen Durchsuchungsbeschluss brauchen? Er zog zu voreilige Schlüsse, doch die Vermutung, dass gegen ihn ermittelt wurde, wurde immer stärker, machte ihn immer nervöser.

Da er nicht stillsitzen konnte, ging er mit einer Tasse Tee ins Wohnzimmer. Draußen auf dem Bürgersteig hatte eine zierliche rothaarige Frau eine Fernsehkamera aufgestellt und filmte gerade zwei Einsatzwagen, die an der Straße parkten. Weitere Journalisten waren dazugekommen, unter ihnen Amanda Bowe und ihr Fotograf. Gerade lachte sie mit zurückgeworfenem Kopf über etwas, das er gesagt hatte. Entspannt schien sie darauf zu warten, dass die Polizei herauskam.

Karl zog die Vorhänge zu und kauerte sich in einen Sessel. Er wurde belagert, in seinem Zuhause und davor.

Sergeant Moran kam ins Wohnzimmer und setzte sich ihm gegenüber hin.

»Erkennen Sie den wieder?« Sie legte einen durchsichtigen Plastikbeutel zwischen ihnen auf den Wohnzimmertisch.

Er starrte auf den Fetzen weißen Stoffs in der Tüte. Etwas, das Sasha gehörte, dachte er zuerst. Eines ihrer vielen Haarbänder oder Unterhemden. Doch die wachsame Miene der Garda verriet ihm, dass es nichts mit seiner Tochter zu tun hatte. Da erkannte er die Form. Zwei kleine spitzenbesetzte Baumwolldreiecke, ein Träger auf jeder Seite, eine Reihe pinkfarbener Herzen auf dem unteren Band.

»Erkennen Sie den?«, wiederholte sie.

»Das ist ein BH«, erwiderte er.

»Gut erkannt.« Sie wartete, bis er die offensichtliche Frage stellte.

»Wo haben Sie den gefunden?«

»Zwischen der Wand und Ihrem Bettrahmen«, sagte sie. »Gehört der ihrer Frau?«

Karl hatte keine Ahnung von BH-Größen, aber sollte Nicole jemals in diesen hier hineingepasst haben, dann vielleicht während ihrer Pubertät. Sie wünschte sich zwar eine athletischere Statur, doch ihre Brüste waren voll und schwer, lagen wundervoll in den Händen.

Er schüttelte den Kopf.

»Könnte er Constance Lawson gehören?«

Er war im Begriff zu sagen: »Sie trägt noch keine BHs.« Aber wie würde sich das anhören? Wie würde Sergeant Moran das interpretieren? Er hatte außerdem keine Ahnung, ob Constance BHs trug und erst recht nicht, wie einer davon in seinem Schlafzimmer gelandet war. War das eine Falle? Ein Beweisstück, das platziert worden war, um ihn zu belasten?

»Ich weiß nicht, ob er ihr gehört. Wenn ja, habe ich absolut keine Ahnung, wie er dahingekommen ist.«

»Hat sie je in Ihrem Schlafzimmer geschlafen, wenn sie hier übernachtet hat?«

»Nie«, antwortete Karl. »Sie schläft im Gästezimmer.«

»Wie erklären Sie sich dann, dass wir ihn in Ihrem Schlafzimmer gefunden haben?«

»Ich habe keine Ahnung.«

»Finden Sie es nicht merkwürdig, dass wir ihn dort gefunden haben?«

»Doch, natürlich. Vielleicht hat sie dort geschlafen, als wir im Urlaub waren, und hat den BH vergessen. Justin hat einen Ersatzschlüssel. Wir gehen ständig beieinander ein und aus.«

»Sie haben offenkundig ein enges Verhältnis zu Ihrem Bruder.«

»Ja, das habe ich.«

»Und doch haben Sie es nicht für nötig gehalten, ihm von dem leichtsinnigen Verhalten seiner Tochter am Strand zu erzählen?«

»Ich weiß, dass es verkehrt wirkt, aber –«

»Wirkt?« Sie klemmte die Lippen zwischen die Zähne und presste ebenso nachdrücklich die Fingerspitzen aneinander. »Sie ist dreizehn. Haben Sie nie auch mal an ihre Sicherheit gedacht?«

»Ich habe ihr vertraut. Sie hat hoch und heilig versprochen, nie wieder so etwas Dummes zu tun.«

»Und doch sind Sie direkt zu dieser Felsnische gegangen, als Sie hörten, dass sie vermisst wird.«

»Es war ja möglich …« Er hielt inne, unsicher, wie er den Satz beenden sollte.

»Dass sie ihr Versprechen gebrochen hat?«

»Genau.«

»Ihr Vater sagt, Sie nehmen sie regelmäßig zu Veranstaltungen für Erwachsene mit.«

Ihre Stimme, ihr ungebrochen monotoner Tonfall, schürte seine Panik. »Ich bekomme ständig Freikarten für Konzerte. Manchmal gebe ich die an Constance und ihre Freundinnen weiter, wenn ich glaube, die Band könnte ihnen gefallen.«

»Sie erlauben ihr, sich unbeaufsichtigt im Backstagebereich herumzutreiben.«

»Sie ist immer in Begleitung von mir und ihren Freundinnen.«

»Die ebenso jung sind wie Constance. Ist das eine Angewohnheit von Ihnen, Mr Lawson? Sich bei Dreizehnjährigen einzuschmeicheln?«

»Ich bin ihr Onkel. Wir verstehen uns gut. Ist das ein Verbrechen?«

»Habe ich impliziert, dass es ein Verbrechen ist?«

»Nein …«

»Warum erwähnen Sie dann diese Möglichkeit?«

»Das war nur so ein Ausdruck.«

»Wählen Sie Ihre Worte mit etwas mehr Bedacht, Mr Lawson.«

Seine Augen brannten, während er ihrem Blick standhielt. »Wenn Sie noch weitere Fragen haben, Sergeant Moran, kontaktiere ich meinen Anwalt.«

»Das könnte womöglich vonnöten sein, muss es aber nicht.« Sie wandte als Erste den Blick ab, vermutlich sparte sie sich ihren Schlag für ein anderes Mal auf. »Das kommt ganz darauf an, wie unsere Ermittlungen voranschreiten. Danke für Ihre Kooperation, Mr Lawson.«

Als die Polizei wieder ging, standen noch mehr Journalisten vor seinem Tor als zuvor. Karl zog den Vorhang ein Stückchen zurück und beobachtete, wie Sergeant Moran unter Blitzlichtgewitter zielstrebig an den Reportern vorbeischritt und ihre gerufenen Fragen ignorierte. Kein Wunder, dass sich immer mehr Medienvertreter zusammenfanden. Sie erinnerten ihn an in Käfige gesperrte Panther, wie sie da den Bürgersteig auf und ab gingen, ihre Coffee-to-go-Becher umklammert hielten und die neuesten Ermittlungsentwicklungen in ihre Handys sprachen.

Er versuchte, Justin und Jenna zu erreichen, doch sie gingen beide nicht ran.

Als er gerade sein Abendessen in der Mikrowelle auftaute, rief Barbara ihn an. »Wie geht es dir?«

»Nicht besonders gut«, erwiderte Karl. »Ich habe das *Capital Eye* gelesen.«

»Sie ist die reinste Sensationsreporterin, Karl«, beschwichtigte sie ihn. »Weißt du noch, was sie geschrieben hat, als letztes Jahr dieser Jugendliche in der Innenstadt erschossen wurde? Seine Familie hat wegen ihr die Hölle durchgemacht.«

»Offenbar hat sie mit mir genau das Gleiche vor.«

»Was hat es mit dem Gerede über eine geheime Sekte auf sich?«

»So ein Blödsinn«, erwiderte er. »Constance war in keiner Sekte. Sie war in einer Clique, die gerne mal einem Adrenalinkick nachgejagt ist. Und ja, ich habe ihren Eltern diese Information vorenthalten, weil ich ihr vertraut habe, dass sie mit diesem dämlichen Verhalten aufhören würde. Und *ja*, Nicole ist mit den Kindern aus dem Haus, aber nur, um sie vor der Presse zu schützen. Was Amanda Bowe schreibt, ist Hetze, aber sie bewegt sich so gerade noch im Bereich der Wahrheit. Und jetzt wurde mein Haus auch noch von den Gardaí durchsucht. Draußen wartet die Presse und von Constance ist immer noch keine Spur.«

»Ich kann mir gar nicht vorstellen, was ihre Eltern durchmachen müssen.«

»Sie hangeln sich von einer qualvollen Stunde zur nächsten. Weiter können sie einfach nicht denken. Wie kommst du zurecht?«

»Wir sind hier so gut wie fertig für heute …« Sie zögerte,

dann fuhr sie fort: »Was soll ich mit Constance' Kritik zu Tin Toy Soldiers machen?«

»Oje.« Er schlug sich mit der Hand gegen die Stirn. »Die habe ich ja komplett vergessen. Die können wir auf keinen Fall verwenden, bis wir sie gefunden haben.«

Wann würde das sein? Traurigkeit wallte in ihm auf, als er sich daran erinnerte, wie aufgeregt sie gewesen war, als er ihr gesagt hatte, sie könne ihre erste Musikkritik für die *Hitz* schreiben. Eines Abends, als er gerade Sasha ins Bett brachte, war sie bei ihm vorbeigekommen.

»Ist jemand zu Hause?«, hatte sie gerufen, nachdem sie mit ihrem eigenen Schlüssel aufgeschlossen haben musste.

Sasha, die eigentlich gerade einschlummerte, während er ihr eine Gute-Nacht-Geschichte vorlas, setzte sich sofort auf und rief zurück: »Wir sind in meinem Zimmer!«

Nicole hatte Nachtschicht im Krankenhaus und Karl hatte gehofft, ein wenig am Laptop redigieren zu können, sobald Sasha schlief. Er seufzte, als Constance die Treppe heraufgehüpft kam, denn nun würde es mindestens noch eine Stunde dauern, bis seine Tochter wieder zur Ruhe kommen würde.

Später hatte Constance sich einen Kräutertee und ihm einen Kaffee aufgesetzt, dann hatte sie sich auf dem Sofa eingekuschelt, um sich das neueste Album von Tin Toy Soldiers anzuhören. Seit er sie und ihre Freundinnen vor ein paar Monaten zu einem ihrer Konzerte mitgenommen hatte, war sie ein Fan der Band. Er hatte ihr geraten, sich die Songs mehrmals anzuhören, bevor sie ihre Kritik schrieb. Wenn sie die Standards erfüllte, würde er sie veröffentlichen. An der Haustür hatte sie die Arme um ihn geworfen und ihm versprochen, dass er die Kritik in drei Tagen bekommen würde, woran sie sich auch gehalten hatte.

»Ich kann den Platz problemlos mit etwas anderem füllen«, sagte Barbara sanft. »Wir bringen die Kritik nächsten Monat, wenn das alles hinter uns liegt.«

»Ja, so machen wir das.« Hoffnung ... Es musste Hoffnung geben. Alles andere war undenkbar. »Danke, dass du für mich übernimmst, Barbara. Das weiß ich zu schätzen.«

»Das ist doch das Mindeste.«

»Hat Lar Richardson irgendwas gesagt? Ich habe versucht, ihn anzurufen, um ihm zu erklären, was los ist. Aber er war gerade in einem Meeting und hat bisher nicht zurückgerufen.«

»Du kennst doch Lar.« Barbara seufzte. »Er ist so mit seinem neuen Fernsehsender beschäftigt, dass er kaum Zeit für irgendetwas anderes hat. Ich habe mit ihm über Constance gesprochen. Er fühlt mit dir und weiß, dass du zurück zur Arbeit kommst, sobald sie gefunden wird.«

SIEBEN

TAG VIER

Fall Connie: Unbekannter Verdächtiger im Fokus
Von Amanda Bowe

Die Suche nach der vermissten Schülerin Connie Lawson (13) nahm gestern Nachmittag eine düstere Wende, als die Gardaí ein Haus in der Gegend von Glenmoore nicht weit von Connies Zuhause durchsuchten. Zu den Gründen für diese Durchsuchung hält man sich bedeckt, doch trotz des rigorosen Vorgehens gegen die Medien kann Capital Eye *enthüllen, dass ein intimes Damenbekleidungsstück, das in einem der Schlafzimmer gefunden wurde, zur kriminaltechnischen Untersuchung aus dem Haus entfernt wurde.*

Die Haus-zu-Haus-Befragungen werden heute fortgeführt. Die Garda-Pressestelle appelliert an jeden, der etwas wissen könnte, so unwichtig es auch scheint, die Glenmoore Garda Station zu kontaktieren, wo man sich nach wie vor der Suche nach Connie widmet. Ihre Eltern, Justin und Jenna Lawson, werden an diesem Nachmittag eine Pressekonferenz abhalten, um die Öffentlichkeit um ihre Mithilfe bei der Suche nach ihrer vermissten Tochter zu bitten.

Alle wollten sie ihn in Stücke reißen – und Amanda Bowe hatte ihnen gezeigt, wie es ging. Die Journalisten wechselten ihre Perspektiven vom Allgemeinen zum Persönlichen, schrieben ihm listenweise Fragen per E-Mail oder stopften sie gleich durch seinen Briefschlitz. Karl beobachtete vom Wohnzimmerfenster aus, wie ein Reporter Maria Barnes interviewte, die drei Häuser weiter von Justin wohnte. Maria warf einen raschen Blick zu Karls Haus hinüber, als ahnte sie, dass er sie beobachtete, und schloss die Tür. Der Reporter überquerte die Straße und klingelte bei ihm. Als Karl nicht aufmachte, rief er durch den Briefschlitz, stellte sich als Eric Walker vor und bat ihn um ein Interview. Seine Stimme klang dringlich, vermutlich saß ihm eine Deadline im Nacken. Sein braunes Haar hatte er mit Gel zu kurzen rebellischen Stacheln geformt. Er schrieb für die *Daily Orb* und schien ehrgeizig und verbissen, vermutlich war er aus dem gleichen Holz geschnitzt wie Amanda Bowe.

Als seine gerufenen Fragen unbeantwortet blieben, schob er schließlich ein Blatt Papier durch den Briefschlitz und kehrte zu dem Pulk Journalisten vor dem Gartentor zurück. Er schenkte den anderen jedoch keine Beachtung, setzte sich auf die Grundstücksmauer und sprach in sein Handy.

Karl überflog die Fragen, die allesamt vor Argwohn nur so trieften.

- *Können Sie das »enge Verhältnis«, das Sie zu Ihrer Nichte pflegen, näher beschreiben?*
- *Hat Constance Ihnen in der Nacht, in der sie verschwand, gesagt, wo sie hinwill?*
- *Hat Ihr enges Verhältnis zueinander zu Spannungen mit ihren Eltern geführt?*

- *Wurde ihr Haus gestern von Gardaí durchsucht und wurde dabei ein »intimes Damenbekleidungsstück« sichergestellt?*
- *Kommt Constance regelmäßig zu Ihnen, wenn Ihre Frau Nachtschicht hat?*
- *Waren Sie zu irgendeinem Zeitpunkt mal in den frühen Morgenstunden allein mit ihr im Auto?*

Er zerknüllte das Blatt und warf es in den Mülleimer. Die letzten beiden Fragen konnten nur von etwas herrühren, das Maria Barnes gesagt hatte. Nicole nannte sie immer »das dritte Auge«. Sie wusste über alles Bescheid, was in der Nachbarschaft vor sich ging. Aber warum verzerrte Maria die Wahrheit? Sie war eine Klatschtante, aber nicht bösartig – zumindest hatte er das immer geglaubt.

Kurz darauf rief Nicole an. »War das unser Haus, das durchsucht wurde?«, fragte sie.

»Ja.« Es hatte keinen Sinn, es zu leugnen. »Die Polizei muss jeder Möglichkeit nachgehen. Für Constance ist unser Haus ein zweites Zuhause, also war eine Durchsuchung unumgänglich.«

»Mir wird schlecht, richtig schlecht, bei dem Gedanken, dass sie unsere privaten Sachen durchwühlt haben«, meinte Nicole. »Intimes Damenbekleidungsstück? Was soll *das* bitte bedeuten?«

Er zögerte zu lange. Die Information war nun für jedermann zugänglich und somit außerhalb seiner Kontrolle, doch er wollte das ungern übers Telefon besprechen. Nicole seufzte.

»Was haben sie sichergestellt, Karl? Sag schon.«

»Sie haben einen BH gefunden –«

»Sie haben einen meiner *BHs* mitgenommen?« Ihre Panik verschärfte seine Befürchtungen nur.

»Es war keiner von dir. Sie wissen nicht, wem er gehört.«

»Weißt du es?«

»Natürlich nicht.«

»Aber Amanda Bowe schreibt, sie haben ihn in einem der Schlafzimmer gefunden. In welchem?«

»In unserem.«

»*Was?*«

»Eingeklemmt hinter dem Bettrahmen, haben sie gesagt. Aber das ergibt keinen Sinn.«

»Die Polizei denkt wohl, er gehört Constance. Warum sonst würden sie ihn mitnehmen? Denken die, dass sie in unserem Bett geschlafen hat?«

»Ich weiß nicht, was die denken, Nicole. Vielleicht wollen sie mir was anhängen –«

»Was denn anhängen?« Ihre Stimme war rau. »Das ist doch Quatsch.«

»All das ist Quatsch. Hast du dieses Schundblatt gelesen? Das Zeug, das Amanda Bowe schreibt –«

»Du hast mir gerade gesagt, dass sie Constance' BH in unserem Schlafzimmer gefunden haben.« Sie räusperte sich, atmete aber weiterhin schwer und schnell. »Was sie berichtet, ist also die Wahrheit. Verstehst du nicht, wie das aussieht? Constance' BH, Karl, in *unserem* Bett.«

»Nicole, du kannst doch nicht glauben ... Willst du etwa andeuten, dass ich wissen sollte, wie der BH dahin gekommen ist?«

»Natürlich nicht. Aber ich habe Angst, und diese Angst wird mit jeder Stunde größer.«

Das Festnetztelefon klingelte. »Warte kurz«, sagte er. Eine Journalistin von Sunrise Radio wollte ein Interview mit ihm. Karl sagte ihr, sie solle die Garda-Pressestelle kontaktieren, und legte auf. Erneut klingelte das Telefon und unterbrach abermals ihr Gespräch.

»Ich muss auflegen, Nicole.«

»Wer ruft da an? Sind das Journalisten?«

»Keine Sorge.« Er drückte auf dem Festnetztelefon den roten Hörer. »Ich werde nicht mit ihnen reden.«

Nicole weinte, als er den Anruf beendete. Er wollte bei ihr sein, sie umarmen und ihr nicht übers Telefon von Dingen berichten müssen, die keinen Sinn ergaben, sondern von Angesicht zu Angesicht, wie in New York, als sie sich kennengelernt hatten.

Damals hatte sie auch geweint. Sie saß nah an der Wand eines Cafés in der West Twentieth Street und trug enge Jeans, eine kurze Samtjacke und einen schwarzen Rollkragenpullover. Alles an ihr hatte beherrscht gewirkt, selbst ihre Tränen. Sie hatte sie diskret mit einer sorgsam gefalteten Papierserviette weggetupft, und es hatte den Anschein, als wäre Karl der einzige in dem überfüllten Café, der ihren Kummer bemerkte.

Aus einem Impuls heraus war er zu ihrem Tisch hinübergegangen und hatte sie gefragt, ob sie gern einen Kaffee mit ihm trinken würde. Zuerst hatte sie abgelehnt, doch dann hatte sie genickt und matt gelächelt. Als er zu ihrem Tisch zurückgekehrt war, war ihm der schmale weiße Streifen auf ihrem sonnengebräunten Ringfinger aufgefallen. Es sei wegen einer aufgelösten Verlobung, hatte sie zugegeben, als ihre Tränen getrocknet waren. Der Vater ihres Ex-Verlobten und ihr eigener Vater seien Partner in einem Steuerbüro, und ihre Entscheidung, die Hochzeit abzublasen, treffe beide Familien schwer.

Karl hatte sich von ihrem herzförmigen Gesicht und dem elfenhaften blonden Haar, das ihre blauen Augen betonte, angezogen gefühlt. Er fand sie wunderschön. Nicht auf die wilde, ungezähmte Art, auf die Selina Lee schön gewesen war, sondern auf subtilere, sicherere Weise. Sie ließ Arizona in weite Ferne rücken. Sie bot ihm einen Ausweg, und den nahm er dankend an.

Jetzt sehnte er sich nur danach, das Haus zu verlassen und nach Grass Haven zu fahren, um sie dazu zu bringen, ihm zuzuhören, ihn zu ... verstehen. Aber was genau sollte sie verstehen? Die Journalisten vor seinem Haus waren noch mehr geworden. Auf einem der Transporter erkannte er die unverkennbare grau-rote Beschriftung des FernsehsendersLR1. Lar Richardsons Zeitschriftenverlag und sein Fernsehsender waren zwei voneinander unabhängige Unternehmen, doch das minderte Karls Unbehagen nicht. Sein Chef hatte ihn nicht zurückgerufen. Lar hatte wenig Verständnis für Emotionales, und sobald Karl dem Ruf der *Hitz* schadete, würde er handeln.

Bald war es Zeit für die Pressekonferenz. Irgendwie musste er das Haus unbemerkt verlassen.

Er holte eine Skijacke aus dem Schrank im Flur und zog sie an. Mit dem königsblauen Stoff und den gelben Farbelementen war die Jacke bunt genug, um die Aufmerksamkeit der Presse auf sich zu ziehen. Er öffnete die Haustür, schloss sie nach dem ersten Aufblitzen der Kameras aber sofort wieder und ging zurück ins Wohnzimmer. Er lief nah am Fenster vorbei, damit die Fotografen einen erneuten Blick auf ihn erhaschen konnten, und drapierte die Jacke dann außer Sicht über eine Ecke des Sofas, das er anschließend vor das Fenster schob. Eine dürftige List, doch er hoffte, sie würde lang genug funktionieren, um ihm Zeit zur Flucht zu geben. Er zog den Reißverschluss seiner Sweatjacke zu, zog sich die Kapuze über den Kopf und ging zur Hintertür hinaus. Ein Tor am anderen Ende des Gartens führte ihn auf den schmalen Weg, der entlang der Rückseite der Häuser der Cherrywood Terrace verlief. Bisher wurde dieser Weg noch nicht von der Presse überwacht, sodass er unbemerkt die Cherrywood Avenue betreten und sich dann zu Fuß in Richtung des Zentrums von Glenmoore aufmachen konnte.

ACHT

Er betrat das Hotelzimmer des Glenmoore Grand, in dem die Pressekonferenz stattfinden würde, und schlüpfte unbemerkt in die hinterste Reihe. Wie Regen auf einem Blechdach erklang das Klicken der Kameras, als Jenna und Justin zu einem Tisch auf dem Podium eskortiert wurden. Jennas schmale Gestalt wirkte zerbrechlich, als sie sich neben ihre Anwältin Olga Nicholls setzte. Olga war seit der Schulzeit ihre Freundin und auch Karls Anwältin. Justin nahm neben ihr Platz, zu seiner anderen Seite saß die Opferschutzpolizistin. Superintendent Breen, der Bezirksleiter der Garda, war ebenfalls zugegen, ebenso wie ein Superintendent der Garda-Pressestelle.

Die erwartungsvolle Stimmung unter den versammelten Pressevertretern spitzte sich zu, als Jenna zu sprechen begann. Sie schaffte es nicht, ihr vorbereitetes Statement zu Ende zu bringen, und Olga übernahm für sie, las ruhig die letzten Sätze vor. Justin blieb stark während seiner Ansprache. Das grelle Licht der Fernsehkameras hob seine Blässe und die tiefer werdenden Furchen in seinem Gesicht hervor.

»In den Medien wurde berichtet, dass wir uns mit Constance gestritten haben, bevor sie von zu Hause weg ist«, sagte er. »Wir glauben nicht, dass dieser Streit mit dem Verschwinden unserer Tochter in Verbindung steht. Streit zwischen Eltern und jungen Teenagern über Hausregeln ist ganz normal. Constance weiß, dass wir manchmal Entscheidungen treffen müssen, die für sie schwer zu akzeptieren sind, um sie zu schützen. Wir glauben, dass du da draußen bist, Constance. Und wenn du gegen deinen Willen festgehalten wirst, dann plädiere ich an deinen Entführer: Bitte, ich flehe Sie an, bringen Sie unsere Tochter sicher zurück zu uns nach Hause.«

Die Fragen begannen und wurden vom Beamten der Pressestelle beantwortet, dann beendete Superintendent Breen die Konferenz. Während er die kleine Gruppe aus dem Raum geleitete, forderten die Reporter weiterhin lautstark mehr Informationen. Amanda Bowe rief Jenna, die schon fast aus der Tür war, eine letzte Frage zu. Ihre laute Stimme erreichte Jenna, die sich mit tränenüberströmtem Gesicht umdrehte und nickte, als würde sie die Frage einfach nur abschmettern wollen.

Karl verließ gerade das Hotel, als die Journalistin ihn einholte und ihm ihr Aufnahmegerät entgegenhielt.

»Mr Lawson, können Sie bestätigen, dass bei der gestrigen Hausdurchsuchung ein BH von Ihrer Nichte in Ihrem Bett gefunden wurde?«

»Kein Kommentar.« Er senkte den Kopf und beschleunigte seinen Schritt.

»Hat Ihre Frau die Kinder der Lawsons an einen unbekannten Ort gebracht, um sie vor Ihnen zu beschützen?«

Er schluckte, Galle stieg in seiner Kehle auf. »Kein Kommentar.«

»Wurden Sie im Fall Ihrer verschwundenen Nichte als Tatverdächtiger eingestuft?«

Auf diese Frage hatte sie hinausgewollt, seit sie ihre erste Nachrichtenmeldung zu dem Fall geschrieben hatte. Er hätte auf diesen Überfall vorbereitet sein müssen, und doch fegte er den letzten Rest seiner Fassung hinweg.

»Nein, ich wurde nicht als Tatverdächtiger eingestuft!« Ihm war nicht bewusst gewesen, dass er schrie, bis er merkte, dass sie einen Schritt vor ihm zurückwich. »Wenn Sie es wagen, etwas anderes zu schreiben, werde ich Sie wegen Verleumdung vor Gericht zerren und dieses widerliche Schundblatt, das Sie vertreten, zu Brei schlagen.«

»Vielen Dank für Ihre Kooperation, Mr Lawson.« Sie lächelte und fuhr sich, wie bereits zuvor, mit der Zunge über die Zähne. Der korpulente Fotograf trat mit federndem Schritt vor sie, seine trippelnde Seitwärtsbewegung erinnerte Karl an eine Krabbe. Dann waren sie fort, jagten einer Deadline und dem Exklusivbericht nach, den er ihnen gerade auf einem Silbertablett serviert hatte.

Später am Abend kam die Opferschutzpolizistin bei ihm zu Hause vorbei. Sie kämpfte sich durch die Journalisten hindurch, ignorierte die Mikrofone und Aufnahmegeräte, die ihr entgegengestreckt wurden. Sobald die Tür hinter ihr ins Schloss gefallen war, sackten ihre Schultern herab.

»Ihre Reaktion Amanda Bowe gegenüber hat sehr unliebsame Publicity nach sich gezogen.« Sie folgte Karl in die Küche. »Haben Sie die neueste Ausgabe des *Capital Eye* schon gelesen?«

»Nein.«

»Amanda Bowe hat es geschafft, einen Artikel zur Pressekonferenz in der Spätausgabe zu bringen.« Sie zog die Boulevardzeitung aus ihrer Aktentasche und reichte sie ihm.

Suche nach Connie: Die Nerven liegen blank
Von Amanda Bowe

Die Pressestelle der Garda hält sich bezüglich der Durchsuchungsaktion im Haus eines Einwohners von Glenmoore weiterhin bedeckt. Die Durchsuchung stand in Verbindung zum Fall der Schülerin Connie Lawson (13), die seit vier Tagen vermisst wird. Die dramatischen Entwicklungen werden von den Gardaí heruntergespielt, die noch immer eine Bestätigung verweigern, dass das intime Bekleidungsstück, das in besagtem Haus sichergestellt wurde, der vermissten Schülerin gehört.

Connies verzweifelte Eltern Justin (37) und Jenna (35) hielten an diesem Nachmittag im Glenmoore Grand Hotel eine Pressekonferenz ab. In ihrem herzzerreißenden Statement flehte Jenna ihre Tochter an, zurück nach Hause zu kommen. »Wir lieben dich, Constance«, sagte sie. »Bitte, bitte, komm zu uns zurück. Wir warten mit offenen Armen auf dich. Du bekommst keinen Ärger. Wir sind nicht wütend auf dich, wir sind einfach nur sehr traurig.« An diesem Punkt musste sie ihre Ansprache abbrechen, um von ihrem Mann getröstet zu werden.

Trotz ihres Kummers nahm Jenna sich freundlicherweise die Zeit, mit Capital Eye *zu kooperieren, und verriet, dass es sich tatsächlich um den BH ihrer Tochter handele, den die Gardaí im durchsuchten Haus sichergestellt haben.*

Der Stress durch die Suchaktion hat von Constance' Angehörigen einen hohen Tribut gefordert. Karl Lawson, der umstrittene Chefredakteur der Zeitschrift Hitz *und Onkel der vermissten Teenagerin, gab sein Statement nach der Pressekonferenz ab: »Ich wurde nicht als Tatverdächtiger eingestuft! Wenn Sie es wagen, etwas anderes zu schreiben, werde ich Sie wegen Verleumdung vor Gericht zerren und dieses widerliche Schundblatt, das Sie vertreten, zu Brei schlagen.«*

Sein Hass auf die Journalistin war so stark, dass ihm davon fast übel wurde. Er drehte die Zeitung zu einem Strang und schleuderte sie auf den Tisch.

Shauna ignorierte seinen Ausbruch. »Nur damit Sie es

wissen: Jenna kann sich nicht erinnern, auf der Pressekonferenz mit Amanda Bowe gesprochen zu haben.«

»Sie hat genickt, als ihr eine Frage gestellt wurde«, erwiderte Karl. »Das war alles, was diese Journalistin gebraucht hat. Können Sie mir erklären, wie ich von Constance' Lieblingsonkel zu einem Verdächtigen –?«

»Sie sind kein Verdächtiger«, unterbrach Shauna ihn bestimmt.

»*Kein* Verdächtiger?« Sein Mund war wie ausgetrocknet, seine Kehle ganz eng. Es war kein Wunder, dass er nicht schlucken konnte – ihm war eine Schlinge um den Hals gelegt worden, die sich mit jeder Stunde weiter zuzog. »Mein Haus wurde von Gardaí durchsucht und diese Journalistin macht mich fertig.«

»Sie hat ihnen eine Suggestivfrage gestellt, ja. Und sie haben darauf aggressiv reagiert. Ich hatte Sie gebeten, nicht mit der Presse zu sprechen.«

»Ich weiß, ich weiß.«

»Wir hoffen noch immer, Constance lebend zu finden, darum ist es unerlässlich, dass wir allem nachgehen, was in Bezug auf ihr Verschwinden von Belang sein könnte«, erklärte Shauna. »Gestern waren Sie uns bloß eine Hilfe bei –«

»Bei Ihren Nachforschungen. Ja, ich kenne den Jargon. Wenn das, was ich gestern erlebt habe, keine offizielle Vernehmung war, dann graut es mir vor der Vorstellung, wie eine echte ablaufen muss.«

»Glauben Sie mir, Sie würden den Unterschied erkennen, falls es so weit kommt.« Ihre höfliche, professionelle Fassade bröckelte. Hatte sie eine Tochter in Constance' Alter? Sah sie einen Mörder in ihm? Ein Monster, das in den sicheren Raum, den Eltern für ihre Kinder schafften, eingedrungen war?

»Wir suchen nach Ihrer Nichte, doch gerade rücken *Sie* in den Fokus des Narrativs, Karl«, fuhr sie fort. »Es versteht sich von selbst, dass Sie auf keinen Fall noch einmal mit ihr oder irgendeinem anderen Pressevertreter reden.«

»Ich bin ein Gefangener in meinem eigenen Zuhause, obwohl ich nichts lieber tun will, als nach Constance zu suchen.«

»Die Suche nach Ihrer Nichte liegt in den Händen von Experten. Der Fokus muss darauf liegen, sie zu finden, da lenken Sie nur von ab.«

»Ich muss mit Justin und Jenna reden. Sie reagieren nicht auf meine Anrufe.«

»Hören Sie auf, sie anzurufen. Sie werden mit Ihnen reden, wenn die Publicity sich gelegt hat.«

»Warum nicht jetzt? Sie können doch nicht ernsthaft glauben –«

»Sie sind sehr aufgebracht. Unter diesen Umständen ist das nur verständlich. Zudem hat Olga Nicholls sie eingeladen, bei ihr zu wohnen, bis Constance gefunden wird.«

Das Haus der Anwältin mit den Säulen im palladianischen Stil und den hohen eleganten Fenstern gehörte schon seit Generationen der Familie Nicholls. Früher einmal war es von weitläufigen Außenanlagen umgeben gewesen, doch in den Achtzigern war das hügelige Weideland an einen Bauträger verkauft worden, der darauf die Cherrywood-Wohnsiedlung errichtet hatte. Das Haus wurde immer noch durch breite Mauern, schützende Bäume und hohe schwarze Tore, die sich mittlerweile fernsteuern ließen, von der Nachbarschaft abgegrenzt. Es würde Jenna und Justin Schutz vor quälenden Fragen und blitzenden Kameras bieten, bis Constance gefunden wurde.

Karl hatte keinen solchen Schutz. Und irgendjemand spielte Amanda Bowe Informationen zu. Die anderen Journalisten waren bloß Aasfresser, die sich mit den Innereien begnügten. Selbst die seriösen Zeitungen, auch wenn deren Formulierungen vorsichtiger waren: keine Anschuldigungen, nur Spekulationen. Anspielungen, gegen die er jedoch machtlos war. Seine Ängste nahmen weiter zu, als er die aktuellste digitale Ausgabe der *Daily Orb* las.

CONSTANCE VON ÄLTEREM MANN BEEINFLUSST
VON ERIC WALKER

Während die Suche nach der vermissten Schülerin Constance Lawson (13) weitergeht, verweigern die Gardaí eine Stellungnahme dazu, ob ein Mann, den das vermisste Mädchen kannte, zu seinem Verhältnis zu ihr befragt wurde. Die Sicherstellung eines BHs von Constance während einer Hausdurchsuchung legt nahe, dass sie ihn erst vor Kurzem besuchte.

»Constance ist ein sehr vertrauensseliges junges Mädchen und leicht zu beeinflussen«, behauptet Maria Barnes, eine enge Freundin der Familie. »Sie hat ihn häufig zu meiner Meinung nach unangemessenen Uhrzeiten besucht. Einmal habe ich die beiden in den frühen Morgenstunden vor ihrem Haus parken gesehen. Ich habe noch überlegt, ihre Eltern darüber zu informieren, doch man mischt sich ja nur ungern in die Angelegenheiten anderer Leute ein. Nach dem, was nun passiert ist, bereue ich es zutiefst, diese Warnzeichen ignoriert zu haben.«

NEUN

TAG FÜNF

Karl sah auf die Uhr auf dem Nachttisch. Dreißig Minuten, seitdem er zum letzten Mal geguckt hatte. So schlief er derzeit, ein unruhiges Dösen, das nie länger als eine halbe Stunde anhielt. Schweiß sammelte sich unter seinen Achseln und rann ihm den Rücken hinab. Er hatte von Constance geträumt. Der Traum war ganz lebhaft gewesen, Constance hatte auf einem Rockkonzert Crowdsurfing gemacht. Als winziger Fleck war sie über die wogende Menge weitergegeben worden, und Blasted Glass hatten den harten, unversöhnlichen Rock von früher gespielt. Er konnte die Musik noch hören, als er aufstand und aus dem Fenster sah. Es war zwei Uhr in der Früh, die Presse war endlich weg. Nur bei Mr Shannon brannte im oberen Stock noch Licht.

Während er weiter über seinen Traum nachdachte, kam ihm plötzlich ein Gedanke. Er krallte sich am Fenstersims fest, da ihm die Knie weich wurden. Das aktuelle Blasted-Glass-Album – er hatte es Constance schenken wollen. Auf seine Anfrage hin hatte die Plattenfirma es ihm zugesandt, die Bandmitglieder hatten es sogar für sie signiert.

Er eilte nach unten ins Esszimmer, das zugleich sein Büro

war, wenn er von zu Hause aus arbeitete. Ein vorübergehendes Arrangement, schließlich hatte er ja bereits mit dem Umbau des Dachbodens begonnen. Im Mahagoni-Sideboard befanden sich neben Geschirr und Gläsern allgemeiner Bürobedarf und zahlreiche Promo-CDs, die über die Jahre auf seinem Schreibtisch gelandet waren.

Karl hatte die CD auf dem Sideboard liegen gelassen und vorgehabt, Constance um eine Kritik davon zu bitten. Seitdem hatte er nicht mehr daran gedacht. Wann hatte er sie mit nach Hause gebracht? War es an dem Tag gewesen, an dem sie verschwunden war, oder am Tag davor? Er schaltete das Esszimmerlicht ein und sah sofort, dass das Album fehlte. Vielleicht hatte er es in eine der Schubladen gelegt? Er durchstöberte die CDs, nahm jede einzeln heraus und betrachtete die Cover. Könnte er das Album auf seinem Schreibtisch im *Hitz*-Büro oder irgendwo anders im Haus liegengelassen haben? Nein, er erinnerte sich noch genau daran, wie er die CD aufs Sideboard gelegt hatte. Vielleicht hatten Sasha oder Nicole sie woanders hingelegt ... Er presste sich die Faust vor den Mund. War es möglich, dass Constance in jener Nacht in sein Haus gekommen war? Sie hätte gewusst, dass er vermutlich noch spät auf den Beinen war und fernsah oder mit Kopfhörern über seine Stereoanlage Musik hörte. Hatte sie die CD gesehen und mitgenommen? Und wenn ja, wie sollte er das der Polizei erklären – oder Justin und Jenna? Er musste mit jemandem reden, sonst würde er noch verrückt werden.

Dominick Kellys Cottage war leicht zu übersehen. Wucherndes Blattwerk und eine Andentanne, durch die keinerlei Tageslicht in die vorderen Zimmer drang, verdeckten es. Der Jeep seines Freundes stand in der Einfahrt, und hinter den zugezogenen Vorhängen im Wohnzimmer brannte noch Licht. Erst nach dem dritten Klingeln, als Karl schon wieder die Einfahrt hinunterging, öffnete Dominick die Tür. Barfuß und nur in Unterhemd und Boxershorts gekleidet stand er im funzeligen Licht der nackten Glühbirne im Flur.

»Warum zum Teufel bist du um diese Zeit unterwegs?«, verlangte Dominick zu wissen, als er Karl erkannte.

Karl wusste, dass Dominick getrunken hatte, und zwar nicht wenig, auch wenn er nüchtern wirkte. Die abgestandene Luft im Wohnzimmer, dessen Fenster Dominick nie öffnete, roch widerlich. Auf dem Couchtisch entdeckte er eine halbleere Flasche Whiskey. Karl nahm noch einen anderen Gestank im Cottage wahr, der auf Pilzbefall und Holzfäule hindeutete. Es war der Geruch von Holz, das zu Staub zerfiel, genau wie Dominicks Ehe, die mit einer schmerzlichen, bitteren Trennung geendet hatte. Er habe zu wenig Zeit mit ihr und dafür zu viel mit seinen Arbeitskollegen im Pub verbracht, hatte seine Frau Siobhan erklärt, als sie die Scheidung verlangt hatte.

Dominick war für einen Monat bei ihm und Nicole untergekommen, bevor er in das Cottage zog. In dieser Zeit hatte er zu viel Whiskey getrunken und sich in einem fort darüber beschwert, dass seine Frau nie verstanden habe, wie belastend es sei, ein brennendes Gebäude zu betreten und nicht zu wissen, was man in den Flammen vorfinden würde. Nicht zu wissen, wann eine Decke einstürzen oder eine Explosion einen Großbrand auslösen würde. Sie waren erleichtert gewesen, als er wieder ging, denn sie waren es leid, sich seine Klagen über all das anzuhören, was er verloren hatte, ohne dass er je etwas dafür tat, um es zurückzugewinnen.

Dieses Mal war es Dominick, der zuhörte. Abwesend kratzte er sich das schwarze Brusthaar, das aus seinem Unterhemd hervorlugte. Seine Miene war düster.

»Diese Journalistentussi führt eine richtige Schmutzkampagne gegen dich, Mann.« Er klopfte seinem Freund mit einer schweren Hand auf die Schulter. »Umstrittener Redakteur, den Ausdruck benutzt sie ein bisschen zu gerne.« Er kippte sein Getränk herunter und hob die Flasche. »Trinkst du einen mit mir? Du siehst aus, als könntest du was Starkes gebrauchen.«

»Nein, ich bleibe hierbei.« Karl hob die Tasse Tee, die er sich gemacht hatte, nachdem er in das Cottage gekommen war. »*Vier* Tage, Dominick. Wo ist sie nur?«

»Sie ist abgehauen, weil sie angepisst von ihrem Vater war. Justin war schon als Kind ein verklemmter Langweiler, und jetzt ist er nicht viel besser. Constance wäre nicht die erste Teenagerin, die wegen Stress mit den Eltern ausbüxt.«

»Aber ich kenne sie. Das würde sie ihnen nicht antun.«

»Ist denn was dran an dem, was die über sie schreiben? Dieser Kram mit der Sekte –«

»Es ist *keine* Sekte. Das ist eine Gruppe Jugendlicher, die Mist bauen. Alles wird verdreht und jetzt ist mir auch noch aufgefallen –«

»Komm runter, beruhig dich.« Dominick lehnte sich vor und legte Karl eine Hand auf die Knie. »In meinem Beruf begegnen mir andauernd Tragödien. Noch bevor ich bei einem Brand ankomme, habe ich ein Gespür für das, was kommen wird. Alles wird vergeben und vergessen sein, wenn sie wieder zu Hause ist. Aber bis sie gefunden wird, wird es haufenweise Berichterstattung und Spekulationen geben. Du solltest diesen Scheiß nicht lesen, sonst frisst es dich noch auf. Lass das deinen Anwalt regeln.«

»Ich habe keinen Anwalt mehr.«

Olga Nicholls hatte ihn nach der Pressekonferenz angerufen und ihm mitgeteilt, dass sie ihn nicht würde vertreten können. Ein Interessenskonflikt, hatte sie gesagt, sich aber geweigert, weiter auszuführen, was sie damit meinte.

»Dann, mein Freund, würde ich vorschlagen, dass du dir einen neuen Anwalt suchst, und zwar schnell, bevor die Dinge noch außer Kontrolle geraten«, meinte Dominick.

»Du glaubst doch nicht, dass ich etwas mit ihrem Verschwinden zu tun habe?«

»Natürlich nicht.« Er wich Karls Blick aus, und mit dieser Bewegung, diesem unsicheren Blick zur Seite, veränderte sich die Atmosphäre zwischen ihnen. Er verdächtigt mich, dachte Karl, dem es in der stickigen Luft des Raums plötzlich schwerfiel zu atmen. Über die fehlende CD zu sprechen, würde seinen Verdacht nur verstärken.

Abrupt stand Dominick auf. Mit dem Knie stieß er gegen den Couchtisch, sodass die Whiskeyflasche wackelte. »Hoppala!« Er hielt die Flasche fest, bevor sie umfallen konnte. »Hör mal, es ist schon spät und ich bin total besoffen. Du musst mal ein bisschen schlafen.«

»Ich kann nicht schlafen.«

»Ich geb dir was.« Er ging aus dem Zimmer und kam kurz darauf mit einem Blister Tabletten zurück. »Nimm eine davon, wenn du zu Hause bist. Morgen früh fühlst du dich besser, hast ’nen klareren Kopf und kannst das alles besser bewältigen.«

Dominick begleitete Karl noch zur Tür. Er war ein großer, breiter Mann, alles an ihm war fest. Die Leitern, die er mittlerweile hochstieg, hatten nicht mehr viel mit denen zu tun, auf denen sie einst aus verbotenen Obstgärten geklettert waren. Sein Haar wurde lichter, doch das verstärkte seine maskuline Ausstrahlung nur. Ein Mann, der wusste, wo sein Platz in der Welt war. Ein funktionaler Alkoholiker, der augenscheinlich in der Lage war, die ganze Nacht lang durchzutrinken und dennoch am nächsten Morgen mit klarem Blick und klarem Kopf bei der Arbeit aufzuschlagen.

Karl fuhr über die Bogenbrücke, die sich über den Fluss spannte, der durch die Marsch floss, und kam ins Schlingern, als er eine Kurve zu scharf nahm. Das Scheinwerferlicht fiel auf das alte Haus, in dem Isaac Cronin gelebt hatte, die rostenden Tore abermals mit einem Vorhängeschloss verriegelt. Plötzlich tauchte ein

Bild in seinem Kopf auf, wie eine Lichtexplosion. Und da war es wieder, dieses Gefühl von Bedrohlichkeit, das er im Keller verspürt hatte. Ein so unbestimmtes Gefühl, dass er es bis zu diesem Moment vergessen hatte. Graffitis auf den bröckelnden Wänden. Zerbrochenes Glas, das unter den Schuhen geknirscht hatte. Und ein Geruch, der den Gestank nach Schimmel und Fäulnis durchdrungen hatte: Sprühdosenfarbe. Der schwache Dampf hatte in der abgestandenen Kellerluft nicht entkommen können.

Er parkte und nahm eine Taschenlampe aus dem Handschuhfach. War er verrückt geworden?, fragte er sich, als er durch die Lücke in der Mauer geklettert war und das alte Haus betrat. Abgesehen von seinen Schritten herrschte absolute Stille. Er stieg die Treppe hinab in den Keller und ließ den Schein seiner Taschenlampe umherschweifen. Er ging näher an eine Wand heran. Die Graffitis darauf waren ein Mikrokosmos der Welt draußen. Überschwängliche Liebesschwüre mit verwobenen Initialen. Hassbekundungen in engen, scharfkantigen Lettern. Schnörkelige Versprechungen, die Menschheit zu retten. Erhobene Fäuste, die drohten, sie zu zerstören. Und da, inmitten dieser knallbunten Collage, entdeckte Karl es. Das neue Logo von Blasted Glass, die Schrift weicher und geschwungener als der zersplitternde Schriftzug, den die Band einst genutzt hatte. Hatte Constance das Logo an die Wand gesprayt? In seinem Kopf überschlugen sich die Möglichkeiten. Hatte sie ihr Versprechen ihm gegenüber gebrochen und vor lauter Wut auf ihre Eltern eine weitere Mutprobe angenommen? Hatte der Nervenkitzel der Gefahr und der Heimlichkeit sie verführt?

Vorsichtig trat Karl um die Trümmer auf dem Boden herum und ging noch näher an die Wand heran. Die Farbe wirkte frisch, die Farbtöne strahlten noch, unberührt von Staub oder Schimmel. Wer war bei ihr gewesen, als sie das Logo an die Wand gesprayt hatte? Wer war bei ihr gewesen, als sie gegangen war – oder war sie immer noch irgendwo hier drin? Eingesperrt? Tot?

Das Wort ließ sein Herz kurz stolpern. Er musste die Möglichkeit zulassen, doch er war nicht bereit, seine Gedanken in diese düstere Richtung wandern zu lassen, noch nicht. Er durchsuchte die einzelnen Zimmer, sah noch einmal überall nach, wo die Freiwilligen bereits gewesen waren. Sie hatten nichts gefunden, warum sollte er also mehr Glück haben? Dennoch arbeitete er sich von Zimmer zu Zimmer vor. Eine Ratte huschte vorbei und verschwand in einem Riss im Boden. Füllmaterial quoll aus durchhängenden Sesseln und aus einem rostenden Sattel. Ein Tisch lag auf der Seite, zwei Beine fehlten. Ein Klavier ließ einen Ton erklingen, als er eine abgebrochene Taste herunterdrückte. Er ging nach draußen. Die Dämmerung hing als schmales Band am Horizont, und der helle Mond war noch nicht verblasst. Wie ein Graffiti am Himmel schien der symmetrische, perlengleiche Kreis auf dieses klägliche Haus hinab, das nichts bot außer einer Farbexplosion an der Kellerwand.

Hatte die Handyhülle, die in einem Bett aus Disteln gefunden worden war, zu einem geheimen Handy gehört, das die Furchtlosen verwendeten, um ihre Eskapaden aufzunehmen? Was für eine Hülle war an dem Handy gewesen, auf dem Constance ihm das Video von der Party in Ben's Shack gezeigt hatte? Er konnte sich nicht daran erinnern. Plötzlich fuhr er herum, überzeugt, im Augenwinkel jemanden gesehen zu haben. Er schien mit der Taschenlampe in das verworrene Dickicht, doch er konnte niemanden entdecken. Er kletterte zurück über die Mauer, stieg ins Auto und sank über dem Lenkrad zusammen. Wurde er verrückt? Constance würde niemals hierherkommen. Er hatte am ersten Tag der Suche im Gemeindezentrum mit Tracey und Gillian gesprochen. Sie waren genauso fassungslos über ihr Verschwinden wie alle anderen. Nichts in den Nachrichten, die sie ausgetauscht hatten, deutete darauf hin, dass Constance vorgehabt hatte, etwas so Leichtsinniges zu tun. Und doch ... das Logo. Dieses Logo hatte sie andauernd in Schreibhefte und auf Notizblöcke gekritzelt.

Die Rollläden von Cherrywood House waren heruntergelassen, als er vorbeifuhr. Justin und Jenna lagen vermutlich schlaflos dahinter. Ihr Schweigen traf ihn am härtesten. Es hatte eine tiefe Wunde aufgerissen, die, so fürchtete Karl, niemals heilen würde. Was würden sie sagen, wenn sie wüssten, wo sie gewesen war? Wenn sie doch nur ihren Namen an der Wand hinterlassen hätte – CONSTANCE WAR HIER –, in dreidimensionaler Unerschrockenheit. Doch die Farbexplosion, die er gesehen hatte – was hatte sie zu bedeuten? Nichts. Blasted-Glass-Fans gab es unzählige, und das Bild von splitterndem Glas war auf T-Shirts, Poster, Tassen und alles Mögliche andere gedruckt worden, auf dem man das Logo einer Band präsentieren konnte. Sein Verdacht würde nur ihre Ängste verstärken, nicht ihre Hoffnungen. Er war verrückt, seine Fantasie ging mit ihm durch. Er fuhr an den hohen Sicherheitstoren von Cherrywood House vorbei, ohne anzuhalten.

Da er nicht in sein leeres Haus zurückkehren wollte, fuhr er weiter, bis die Lichter der Stadt in Sicht kamen.

ZEHN

Über der Statue von Daniel O'Connell brach die Dämmerung herein. Tauben stolzierten an der Bank zu Füßen des irischen Freiheitskämpfers vorbei, ignorierten Karls Schuhe und pickten furchtlos alles auf, was in der Nacht liegengeblieben war. Der spärliche Verkehr bestand hauptsächlich aus Taxis und einigen frühmorgendlichen Pendlern, die über die O'Connell Bridge fuhren. Auf der Bank sitzend dämmerte er ein und schrak wieder hoch, als Passanten an ihm vorbeieilten. Der Puls der Stadt hatte sich beschleunigt, und die Frühausgabe des *Capital Eye* war bereits im Umlauf. Ein Zeitungsverkäufer ging an ihm vorbei. Auf dem Plakat, das vorn an seiner orangen Warnjacke befestigt war, stand:

Suche nach Connie: Ein Verdacht erhärtet sich.

Karl kaufte die Zeitung und kehrte zur Bank zurück. Amanda Bowes Bericht wurde von demselben Foto von ihm und Constance auf dem Tin-Toy-Soldiers-Konzert illustriert.

Mit jedem verstreichenden Tag wächst die Angst, dass Connie Lawson (13) von jemandem entführt worden sein könnte, dem sie vertraut hat. Die Gardaí an der Spitze der Suche nach der vermissten Schülerin verfolgen in ihren Ermittlungen eine klare Linie. Abermals appellieren sie an die Öffentlichkeit, sich zu melden, sollte jemand über irgendwelche Informationen verfügen, die dabei helfen könnten, den Weg der Teenagerin in der Nacht ihres Verschwindens nachzuverfolgen.

Er presste sich die Hand gegen die Stirn und hörte auf zu lesen. Das Gefühl, unter Beobachtung zu stehen, intensivierte sich. Wurde er in diesem Moment beobachtet? Die Leute rannten, um den Bus zu kriegen, zogen Trolleys hinter sich her oder blieben vor Schaufenstern stehen. Und einige wenige, die nicht Teil dieser Normalität waren, schlurften in entrückter Teilnahmslosigkeit vorbei. Doch selbst das konnte ein Trick sein. Wer sich unter den Obdachlosen und Abhängigen versteckte, war praktisch unsichtbar.

»Was für eine entsetzliche Tragödie.« Der Mann neben ihm las ebenfalls das *Capital Eye*. »Dieses arme Kind ist tot, da gibt es keinen Zweifel. Ich habe selbst eine Tochter in dem Alter. Himmel … manchmal möchte ich sie am liebsten in einen Turm sperren wie Rumpelstilzchen.«

»Rapunzel«, verbesserte Karl ihn.

»Wie auch immer.« Der Mann zuckte mit den Schultern. »Ich schätze mal, der Onkel war's. Kastrieren sollte man den. Diese Gutmenschen können über Bürgerrechte heulen so viel sie wollen, aber das würde diesen Perversen ganz schnell das Handwerk legen.«

Als der Geruch des belegten Brötchens, das der Mann sich zum Frühstück geholt hatte, zu Karl herüberwehte, drehte sich ihm der Magen um. Aus Angst, sich übergeben zu müssen, ging er ohne eine Antwort davon. Er winkte ein Taxi herbei und wies den Fahrer an, ihn zum Fitzwilliam Square zu bringen. Er musste dringend mit einem Anwalt sprechen.

Angelina Ward, Lar Richardsons Rechtsexpertin, ließ ihn nur kurze Zeit warten, bevor er in ihr Büro geführt wurde. Sie hatten bereits wegen der heikleren Artikel, die er in der *Hitz* veröffentlicht hatte, zusammengearbeitet und Karl respektierte ihre Meinung.

»Können Sie die Presse davon abhalten, Lügen über mich zu schreiben?«, fragte er. »Insbesondere Amanda Bowe?«

»Lügen, ja.« Angelina nickte. »Aber sie ist vorsichtig. Was sie schreibt, impliziert viel, ist aber nicht verleumderisch – noch nicht. Ich nehme an, der BH, der in Ihrem Schlafzimmer gefunden wurde, gehört Ihrer Nichte?«

»Ihre Mutter hat ihn identifiziert, also ja. Unser Haus ist für Constance wie ein zweites Zuhause, aber ich habe keine Ahnung, wie oder warum ihr BH dorthin gekommen ist.«

»Also hat Amanda Bowe faktisch nichts Unwahres geschrieben.«

»Nein. Es geht darum, was sie andeutet –«

»Die Pressefreiheit muss geschützt werden«, unterbrach Angelina ihn forsch. »Sie bewegt sich am Rande des Erlaubten, aber sie begeht rechtlich gesehen keine Verleumdung und hat Sie auch nie namentlich als Verdächtigen genannt. Erzählen Sie mir von Ihrer Nichte und allem, was Ihnen passiert ist, seit sie verschwunden ist.«

Während er erzählte, unterbrach sie ihn hin und wieder, bat ihn, etwas näher auszuführen oder klarzustellen. Auf ihrem Schreibtisch stand ein Familienfoto: zwei Jungen im Teenageralter zwischen einem gutaussehenden dunkelhaarigen Mann und ihr selbst. Alle blickten mit selbstbewusstem, strahlendem Lächeln in die Kamera.

»Die Opferschutzpolizistin hat recht«, sagte sie, nachdem Karl geendet hatte. »Sie müssen sich von den Medien fernhalten. Ich werde alles, was über Sie geschrieben wird, auf Verleumdung überprüfen, aber Sie können die Presse nicht davon abhalten, sich vor Ihrem Haus zu versammeln. Wenn sie Ihr Grundstück betreten, reden wir von Hausfriedensbruch und ich kann eine einstweilige Verfügung erwirken.«

Als er wenig später in die Cherrywood Terrace fuhr, sah er, dass die Medienpräsenz seit dem Vortag noch weiter zugenommen hatte. Die Reporter machten ihm den Weg frei, damit er in die Einfahrt fahren konnte. Er ignorierte ihre Fragen zu der Suche und wandte sein Gesicht von den Kameras ab, während sie miteinander wetteiferten, *diese eine* Aufnahme zu ergattern oder eine gedankenlose Aussage aufzunehmen. Amanda Bowe war nicht unter ihnen. Ihre Anwesenheit hätte er unter Tausenden gespürt.

Er zog die Haustür hinter sich zu und rief Nicole an. Eine automatische Stimme informierte ihn, dass ihre Nummer nicht erreichbar sei, und wiederholte sich bei jedem seiner Versuche, bis sie ihn schließlich zurückrief. Ihre Stimme brach, als sieseinen Namen aussprach, dann festigte sie sich wieder.

»Warum hast du Matthew gesagt, er soll die Polizei anlügen?«, fragte sie.

»Was?« Er runzelte die Stirn, denn er verstand die Frage nicht, die mehr wie eine Anschuldigung klang. »Ich habe ihm nie –«

»Doch, hast du!« Er hörte sie schlucken, bevor sie fortfuhr. »Du hast ihn dabei ertappt, wie er auf dem Dachboden nach Constance gesucht hat, und hast ihm gesagt, er würde ordentlich Ärger kriegen, wenn er irgendjemandem erzählt, dass sie bei uns sein wollte, bis der Streit mit ihren Eltern sich geklärt hat.«

»Das ist doch lächerlich, Nicole.« Er versuchte, sich das Gespräch mit seinem Neffen ins Gedächtnis zu rufen. Es schien so lange her zu sein. »Matthew war verwirrt, er hatte Angst vor der Polizei. Ich wollte dir noch davon erzählen, aber bei allem, was los war …« Er verstummte.

»Aber das hast du nicht.«

»Nicole, du weißt, dass Constance in dieser Nacht nicht bei uns zu Hause war.«

»Woher soll ich das wissen?« Sie sprach langsam und stockte nach jedem Wort. Mit jeder dieser Unterbrechungen hörte er den Herzschlag seiner Ehe langsamer schlagen. »Ich hatte Nachtschicht.«

»Willst du damit sagen, du glaubst mir nicht?«

»Ihr BH war in unserem Bett. Was hat das zu bedeuten?«

»Es hat gar nichts zu bedeuten, weil ich nicht weiß, wie er dort hingekommen ist.«

»Ja, das sagst du immer wieder.«

»Weil es die *Wahrheit* ist.« Wie sollte er sie überzeugen, wenn die Wahrheit zu sehr mit Trauer und Furcht verstrickt war, um sie zu erkennen?

»Ich bringe die Kinder morgen wieder zurück nach Glenmoore.« Nicole schien das Gespräch zu Ende bringen zu wollen. »Ich fahre mit ihnen zu Olga nach Hause. Diese Journalistin hat Matthew im Stall aufgelauert und wollte ihn befragen. Caroline hat sie verscheucht, aber sie wird nicht die letzte sein. Diskutier nicht mit mir über meine Entscheidung, Karl. Wir können Sasha nicht der Publicity um dich aussetzen.«

»Bitte tu mir das nicht an«, flehte er. »Komm nach Hause und sprich mit mir. Ich schwöre, wenn Constance bei uns zu Hause gewesen sein soll, dann habe ich nichts davon mitbekommen. Glaubst du lieber mir oder einem verwirrten und verängstigten Jungen?«

»Ich muss auflegen, Karl. Ich ruf dich wieder an, wenn ich klarer denken kann.« Sie hatte aufgelegt, noch bevor er etwas erwidern konnte.

Er öffnete das Medizinschränkchen und legte Dominicks

Schlaftabletten hinein, die er noch nicht angerührt hatte. Welche Erleichterung sie bringen würden. Vergessen. Die Erinnerung an das letzte Mal, als es ihn nach einer derartigen Besinnungslosigkeit verlangt hatte, kam ihm schneidend und gefährlich vor, würde aber ganz einfach in Vergessenheit geraten, wenn er der Versuchung nachgab. Er schlug die Tür des Medizinschränkchens zu und ging über den Flur zu Sashas Zimmer. Erschöpfung überkam ihn, als er sich auf ihr Bett fallen ließ. Er schloss die Augen, um die Bilder auf der Tapete von Dora, Pablo und dem Affen Boots auszublenden, die zusammen in weit entfernte Länder reisten.

»Ich brauche nur einen Geistesblitz«, hatte er letzten Monat zu Nicole gesagt, nachdem er Sashas Zimmer fertig tapeziert hatte. »Wenn ich die nächste Dora erfinde, überleg mal, was wir alleine am Merchandising verdienen würden.«

Nicole hatte gelacht und gemeint: »Lehn dich lieber zurück, solange du noch kannst. Nächstes Jahr will sie My Little Pony oder Hello Kitty.«

»Ich kann nur eine Phase nach der anderen verkraften.« Er hatte sich in gespielter Erschöpfung über die Stirn gewischt und war ihr nach unten in die Küche gefolgt, wo im Ofen eine Lasagne blubberte und der Tisch bereits für drei gedeckt war.

Als die Klingel ertönte, versteifte er sich. Er lugte von der Seite durchs Fenster und sah einen Einsatzwagen. Sergeant Moran wurde wieder von Garda Finnegan begleitet. Als sie sein Haus betrat, war ihre Art weniger schroff als sonst, und ihre Bitte, dass Karl erwägen solle, bei ihren Ermittlungen behilflich zu sein, klang beinahe freundlich. Er könne sich natürlich auch weigern, wenn er das wolle, fügte sie hinzu. Doch es könne für mehr Klarheit sorgen, wenn er sie zur Polizeiwache begleite.

»Ich habe kein Problem damit, mitzukommen«, meinte er. »Aber ich muss zuerst meine Anwältin anrufen.«

»Bitte, tun Sie das«, erwiderte sie.

Er zog sich in die Küche zurück und rief Angelina an. Die muntere Stimme der Empfangsdame verdüsterte sich, als sie hörte, wer da anrief. »Ich fürchte, Ms Ward ist derzeit nicht verfügbar«, erklärte sie.

»Sagen Sie ihr, sie soll mich so bald wie möglich anrufen.«

»Sie ist den ganzen Nachmittag beschäftigt –«

»Ihr Terminkalender interessiert mich nicht. Sagen Sie ihr, dass ich auf dem Weg zur Glenmoore Garda Station bin und dass sie mich dort treffen soll.«

Die Pressevertreter stürzten nach vorn, als er das Haus verließ. Er war mittlerweile vertraut mit ihrem Tanz, dem Wechsel zwischen Langeweile und kurzen, adrenalingetriebenen Phasen der Aktivität. Amanda Bowe war immer noch nicht wieder unter ihnen. Lungerte sie vor Grass Haven herum oder war sie gerade schleunigst auf dem Weg zurück ins Zentrum des Geschehens? Er hatte das Gefühl, dass sie an seiner Haut klebte, wie ein Spinnennetz, das er einfach nicht abzuschütteln vermochte.

Als er an der Polizeiwache ankam, erwartete sie ihn dort mit ihrem Fotografen.

»Karl, was können Sie uns über Connies Verschwinden erzählen?« Als er an ihr vorbeigeführt wurde, sprach sie noch lauter. »Wissen ihre Eltern, dass Sie von der Polizei befragt werden? Stimmt es, dass Sie heute in den frühen Morgenstunden in der Nähe von Cronins Obsthain gesehen wurden?«

Er ignorierte ihre Fragen und stieg mit hochgezogenen Schultern und aufgesetzter Kapuze die Treppen hinauf. Er hatte bereits den Habitus eines Schuldigen angenommen. Hitze breitete sich auf seinem Hals und seiner Brust aus. Seine Fantasie hatte ihm also doch keinen Streich gespielt, als er vor dem alten Haus die Anwesenheit von jemand anderem gespürt hatte. Die Polizei musste ihm im Dunkeln gefolgt sein, außer Sichtweite gewartet haben, bis er aus Dominicks Cottage gekommen war, und ihn dann weiter observiert haben, wie er in Cronins Obsthain ging.

Als er die Wache betrat, schlug ihm der vertraute Geruch von frisch gefiltertem Kaffee entgegen, doch dieser behagliche Duft verringerte seine Anspannung nicht im Geringsten. Der Vernehmungsraum versetzte ihn schlagartig zurück nach Arizona. Graue Wände, grelle Neonleuchten an der Decke, ein paar Stühle, ein breiter Tisch, über dem mit klinischer Präzision Geheimnisse entlockt wurden. Als er allein gelassen wurde, wurde er noch nervöser. Er war sich der Taktik bewusst, ihm war klar, was für Psychospielchen gleich in diesem düsteren Raum gespielt werden würden.

Zwei Kriminalbeamte in Zivil kamen herein und setzten sich ihm gegenüber hin. Die Frau, die sich als Detective Garda Newton vorstellte, trug eine Jeansjacke mit ausgefransten Ärmelaufschlägen und eine weite Jeans. Ihre Finger waren lang und schlank, die Nägel kurz und gerade geschnitten. Detective Garda Hunters Jackett und Hose hingegen waren eng geschnitten und auf der Tasche seines Oberteils mit Rundhalsausschnitt befand sich ein diskretes Designerlogo.

»Ihnen ist bewusst, dass Sie auf freiwilliger Basis hier sind, um uns bei unseren Ermittlungen behilflich zu sein?«, fragte er.

Karl nickte. Die Detectives wirkten entspannt und zeigten keinerlei Aggressivität, so wie er sie bei der Polizei in Arizona erlebt hatte, doch das hier war eine sorgsam in Szene gesetzte Illusion. Er erzählte ihnen von dem Abend mit Constance am Strand, von ihren Besuchen bei ihm zu Hause, von den Konzerten, die sie gemeinsam besucht hatten. Langsam nahm der Druck zu. Detective Hunters rechtes Augenlid zuckte leicht. Es war kaum merklich, doch Karl ertappte sich dabei, darauf zu achten, nachdem ihm klar geworden war, dass es stets einer unheilvollen Frage vorausging.

»Mr Lawson, können Sie uns sagen, was Sie an diesem Morgen zwischen drei und vier Uhr früh gemacht haben?«, fragte er. Detective Newton legte einige Fotos auf dem Tisch aus, die mit einer Nachtsichtkamera aufgenommen worden waren. Sie zeigten unverkennbar Karl, wie er auf das verlassene Haus zuging.

»Ich bin einer Vermutung nachgegangen, dass meine Nichte sich in der Nacht, in der sie verschwunden ist, dort mit ein paar Freunden getroffen haben könnte«, erklärte er.

»Warum sollte sie das getan haben?«, fragte Detective Hunter.

Ein Logo an einer Wand voller Graffitis. Wie sollte er seinen Verdacht erklären, dass Constance in diesem bedrückenden Keller gewesen sein könnte?

»Constance ist Fan der Band Blasted Glass. Ich wollte herausfinden, ob sie als Mutprobe das Logo an die Wand gemalt hat.«

»Blasted Glass?« Sein Augenlid zuckte. »Die Band, die diesen Pädo–?«

»Ja. Aber die Band hat sich geändert –«

»Ed Stone ist tot«, unterbrach Detective Newton. »Inwiefern sollte er mit ihrer Nichte in Verbindung stehen?«

»Ich habe nie gesagt, dass er mit ihr in Verbindung steht. Wie ich Ihnen bereits erzählt habe, hängt Constance mit dieser Gruppe von Jugendlichen herum, die verrückte Dinge anstellen. Es war nur ein Gefühl, von dem ich dachte, ich sollte ihm nachgehen.«

»Weil Sie ein paar Kritzeleien an einer Wand gesehen haben?«, fragte sie.

»Keine Kritzeleien. Ein Graffiti. Sie zeichnet das Logo ständig in ihre Schulhefte.« Es war wichtig, in der Gegenwartsform von Constance zu sprechen.

»Und Sie müssen das schließlich wissen, nicht wahr?« Detective Hunter lehnte sich nach vorn, ein Hauch von Knoblauch lag in seinem Atem. »Immerhin haben Sie ja ein so ›*enges* Verhältnis‹ zu Ihrer Nichte.«

»Ich liebe meine Nichte. Ich würde für sie durchs Feuer gehen, wenn es dabei helfen würde, sie zu finden.«

»Wie herzerwärmend.« Ihre Blicke trafen einander. »Sie hat eine ihrer Freundinnen angerufen und ihr gesagt, dass sie zu Ihnen gehen würde. Sie spielen offenbar öfters den Vermittler.«

»Aber sie ist *nicht* zu mir –«

»Was ist mit Ihrem Bruder und seiner Frau?« Detective Newtons Miene war ungerührt, als sie Karl erneut unterbrach. »Ihre Eltern durchleben unfassbare Ängste, seit ihre Tochter verschwunden ist. Sie können ihre Ungewissheit jetzt beenden, wenn Sie uns sagen, was in dieser Nacht zwischen Ihnen und Constance vor sich ging.«

Karl erhob sich, ließ sich aber in der Bewegung schon wieder auf den Stuhl fallen. »*Nichts* ging da vor sich. Das ist doch Schwachsinn. Ich habe das Recht, meine Anwältin zurate zu ziehen.«

»Wofür brauchen Sie eine Anwältin, wenn das hier doch angeblich so ein Schwachsinn ist?«, fragte Detective Hunter. »Sie sind nicht verhaftet, Mr Lawson. Sie helfen uns bloß –«

»Ich verlange, mit meiner Anwältin zu sprechen.« Er konnte seine Panik nicht länger kontrollieren. Die Ausdrücke auf ihren Gesichtern verrieten nur die übliche Skepsis. Lernten sie diesen Gesichtsausdruck in der Berufsausbildung?

Er beantwortete weiter ihre Fragen, bis Detective Newton ihren Stuhl zurückschob und aufstand. »Sie dürfen jetzt gehen, Mr Lawson.«

»Ich darf gehen?«

»Bis wir Sie wieder brauchen. Wenn es so weit ist, wären Sie gut beraten, Ihre Anwältin dabeizuhaben.«

Er blinzelte, als er in die Sonne hinaustrat und die versammelte Presse sah. Eric Walker lief neben ihm her, ein Aufnahmegerät in der Hand. Die rothaarige Kamerafrau filmte ihn. Er hatte sie ein paarmal in der Cherrywood Terrace gesehen, doch jetzt wurde ihm zum ersten Mal klar, dass sie für LR1 arbeitete.

Er befreite sich aus der Gruppe und rannte zu einem Taxi. Kameras wurden wie Waffen auf die Fenster gerichtet. Lippen bewegten sich, doch die gerufenen Fragen waren nicht zu hören.

»Sie sind entweder ein Promi oder ein Krimineller«, meinte der Taxifahrer, als sie davonfuhren. »Solange Sie bezahlen, will ich es nicht wissen.«

Zurück zu Hause machte er sich einen starken schwarzen Kaffee. Er verbrannte ihm die Zunge, doch er nahm den Schmerz kaum wahr. Angelinas E-Mail war die erste, die er sah, als er seinen Laptop hochgefahren hatte.

Es tut mir leid, Karl. Ich hatte gerade ein Meeting mit Lar. Es lief leider nicht so gut. Er hat mich unmissverständlich daran erinnert, dass meine Verantwortung der Richardson Magazine Group gilt, keinen individuellen Mitarbeitern. Aufgrund dieses Interessenskonflikts kann ich Sie nicht vertreten. Wie wir heute Morgen besprochen haben, ist die Berichterstattung über Sie bedauerlich und schädigend. Ich habe meinen Neffen Fionn Drury angefragt, ob er Kapazitäten habe, Sie zu vertreten. Vielleicht haben Sie bereits jemand anderen im Sinn, aber Fionn ist ein ausgezeichneter Anwalt, den ich Ihnen nachdrücklich empfehle. Ich habe Ihnen seine Kontaktdaten angehängt, falls Sie sich mit ihm in Verbindung setzen wollen.

Karl sah sich gerade Fionn Drurys Website an, als sein Handy klingelte. Es überraschte ihn nicht, den Namen seines Arbeitgebers auf dem Bildschirm zu sehen. Nach Angelinas E-Mail war es unausweichlich gewesen, dass Lar Richardson sich bei ihm melden würde.

Lar hatte Karl einmal erzählt, dass er als Jugendlicher von einer Karriere als Gitarrist in einer Rockband geträumt habe. Stattdessen habe er die *Hitz* ins Leben gerufen. Fünfzehn weitere Zeitschriften folgten, doch die *Hitz* blieb sein Liebling, sein Herzensprojekt, seine nostalgische Ehrerweisung an geplatzte Träume, Schlaghosen und Vokuhilas. Er sei immer bereit gewesen, Karl zu unterstützen, wenn er vom redaktionellen Leitbild abgewichen sei, sagte er nun. Aber damit sei es nun vorbei. Die Werbekunden der *Hitz* würden angesichts der Publicity um ihren Chefredakteur langsam nervös. Drei wichtige Kunden seien bereits von ihren Verträgen zurückgetreten und weitere würden folgen.

»Sie sind gefeuert«, sagte Lar.

Im Gegensatz zu Angelina sagte er nicht, dass es ihm leid tue. Warum sollte er auch mehr Worte verschwenden als nötig? Lar Richardson entschuldigte sich nie für seine Entscheidungen.

Amanda Bowes Update zur Suche nach Constance schaffte es in die digitale Spätausgabe des *Capital Eye*. Am folgenden Morgen würden Cronins Haus und Obsthain sowie das umgebende Gelände, inklusive der Turnstone Marsh, abgesperrt und systematisch nach Hinweisen darauf durchsucht werden, ob Constance in der Nacht ihres Verschwindens dort gewesen sein könne.

ELF

TAG SECHS

In Arizona war es noch früh am Morgen, als Selina Lee anrief. Ihre Stimme war unverkennbar, der leicht rauchige Klang unverändert, doch sie sprach langsamer, als Karl es in Erinnerung hatte, als wägte sie die Bedeutung ihrer Worte mittlerweile ab, bevor sie sie aussprach.

»Eine irische Journalistin hat mich angerufen«, erzählte sie. »Sie hat gesagt, Constance wird vermisst. Ist das wirklich wahr, Karl?«

»Ja, es ist wahr«, antwortete er. »Tut mir leid, dass du das von einer Reporterin erfahren musstest. Ich nehme an, es war Amanda Bowe?«

»Ja, das war ihr Name«, erwiderte Selina. »Aber wie schrecklich für euch alle. Sie hat gesagt, Constance wird schon fast eine Woche vermisst.«

»Heute ist der sechste Tag. Wir hoffen immer noch, dass sie einfach weggelaufen ist. Anderenfalls ...« Er schluckte, sein Mund war ganz trocken und er hatte einen säuerlichen Geschmack auf der Zunge. »Ist diese Reporterin dir zu nahe getreten?«

»Sie hat mich kalt erwischt.« Selinas Stimme bebte. »Es ist

schwer, wenn ich keine Zeit habe, mich vorzubereiten.« Ihr Leben war weitergegangen, genau wie seines, und doch hörte er deutlich heraus, dass sie noch immer gezeichnet war von jener Nacht, die alles verändert hatte. Dass es noch immer eine Angst gab, die sie im Griff hatte und sie jeden Moment ohne Vorwarnung überkommen und auffressen konnte.

»Was wollte sie von dir?« Er kannte die Antwort bereits. Amanda Bowe musste tief gegraben haben, bevor sie diesen Anruf getätigt hatte.

»Sie hat nach damals gefragt.«

»Was hast du ihr erzählt?«

»Die Wahrheit. Wie hat sie das mit uns herausgefunden?«

»Ich habe keine Ahnung, Selina. Es tut mir so leid, dass sie dich kontaktiert hat.«

»Es ist nicht deine Schuld, Karl.«

»Ich wünschte, ich könnte das glauben –«

Sie unterbrach ihn, wie sie es schon immer getan hatte, wenn er zu einer Entschuldigung ansetzte. »Wir können nicht schon wieder dieses Gespräch führen. Sonst drehen wir uns nur im Kreis, und das führt zu nichts. Steckst du in Schwierigkeiten?«

»Du hast ihre Fragen wahrheitsgemäß beantwortet, also nein, ich stecke nicht in Schwierigkeiten.« Er wollte ihre Ängste nicht noch weiter schüren. »Wie läuft's mit Finchley Creek?«, wechselte er bewusst das Thema. »Jago muss ja begeistert sein, dass es immer noch so beliebt ist.«

»Es bringt Essen auf den Tisch«, tat sie seine Frage ab. »Was ist mit dir? Bist du immer noch Redakteur bei der *Hitz*?«

»Jap. Immer noch am schuften.«

»Und deine Frau?«

»Nicole geht es gut. Wir haben eine Tochter.«

»Sasha, ich weiß. Barney hält mich auf dem Laufenden.«

Sie klangen wie höfliche Fremde, ihre turbulente Vergangenheit überdeckten sie mit Small Talk und Lügen. Es hatte keinen Sinn, Erinnerungen zu wecken, die sie beide verdrängt hatten. Sie verabschiedeten sich, und er versprach, ihr Bescheid zu geben, sobald Constance gefunden wurde.

Karl hatte nie vorgehabt, nach Arizona zu ziehen. Er hatte unbedingt für die *Cannonade* arbeiten wollen, eine Zeitschrift, die Musik, Film und politische Berichterstattung miteinander verband. Doch in New York war er nur einer von vielen, wendete Burgerpattys bei McDonald's und zahlte eine unverschämt hohe Miete für eine winzige Einzimmerwohnung. Die Features, die er dem Chefredakteur zusandte, wurden nie auch nur zur Kenntnis genommen und schienen in einem schwarzen Loch zu verschwinden. Karl war kurz davor, seinen Traum aufzugeben und nach Hause zurückzukehren, als Barney O'Reilly anrief, um ihm einen Job auf dem Bau in Arizona anzubieten.

Barney war ein Cousin zweiten Grades seines Vaters, ein rotgesichtiger Ire, der vor vierzig Jahren ausgewandert war. Er lebte in einer Kleinstadt namens Winding Falls in der Nähe von Phoenix. Karl könne bei ihm unterkommen, bis er etwas Eigenes gefunden habe.

Der Gedanke an geregelte Arbeit mit Barneys Bauarbeitern war zu verlockend, um abzulehnen. Karl würde die Musikszene im Südwesten erkunden, weiter Kritiken für die *Cannonade* schreiben und versuchen, allein durch Beharrlichkeit die Aufmerksamkeit des Chefredakteurs zu erregen. Er würde mit Geld und einem eisernen Erfolgswillen im Gepäck nach New York zurückkehren.

Kurz nachdem er nach Winding Falls gezogen war, lernte er in einer Bar Selina Lee kennen. Sie war auf einem Junggesellinnenabschied beziehungsweise einer Bacheloretteparty, wie die zukünftige Braut es nannte. Allerdings klang »Bachelorette«

viel zu gesittet für das, was sich auf den Tischen der Bar abspielte. Acht Frauen tanzten darauf, angefeuert von Barneys Bauarbeitern, die nach einem Arbeitstag in der Wüstenhitze ihren Durst stillten.

»Mit der da ist Ärger vorprogrammiert«, meinte Barney und nickte in Selinas Richtung. »*Großer* Ärger«, fügte er hinzu. »Nur damit du Bescheid weißt. Ich kenne sie, seit sie Windeln getragen hat.«

»Ich stehe auf Ärger«, meinte Karl, und Selina, die gemerkt hatte, dass sie über sie redeten, wirbelte ihr Kleid höher. Geschmeidig hüpfte sie vom Tisch herunter, die langen nackten Beine gebräunt und glatt. Eine Sekunde blitzte rote Spitze auf. Sie setzte sich neben Barney.

»Hey, mein Lieblingsire!«, rief sie und schlang den Arm um seine kräftigen Schultern. »Willst du mich nicht deinem neuen Freund vorstellen?«

»Fahr die Krallen wieder ein, Kleine«, sagte Barney. »Er ist ein ganz anständiger Kerl aus Dublin.«

»Anständig finde ich super«, erwiderte sie und beugte sich über ihn, um Karls Hand zu schütteln.

Sie war Schauspielerin, Nummerngirl, Kickboxerin, Kellnerin, Tänzerin, Räuberin seines letzten Nervs – und Karl verliebte sich in sie, ohne auch nur einen Gedanken an die Konsequenzen zu verschwenden.

Er wusste nie, was sie als Nächstes tun würde. Mal brach sie mitten in einem überfüllten Einkaufszentrum in Gesang aus, mal kickboxte sie im Ring wie eine Balletttänzerin, tanzte auf einer geschäftigen Straße Walzer mit ihm oder stolzierte im roten Bikini mit erhobenem Nummernschild durch den Boxring.

Noch bevor der Sommer vorüber war, mieteten sie sich eine Holzhütte am Stadtrand von Winding Falls und zogen zusammen ein. Die Hütte war abgelegen, doch die Miete war günstig, die Zimmer kühl und geräumig. Hinter ihnen erhob sich der Longspur Peak, ein ausgedörrter Hügel voller kleiner und großer Kakteen. Vor ihnen erstreckte sich ein Wald aus Fichten und Wacholder.

Als er zum ersten Mal Fallschirm sprang, begleitete sie ihn im Tandem. Auf dem See unweit ihrer Hütte lernte er wakeboarden, und er kaufte sich eine Harley, damit er mit ihr zusammen durch die Sonora-Wüste fahren konnte. Barney brummte jedes Mal etwas über »Ärger«, wenn sie in schulterfreiem Top und Hotpants auf der Baustelle aufkreuzte, den Motorradhelm abnahm und die schwarzen Haare sich über ihre Schultern ergossen, woraufhin die Bauarbeiter alle völlig am Rad drehten, pfiffen und sie angafften.

Karl lernte ihre Eltern kennen. Ihr Vater arbeitete in der Ölindustrie, ihre Mutter war Grundschullehrerin. Sie behandelten Karl mit einer freundlichen Gleichgültigkeit, so als wüssten sie, dass seine Zeit in ihrem Leben begrenzt sein würde.

Wie hatte Amanda Bowe von Selina erfahren? Karl ging in der Küche auf und ab. Mit ihr zu sprechen, hatte ihn in einen Strudel vergessener – nein, eher schlummernder – Erinnerungen gezogen. Die breite, freie Straße, so lang und gerade. Die einfarbige Erde, die plötzlich anderen Farben wich, Rot und Gelb und Lila, die sich wie ein Ausschlag über den Sand ausbreiteten. Rote Klippen und Felsen, die Geräusche nachtaktiver Tiere, schwingende schwarze Haare. Und Blut, immer Blut, gefährlich rot, das sich in den Schluchten seiner Albträume ausbreitete.

ZWÖLF

Umstrittener Redakteur: Verbindung zu sexuellem Übergriff in Arizona
Von Amanda Bowe

Durch eine schockierende Enthüllung erfuhr Capital Eye, *dass Karl Lawson (35), ehemaliger Chefredakteur der umstrittenen Zeitschrift* Hitz *und Onkel der vermissten Schülerin Constance Lawson (13), Hauptverdächtiger in einem Sexualdeliktsfall vor sieben Jahren in Arizona war. Das Opfer, Selina Lee (33), bekannt für ihre Rolle als Bad Girl Cheryl Storm in der Soap* Finchley Creek, *sprach offen mit* Capital Eye *über ihre qualvolle Erfahrung.*

Ms Lee war seit acht Monaten in einer Beziehung mit dem Verdächtigen, als der grausame Übergriff geschah. An besagtem Abend hatte sie Lawson gebeten, aus ihrem Haus auszuziehen. Er verließ wutentbrannt die Hütte, in der sie gemeinsam gewohnt hatten, und etwas später kam ein unbekannter Angreifer herein und schlug Ms Lee mit einem Baseballschläger gegen den Kopf. Sie ist zwar professionelle Kampfsportlerin, doch der Angriff kam so überraschend, dass sie sich nicht verteidigen konnte. Sie wurde zu Boden gezogen, brutalst vergewaltigt und anschließend niedergestochen. Sie war bewusstlos und schwebte in Lebensgefahr, als Karl Lawson den Notruf verständigte. Er behauptete, der Angreifer sei von seiner Rückkehr gestört worden und vom Tatort geflohen.

Karl Lawson wurde von der Polizei vernommen und wegen Vergewaltigung und Körperverletzung angeklagt. Obwohl sein Sperma im Körper der Geschädigten gefunden wurde und sich Hautpartikel von ihm unter ihren Nägeln befanden, wurde er nach drei Tagen aufgrund mangelnder Beweise freigelassen. Gemäß einer Quelle in der Polizeibehörde von Winding Falls ist der Fall noch immer ungeklärt.

Selina Lee erlitt infolge des Angriffs einen Nervenzusammenbruch und verbrachte ein Jahr in therapeutischer Behandlung. Inzwischen ist sie mit Jago Wells verheiratet, dem Drehbuchautor der Soap Finchley Creek, *und lebt mit ihm zusammen in einer geschlossenen Wohnanlage in Phoenix. Sie räumt ein, dass ihr Lebensstil in der Vorstadt sich sehr von dem ihres Alter Egos auf der Leinwand unterscheide. Das Bad Girl Cheryl Storm gehe furchtlos ihrem Streben nach Lust und Rache nach, während Selina Lee immer alle Türen abschließe und sich nicht in den ersten Stock wage, ohne die Alarmanlage einzuschalten. Sie fahre bei plötzlichen Geräuschen zusammen und schlafe bei brennendem Licht.*

Niemand anderes wurde seitdem wegen ihrer Vergewaltigung angeklagt. Aufgrund der posttraumatischen Belastungsschübe, die sie jedes Mal überkommen, wenn sie den grausamen Übergriff erneut durchlebt, wollte sie keinen Kommentar dazu abgeben, warum ihr Fall noch immer ungelöst ist.

Auch ein Sprecher der Polizeiwache von Winding Falls verweigerte einen Kommentar, räumte aber ein, dass der Fall ungeklärt sei.

Ein polizeiliches Foto einer bewusstlosen Selina, ihr Gesicht geschwollen und zerbeult, war neben Karls Verbrecherfoto gedruckt, das auf der Polizeiwache von Winding Falls aufgenommen worden war.

Mann nach gewaltsamem sexuellem Übergriff angeklagt

lautete die wiedergegebene Schlagzeile des *Winding Falls Echo*. Zudem war eine körnige Aufnahme der Polizeiwache abgebildet, auf der er festgehalten worden war. Er bekam eine Gänsehaut, als er die graue Trostlosigkeit betrachtete. Die Schlagzeile, die drei Tage später seine Freilassung verkündete, hatte es nicht in Amanda Bowes neuesten Exklusivbericht geschafft.

Justin war in den sechs Tagen stark gealtert. Er hatte dunkle Ringe unter den blutunterlaufenen und geröteten Augen. Er war nur noch ein Schatten des Mannes, der sich mit seiner Tochter gestritten hatte und wütend schlafen gegangen war. Jetzt war ihm kein Schlaf mehr vergönnt. Seit Montag hatte er sich nicht mehr rasiert. Sonst rasierte er sich gern glatt, was mit seinen zitternden Händen dieser Tage aber wohl nicht möglich war. Jenna und er kamen an Karls Tür. Sie stürmten an den Journalisten vorbei, nahmen die Kameras und die gerufenen Fragen gar nicht wahr und legten die Printausgabe des *Capital Eye* auf den Küchentisch.

»Sie hat die Wahrheit total verzerrt«, versuchte Karl ihre Wut abzuwehren. Wer Ausreden sucht, hat schon verloren … selbst in seinen eigenen Ohren klang er verdammt schuldig.

»Inwiefern verzerrt?« Justin sah aus, als würde er sich gleich auf seinen Bruder stürzen und ein Rasiermesser nehmen und ihn aufschlitzen, wenn es ihm nur dabei helfen würde, seine Tochter zu finden. »Wie kommt es, dass du uns nie erzählt hast, dass du festgenommen worden bist?«

»Es ist kurz vor Mums Tod passiert. Ich konnte nicht darüber reden, als ich für die Beerdigung nach Hause gekommen bin. Und dann Dads Tod so kurz danach ... Ich wollte vergessen, dass es je passiert ist. Ich bin ja freigesprochen worden ...«

»*Warum* wurdest du freigesprochen?«

»Weil ich unschuldig war. Versteht ihr das? *Unschuldig.* Lest mal zwischen den Zeilen. Das sind nichts als Anspielungen.«

»Dann lass uns die Anspielungen aus dem Weg räumen«, rief Jenna. »Hast du diese Frau vergewaltigt?«

Karl erkannte sie kaum wieder, dieser Zorn in ihrem Blick. Wie eine Walküre, die sich in den Kampf um Vergeltung stürzt, sah sie aus.

»Nein. Habe ich nicht.«

»Warum sollten wir dir glauben?«

»Es war nicht die Polizei, die mich freigesprochen hat. Es war Selina. Warum ruft ihr sie nicht an? Sie wird euch genau erzählen, was passiert ist.«

»Aber es ist passiert!«, brüllte Justin. »Und jetzt ist unser Kind weg. Wo ist sie? Was hast du ihr angetan?«

Jenna versuchte, ihn zurückzuhalten, doch er riss sich los, holte aus und schlug Karl gegen das Kinn. Karl verteidigte sich nicht. Er war in die Knie gegangen und hielt sich schützend die Hände über den Kopf, als Jenna sich zwischen sie drängte.

»Wollt ihr, dass die Presse die Tür einrennt?«, rief sie. »So finden wir Constance auch nicht.« Sie sank neben Karl auf die Knie. »Um Himmels willen, hilf uns ... Bitte hilf uns. Sag uns einfach, wo sie ist? Warum durchsucht die Polizei Cronins Obsthain?«

Er stand auf und stützte sich mit den Händen am Tisch ab. Er versuchte, die Sache mit dem Graffiti zu erklären. Es spielte keine Rolle, was er sagte oder wie er es sagte. Ihre Meinung stand bereits fest. Da gab es keinen Raum für Erklärungen.

Misstrauen hatte die Wahrheit zerfressen und missgestaltet. Die beiden gingen so unvermittelt wieder, wie sie gekommen waren, ihre Gesichter ausdruckslos vor Hass. Sie hatten eine Brücke aus Lügen überquert und ihn auf der anderen Seite zurückgelassen.

Nicole rief an. Diesmal flossen keine Tränen. »Wir sollten keine Geheimnisse voreinander haben. Haben wir uns das nicht versprochen, als wir uns kennengelernt haben? Keine Geheimnisse. Und jetzt muss ich die Zeitung lesen, um von deiner Vergangenheit zu erfahren. Wie konntest du mir etwas so Wichtiges vorenthalten?«

Er wollte sie in den Armen halten. Dann könnte er ihr erklären, dass das Verlangen nach Vergessen stärker gewesen war als das Verlangen, sich ihr zu öffnen. Geheimnisse zu verraten, maß ihnen doch erst Wichtigkeit bei. Und sobald sie jemand anderem gehörten, wandelten sie sich und wurden verändert. Deshalb hatte er während der ersten Monate, in denen sie zusammen waren, geschwiegen. Der Mief der Zelle hatte noch an ihm gehaftet. Er wollte diese Episode unbedingt auslöschen, die Vergangenheit hinter sich lassen und einen Neuanfang wagen. Doch je länger er es aufgeschoben hatte, desto schwieriger war es geworden, sich ihr anzuvertrauen, sich irgendjemandem anzuvertrauen. Arizona war so weit weg, eine verbrannte rote Landschaft, über die sich wie Hitzeflimmern ein Schleier des Entsetzens gelegt hatte.

Sasha war ein Jahr nach ihrer Hochzeit geboren worden. Manchmal hatte er Nicole beim Stillen zugesehen. Als sie mitaufgeknöpftem Nachthemd dagesessen hatte, die Rundung ihrer Brust sichtbar über dem Kopf ihrer Tochter, war in ihm das Verlangen aufgestiegen, ihr von Selina Lee zu erzählen. Doch so eine entsetzliche Enthüllung würde nur ihre Milch gerinnen lassen, hatte er gedacht, und so war das Verlangen allmählich zu einer Art Traumsequenz verblasst, die immer mehr Staub ansetzte.

»Ich hatte nichts zu verbergen, Nicole«, flehte er. »*Nichts*. Du musst mir zuhören. Ich weiß, wie es sich anhört, aber ich war unschuldig. Ich wurde vollständig freigesprochen. Bitte komm nach Hause und lass mich dir erklären, was damals los war. Jetzt stecke ich schon wieder in einem Albtraum fest. Immer wenn ich denke, es kann nicht mehr schlimmer werden, passiert genau das. Es ist diese Journalistin – sie versucht, mich zu zerstören – uns ...« Wer Ausreden sucht, hat schon verloren ... Wer Ausreden sucht, hat schon verloren ... Doch er war nicht imstande, aufzuhören, und Nicole war nicht imstande, ihm zuzuhören.

Die Anfangszeit war gut gewesen. Sex und Spaß und viel Lachen brachten sie durch die ersten sechs Monate im gemeinsamen Haus. Karl brach Gestein auf und erzitterte unter dem Wummern des Presslufthammers. Er kaufte Alben von kaum bekannten Bands und schrieb darüber. Zu seiner Überraschung wurde endlich eine seiner Kritiken in der *Cannonade* veröffentlicht. Kurz darauf folgte eine zweite. Seinen Namen in einer Zeitschrift gedruckt zu sehen, die er seit seinem elften Lebensjahr las, ließ ihn vor Aufregung ganz zittrig werden. Selina interessierte das nicht. Ihre zahlreichen Vorsprechen hatten sich endlich ausgezahlt und sie hatte eine kleine Rolle in einer Fernsehsoap ergattert, die in Phoenix gedreht wurde. In der Soap *Finchley Creek* spielte sie die Rolle der »anderen Frau«, die eine bis dahin gefestigte Ehe ins Chaos stürzte. Ihre zukünftige Rolle lag in den Händen des Drehbuchschreibers Jago Wells, doch Selina war fest entschlossen, ihn dazu zu bewegen, dass er ihre Figur weiterentwickeln würde.

Zu Beginn nahm Karl es ihr noch ab, wenn sie anrief und behauptete, sie sei zu müde, um mit der Harley zurück nach Winding Falls zu fahren, weshalb sie bei einer Freundin übernachten würde. Als ihre Übernachtungen in Phoenix immer häufiger wurden, wurde er misstrauisch, doch die Wahrheit kam erst ans Licht, als er eines Abends von der Baustelle zurückkehrte und sie in der Küche vorfand, wo sie Enchiladas machte. Sie trug ein durchsichtiges Oberteil und sonst nichts. Das Oberteil umspielte locker ihre Hüften, als sie sich umdrehte und ihm in die Arme fiel. Als er sie auf den Tisch hob und sie ihre kräftigen Beine um seine Hüften schlang, wusste er bereits, dass er manipuliert wurde. Es war eine kurze und spontane Nummer, innerhalb von Minuten war alles vorbei. Die Enchiladas waren noch warm, als sie sich zum Essen setzten.

Die Luft in der Hütte war schwül, also öffnete er ein Fenster, damit die Nachtluft den Raum abkühlen konnte. Da hörte er draußen ein Scharren. Pekaris, dachte er. Er hatte sich daran gewöhnt, dass die wildschweinähnlichen Tiere um die Hütte streiften und auf ihrer Suche nach etwas Essbarem oft die Mülltonne umwarfen.

Selina sagte ihm, er solle sie ignorieren. Sie lallte. Die ganze Mahlzeit über hatte sie getrunken: Erst hatte sie eine Flasche Wein geleert, dann war sie zu Tequila übergegangen. Als sie von Jago Wells anfing, dachte Karl zunächst, sie rede von ihrer Rolle in der Soap. Doch als er genauer hinhörte, ging ihm auf, dass sie die Nächte, die sie in Phoenix geblieben war, mit Jago verbracht hatte. Jago hatte an diesem Nachmittag ihre Beziehung beendet, und Selina, die reumütig und betrunken war, wollte nun, dass Karl ihr vergab.

Er lauschte ihrem gestammelten Geständnis und fragte sich, ob sie sich am nächsten Morgen noch an irgendetwas davon erinnern würde. Er kannte das Hochgefühl dieses unechten Muts, wenn man leichtfertig alle Zurückhaltung in den Wind schoss und sich am nächsten Tag an nichts mehr erinnerte. Das rief er sich in Erinnerung, als der Drang, Selina die Flasche abzunehmen und sich selbst ein Glas einzuschenken, gefährlich verlockend wurde.

Er wollte von ihr wissen, warum sie mit ihm auf dem Sofa liege, wenn es doch offensichtlich war, dass ihr die Besetzungscouch von *Finchley Creek* viel lieber sei. Sie zerkratzte ihm das Gesicht, dann schluchzte sie Entschuldigungen und flehte ihn erneut an, ihr zu vergeben.

Er schob sie von sich und verließ die Hütte. Mit seiner Harley fuhr er den Longspur Peak hinauf. Der Himmel war schwarz und von Sternen gesprenkelt. Er beobachtete, wie sie am glitzernden Firmament an ihm vorbeischossen, bis seine Wut abgekühlt war. Morgen würde er abhauen. Er hatte genug von der erbarmungslosen Sonne, der drückenden Hitze und den vertrockneten Flussbetten. Genug von Selina Lee. Er sehnte sich nach Wind, der Regen versprach. Vom Puls New Yorks wollte er sich neuen Antrieb verleihen lassen.

Als er zur Hütte zurückkehrte, war die Mülltonne umgekippt. Die Pekaris waren verschwunden und Essensreste lagen auf der Veranda verstreut. Er stellte die Mülltonne wieder auf und betrat die Hütte. Was von dem Tequila noch übrig gewesen war, bildete nun eine Pfütze auf den Holzdielen. Daneben lag ein zerbrochenes Glas. Das durchsichtige Oberteil, das er Selina vor wenigen Stunden noch so dringlich über den Kopf gezogen hatte, lag ebenfalls am Boden, der zarte Stoff vom Ausschnitt bis zum Saum aufgerissen. Sie lag nackt daneben. Blut sickerte aus ihren Haaren, verschmierte ihr Gesicht, lief ihr aus dem Mund. An ihrem Hals waren Blutergüsse, eine Stichwunde an ihrer Schulter. Er überprüfte ihren Puls, dann deckte er sie mit einer Wolldecke zu und wartete auf den Rettungsdienst.

Er wurde an Ort und Stelle festgenommen. Er hatte kein Alibi. Falls irgendjemand ihn auf dem Longspur Peak gesehen hatte, dann würde der- oder diejenige sich nur an eine schwarzgekleidete Gestalt mit Helmvisier vor dem Gesicht erinnern, die durch die Nacht gerast war.

Seine Haut wurde unter Selinas Fingernägeln gefunden, sein Sperma in ihr identifiziert. Er weigerte sich, ein Schuldbekenntnis zu unterschreiben. Die Cops waren hartnäckig und fest entschlossen, ihm ein Geständnis zu entlocken.

»Nicht gegen den Kopf«, hatte der größere der beiden gesagt, als sie in seine Zelle kamen. Zügig und brutal schlugen sie ihn zusammen. Winding Falls war eine kleine Stadt mit einer verschworenen Gemeinschaft. Nachbarn kannten einander und Selinas Eltern waren wichtige Mitglieder dieser Gemeinschaft. Barney schickte seinen Anwalt, um nach ihm zu sehen, als er wegen Vergewaltigung und Körperverletzung angeklagt wurde. Es war ein stämmiger Mann mit pockennarbigem Gesicht, der keinen Zweifel daran ließ, dass er nichts von Mandanten hielt, die ihre Unschuld beteuerten. Ein Schuldbekenntnis würde sich zu seinem Vorteil auswirken, sagte er. Niemand, nicht einmal Barney, glaubte, dass er unschuldig war.

Als Selina wieder bei Bewusstsein war und sich an die Ereignisse dieser Nacht erinnerte, informierte sie die Polizei, dass Karl unschuldig sei. Sein einziges Vergehen sei es gewesen, die Hintertür nicht abzuschließen, als er aus der Hütte gestürzt sei.

Die Gesichtszüge ihres Angreifers waren unter dem schwarzen Nylonstrumpf, den er sich über den Kopf gezogen hatte, nicht erkennbar gewesen. Er hatte einen Baseballschläger dabei gehabt und sie außer Gefecht gesetzt, noch bevor sie sich wehren konnte. Sie erinnerte sich, dass sein Atem nach Alkohol gerochen hatte. Der Gestank nach Rum würde ihr für immer in der Nase bleiben, sagte sie. Er hatte vorgehabt, sie umzubringen. Das hatte er ihr gesagt, als er sie vergewaltigte, und noch einmal, bevor er auf sie einstach. Keine Spur von einem irischen Akzent. Er hatte noch immer geredet, als sie das Bewusstsein verlor. Sie hatte keine Erinnerung daran, wie er geflohen oder wie Karl zurückgekommen war. Er musste wohl die Harley gehört haben und mit dem Kondom, das er benutzt hatte, abgehauen sein, wobei er beim Rennen die Mülltonnen umgestoßen hatte.

Karls Alkohol- und Drogentests waren negativ. Außerdem hatte er sich, seit er für Barneys Baufirma arbeitete, einen Bart wachsen lassen, und obgleich Selinas Angreifer durch den Nylonstrumpf vermummt gewesen war, hatte sie durch das feine Material erkennen können, dass er glattrasiert war.

Barney packte Karls Habseligkeiten aus der Hütte zusammen und holte ihn ab, als er aus der Haft entlassen wurde. Selina wurde aus dem Krankenhaus entlassen und zog zurück zu ihren Eltern. Sie versuchten, Freunde zu bleiben, weil sie glaubten, dass sie das einander schuldig waren. Ihre Wunden verheilten – ihre waren sichtbar gewesen, während seine ihm so geschickt zugefügt worden waren, dass sie verborgen blieben. Doch die inneren Wunden waren bei beiden zu tief, um einer Freundschaft Raum zu geben. Stattdessen wurden sie zum Spiegel der Ängste des jeweils anderen.

Zwei Wochen darauf starb Karls Mutter unvermittelt an einer Hirnblutung. Justin rief ihn an, um ihm die Nachricht zu überbringen, und Karls Schock angesichts Selinas Trauma ging in Trauer über. Als er für die Beerdigung seiner Mutter nach Irland zurückkehrte, bot sich ihnen eine würdevolle Möglichkeit, sich zu verabschieden.

Seinen Vater zermürbte die Trauer. Einen Monat später hielt seine Sterbeurkunde fest, dass er an einem Aneurysma gestorben war, doch seine Söhne wussten, dass sein gebrochenes Herz ihn umgebracht hatte. Karl hatte ihm nie von Selina Lee erzählt. Ebenso wenig Justin. Zwischen ihnen stand zu viel Vorgeschichte. Sie waren nicht imstande, ihre Rollen abzulegen, sie blieben der perfekte Sohn und der schwierige Sohn, der ständig Ärger machte.

Im Fernsehen liefen stumm die Spätnachrichten. Der Mund der Nachrichtensprecherin bewegte sich, ihre Gesichtsausdrücke wirkten ohne die ablenkenden Worte ausgeprägter. Als Constance' Gesicht auf dem Bildschirm erschien, machte Karl den Ton an. Es war wieder das Foto, das sie auch für die Poster verwendet hatten.

»Wir sind jetzt live vor Ort, wo uns die Journalistin Amanda Bowe von den neuesten Entwicklungen zur Suche nach der vermissten Schülerin berichten wird.« Die Nachrichtensprecherin machte einen Schritt zur Seite und lächelte die Reporterin an, die vor Isaac Cronins Haus stand. Amanda fuhr sich ein paarmal mit der Zunge über die Zähne, doch abgesehen von diesem kleinen Anzeichen der Nervosität wirkte sie vollkommen gelassen, während sie die andauernde Suche beschrieb. Das Bild wechselte zum Obsthain, wo ein Suchhund durch die Bäume lief. Er musste an Constance' Kleidung geschnuppert und den Geruch aufgenommen haben, den ihre junge, zarte Haut verströmte.

Dann war Amanda wieder im Bild. Die Suche werde für heute eingestellt, aber morgen beim ersten Tageslicht wieder aufgenommen. Karl drückte auf die Fernbedienung und ließ sie verschwinden.

Er dachte an einen Baum, der in Selinas und seinem Garten gewachsen war. Mit seiner großen belaubten Krone spendete der Palo Verde ihnen abends Schatten, bevor es endlich abkühlte und eine alles umhüllende Dunkelheit den weinroten Sonnenuntergang über den Hügeln ablöste. Doch seine raschelnden Blätter konnten ohne jede Vorwarnung von den Zweigen fallen. Sie segelten nicht nach und nach zu Boden oder verwandelten sich erst in eine rostrote Pracht. Beim ersten Anzeichen von Dürre fielen die Blätter ab und überließen dem

Baum damit die nötige Kraft, um in der ausgetrockneten Erde zu überleben.

Alles, was ihm Schutz geboten hatte, seit er Arizona verlassen hatte, war ihm genommen worden, genauso plötzlich wie dieser Baum seine Blätter abgeworfen hatte. Die Jahre dazwischen, diese sicheren sechs Jahre, in denen er sein Leben wieder aufgebaut hatte, waren bloß ein Zwischenspiel gewesen. Ein Zwischenspiel, das ihm vorgegaukelt hatte, dass seine Albträume in der verdorrten Sonora-Wüste zurückgeblieben wären.

Auf einmal überkam ihn das Verlangen, nur noch in der Dunkelheit zu sitzen und darauf zu warten, dass sie ihn überfielen. Die Polizei mit ihren Beweisen. Die Presse mit ihren Quellen und Vermutungen. Seine Familie mit ihren zerstörten Leben. Sein Kinn war geschwollen und pochte. Ob sein Nacken wohl ausgerenkt war?

Bruder greift Bruder wegen verschwundener Tochter an

Würde das morgen die Schlagzeile sein?
Nein, zu bieder. Vermutlich eher:

Connies verzweifelter Dad greift Lustmolch-Bruder an

DREIZEHN

TAG SIEBEN

Sie fanden Constance' Leiche am Nachmittag des siebten Tags. Nicole rief an, um ihm Bescheid zu sagen. Er wusste, dass die Suche vorbei war, noch bevor er ans Handy ging. Als sie seine Stimme hörte, versagte ihre eigene und sie war nicht imstande, die gefürchtete Wahrheit auszusprechen.

»Sag's mir«, schrie sie ihn an. »Um Gottes willen, sag's mir.«

Die Opferschutzpolizistin war mit den Neuigkeiten nach Cherrywood House gekommen. Der Suchhund hatte auf Isaac Cronins Grundstück menschliche Überreste aufgespürt, doch der Öffentlichkeit war diese Information noch nicht übermittelt worden.

»Lass mich mit Justin sprechen«, keuchte er. »Ich *muss* mit ihm sprechen, Nicole.«

»Er nimmt gerade von niemandem Telefonate entgegen.« Sie hustete, oder vielleicht schluchzte sie auch, das Geräusch war zu gedämpft, um es genau sagen zu können.

»Aber ich bin doch nicht Niemand, Nicole. Ich bin sein Bruder. Ich komme jetzt zu euch.«

»Nein!«

»Nicole –«

»Ich habe *Nein* gesagt. Sie haben die Nachricht gerade erst bekommen. Sie brauchen Zeit –«

»Ich muss sie sehen. Wie können sie glauben, dass ich auch nur *irgendetwas* damit zu tun habe? Nicole, du glaubst das doch nicht ... Du kannst doch nicht ...«

Dann legte er auf. Er war ihre Widersprüche leid. Gerade war er im Begriff, die Haustür zu öffnen, als ihm die Presse wieder einfiel. Er konnte sie durch das Buntglasfenster sehen, wie sie auf dem Bürgersteig vor seinem Haus immer mehr wurden und auch die Gasse dahinter im Auge behielten. Er lehnte sich gegen die Wand und rutschte daran hinab zu Boden. Tot ... für immer fort. Das letzte bisschen Hoffnung war dahin. Wo war sie gefunden worden? Auf Cronins Grundstück, hatte Nicole gesagt, nicht im Haus. Seine Ahnung war richtig gewesen, wenn auch nur im Ansatz. Hatte Constance ihn von einer entfernten himmlischen Sphäre aus beobachtet, als er mit der Taschenlampe ihr Graffiti beleuchtet hatte? Er musste mit Justin reden. Ihm verständlich machen, dass der Keil, den Amanda Bowe zwischen sie getrieben hatte, bloß auf Worten basierte. Auf bewusst gewählten Worten, die die Wahrheit verzerrten und in eine trügerische neue Realität verwandelten. Sobald sie sich von Angesicht zu Angesicht gegenüberstanden, würde Justin verstehen, dass sein Misstrauen auf Manipulation beruhte. Sie würden Constance gemeinsam betrauern, sich gegenseitig stützen.

Die Klingel hörte gar nicht mehr auf zu läuten und sein Telefon genauso wenig, bis er es ausschaltete. Er hörte sich jeden einzelnen Nachrichtenbericht an, um herauszufinden, ob Constance' Name bekannt gegeben worden war. Das Verlangen, sich einen Weg durch die Presseleute zu bahnen und durch die hohen schwarzen Tore von Cherrywood House zu stürmen, wich der Verzweiflung. Er war gefangen in einem Kokon aus Verdächtigungen. Schließlich fuhr er seinen Laptop hoch und las die aktuellste Onlineausgabe des *Capital Eye*.

Leiche von vermisster Schülerin gefunden
Von Amanda Bowe

Sieben Tage lang waren die Bürger Glenmoores und der weiten Umgebung unermüdlich auf der Suche nach der vermissten Schülerin Connie Lawson (13). Nun muss diese eng verbundene Gemeinde sich mit der grauenhaften Wahrheit abfinden, dass eines ihrer jungen Mitglieder tot ist. Die verzweifelte Suche nach Connie endete an diesem Nachmittag damit, dass ein Ermittlerteam mit der Hilfe von Such- und Rettungshund Midas ihre Leiche an einer unterirdischen Stelle fand und die katastrophale Nachricht ihren Eltern Justin Lawson (37) und seiner Frau Jenna (35) überbracht wurde.

Sie hatten sich an die Hoffnung geklammert, dass ihre geliebte Tochter noch am Leben sei. Diese Hoffnung wurde nun auf grausame Weise zunichte gemacht, als Connies Überreste in einem unter der Erde gelegenen Wassertank auf dem ehemaligen Grundstück des verstorbenen Isaac Cronin aufgefunden wurden.

Der Wassertank war nach dem Tod von Cronin, einem schillernden Exzentriker, geleert und verschlossen worden. Er blieb unter der Erde begraben auf dem Land zurück, ungesehen und vergessen – bis jemand, der sich vor Ort bestens auskennen muss, ihn freischaufelte. Diese Person hat mutmaßlich die Abdeckung entfernt, die Leiche der Schülerin in der Zementkammer versteckt und die frisch umgegrabene Erde unter Gestrüpp verborgen. Ohne den beherzten Einsatz von Midas, der unter dem verdorrten Dickicht buddelte und so die Fahnder auf die Stelle aufmerksam machte, wäre die Leiche der jungen Connie Lawson vermutlich nie geborgen worden.

In der Tasche ihrer Lederjacke wurde eine Blasted-Glass-CD gefunden. Das Album, das noch nicht offiziell erschienen ist, wurde von den Bandmitgliedern signiert. Am Freitag in den frühen Morgenstunden war in der Nähe der Orchard Road ein ortsansässiger Mann von Gardaí gesehen und daraufhin auf der Glenmoore Garda Station befragt worden. Mit einer Festnahme ist in Kürze zu rechnen.

Den ganzen Tag über und bis in die Nacht hineinversuchte er, Nicole, Justin und Jenna zu erreichen. Während er wieder und wieder ihren Mailboxansagen lauschte und vergeblich auf ihre Rückrufe wartete, wuchs seine Panik.

Er war oben im Schlafzimmer, als ihn das Klirren von berstendem Glas aufschreckte. Obwohl er nicht überrascht war, verspürte er Schock. Er ging zum Fenster und sah Gestalten in seinem Vorgarten. Jugendliche, schätzte er, doch sie waren in der Dunkelheit kaum auszumachen.

»Scheiß Pädo ... Komm raus! Raus! Raus!« Ihre Stimmen wurden lauter. »Verbrennt den Pädo ... verbrennt den Pädo!«

Kamen sie von Ben's Shack? Waren sie auf irgendwelchen Drogen? Als Gruppe fühlten sie sich wohl sicher, das Chaos war auf ihrer Seite und sie scherten sich nicht darum, wie sie es entfesselten. Kameras blitzten, die Fotografen hielten sich am Rand des Aufruhrs. Reporter wichen vom Bürgersteig zurück auf die sichere Straße, als aus einem Flaschenhals eine Flamme aufloderte.

Karl hörte ein weiteres Klirren und dann ein Zischen, als das Benzin explodierte. Er rannte die Treppe hinunter und schnappte sich den Feuerlöscher aus dem Flur. Der Molotowcocktail war durchs Wohnzimmerfenster geflogen gekommen. Er zielte mit dem Feuerlöscher auf die Flammen, die sich über den Holzboden ausbreiteten. Sie waren schnell gelöscht, doch der Rauch, schwarz, dicht und erstickend, drängte ihn zurück. Er schloss die Tür und rannte in die Küche, tränkte ein Geschirrtuch in Wasser und deckte sich damit Mund und Nase ab. Als er so zurück ins Wohnzimmer stürzte, standen die Holzdielen erneut in Flammen, genauso wie die Vorhänge. Der Fernsehbildschirm zerbarst und Scherben regneten in die Flammen. Er rang nach Luft, die chemischen Dämpfe machten ihn benommen und desorientiert. Das Feuer geriet außer Kontrolle und das Sofa begann zu schwelen, als Flammen an den geschwungenen Armlehnen leckten. Er zog sich in den Flur zurück, konnte aber immer noch das Tosen des Feuers hören, das hinter der verschlossenen Tür an Boden gewann. Er hatte sein Handy im Schlafzimmer liegen lassen. Er sprintete die Treppe hinauf, obwohl er Angst hatte, dass ein zweiter Molotowcocktail in den Flur geschleudert werden und ihm den Weg hinaus blockieren könnte. Es gab einen Kurzschluss und er musste im Dunkeln nach seinem Handy tasten. Dann eilte er nach unten und raus an die frische Luft. Seine Kehle fühlte sich so verbrannt an, dass er sich nicht sicher war, ob die Frau vom Notruf am anderen Ende der Leitung verstand, was er sagte. Sie beruhigte ihn nur immer wieder, dass die Feuerwehr bereits auf dem Weg sei.

In den Nachbarhäusern waren die Lichter eingeschaltet worden. Türen gingen auf und Gestalten in Morgenmänteln traten heraus. Die Teenager hatten sich zerstreut und flohen vor den Flammen und dem Rauch. Karl nahm die Verfolgung auf und bekam einen der Jugendlichen zu fassen, der langsamer reagiert hatte als die anderen. Er war stabil gebaut, vermutlich gehörte er dem örtlichen Rugbyteam an. Er war aufgepumpt mit Kreatin und Aggressivität. Er wollte sich losreißen und brüllte vor Schmerz, als Karl ihm wiederholt ins Gesicht schlug. Seine Freunde blickten sich nicht einmal um. Karl hatte keine Ahnung, ob der Junge, den er geschnappt hatte, derjenige war, der den Molotowcocktail geworfen hatte, und es war ihm auch egal. Das Einzige, was er mit einer erschreckenden Klarheit wusste, war Folgendes: Er fühlte sich imstande, auf diesen unbekannten Teenager einzuschlagen, bis er leblos am Boden lag.

Eine Sirene ertönte. Das dringliche Heulen war ohrenbetäubend. Die Feuerwehr bog in die Cherrywood Terrace ein, als Hände Karl ergriffen und ihn zurückzogen.

»Verfluchter Pädo! Mörder!« Der Junge hatte Mühe aufzustehen. »Was haben Sie Constance angetan?« Er versuchte, sich auf Karl zu stürzen, wurde aber von einem Mann zurückgehalten.

»Das reicht jetzt.« Die Stimme des Mannes, der sie auseinandergezogen hatte, war vertraut. »Sie sind verhaftet wegen Brandstiftung«, brüllte er den Teenager an. »Machen Sie es nicht noch schlimmer, oder Sie können die Nacht in einer Zelle verbringen.«

Polizisten in Zivil. Karl hätte es sich denken können. Es waren dieselben, die ihn auf der Wache befragt hatten. Bevor der sprachlose Junge etwas erwidern konnte, waren ihm schon Handschellen angelegt worden. Ein Streifenwagen war der Feuerwehr gefolgt, und der festgenommene Junge wurde mit blutender Nase und einer Platzwunde unter dem Auge dorthin abgeführt. Bevor er in den Einsatzwagen stieg, blickte er noch einmal zu Karl zurück.

»*Mörder*!«, brüllte er. »Ich werde Sie wegen Körperverletzung verklagen, und da kommen Sie nicht so einfach wieder raus.«

»Sie waren die ganze Zeit da und haben einfach dabei zugesehen, wie die mich mit Feuer aus dem Haus getrieben haben.« Karls Stimme war zu heiser, um wütend oder ungläubig zu klingen, als er die beiden Detectives ansprach, die alles beobachtet haben mussten. Die Frau sah genauso derangiert aus, wie er sie in Erinnerung hatte, ihre Augen waren eingesunken zwischen müden Hautfalten. Ohne zu antworten, zuckte sie mit den Schultern und wandte sich einem Garda in Uniform zu.

»Wir haben getan, was wir konnten. Wenn Sie Beschwerde einreichen wollen, dann nur zu.« Der männliche Detective schritt davon. Seine große, eindrucksvolle Gestalt wurde von den Scheinwerfern des Feuerwehrwagens erhellt.

Innerhalb von Minuten hatte die Feuerwehr den Brand gelöscht.

»Alles okay, Karl?« Dominick blieb stehen, um mit ihm zu reden.

Karl rieb sich mit dem Ärmel über die Augen und versuchte, seinen Freund in den Fokus zu nehmen. Dominick nahm seinen Helm ab und fuhr sich mit der Hand durch das lichter werdende Haar.

»Wie schlimm ist der Schaden?«, fragte Karl.

»Es ist nur das Wohnzimmer betroffen.« Die kantigen Züge von Dominicks Gesicht waren rußverschmiert, seine Augen rot gerändert. »Detective Newton hat sofort die Feuerwehr gerufen, als diese Halbstarken den Molotowcocktail angezündet haben. Wir waren also so schnell wie möglich da.« Sein Ton war kühl und förmlich. »Es gibt sicher Rauchschäden, du brauchst einen Gutachter, der dir eine Gesamteinschätzung geben kann. Gut, dass du alleine warst, als das passiert ist.«

Karls Augen brannten noch schlimmer und heiße Tränen liefen ihm über die Wangen. Ob vom Rauch oder vor Kummer, was machte das für einen Unterschied? Sasha hätte oben in ihrem Dora-Zimmer im Bett liegen können, Nicole im Zimmer nebenan. Er taumelte, seine Knie gaben nach und er streckte Halt suchend die Hand nach seinem Freund aus.

»Hast du das von Constance gehört?«, fragte er.

Dominick versteifte sich. »Ja«, sagte er. »Einfach schrecklich.«

Seine kaum verhohlene Abscheu prickelte auf Karls Haut. Überall waren Menschen, Presse, Polizei, Feuerwehr, Nachbarn – dieselben Nachbarn, die sich in Justin und Jennas Haus versammelt hatten, um bei der Suche nach Constance zu helfen. Aus allen Richtungen rollte eine spürbare Welle der Feindseligkeit auf ihn zu. So musste es sich dann wohl anfühlen, in der Hölle zu sein, dachte er.

Die Hölle war für ihn immer ein abstraktes Konzept gewesen, und doch war sie ihm als kleiner Junge furchterregend real vorgekommen, als Teenager hatte er das Konzept abgetan und es bis jetzt ignoriert. Doch sie existierte, nicht in Form eines ewigen Glutofens, in dem gepeinigte Seelen ihr Dasein fristeten, nein, die Hölle war hier in dieser ruhigen vorstädtischen Reihenhaussiedlung, wo die Nachbarn sich zu Partys, Buchclubs und Kindergeburtstagen trafen. Die Hölle war, die Unsicherheit in den Gesichtern der Nachbarn zu sehen, die ihn für schuldig hielten, auch wenn das Verbrechen erst noch bestimmt werden musste. Die Hölle war, die schwelenden Überreste des Wohnzimmers zu betrachten, in dem er abends mit Nicole zusammen auf dem Sofa gesessen und DVDs geschaut hatte, in dem sie sich von ihrem jeweiligen Arbeitstag berichtet und sich lustige Geschichten von Sasha erzählt hatten, nachdem ihre Tochter zu Bett gegangen war. Die Hölle war seine tote Nichte, deren Verschwinden alles, was er für selbstverständlich gehalten hatte, zerstört hatte: Vertrauen, Liebe, Freundschaft, Familienbande.

»Wo schläfst du heute Nacht?« Dominick nickte in Richtung des Hauses. Ein paar Feuerwehrleute hatten es betreten und hielten nach Anzeichen für ein weiteres Feuer Ausschau.

»Was?« Karl versuchte sich darauf zu konzentrieren, was sein Freund sagte.

»Hier kannst du nicht schlafen.«

»Du hast doch gesagt, der Schaden beschränkt sich nur aufs Wohnzimmer.«

»Guck dir das Haus doch mal an, um Himmels willen. Du würdest am Rauch ersticken.«

»Aber ich kann das Haus nicht zurücklassen. Diese Kids könnten zurückkommen ...«

»Das werden sie nicht. Die haben ihr Pulver verschossen und werden jetzt erst mal die Füße stillhalten, um der Polizei aus dem Weg zu gehen. Nicht, dass ihnen das lange gelingen wird. Dieser Halbstarke, den sie festgenommen haben, wird singen wie ein Vögelchen.«

»Dominick, komm«, rief einer der Feuerwehrleute, die sich zum Aufbruch bereit machten.

»Bist du sicher, dass du zurechtkommst?« Dominick klang entschuldigend, als wäre ihm bewusst, dass er seine Abscheu nicht hatte verbergen können. »Ruf mich an, wenn du über irgendwas reden willst ... Ganz egal was.« Es war nicht zu übersehen, dass er nicht schnell genug wegkommen konnte, als er zu seiner Mannschaft eilte.

Dominick hatte recht. Die Luft im Haus einzuatmen war unmöglich. Er ignorierte Maria Barnes, die ihm anbot, das Haus für den Fall eines weiteren Angriffs im Auge zu behalten. Niemand bot Karl einen Schlafplatz an.

In seinem Schlafzimmer packte er sich flach atmend einen kleinen Reisekoffer zusammen. Dabei versuchte er, seine Kehle vor der versengten Luft zu verschließen. Sein Zuhause fühlte sich nur noch an wie eine Hülle ohne Leben und Erinnerungen. Er schloss die Haustür ab und buchte sich für die Nacht ein Zimmer im Glenmoore Arms.

VIERZEHN

Kurz vor Mitternacht wurde er verhaftet. Der Nachtportier sah neugierig zu, wie er durch das Foyer nach draußen ging, wo vor dem Hoteleingang der Streifenwagen parkte. Amanda Bowe war allen wie immer einen Schritt voraus und wartete bereits vor der Polizeiwache auf ihn. Sie drängte sich an einem der Gardaí vorbei, als Karl zum Eingang geführt wurde.

»Sind Sie festgenommen, weil sie des Mords an Connie Lawson verdächtigt werden?« Sie hielt ihm ihr Aufnahmegerät entgegen.

»Das reicht jetzt.« Der Garda, der Karl eskortierte, starrte sie wütend an. »Aus dem Weg, Miss. Sie behindern unsere Arbeit.«

»Die Öffentlichkeit hat ein Recht, das zu erfahren.« Herausfordernd blickte sie Karl an. »Haben Sie Ihren Neffen Matthew mit Drohungen zum Schweigen gebracht, damit er den Gardaí nicht erzählt, dass Connie in der Nacht ihres Verschwindens zu Ihrem Haus gekommen ist?«

Sie hatte Constance' Namen zu einer Schlagzeile verkürzt und Karl mit der gleichen herzlosen Gleichgültigkeit vernichtet. Sein Hass wurde von einer ungezügelten Energie und einer

Klarheit angetrieben, die stärker waren als die trübe Unbegreiflichkeit seiner Trauer. Er hätte sie niedergeschlagen, wenn ein zweiter Garda seine Wut nicht gespürt und ihn bestimmt in die Wache geführt hätte.

Sein Anwalt war bereits da. Fionn Drury sah jung genug aus, um noch heimlich hinter dem Fahrradschuppen der Schule zu rauchen. Er war ein Junge, der kaum alt genug zum Wählen sein konnte. Doch seine Stimme war tief, er musste also schon vor einiger Zeit seinen Stimmbruch gehabt haben, stellte Karl beruhigt fest.

»Ich lese immer wieder von diesem ›engen Verhältnis‹«, sagte er, nachdem Karl vor seiner Vernehmung in ein kleines Besprechungszimmer geführt worden war. »Worauf genau spielt diese Journalistin an?«

»Haben Sie Nichten oder Neffen?«, fragte Karl ihn.

»Vier«, erwiderte er. »Jeweils zwei.«

»Wie würden Sie Ihr Verhältnis zu ihnen beschreiben?«

»Es ist eng.« Er nickte. »Aber ich bin nicht derjenige, der an Ihrer Stelle sitzt. Außenwahrnehmung kann für ganz schön viel Wirbel sorgen und in diesem Trubel kann die Wahrheit untergehen. Reden Sie mit mir. Ich muss alles wissen, was Ihnen in den letzten sieben Tagen passiert ist.«

Karl tappte mit den Füßen auf den Boden, während er sich bemühte, seine Woche verständlich zu schildern. Doch sie zerfiel bereits in einzelne Momente, an die er sich klar erinnern konnte, und lange Abschnitte der Unklarheit. Der Anwalt machte sich Notizen und unterbrach ihn hin und wieder, um Fragen zu stellen.

»Haben Sie Ihren Neffen dazu gedrängt, wichtige Informationen vor der Polizei geheim zu halten?«, fragte er.

»Nein, habe ich nicht.« Was genau hatte er zu Matthew in jener Nacht gesagt, als er ihn auf dem Dachboden fand? Irgendetwas davon, dass Dinge, die man in Wut sage, nicht zwangsläufig wahr seien. »Matthew hatte diese Vorstellung, dass es ein schlechtes Licht auf seine Eltern werfen würde, wenn er der Polizei sagt, dass Constance lieber bei mir zu Hause wohnen würde. Er ist erst acht. Ein Kind. Er hatte Angst und war verwirrt. Ich habe ihm nur versichert, dass Constance nicht zu mir nach Hause gekommen ist, und dass er sich keine Sorgen machen muss, dass er den Gardaí nicht verraten hat, was Constance gesagt hat.«

»Also haben Sie ihm doch quasi gesagt, dass er ihnen diese Information vorenthalten soll. Ihre Frau lag richtig mit dem, was sie der Opferschutzpolizistin berichtet hat.«

»Meine Frau ... Was meinen Sie damit?«

»Sie war der Ansicht, dass die Polizei über dieses Gespräch hätte verständigt werden sollen. Ihr Neffe hat mittlerweile eine neue Aussage abgegeben, in der er behauptet, dass seine Schwester das Haus in der Absicht verlassen hat, zu Ihnen zu gehen.«

»Aber Nicole weiß doch, dass sie nicht da war.«

»Sie hat gearbeitet, als Constance von zu Hause weggegangen ist, und kann Ihnen daher kein Alibi liefern.«

»Sie weiß –«

»In Constance' Jackentasche ist eine CD von Blasted Glass gefunden worden. Ihre Frau hat ausgesagt, dass diese auf einem Sideboard im Esszimmer Ihres Hauses gelegen hat, als sie an diesem Abend zur Arbeit aufgebrochen ist. Vor zwei Tagen wurden Sie von zwei Detectives um vier Uhr morgens in der Nähe der Fundstelle der Leiche gesehen. Und Arizona ... Wie Sie sehen, kommt da einiges an Beweislast gegen Sie zusammen.«

»Nichts von dem, was in Arizona –«

»Ich habe Selina Lee angerufen, bevor ich hergekommen bin«, sagte Fionn. »Sie bereitet eine Aussage vor und schickt sie mir per E-Mail zu. Ich sollte sie bald erhalten. Außerdem habe ich mich mit der Polizei von Winding Falls in Verbindung gesetzt. Sie haben sich bereit erklärt, mir Ihre Akte zu schicken. Sie wird die Wahrheit in diesem Fall beweisen.«

»Glauben Sie mir?« Karls Stimme brach vor Verzweiflung. »Sie *müssen* mir glauben.«

»Was ich persönlich glaube, hat nichts mit meiner Befähigung zu tun, meine Mandanten zu verteidigen.«

»Irgendjemand *muss* mir doch glauben.«

Fionn nickte und schob seine Notizen in eine Mappe. »Bleiben Sie ruhig bei der Vernehmung. Die ermitteln nur ins Blaue hinein. Da muss noch einiges passieren, bis sie Sie in Verbindung zu Constance' Tod anklagen können.«

Diese zuversichtlichen Worte begleiteten Karl, als er den Flur entlang zum Vernehmungsraum ging.

Ortsansässiger Mann wegen Mord an Connie angeklagt

Von Amanda Bowe

Karl Lawson (35), der in der Cherrywood Terrace 22 in Glenmoore wohnt, wurde wegen Mordes an Connie Lawson angeklagt und verbleibt bis zu seinem Prozess in Untersuchungshaft.

Blumen werden an die Stelle gebracht, an der Connie Lawsons Leiche sieben Tage lang unentdeckt lag. Ihre Freundinnen werden therapeutisch betreut, und der Gebetsraum der Queen-of-Angels-Schule wurde geöffnet und in eine Erinnerungsstätte für die allseits beliebte Schülerin und Freundin verwandelt. Ein Termin für Connies Beerdigung steht noch nicht fest.

Connies Eltern verbleiben in der Obhut ihrer Anwältin Olga Nicholls in Cherrywood House. Auch ihre Schwägerin Nicole Lawson (33) spendet ihnen Trost und wird ebenfalls im Zuhause der Familie Nicholls bleiben, bis sie in ihr eigenes Haus zurückkehren kann, das letzte Nacht im Zuge eines

Brandanschlags beschädigt wurde. Ihr Mann Karl Lawson war zum Zeitpunkt des Brandes zu Hause und entging nur knapp ernsthaften Verletzungen. Ein ortsansässiger Jugendlicher, der aufgrund seines Alters nicht namentlich genannt werden darf, wurde wegen Brandstiftung angeklagt.

TEIL 2

FÜNFZEHN

Auf Connie Lawsons Verschwinden als Wendepunkt ihrer Karriere zurückzublicken, kam Amanda grausam vor. Dennoch war das die unangenehme Wahrheit. Amanda konnte sich nicht daran erinnern, in diesen sieben Tagen viel geschlafen zu haben. Wie im Fieberwahn hatte sie Karl Lawsons Lebensgeschichte durchkämmt und für die Öffentlichkeit aufbereitet. Sie hatte noch nie zuvor einen derartigen Rausch erlebt. Wenn sie so etwas noch einmal überkommen sollte, würde sie misstrauisch werden. Dabei hatte sie nämlich Connie aus den Augen verloren. Selbst als das Mädchen noch verschwunden gewesen war, war Amanda davon überzeugt gewesen – genau wie der Rest der Medien auch –, dass Karl schuldig war. Und das war die einzige Story, die sie hatte bringen wollen.

Sie war sich seiner Verbindung zu Connie nicht bewusst gewesen, als er am ersten Tag der Suche die Haustür seines Bruders öffnete. Er erinnerte sich nicht an sie. Nicht einmal ein Anflug des Wiedererkennens lag in seinem Blick, als er sie dort mit Shane stehen sah.

»Kein Kommentar«, hatte er gesagt, als sie ihn um Informationen zu seiner vermissten Nichte gebeten hatte. »Kein

Kommentar ... *kein* Kommentar.« Er hatte Amanda mit dem gleichen herablassenden Blick abgewiesen wie damals bei ihrem katastrophalen Vorstellungsgespräch in seinem Büro. Während Shane ihn im Türrahmen fotografierte und sie sich über den Gartenweg zurückzogen, erinnerte sie sich in allen schmerzhaften Einzelheiten an diesen demütigenden Tag.

Ihre Karriere beim *Capital Eye* hatte sie mit Berichten über langweilige Streitereien in Kreisverwaltungssitzungen begonnen. Danach folgte »Leben im Brennpunkt«, eine Kolumne basierend auf Interviews, die sie auf den Stufen des Amtsgerichts führte. Sie war jedes Mal aufs Neue fasziniert davon, wie bereitwillig die Leute mit ihr über ihr Leben sprachen, über ihre chaotischen Beziehungen, ihren Drogenkonsum und Alkoholmissbrauch und ihre Ladendiebstahleskapaden. Einige ihrer Kollegen beim *Capital Eye* warfen ihr Sensationsgier vor und behaupteten, sie nutze ihre Interviewpartner aus. Da »Leben im Brennpunkt« aber eine der beliebtesten Seiten der Boulevardzeitung war, betrachtete Amanda diese Kritiken als Zeichen ihres Erfolgs.

Irgendwann begannen die Geständnisse, die sich immer mehr wiederholten, sie zu langweilen, und ihr Mitgefühl für rückfällig gewordene Ladendiebe und Sozialhilfebetrüger schwand. Viel lieber hätte sie aus dem modernen runden Glasbau der Criminal Courts berichtet, wo schamlose Drogenbosse herumstolzierten und Ehefrauenmörder sich zwischen den kräftigen Schultern von Polizisten versteckten, während sie in Handschellen abgeführt wurden.

Doch über die wirklich pikanten Storys durfte nach wie vor Lilian Bond berichten, die Kriminalreporterin des *Capital Eye*, eine verbitterte Hexe, gebeugt von der Last des Bösen, mit dem sie tagtäglich konfrontiert wurde. Amanda hoffte zutiefst, dass sie bald in Rente gehen oder eine altersbedingte Krankheit wie Arthritis oder Demenz entwickeln möge, doch derartige Hoffnungen schwanden dahin, als sie eine Einladung zur Feier von

Lilians fünfzigstem Geburtstag bekam. Sie war erst *fünfzig*? Das bedeutete, dass Lilian noch weitere fünfzehn Jahre den Schreibtisch der Kriminalredaktion besetzen würde. Eine Ewigkeit. Da erfuhr Amanda, dass Karl Lawson nach jemandem suchte, der Features für die *Hitz* schrieb. Ihre Kenntnisse der Musikbranche waren spärlich, doch sie konnte durchaus eine gute Story schreiben. Kokain, verwüstete Hotelzimmer und Sex auf Speed mit Groupies klangen deutlich verlockender als »Leben im Brennpunkt«.

Als sie am Morgen ihres Vorstellungsgesprächsgerade vom Parkplatz vor ihrer Wohnung fahren wollte, fiel ihr auf, dass sie ihre Arbeitsproben aus »Leben im Brennpunkt« vergessen hatte. Sie eilte zurück in ihr Schlafzimmer, wo ihr das iPhone ihres Verlobten auf dem Nachttisch ins Auge fiel. Graham, der das Handy sonst keine Sekunde aus den Augen ließ, stand gerade unter der Dusche. Sein Bariton drang aus dem angrenzenden Badezimmer – er war kein schlechter Sänger. Und auch kein schlechter Liebhaber, wie Amanda feststellen durfte, als sie seine Nachrichten las. Die erklärten einiges. Sechs Monate lang hatte er sie manipuliert, ihr Misstrauen verspottet und ihr Paranoia vorgeworfen, wenn er behauptet hatte, länger arbeiten oder schon wieder eine unerwartete Dienstreise machen zu müssen.

Später an diesem Abend würde Graham wieder anrufen, um sich zu entschuldigen, dass er schon wieder länger arbeiten müsse, nichtsahnend, dass seine Lügen aufgeflogen waren. Und Amanda würde gerade lange genug damit aufhören, seine Hemden zu zerschneiden, um den Anruf entgegenzunehmen. Danach würde sie ihren Rachefeldzug fortsetzen, indem sie Bleiche über seine gesamte Garderobe kippte, doch das musste bis nach dem Vorstellungsgespräch bei der *Hitz* warten. Als sie sich Karl Lawson gegenüber hinsetzte, steckte noch immer ein Zornesschrei in ihrer Kehle, und sie war atemlos und abgelenkt, obwohl sie eigentlich einen klaren Kopf haben und scharfsinnig wirken wollte. Sie hatte sich durch ihre Antworten gestammelt und immer wieder den Faden verloren. Seine Augen waren ausdruckslos geworden, als sie über die Einflüsse klassischer Musik auf Rockmusik sprach, über die sexuelle Anziehungskraft von Boybands und die Politik im Hip-Hop. Der schnelle Blick, den er mit seiner Stellvertreterin Barbara Nelson wechselte, verriet ihr, dass sie ihre Entscheidung bereits gefällt hatten. Amanda konnte an nichts anderes als an diese Nachrichten denken. Sexnachrichten, geheime Treffen – er war so selbstgefällig gewesen in seiner Untreue. Barbara, die in ihrer Jugend wohl mal eine Goth-Phase durchgemacht haben musste und immer noch dachte, entsprechendes Augen-Make-up wäre eine gute Idee, machte sich nicht einmal die Mühe, Amandas Arbeitsproben zu lesen. Karl Lawson gab ihr die Mappe nach einem flüchtigen Blick zurück.

Draußen vor seinem Büro hatte sie sich an die Wand gelehnt, um wieder zu Atem zu kommen. Sie konnte ihr Gelächter und seinen an Barbara gerichteten Kommentar hören: »Sie schreibt gut, also muss da irgendwo zwischen den Ohren wohl noch ein Gehirn versteckt sein. Aber ich habe weder die Zeit noch die Geduld, danach zu suchen. Wer ist als Nächstes dran?«

Eine Woche später kam die Absage der *Hitz* mit der Post. Es tue ihm leid, ihr mitzuteilen, dass ihre Bewerbung nicht erfolgreich gewesen sei, und er wünsche ihr allen erdenklichen Erfolg bei einer, wie er glaubte, erfolgreichen Karriere im Journalismus. Eine beschönigte Absage, die ihre Erniedrigung auch nicht minderte.

Kurz nach diesem desaströsen Vorstellungsgespräch starb Lilian Bond an einem nicht diagnostizierten Herzfehler, und Amandas Tage auf den Stufen vor dem Amtsgericht fanden endlich ein Ende.

Lilians Fußstapfen waren groß. Sie hatte sich ihre gesamte Karriere über ein Netzwerk aufgebaut, ein Netzwerk aus

Räubern und Gendarmen, wie sie zu sagen gepflegt hatte. Doch diese Namen hatte sie mit ins Grab genommen, was Amanda nicht gerade dabei half, sich in ihre neue Position einzufinden. Dank »Leben im Brennpunkt« hatte sie zwar einige Kontakte in den Untergrund, doch sie brauchte ein größeres Netzwerk an Insidern aus dem Umfeld krimineller Drogenbanden. Als sie hörte, dass Lilian oft das Rimbles besucht hatte, einen exklusiven Privatnachtclub im Hafenviertel, ging sie eines Abends dorthin. Sie hoffte, dort Informationen über die Shroff-Drogenbande zu erlangen.

Im Club war nicht viel los und sie wollte gerade schon gehen, als sich ein Mann an einen Tisch in ihrer Nähe setzte und einen doppelten Espresso bestellte. Sie bemerkte seine schäbigen Turnschuhe, den ausgefransten Saum seiner Jeans, die abgetragene Lederjacke. War er ein Musiker, der sich nach einem Gig hier entspannen wollte? Ein Arzt, der nach einer Vierundzwanzig-Stunden-Schicht einen Koffeinkick brauchte? Oder hatte er die Nacht damit verbracht, in dunklen Gassen mit urinbespritzten Wänden Drogen zu dealen? Er schien ihre Anwesenheit nicht zu bemerken, während er Nachrichten auf seinem Handy las und an seinem Espresso nippte.

In der darauffolgenden Woche sah sie ihn erneut. Er saß hinter ihr, sein Spiegelbild verschwamm im beschlagenen Fenster. Diesmal beobachtete er sie. Sie spürte seinen Blick zwischen ihren Schulterblättern, auch wenn sie ihn nicht sah. Grahams Betrug hatte ihre Sinne geschärft, was das andere Geschlecht betraf. Sie vertraute mehr auf ihren Instinkt. Was man nicht sehen konnte, hatte genauso viel, wenn nicht mehr Aussagekraft als das, was vor ihren Augen lag. Ein zweiter Mann trat ein und blieb stehen, um mit ihm zu sprechen. Amanda erkannte Killian Shroff, einen der drei Brüder, die die berüchtigtste Gang der Stadt anführten. Killian, dessen Name man zu Killer abgekürzt hatte, sobald er alt genug gewesen war, eine Glock zu bedienen, verschwand in den hinteren Teil des

Clubs. Der Mann, der hinter Amanda gesessen hatte, ging hinaus.

Sie folgte ihm den Kai entlang. Die Straßen waren still, die Nachtclubs und Konzerthallen mittlerweile leer. Als er aus ihrem Sichtfeld verschwand, wurde ihr bewusst, dass sie komplett allein war, und sie eilte in Richtung Ha'penny Bridge. Ein Auto hielt neben ihr an. Der Fahrer ließ das Fenster herunter und rief nach ihr. Sie ignorierte ihn und ging schneller, ihre Absätze klackerten zu laut auf dem Pflaster. Als sie an einer Ladentür vorbeikam, bemerkte sie, dass in dem dunklen Eingang jemand stand und sie beobachtete.

»Warum folgen Sie mir?«, fragte der Mann aus dem Rimbles. Bevor sie etwas erwidern konnte, packte er sie und zog sie in den Eingang.

Sie hätte Angst haben sollen. Er stand viel zu dicht vor ihr und seine Hand lag noch immer auf ihrem Arm. Sein Griff war zwar locker, er könnte ihn aber jederzeit verstärken, sollte sie sich bewegen. Sie war womöglich in Gefahr, und doch fühlte sie sich seltsam leichtsinnig. Sie glaubte, die Anonymität ihrer Begegnung sei auf einen vorherbestimmten Kurs eingestellt gewesen, der nun seinen Abschluss fand.

»Ich bin Amanda Bowe«, erwiderte sie, als könne die Kraft ihres Namens allein der Gewalt, die er ausstrahlte, etwas entgegensetzen. »Ich bin vom –«

»Ich weiß, wer Sie sind.« Er lachte unvermittelt auf. »Ich habe nicht nach Ihrem Namen gefragt. Ich habe gefragt, warum Sie mir folgen.«

»Ich hatte gehofft, Sie könnten mir mit ein paar Informationen weiterhelfen.«

»Was für Informationen?«

»Über die Shroffs zum Beispiel.«

»Warum sollte ich die Shroffs kennen?«

»Ich habe Sie vorhin mit Killer gesehen. Ich kann Sie für Informationen bezahlen.«

»Wie viel?«

»Das kommt ganz darauf an, wie wichtig die Infos sind, die Sie mir geben.«

»Okay. Also, mal überlegen.« Sein heißer Atem an ihrem Hals ermahnte sie, weiter stillzustehen. »Hier also die erste Information, die ich für Sie habe: In den frühen Morgenstunden fremde Männer in Autos anzumachen ist eine hochriskante, potenziell kriminelle Handlung. Haben Sie denn keine Angst?«

»Nein.«

»Das sollten Sie aber. Ich könnte Sie wegen Sichanbietens im öffentlichen Raum festnehmen.«

»Mich festnehmen?«

»Ich habe Sie vor wenigen Minuten dabei beobachtet, wie Sie sich einem Freier angeboten haben. Sie befinden sich in den Armen des Gesetzes, Amanda Bowe.«

»Ich habe mich nicht ... O mein *Gott*, Sie sind ein Cop.« Sie legte eine Hand an seine Wange, als wollte sie sich vergewissern, dass er wirklich da war. Seine Bartstoppeln rieben an ihre Handfläche und das schwindelerregende Rasen ihres Herzens warnte sie vor den Konsequenzen, die folgen würden, wenn sie nicht von ihm wegtrat. Seine Finger gruben sich in ihr Haar. Er schob ihren Kopf zurück, bis sie in die undeutlichen Züge seines Gesichts blickte. Sie atmeten im Gleichklang, und der Druck, der sich in ihrem Unterleib aufbaute, wurde noch intensiver, als ihr bewusst wurde, dass er ebenfalls von der Intimität ihrer düsteren Begegnung mitgerissen wurde.

»Werden Sie mich festnehmen oder mich küssen?«, flüsterte sie, und zur Antwort öffnete er ihre Lippen mit seiner Zunge und schob sein Knie mit der gleichen Dringlichkeit zwischen ihre Beine. Sie gab sich der Wucht ihres Verlangens hin, nahm die kalte Marmorwand in ihrem Rücken gar nicht wahr, nahm nichts wahr außer der Kraft seiner Arme, als er sie auf sich hob. Hinter der muskulösen Rundung seiner Schulter konnte sie die Liffey sehen, die Straßenlaternen der Stadt, die sich in der trägen Strömung des Flusses spiegelten.

Später würde es Zeit zum Reden geben, doch in diesem kurzen, berauschenden Moment zählte nichts außer der Befriedigung, die sie einander abverlangten.

In den folgenden Monaten witzelten sie darüber, eine »streng geheime« Affäre zu haben. Nicht, dass man darüber Witze machen sollte. Für beide stand viel zu viel auf dem Spiel, um in der Öffentlichkeit gemeinsam gesehen zu werden. Detective Garda Jon Hunter hatte nicht vor, seine Karriere oder seine Ehe zu gefährden – und Amanda hatte nicht vor, eine ausgezeichnete Quelle zu gefährden. Dass er verheiratet war, hatte sie überrascht, dass er drei Kinder hatte erst recht, doch der Schock war nicht groß genug, um die Beziehung zu beenden. Er gab ihr die Namen von Kontakten, die ihr Informationen beschaffen konnten, und klärte sie über das Who's who der kriminellen Unterwelt auf.

Er liebte den Nervenkitzel. Zufriedenheit langweilte ihn, Routine erdrückte seinen Geist, und so ging er mit Amanda Risiken ein und verwischte ihre Spuren mit einer Ausrede nach der anderen. Auch sie genoss die hastigen, leidenschaftlichen Stelldicheins in anonymen Hotelzimmern. Und natürlich hoffe sie, dass das Wissen, das er mit ihr teilte, ihren Ruf als ernstzunehmende Kriminalreporterin festigen würde. Doch erst als Connie Lawson verschwand und Hunter von Karl Lawsons Schuld überzeugt war, aber fürchtete, die Beweise gegen ihn seien nicht stichhaltig genug, um ihn zu verurteilen, verriet er ihr zum ersten Mal vertrauliche Details einer laufenden Polizeiermittlung. Was als geheime Affäre begonnen hatte, war zu einer gefährlichen Verbindung geworden.

SECHZEHN

Zu Beginn war Amanda noch überzeugt gewesen, dass Connie bloß eine verdrossene Teenagerin sei, die nach ein paar Tagen auf der Straße hungrig zu dankbaren Eltern zurückkehren würde, die ihr vergeben würden, dass sie eine solche Göre gewesen war. Glenmoore war eine Vorstadt mit viel Grün, Tennisplätzen und Cafés, Modeboutiquen und Restaurants mit Glasfronten, die den Strand überblickten. Hier liefen Teenager nicht von zu Hause weg oder endeten in Straßengräben, weil irgendwelche geringfügigen Schulden bei Drogenbanden nicht beglichen worden waren. Gleich zu Beginn der Suche hatte Hunter ihr von dem Streit wegen des Blasted-Glass-Konzerts erzählt. Die Mädchen, die mit Connie zu dem Konzert hätten gehen sollen, waren bereit gewesen, mit Amanda zu reden. Sie zeigten ihr die Nachrichten, die sie sich in der vergangenen Nacht geschrieben hatten. Nichts als Wut und Getöse über ihre Eltern, die sich wohl nicht mehr daran erinnern könnten, wie es sei, jung zu sein, Spaß auf Konzerten zu haben und am Rande der Hysterie aus voller Kehle zu schreien, bis die geballte Energie sich in kollektive Ekstase verwandelte. Doch nach dieser anfänglichen Welle von Nachrichten und einem

Anruf Connies an eine von ihnen, hatten sie nichts mehr von ihr gehört. Connie hatte ihr Handy zu Hause gelassen, was sie stutzig machte. Auch Amanda machte es stutzig. Eine Teenagerin, die nachts ohne ihr Handy rausging, war wie eine Schnecke, die den Schutz ihres Hauses verließ.

Ihre Freundinnen waren überzeugt, dass Karl genau wisse, wo sie sich verstecke. Sie erwähnten seinen Namen ganz beiläufig, als wäre er einer von ihnen, auf ihrer Wellenlänge und immun gegen jegliche Generationsbarrieren. Dank Hunter wusste Amanda auch über die Mutprobe mit der Strandparty Bescheid. Die Furchtlosen? Die Mädchen schüttelten die Köpfe. Sie hätten nie von ihnen gehört.

»Constance erzählt uns *alles* und von so einer Bande hat sie nie was gesagt«, beharrte Tracey Broome, das größere der beiden Mädchen. Ungeweinte Tränen schimmerten in ihren blauen Augen. »Wir würden so etwas nicht voreinander geheim halten.«

Amanda war geneigt, ihnen zu glauben. Später fragte sie sich, ob sie diese Entscheidung einfach getroffen und anschließend vergessen hatte, als sie weiter in Karl Lawsons Lebensgeschichte eingetaucht war. Die Furchtlosen klangen nach einer Bande aus einem Enid-Blyton-Roman. Doch Teenager heute lebten ihre Leben durch ihre iPhones, nicht durch die Seiten eines altmodischen Kinderbuchs. Die Fotos auf Connies Handy bestätigten das. Einkaufszentren und Schuldiscos, Theateraufführungen zum Abschluss des Halbjahrs, Schulausflüge, Strandpartys in den Dünen unter der strahlenden Sonne, nicht dem Mond, und natürlich die Konzerte mit Karl Lawson. Die Mädchen fanden ihn »cool«. Kein Wunder, bei all den Freikarten und Autogrammen, all den Selfies mit Stars, mit denen sie vor der Klasse angeben konnten. Amanda hatte sich die Selfies angesehen. Einige waren mit den Mitgliedern von Tin Toy Soldiers aufgenommen worden, als die Band im Ovid gespielt hatte. Das waren gestandene Musiker, die jede Menge

Erfahrung hatten. Als Amanda sah, wie der Sänger die Mädchen anguckte, ein lüsterner Rockstar im mittleren Alter, der das Frischfleisch auscheckte, fragte sie sich, bei wem genau Karl Lawson sich beliebt machen wollte, indem er diese Kinder in den Backstagebereich brachte.

Zunächst war das nur ein flüchtiger Gedanke gewesen, den sie bereits wieder vergessen hatte, als sie dabei war, ein Profil von Connie zu erstellen. Schon ganz zu Anfang hatte sie beschlossen, ihren Namen zu ändern. Constance klang zu altmodisch und prüde. Es passte nicht zu dem Bild, das Amanda von ihr hatte. Connie war fast vierzehn, sah auf ihren Fotos aber älter aus, sogar wie sechzehn. Es musste an ihrem Mund liegen, dieser leicht vergrößerten Unterlippe, die auch ihr Onkel hatte. An ihr wirkte sie zugleich sexy und verletzlich. An ihm sah sie einfach nur arrogant aus.

Tracey glaubte, dass Connie in ihn verliebt gewesen sei. »Egal worüber wir gesprochen haben, sie hat immer seinen Namen ins Gespräch gebracht«, sagte sie.

Gillian widersprach ihr und behauptete, *in Wahrheit* stehe Connie auf Lucas O'Malley.

Als Amanda Lucas O'Malley interviewte, reagierte dieser mit dem gleichen Desinteresse auf die Furchtlosen wie die beiden Mädchen. Ihn amüsierte vielmehr die Vorstellung, dass sie dachte, er hänge mit Connie und ihren Freundinnen ab. Er war fünfzehn und hatte die Anziehungskraft eines launischen Boybandsängers, wodurch es Amanda nicht schwerfiel sich vorzustellen, dass Connie für ihn schwärmte. Während die Suche weiterging, wurde sie immer überzeugter davon, dass die Furchtlosen ein Hirngespinst von Karl Lawson waren, und dieser Glaube wuchs, je mehr die Hoffnung schwand.

Obgleich ein Großteil der Insiderinformationen von Hunter stammte, hatte sie die Arizonageschichte ihrer eigenen Zähheit zu verdanken. Sie hatte online nach Informationen zu Karl Lawson gesucht und war auf seine Kritiken gestoßen, die er für die *Cannonade* über Bands aus Arizona geschrieben hatte: eine unbekannte Hip-Hop-Band aus Winding Falls, eine Bluegrassband aus Tucson. Er hatte auch ein paar tolle Aufnahmen von Konzerten in Phoenix gemacht. Aha, dachte Amanda. Auf seiner Website und in seinen sozialen Medien wurde Arizona nicht erwähnt. Warum nicht? Sie recherchierte weiter und fand schließlich seinen Namen im *Winding Falls Echo*. Es war nur ein kurzer Bericht in einer unbedeutenden Zeitung.

Selina Lee war zurückhaltend, als Amanda sie anrief. Das Soapsternchen weigerte sich zunächst, über den Angriff zu sprechen. Sie beharrte, dass Karl Lawson nichts mit dieser Nacht zu tun habe, doch Amanda war überzeugt davon, dass sie log. Dass das Opfer den Täter schützte, weil die Wahrheit zu schwer zu verkraften war.

Ihre eigene Mutter hatte ihr eigenes Trauma auf diese Art geleugnet. Imelda Bowe war angeblich die Treppe runtergefallen und gegen Wände gelaufen, hatte sich den Kopf an den Türen von Küchenschränken gestoßen und dann ihre Töchter dafür geohrfeigt, sie offengelassen zu haben. Dabei hatte Amanda alles mitangehört, während sie sich mit ihrer Schwester und der Katze in dem winzigen Zimmer versteckte, das sie miteinander teilten. Wände, Treppen, Türen ... Nie wagten sie es, Imelda zu widersprechen oder sich dem Zorn ihres Vaters entgegenzustellen. Die Wahrheit wurde verborgen hinter dunklen Brillengläsern, langen Ärmeln und Lügen.

Selina Lee hatte sich für Karl Lawson eingesetzt und steckte nun viel zu tief in ihrer Verdrängung, um ihre Geschichte noch zu ändern. Der Reporter des *Winding Falls Echo* bestätigte Amandas Verdacht. Es sei ein ungelöstes Verbrechen. Er habe immer seine Zweifel bezüglich Karl Lawson gehabt und habe einen Freund bei den Cops, der seiner Meinung sei.

Nach den Arizona-Enthüllungen drehten die Medien vollkommen durch. Amanda wurde im Radio und im Fernsehen interviewt, insbesondere nachdem die Geschichte ihren entsetzlichen Abschluss fand. Stumpfe Gewalteinwirkung gegen den Kopf, dadurch sei Connie Lawson gestorben, hatte der Gerichtsmediziner verkündet. Die Details waren grauenhaft, die Beweise gegen Karl Lawson erdrückend, darunter besonders die Blasted-Glass-CD, die in der Tasche von Connies schwarzer Lederjacke gefunden worden war, signiert von den Bandmitgliedern an einem Datum kurz vor ihrem Verschwinden. Selbst ohne die Aussagen seiner Frau und seines Neffen war eindeutig, dass Connie in dieser Nacht bei ihm zu Hause gewesen war.

Diese Beweislage hatte gereicht, um ihn bis zu seinem Prozess in Untersuchungshaft zu behalten. Woche um Woche erwartete Amanda zu hören, dass ein Datum für den Beginn des Prozesses festgelegt worden sei. Doch der Sparkurs der Regierung infolge der Wirtschaftskrise machte sich in allen Aspekten des öffentlichen Lebens bemerkbar. Das Justizwesen stelle da keine Ausnahme dar, ein Bearbeitungsrückstand bei den Fällen sowie ein Mangel an Richtern verursachten Verzögerungen. Zwischendurch vergaß sie ihn deshalb zeitweise. Die kriminelle Welt ruhte nicht und sie war zu anderen Storys übergegangen.

Zudem musste sie kurz nach der Festnahme eine polizeiliche Ermittlung abwehren, die sich damit befasste, wie sie an so viele vertrauliche Informationen hatte kommen können. Gardaí waren befragt worden, und Misstrauen verbreitete sich wie ein Virus in der Glenmoore Garda Station und erreichte sogar die Pressestelle. Hunter meinte, die Stimmung dort sei toxisch, doch es wurden keine Beweise für geheime Absprachen gefunden und so wurde die Ermittlung still und leise ad acta gelegt.

Während ihrer eigenen Vernehmung war Amanda ruhig geblieben. Sie war nicht mehr die nervöse junge Journalistin, die ihre Karriere beim *Capital Eye* als Reporterin sterbenslangweiliger Kreisverwaltungssitzungen begonnen hatte, und wie jede echte Journalistin würde sie lieber ins Gefängnis gehen, als ihre Quelle zu verraten.

Ihre Tage waren betriebsam, gar hektisch, und doch vergaß sie Karl nie komplett. Wenn sie gerade ein Feature schrieb oder ein Interview führte, erinnerte sie sich manchmal plötzlich an seinen Gesichtsausdruck, als er in die Polizeiwache geführt worden war. Wie er ihr direkt in die Augen gesehen hatte, als würde er zu verstehen versuchen, was sie beide hierhergeführt hatte. Sie hatte sich abgewandt und war einfach nur erleichtert, dass er bald hinter Gittern sitzen würde und seinen Zorn nicht an ihr würde auslassen können.

In diesen Momenten der Rückbesinnung redete sie sich selbst gut zu. Sie sei doch nur ein kleines Rädchen im großen Getriebe der Medien. Eine einzelne Stimme unter vielen, die diese sieben hektischen Tage aufgezeichnet hatten, während die gesamte Nation den Atem anzuhalten schien, bis sie schlussendlich die herzzerreißende Nachricht erfuhr und den Verlust eines solch jungen Lebens betrauern konnte.

Ihr Verhältnis mit Hunter veränderte sich. Die heimlichen Treffen hatten ihrer Affäre bisher immer zusätzlichen Zunder verliehen, doch ihre überhasteten Zusammentreffen wirkten geschmacklos im Vergleich zum strahlenden Glück ihrer Schwester Rebecca, als diese an einem herrlich sonnigen Septembertag vor den Altar trat. Amanda ging mit drei weiteren Brautjungfern hinter ihr, wobei sie sich alle tunlichst an den Rhythmus hielten, den Rebecca ihnen eingebläut hatte. Hunter hätte diesen Tag mit ihr erleben sollen. Dieser Gedanke klebte wie eine Klette an ihrer Haut und drohte, ihre Affäre zu zerstören. Sie begann ihm Fragen über seine Frau zu stellen.

Hunter beschrieb sie immer nur als »pummelig«. Pummelig und pflichtbewusst sei sie, eine hingebungsvolle Ehefrau und Mutter ihrer drei Kinder. Zu Anfang war das alles, was Amanda wissen wollte. Sie stellte sie sich in klobigen Schuhen hinter der Theke eines Wohltätigkeitsladens vor, oder wie sie alten Leuten Essen auf Rädern lieferte. Als sie jedoch etwas genauer nachfragte, räumte Hunter ein, dass seine Frau in Teilzeit Feiern für Kinder organisiere.

»Clowns und Zauberer?«, fragte Amanda. »Hüpfburgen?«

Er nickte. »So in der Art. Können wir jetzt *bitte* das Thema wechseln?«

Ihre Fragen verärgerten ihn. Sie erfüllten das momentane Verlangen des jeweils anderen, doch sie machte sich keine Illusionen und vermutete, dass er einfach jemand anderen finden würde, um seinem Leben diesen zusätzlichen Nervenkitzel zu verleihen, wenn er ihre Affäre beendete.

Er lebte am Stadtrand von Glenmoore in einem Einfamilienhaus mit zwei Autos in der Einfahrt und einem fast verboten bunten Garten. Organisierte Mrs Pummelig also nicht nur Kindergeburtstage, sondern hatte auch noch einen grünen Daumen?, fragte sich Amanda an dem Morgen, als sie ganz in der Nähe parkte und unter den schattigen alten Bäumen am Straßenrand wartete. Sie beobachtete, wie eine große blonde Frau in luftigen Kleidern die Haustür aufmachte und zwei Jungs und ein kleines Abbild ihrer selbst mit flaumigem Haar in einen silbernen Porsche verfrachtete, der förmlich leuchtete, so neu und stylish war er.

Diese gertenschlanke Frau mit ihren seidigen Kleidern konnte unmöglich Mrs Pummelig sein. Wo waren die klobigen Schuhe und die geschwollenen Knöchel, der übergroße Busen und das mattbraune Haar? Gerade als Amanda sich selbst eingeredet hatte, das falsche Haus zu beobachten, erschien Hunter im Türrahmen. Er trug ein T-Shirt und Boxershorts und winkte rufend mit einer Brotdose. Amanda konnte ihn nicht verstehen, doch sie hörte das Lachen seiner Frau, als sie zurück die Einfahrt hinaufging und die Brotdose entgegennahm. Er zog sie schwungvoll in seine Arme, eine Bewegung, die Amanda etwas zu deutlich an ihre erste Begegnung mit ihm erinnerte. An dem Kuss, den sie sich dann gaben, konnte sie erkennen, dass die beiden sich an diesem Morgen geliebt hatten, die Intimität war selbst aus der Entfernung unverkennbar. Danach war sie hinter dem Porsche hergefahren. Seine Frau setzte die Kinder bei der Schule ab und fuhr dann in Richtung Stadt. Amanda verlor sie an einer Ampel aus den Augen, doch ihr Kennzeichen hatte sie sich längst notiert.

Als sie wieder an ihrem Schreibtisch saß, gab sie es ins System ein. Es gehörte einer Sylvia Thornton. Hunters Frau hatte wohl ihren Mädchennamen behalten. Ihre Website war schnell gefunden. Mrs Pummelig organisierte ein bisschen mehr als Hüpfburgpartys für Kinder. Sie arbeitete als Eventmanagerin und Pressesprecherin für Lar Richardson.

Amanda war beim Launch seines neuen Fernsehsenders LR1 gewesen. Ein großartiges Ereignis, ausgerichtet von Lar und seiner Frau Rosalind. Angesagte Bands, Tänzer und Gastsänger waren in einem glitzernden Festzelt aufgetreten, alles organisiert von Sylvia Thornton.

Als sie Hunter das nächste Mal in einem anonymen Hotel mit abstrakten Kunstdrucken an den Wänden und viel zu trockener Luft traf, verlangte sie, die tatsächliche Wahrheit über seine Frau zu erfahren.

»Das klingt eher wie ein Verhör als nach einer Frage«, meinte er. »Was ist los?«

»Ich bin nur neugierig«, erwiderte sie. »Was macht Mrs Pummelig, wenn sie nicht gerade Ballons aufbläst?«

»Nenn sie nicht so«, fuhr er sie an.

»Warum nicht?« Sie hasste den besitzergreifenden Ton in ihrer eigenen Stimme, diese Schrillheit, die sie nicht kontrollieren konnte. »Du nennst sie doch so. Und wenn du sie für pummelig hältst, bist du entweder sehbehindert oder du lügst. Na, was von beidem stimmt?«

»Hast du mir nachspioniert?«

»Nein«, antwortete sie. »Ich habe das ganz offen gemacht. Du hast echt ein hübsches Haus. Und so niedliche Kinder ... Ganz zu schweigen von deinem Garten – besonders die Gladiolen gefallen mir.«

»Wie kannst du es *wagen*, in mein Privatleben einzudringen?« Sein Tonfall ließ sie erschaudern. »Wir haben uns am Anfang darauf geeinigt, dass meine Privatsphäre tabu ist.«

»Warum lügst du mich an?«

»Du machst immer aus allem einen Wettstreit.« Das klang wie eine Anschuldigung. »Ich wusste, du würdest eifersüchtig auf sie sein. Und ich hatte recht. Jetzt willst du unsere ganze Beziehungsdynamik auf den Kopf stellen.«

»Wie scharfsinnig von dir«, erwiderte sie. »Ich wusste gar nicht, dass du nicht nur ein Lügner, sondern auch ein Verhaltensexperte bist.«

»Ich werde mich nicht mit dir wegen Sylvia streiten –«

»Ich streite mich doch gar nicht.« Sie hasste diesen Namen. Seine Geschmeidigkeit passte perfekt zu der Frau, die sie in seinen Armen gesehen hatte. »Ich versuche nur zu verstehen, warum du mit jemandem zusammenbleibst, der dich so unglücklich macht.«

Sie hörte sich seine wütenden Ausreden an. Er machte sie krank. Sylvia würde das Sorgerecht für die Kinder und das Haus bekommen. Wollte Amanda etwa, dass er in einer Einzimmerwohnung mit feuchten Wänden hausen müsse? Seine Lippen wurden schmal, als sie vorschlug, er könne doch zu ihr in die Wohnung ziehen. Sie bot an, die Kinder an den Wochenenden bei sich wohnen zu lassen. Wenn er sich nicht traue, seiner *pummeligen* Frau gegenüberzutreten, dann würde sie selbst mit Sylvia reden und ihr erklären, dass sie verliebt seien und sich ein neues Leben aufbauen wollten.

»Hör auf, mir zu drohen«, brüllte er. Als ihm mit einem Mal bewusst wurde, dass sie sich immer noch in einem billigen Hotelzimmer mit dünnen Wänden befanden, senkte er die Stimme: »Du wusstest von Anfang an, dass ich nicht vorhabe, meine Familie zu verlassen. Unsere Beziehung ist nicht mehr als das, was in diesem Hotelzimmer passiert. Such dir einen anderen Insider, wenn das für dich nicht mehr funktioniert.«

Der Moment war also gekommen: Ihre Beziehung schlitterte langsam auf ihr Ende zu, belanglose Beschimpfungen zermürbten sie. Doch sie hielt sich noch eine Weile schwankend auf den Beinen, bis Hunter sie eines Nachts auf ihrem geheimen Handy anrief und um ein Treffen bat. Sein Ton war so bitterernst, dass sie überzeugt war, dass seine Frau schlussendlich doch seine Untreue aufgedeckt hatte. Doch nichts hatte sie auf den Schock vorbereitet, Karl Lawsons Namen aus seinem Mund zu hören und von der Enthüllung zu erfahren, die darauf folgte.

SIEBZEHN

Sieben Tage hatte es gebraucht, um seine Welt zum Einsturz zu bringen. Seine Ehe war zerstört, ihm waren seine Tochter, seine Karriere, sein Zuhause und seine Sicherheit genommen worden. Nur seinen Verstand behielt er, denn er wusste, dass er sonst niemals würde Rache üben können. Für Karl Lawson, der vor den Trümmern seines Lebens stand, war es wichtig, bei Verstand zu bleiben.

Als die Zellentür hinter ihm ins Schloss fiel, verspürte er zuerst einmal bloß Unglauben. Dem Unglauben folgte Zorn. Manchmal fragte er sich, ob dieser glühend pulsierende Zorn seine Milz angreifen und einen Krebs verursachen würde, dessen Zellen sich zerstörerisch vervielfachten. Jedes Mal, wenn er an Amanda Bowe dachte und an all das, was sie ausgelöst hatte, spürte er diesen Zorn. Irgendwann erstarb er in einem plötzlichen, erschöpften Zischen. Und als die Wände des Gefängnisses um ihn herum immer näher rückten, hörte er auf, Gerechtigkeit zu verlangen und Politiker zu beeinflussen zu versuchen, oder den Seelsorger, den Gefängnisdirektor und jeden, der ihm zuhörte. Die Medien, die ihm einst an den Lippen gehangen und jeden seiner Gesichtsausdrücke festgehalten hatten, ignorierten seine verzweifelten Briefe, sein Beharren, dass er das Opfer eines Fehlurteils sei. Seine Briefe an Jenna und Justin blieben ebenfalls unbeantwortet.

Fionn Drury besuchte ihn regelmäßig. Sein Anwalt war eine Kämpfernatur, das musste Karl ihm lassen. Doch seine Mühen, Karl auf Kaution aus der Haft zu holen, wurden jedes Mal abgewiesen. Die Staatsanwaltschaft sah ein Fluchtrisiko, weshalb er bis zu seinem Prozess festgehalten werden müsse. Karl verstand die Entscheidung des Richters. Natürlich bestand bei ihm ein Fluchtrisiko. Allein um Sasha wiederzusehen und endlich richtig mit Nicole zu reden, würde er der Versuchung kaum widerstehen können, ihnen nach New York zu folgen.

Nicole hatte ihn besucht, bevor sie nach New York gegangen war. Ihm war eine neue Härte um ihren Mund herum aufgefallen, als sie sich ihm gegenüber setzte, die Arme steif an den Seiten hielt und jeden Kontakt mit ihrer Umgebung so gut es ging vermied. Ihre Tränen waren getrocknet. Sie musste in ihre Heimat zurückkehren, um ihre Mutter zu unterstützen. Bei Teresa Moynihan war Alzheimer diagnostiziert worden. Ihre geistige Verwirrung schritt rasch fort, doch Nicole war fest entschlossen, dass ihre Mutter so lange wie möglich in ihrem Zuhause bleiben sollte. Ihr Vater kam mit der Belastung, sich um sein Unternehmen und um seine Frau gleichzeitig kümmern zu müssen, nicht länger allein zurecht.

»Bitte bring Sasha vorbei, bevor ihr geht«, hatte Karl sie angefleht.

»Nein!«, hatte Nicole vehement widersprochen. »Du willst doch wohl nicht, dass sie dich an so einem Ort in Erinnerung behält.«

»Ich bin unschuldig, Nicole.« Es war ein einsamer Ruf in diese Wüste des Unglaubens hinein gewesen. »Ich will, dass sie versteht, dass schreckliche Fehler passieren können. Ich werde nicht für schuldig befunden werden. Das *kann* ich gar nicht.

Sie haben nur Indizien. Das wird vor Gericht niemals Bestand haben.«

»Das sagst du immer wieder.« Sie hatte ihm nicht in die Augen geblickt. »Ich will dir ja glauben. Aber ich bekomme in Glenmoore kaum noch Luft vor Misstrauen. Ich ersticke, wenn ich nicht weggehe.«

Er hatte den Blick von der Trauer und der überwältigenden Scham abgewandt, die er in ihren Augen sah.

»Ich kann mich nicht einmal mehr in meinem eigenen Haus verstecken«, fuhr sie fort. »Diese Kids, die es in Brand gesteckt haben, pissen ins Wohnzimmer, sie haben die Fensterscheiben zertrümmert und die Wände beschmiert. Ich versuche, Sasha zu beschützen. Sie versteht nicht, warum wir in einer Mietwohnung leben. Ich kann sie nicht zurück in die Schule schicken. Kannst du dir vorstellen, wie sie da gehänselt werden würde? Meine Familie braucht mich, und ich brauche sie.«

»Ich bin deine Familie, Nicole.« Schon als er es aussprach, wusste Karl, dass es nicht mehr stimmte. Seine Ehe war am Ende. Sie war in dem Moment vorbei gewesen, in dem seine Frau entschieden hatte, den konfusen Erinnerungen eines verängstigten, todunglücklichen Jungen mehr Glauben zu schenken als dem Wort ihres Mannes. »Du läufst weg und nimmst meine Tochter mit. Es muss echt wundervoll sein, so eine Fluchtmöglichkeit zu haben.«

»Wag es ja nicht, so zu vereinfachen, was ich durchmache.« Er hatte sie noch nie derart wütend gesehen. Mitgeröteten Wangen lehnte sie sich so weit wie möglich von ihm weg. Sie könne Jenna und Justin nicht einmal ins Gesicht sehen. Sie fühle sich an seiner statt schuldig. Sasha weine abends, weil ihr Vater nicht da sei, um ihr eine Gute-Nacht-Geschichte vorzulesen. Und weil sie nicht verstehe, warum sie nicht in ihrem eigenen Zimmer schlafen könne, eingekuschelt unter ihrer Dora-Bettdecke.

Ihr Gespräch drehte sich im Kreis, und der Kreis wurde mit jeder Umrundung kleiner, bis schließlich nur noch ein Punkt in der Mitte übrig war – ein Atom mit den explosiven Überresten ihrer gescheiterten Ehe.

Bevor sie nach New York flogen, hatte er mit Sasha telefoniert. Sie hatte geweint und wollte wissen, warum er nicht mit ihnen komme. Nicole hatte ihr das Telefon abgenommen und das Gespräch beendet.

In Untersuchungshaft wurden ihm fünf Anrufe pro Woche zugestanden. Er hielt Kontakt zu seinem Anwalt, ansonsten nutzte er seine Telefonkarte nur, um mit Sasha zu sprechen. Sie brach bei jedem Anruf in Tränen aus. Nicole sagte ihm, er solle seine Anrufe einschränken. Sie würden Sasha davon abhalten, sich in ihrem neuen Zuhause einzuleben. Sie beschränkte Karls Anrufe auf einen pro Woche, und wenn er anrief, fand sie immer neue Ausreden: Sasha schlafe, sie sei mit ihrem Großvater im Kino oder mit ihren neuen Freunden aus der Schule zum Spielen verabredet.

In seiner Zelle sah er sich stupide Nachmittagstalkshows im Fernsehen an. Oder Kochsendungen, in denen Promiköche Gerichte vorführten, die niemals jemand nachkochen würde. Die Teletubbies gingen ihm mit ihren Babystimmen auf die Nerven, und doch starrte er stumpfsinnig weiter auf den Bildschirm, wenn sie mit ihren rundlichen Hintern wackelten, Hügel hinunterhüpften und sprechende Blumen gossen. Er kannte ihre Namen: Tinky-Winky, Dipsy, Laa-Laa und Po. Es machte ihm Angst, dass er sich an solche Dinge erinnerte. Ob er doch den Verstand verlor? Er hatte sich Verrücktheit immer als eine Art Hysterie vorgestellt, bei der man um sich schlug und nur durch Fesseln oder Medikamente gebändigt werden konnte. Nicht wie diese stumpfe Gleichgültigkeit, die ihn paralysierte und selbst die einfachsten Gesprächsversuche unmöglich machte.

Morgen würde es anders sein. Dieses Versprechen gab Karl

sich jeden Abend, bevor er einschlief. Morgen würde er voller Energie aufwachen und sich seiner Situation stellen. Doch schon wenige Minuten nachdem er die Augen aufgeschlagen hatte, sank er schon wieder in diesen Sumpf der Apathie.

»Sie kommen da schon wieder raus«, versicherte Fionn ihm. »Schock kann sich auf verschiedenste Weisen auswirken, und so zeigt er sich eben bei Ihnen. Wollen Sie psychologische Hilfe in Anspruch nehmen?«

»Warum? Niemand glaubt mir, dass ich unschuldig bin.«

»Ich glaube Ihnen.«

»Was unterscheidet Sie von allen anderen?«

»Männliche Intuition und ein erstklassiger Juraabschluss.«

»Wie können Sie so intelligent sein, obwohl Sie aussehen, als wären Sie zu jung, um zu wählen?«, fragte Karl.

»Meine Jugend ist meine Geheimwaffe.« Der Anwalt lächelte. »Sie entwaffnet die Gegenseite. Wenn sie herausfinden, dass ich in Wahrheit ein Wolf bin, ist es schon zu spät.«

Karl begann, Tagebuch zu schreiben. Wenn sein Verstand ihn verlassen sollte, würde sein Geschreibsel belegen, dass er einst stabil und zurechnungsfähig gewesen war. Er hielt den Gefängnisalltag detailliert fest. Zeit hatte ihre Bedeutung verloren, doch in seinem Tagebuch hielt er das Klirren und Scheppern seines neuen Lebens fest und versah es mit Daten: die schreienden Stimmen, die Befehle der Gefängniswärter, die Rufe und Schimpftiraden der Neuankömmlinge und die intimen Geräusche der verzweifelten Suche nach Erleichterung. Jeden Eintrag schloss er mit einer Kritzelei ab, alle Teil der Sammlung von Smileys, die er einst zu Sashas Unterhaltung gemalt hatte.

Über Amanda Bowe schrieb er nie. Nie befleckte er die Seiten mit ihrem Namen, und doch bestimmte sie stets seine Gedanken.

»Sie gehört wohl zur nachtragenden Sorte«, hatte Barbara Nelson zu Beginn der Suche nach Constance gesagt. Er war immer noch fassungslos darüber, wie sie dafür gesorgt hatte, dass er nun in diesem kafkaesken Albtraum gefangen war. Dieser Albtraum hatte ihm alles genommen, was ihm etwas bedeutete. Ohne dass irgendetwas vorwärts oder rückwärts ging, vergingen quälend langsam acht Monate, in denen er darauf wartete, dass Gerechtigkeit verkündet oder ihm verweigert würde.

ACHTZEHN

Die meisten Tage waren langweilig und vorhersehbar, doch manchmal änderte sich das mit einer solch grausamen Plötzlichkeit, dass Karl nichts mehr als selbstverständlich hinnahm. Er hatte erwartet, von den anderen Gefangenen angegriffen zu werden. Immerhin wurden Kindermörder unter den Gefängnisinsassen doch am meisten verachtet. Doch als er seine erste Schlägerei erlebte, war er nicht das zugedachte Opfer.

Sie ereignete sich, als er gerade über den Gefängnishof ging. Die Gefängniswärter bekamen den unvermittelten Gewaltausbruch nicht mit, und die Insassen, die in der Nähe standen, wichen aus, da sie ihre Strafen nicht durch die Beteiligung an einer Prügelei verlängern wollten. Sie bildeten sofort eine Art Feuerschneise zwischen sich selbst und den Kämpfenden, bei denen es drei gegen einen stand. Karl fand sich in diesem leeren Zwischenraum wieder und war zunächst unfähig, sich zu bewegen. Er konnte in beide Richtungen gehen: entweder zu den Insassen, die sich von dem Kampf distanzierten, oder in Richtung der Prügelei, um zumindest auf zwei gegen drei auszugleichen. Ersteres wäre die sichere Variante, aber er würde weiterhin in dieser stumpfen Schwerfälligkeit feststecken. Bei Letzterem winkten Schmerz oder gar der Tod. In diesem Moment der Unentschlossenheit kam ihm dies wie die wichtigste Entscheidung seines Lebens vor.

Der Insasse, der angegriffen wurde, war Gabby Morgan, ein übergewichtiger, rauflustiger Fälscher, dessen teigiges Gesicht von Aknenarben übersät war. Jenseits dieser Gitterstäbe wäre Gabby der letzte Mensch, dessen Bekanntschaft er machen wollen würde, und doch war Karl voller mordlustiger Entschlossenheit, ihn zu beschützen, als er sich in die Prügelei stürzte.

Der Mann, der gerade im Begriff war, Gabby gegen den Kopf zu treten, war Killer Shroff. Killer trainierte jeden Tag im Gefängnisfitnessstudio und war einer der gefürchtetsten Häftlinge im ganzen Trakt. Karl stürzte sich auf ihn und überrumpelte Killer damit so sehr, dass er ihn aus dem Gleichgewicht brachte. Das verschaffte Gabby Zeit, der sich schon in Fötusposition am Boden zusammengerollt hatte, sich nun aber aus dem Weg winden konnte, bevor Killer wieder seinen Fuß hob. Mit den Armen schützte er sich vor dem nächsten Tritt, während Killers Komplizen sich gegen Karl wandten. Rote Sternchen tanzten vor seinen Augen und der Schmerz explodierte in seinem Gesicht. Er wehrte sich noch immer, als er von den Gefängniswärtern weggezogen wurde. Er landete eine Woche lang in Einzelhaft. An die Einzelheiten des Kampfs konnte er sich nicht mehr erinnern, nur die Wut war ihm im Kopf geblieben, die ihn in diesen wenigen hitzigen Minuten verzehrt hatte, in denen seine Fäuste auf Knorpel und Knochen einschlugen.

Gabby war verprügelt worden, weil seine gefälschten Importdokumente, die eigentlich einen astreinen Ruf genossen, einen Zollbeamten nicht hatten täuschen können. Es ging um irgendwelche Drogen, die in Surfboards geschmuggelt werden sollten – Gabby ging da nicht weiter ins Detail. Die Surfboards hätten vom Zoll freigegeben und an ein Sportgeschäft geliefert werden sollen, das den Shroffs als Tarnung diente. Doch sie wurden überprüft und ihr Inhalt wurde entdeckt. Zu Gabbys Pech landete er im selben Gefängnis wie Killer, der als Empfänger der Surfboards verurteilt wurde.

»Killer hätt mich kalt gemacht, wenn du nich gekommen wärs'.« Gabby zeigte sich dankbar für Karls Einschreiten, nachdem er sich von seinen Verletzungen erholt hatte. Er schloss aber auch wieder Frieden mit den Shroffs – die Details waren erneut etwas nebulös, aber er erwähnte etwas von einem Versteck mit gefälschten Fünfzig-Euro-Scheinen, dessen Standort er den Brüdern verraten habe. Damit war Gabby vor weiteren Angriffen geschützt, und er bestand darauf, dass dieser Schutz auch Karl gewährt werde.

Er unterließ es, vor Gabby seine Unschuld zu beteuern. Wenn selbst seine eigene Familie ihm nicht glaubte, wie wahrscheinlich wäre es dann, ihn zu überzeugen? Jeder hier könnte potenziell unschuldig sein.

»Jeder Arsch hier meint, er is' Opfer von 'nem verdammten Fehlurteil«, stimmte Gabby ihm zu. »Ich bin Experte, was fake und was echt is', und du bis' der einzige Ficker hier drin, der echt is'. Aber nich jeder denkt so wie ich, also pass auf. Mach dir kein Kopp wegen Killer, aber hier gib's noch andere Arschlöcher, die dich ganz schnell ausschalten können.«

Wachsamkeit trat an Stelle von Karls Gleichgültigkeit, wie ein animalischer Instinkt, der ihn ständig vor Gefahren warnte. Er spürte Schritte, bevor sie zu hören waren, nahm eine Bedrohung wahr, bevor sie zuschlug, und erkannte die Gestalten hinter den Schatten. Es hieß jetzt Kampf oder Flucht, und er stand immer unter Adrenalin.

Die Kritzeleien in seinem Tagebuch, die Smileys, die einst Sasha erheitert hatten, bekamen Muskeln, Knochen und Fasern. Sie entwickelten sich zu winzigen keilerartigen Figuren mit stacheligem Haar und großen runden Augen. Er gab ihnen magische Flügel und Hufe, die Funken sprühen ließen, während sie auf ihren zwei kräftigen Beinen rannten. Der

Knoten in seiner Brust lockerte sich erst, wenn er ihre imaginäre Welt betrat, wo das Böse bestraft wurde und das Gute triumphierte. Er war versucht, Gabby seine Zeichnungen zu zeigen, von Künstler zu Künstler quasi, doch er widerstand dem Drang. Gabby war ein knallharter Typ. Er würde nur spöttisch grinsen und behaupten, sein Freund gucke zu viel Teletubbies.

Eines Nachmittags tauchte Fionn unangekündigt auf. Regentropfen glitzerten in seinem Haar und auf den Schultern seines Mantels. Er brachte den Rhythmus der Normalität mit sich: Da draußen stiegen und sanken Temperaturen, er konnte den Takt der Freiheit beinahe hören. Obwohl er nach außen hin ruhig wirkte, wusste Karl, dass sich etwas ändern würde, als Fionn ihm eine Ausgabe des *Capital Eye* über den Tisch zuschob.

Die Wände des Besuchsraums verschwammen, als er zu lesen begann. Die Geräusche des Gefängnisses verstummten, diese Kakophonie, die für ihn zu Anfang kaum auszuhalten gewesen war, und das einzige Geräusch, das den Besuchsraum erfüllte, war das beinahe unerträgliche Pochen seines Herzens.

NEUNZEHN

»Es gab eine unerwartete Entwicklung im Fall Karl Lawson.« Hunters Gesicht war bleich, als Amanda auf den Beifahrersitz seines Autos rutschte. Dieses Mal war kein anonymes Hotelzimmer gebucht worden. Stattdessen trafen sie sich in einer Sackgasse am Ende eines Industriegebiets in der Nähe des Dubliner Flughafens. Die Arbeiter hatten bereits Feierabend gemacht und die verriegelten Gebäude machten ihre Umgebung noch anonymer. In der Ferne blinkten die Lichter der Landebahnen einer Sternengalaxie gleich, die sich abwärts wand, und hin und wieder ertönte das Dröhnen eines landenden Flugzeugs.

Hunter klappte seinen Laptop auf und fluchte leise, als er das falsche Passwort eingab. Beim zweiten Versuch leuchtete der Bildschirm auf. Er öffnete Bilder, die er auf einen USB-Stick gezogen hatte. Es waren Selfies und Kurzvideos von Teenagern, die Eier auf eine Hauswand warfen. Dann kam ein Junge, der einen langen, dicken Wurm über den geöffneten Mund eines anderen hielt. Ein Mädchen, das Wasserbomben von einer Straßenüberführung auf die darunterfahrenden Autos warf.

»Die habe ich von einem Handy kopiert, das am Tatort eines Suizids gefunden wurde«, erklärte Hunter, als noch mehr Fotos auf dem Bildschirm auftauchten.

Amanda erkannte Connie Lawson. Das junge Mädchen kniete mit Tracey und Gillian auf einem Bett, die drei trugen hauchdünne Höschen, die kleinen Brüste waren nackt. Sie schwenkten ihre BHs wie Siegesfahnen und blickten den Fotografen zugleich herausfordernd und verlegen an. Teenagerinnen, die über die Stränge schlugen.

Ihre Hände begannen zu schwitzen. Die Luft im Auto war ganz stickig geworden vor Angst, als sie starr ein Video ansah, das Connie auf einer Strandparty aufgenommen hatte. »Ben's Shack«, flüsterte Amanda, und Hunter nickte. Ein weiteres Video zeigte eine mit Graffitis besprühte Wand. Es waren unscharfe Aufnahmen von rauem Stein und einer niedrigen gewölbten Decke, die von einer Taschenlampe angestrahlt wurde.

»Isaac Cronins Keller.« Hunters Stimme klang schwer wie Blei.

Das Video, das Connie aufgenommen hatte, war körnig, aber die blasse Rundung ihres Gesichts war erkennbar, genau wie ihr zu breites Grinsen und ihr unkonzentrierter Blick, als sie damit prahlte, die Graffiti-Challenge erfüllt zu haben. Sie zoomte auf ein Blasted-Glass-Logo, das dann gleich wieder aus dem Bild verschwand, als hätte Connie mit dem Handy in der Hand gezuckt, weil sie vor Nervosität oder Aufregung außer Atem gewesen war. Amanda sah deutlich, wie die Farbe schimmerte und das Logo von den älteren Graffitis absetzte. Die Wand hinter Connie wirkte grotesk, wie eine psychedelische Kulisse. Eine Kulisse, die Karl Lawson sich eines Nachts angesehen hatte, beobachtet von dem Mann, der gerade neben ihr saß.

Hunter lehnte sich näher zu ihr, sein Knie berührte ihres. Amanda bezweifelte, dass er sich des Kontakts bewusst war.

Sein Auto schien plötzlich zu klein für sie beide. Sie hatte keine Ahnung, was als Nächstes kommen würde. Sie wusste nur, dass es übel sein würde. Hunter klickte ein weiteres Kurzvideo an, das Connie vor dem verriegelten Tor aufgenommen hatte. Sie musste über die Mauer geklettert sein und nun auf der Orchard Road stehen.

»Das geht an die Furchtlosen: Ich hab's durchgezogen«, rief sie. Das Video wurde verwackelt, als wäre sie von etwas abgelenkt worden. Sie war ein verängstigtes Kind in einer Ausnahmesituation, ihre Hände mussten gezittert haben, als sie auf die Straße schwenkte und dann wieder auf das Tor hielt.

»Jetzt kann mich niemand mehr Schisserin nennen.« Amanda hörte die Erleichterung in ihrer jungen Stimme, aber auch die Müdigkeit.

»Guck hier genau hin.« Hunter spielte das Video erneut ab und stoppte es bei dem Bild von der Straße. Da war ein Fleckchen Licht am Rand des Bilds. Amanda sah genauer hin.

»Was ist das?«, fragte sie.

»Ein Jeep«, antwortete er.

»Woher weißt du das?«

»Das Video wurde von der Spurensicherung analysiert.«

»Und?«

»Constance Lawson starb unmittelbar nachdem sie dieses Video aufgenommen hat.«

»O mein Gott! Das glaube ich dir nicht.«

»Du meinst, du *willst* es mir nicht glauben.«

Jetzt, da sie wusste, dass es sich um einen Jeep handelte, konnte Amanda den kantigen, massiven Umriss und die bösartig aussehenden Frontschutzbügel erkennen, die sie immer an das Schutzgitter eines Hockeyhelms erinnerten. Doch vielleicht war das nur ihre Fantasie. Eine Illusion, die zur Tatsache gemacht wurde. Eine Meinung, die sich zu einer vermeintlichen Wahrheit verfestigte. Sie hatte Mühe alles zu verstehen, das Ausmaß dessen zu begreifen, was Hunter ihr da erzählte.

»Aber Karl Lawson –«, begann sie.

»Ist unschuldig«, unterbrach er sie. »Der Fahrer des Jeeps hat Suizid begangen. Er hat einen Brief hinterlassen, in dem er alles gesteht, und das Handy des Mädchens daraufgelegt.«

Amanda wollte sich die Ohren zuhalten und seine Stimme ausblenden, seine stumpfe Aufzählung der Einzelheiten, die ermittelt worden waren. Der Fahrer war ein Feuerwehrmann, der gerade außer Dienst gewesen und nachts nach Hause gefahren war, als Connie vor seinem Jeep aus der Dunkelheit aufgetaucht war. Er war ihr schlingernd ausgewichen und hätte es auch geschafft, wenn sie sich nur ein klein wenig schneller bewegt hätte. Doch der Seitenspiegel touchierte sie noch, nur leicht zwar, stieß sie aber dennoch nach hinten um, woraufhin sie sich den Kopf an der Kante eines scharfen Backsteins aufschlug, der einmal Teil der äußeren Grundstücksmauer gewesen war. Stumpfe Gewalteinwirkung – sie musste sofort tot gewesen sein. Die Autopsie hatte bestätigt, dass sie an einer Kopfverletzung gestorben war, doch der Gerichtsmediziner war davon ausgegangen, dass ihre angeknacksten Rippen von einem grausamen Überfall herrührten.

Der Fahrer hatte versucht, sie wiederzubeleben. Als ihm klarwurde, dass für sie jede Hilfe zu spät kam, packte er sie in den Kofferraum seines Jeeps und fuhr zu dem kleinen Cottage, in dem er allein lebte, um eine Brechstange und eine Schaufel zu holen. Er kannte den Standort des stillgelegten Wassertanks, der noch immer unter Cronins Land vergraben lag.

Derartige Entscheidungen wurden oftmals innerhalb von Sekundenbruchteilen und aus den banalsten Gründen getroffen, und niemand hätte Dominick Kelly einen Vorwurf gemacht, wenn er in dieser Nacht nüchtern gewesen wäre. Connie war ihm urplötzlich vors Auto gesprungen und Unfälle passieren nun mal. Doch er hatte zu viel zu verlieren, seine ohnehin schon kaum noch zu rettende Ehe, seine Familie, seinen Job. Die Trennung von seiner Frau hatte ihn fertiggemacht, und nachdem er an diesem Abend im örtlichen Pub seinen Kummer ertränkt hatte, hatte er es riskiert, mit dem Auto nach Hause zu fahren. Er hatte geglaubt, die Straßen würden frei sein. Die Orchard Road war ein einsamer Ort, seit der Schließung von Cronins Obstgarten war sie beinahe komplett in Vergessenheit geraten. Connie Lawson hatte er bloß als verschwommenen Schemen wahrgenommen, als sie vor ihm aufgetaucht und letztendlich gestorben war.

Amanda wollte weinen, doch Tränen würden ihren Schock nur herunterspielen.

»Was passiert jetzt mit Karl Lawson?«, fragte sie, als sie sich stabil genug fühlte, um auf Hunters Antwort zu reagieren.

»Er wird freigelassen, sobald Kellys Geständnis vollständig untersucht ist«, erwiderte Hunter. »Du bist die Erste, die von der Story erfährt.« Seine Stimme war emotionslos. »Betrachte es als mein Abschiedsgeschenk. Ich will dich nie wieder in der Nähe meines Hauses, meiner Frau oder meiner Kinder sehen. Hast du das verstanden?«

Er musste ja nicht gleich so nachdrücklich sein. Amanda hatte nicht das Bedürfnis, noch länger in diesem Auto zu sitzen und den Mann an ihren Schuldgefühlen teilhaben zu lassen, der sie mit Fehlinformationen in die Irre geführt hatte. Kurz darauf verabschiedeten sie sich, beide erpicht darauf, so viel Abstand wie möglich zwischen sich zu bringen.

Sie sprach mit Connies Freunden. Diesmal ließ sie nicht zu, dass sie sich schluchzend in den Armen hielten oder sie ohne mit der Wimper zu zucken über die Furchtlosen und ihren Anführer Lucas O'Malley anlogen. Nachdem sie die Wahrheit aus ihnen herausgekitzelt hatte, kehrte sie an ihren Schreibtisch beim *Capital Eye* zurück. Sie brauchte keine Notizen. Sie wusste genau, was sie schreiben musste.

UUNSCHULDIGER NOCH IMMER IN UNTERSUCHUNGSHAFT
VON AMANDA BOWE

Vor acht Monaten gab Karl Lawson (36) eine einsame Figur ab, als er in Untersuchungshaft behalten wurde, um dort auf seinen Prozess für den mutmaßlichen Mord an seiner Nichte Constance Lawson (13) zu warten. Nun sind wichtige neue Beweise ans Licht gekommen, die nicht nur die Beweismittel infrage stellen, die die Gardaí bisher vorgebracht haben, sondern auch einen Unschuldigen entlasten.

Auf Grundlage zuverlässiger Informationen kann Capital Eye *aufdecken, dass die vermisste Teenagerin Opfer eines Unfalls mit Fahrerflucht wurde, der sich auf der Orchard Road ereignete. Die Pressestelle der Garda möchte die Information, dass der in Panik geratene Fahrer ihre Überreste in einem Wassertank begrub, anstatt den Konsequenzen seines Handelns ins Auge zu sehen, weder bestätigen noch dementieren. Sollte sich dies als wahr erweisen, muss Karl Lawson ohne weitere Verzögerung freigelassen werden.*

Capital Eye *glaubt, dass ein Ortsansässiger Glenmoores die Verantwortung für den tragischen Tod des jungen Mädchens übernommen hat. Er ist mittlerweile verstorben, mutmaßlich hat er sich das Leben genommen und seine Schuld in einem Briefgestanden, der neben seiner Leiche gefunden wurde. Ein Handy, das ebenfalls bei ihm gefunden wurde, beweist, dass Karl Lawsons Aussagen den Gardaí gegenüber während der Suche nach Constance, der Wahrheit entsprachen. Constance' Geist hat sich aus dem Totenreich gemeldet und uns den Schuldigen gezeigt.*

Ihr Verschwinden hatte zu einer landesweiten Suchaktion geführt. Während man alles daran setzte, sie zu finden, wurde bei einer routinemäßigen Hausdurchsuchung ein BH von ihr in dem Schlafzimmer gefunden, das Lawson mit seiner Frau teilte. Vor seinem Haus versammelten sich die Medien, deren Berichterstattung eine Eigendynamik entwickelte, die den populären Chefredakteur des Bestsellermusikmagazins Hitz *zum Hauptverdächtigen im Verschwinden seiner Nichte erklärte.*

Während die immer verzweifelter werdende Suche ausgeweitet wurde, brodelte die Gerüchteküche weiter. Lawson bemühte sich unermüdlich, seine Nichte zu finden, bis die Publicity um seine Person es ihm unmöglich machte, das Haus zu verlassen. Seine Frau Nicole unterstützte Constance' verzweifelte Eltern, indem sie deren Kinder Matthew (8) und Lara (4) zum idyllischen Pferdeschutzhof Grass Haven brachte, wo sie vor der Aufmerksamkeit der Presse geschützt waren.

Angesichts der düsteren Stimmung, die sich über das hübsche Dorf Glenmoore gelegt hatte, wuchs der Verdacht, dass die Suche nach der vermissten Schülerin ein tragisches Ende finden würde. Der Druck auf Karl Lawson nahm zu, als öffentlich bekannt wurde, dass er sieben Jahre zuvor in Arizona eines schwerwiegenden Verbrechens verdächtigt wurde. Dass er freigesprochen wurde, fand in den Medien kaum Erwähnung. Als diese Story zu der irischen Presse durchsickerte und sowohl in den Printmedien als auch im Fernsehen und Radio ausführlich darüber berichtet wurde, stand Lawson endgültig als Hauptverdächtiger in dieser Tragödie fest.

Als man Constance' Leiche in einem stillgelegten Wassertank fand, wurde Lawson festgenommen. Aufgrund der vorgebrachten Beweise – die sich seitdem als bloße Indizien erwiesen haben – wurde Lawson in Untersuchungshaft behalten und wartet dort seitdem auf seinen Prozess.

Eine in Tränen aufgelöste Tracey Broome, eine von Constance' engsten Freundinnen, machte nun ein aufsehenerregendes Geständnis: Sie, Constance und einige weitere Freunde seien Mitglieder einer Bande gewesen, die sich die Furchtlosen nannte. Angeführt von einem verurteilten Brandstifter, dessen Name aufgrund seines Alters nicht genannt werden kann, benutzten sie das Handy, um sich selbst bei waghalsigen Mutproben zu filmen und fotografieren. Eines der Fotos zeigt eine Gruppe Mädchen, die in Lawsons Haus feiern, während er und seine Familie im Urlaub waren – das erklärt auch, wie Constance' BH im dortigen Schlafzimmer gefunden werden konnte.

In einer tragischen Wendung zeigt das letzte aufgenommene Video, wie Constance ein Graffiti auf die Kellerwand im Haus des verstorbenen Isaac Cronin sprayte. Die Teenager glaubten, es spuke in diesem Haus, und zogen Lose, wer es um Mitternacht besuchen solle. Constance' Name wurde ausgelost. Als sie das verlassene Haus in der Orchard Road betrat, hatte sie das geheime Handy der Bande bei sich, wie es üblich war, wenn ein Mitglied für eine Mutprobe ausgewählt worden war. Tracey zufolge hat sie sich zu Anfang vehement geweigert, die Mutprobe anzunehmen, da sie Karl Lawson versprochen habe, die Bande zu verlassen. Er war also keineswegs der lüsterne Onkel, als den ihn die Medien porträtierten, sondern wollte seine Nichte schützen.

Nach einem Streit mit ihren Eltern an diesem verhängnisvollen Abend beschloss Constance, seinen Rat zu missachten. Lawsons Beharren, dass er früh zu Bett gegangen sei und nicht bemerkt habe, dass sie sein Haus betrat, entspricht damit wohl ebenfalls der Wahrheit. Wäre er wach gewesen, hätte sie vielleicht mit ihm gesprochen, wie sie es immer tat, wenn sie aufge-

wühlt war, und die verhängnisvolle Tragödie hätte abgewendet werden können.

Constance hatte ihre Freundinnen nicht über ihr Vorhaben informiert, womöglich in der Hoffnung, sie mit ihrem Videobeweis zu überraschen. Diese leichtsinnige Entscheidung führte zu ihrem Tod und zur unrechtmäßigen Inhaftierung von Karl Lawson.

Hat das Medieninteresse, das er auf sich gezogen hat, zu einer Vorverurteilung geführt? Warum schenkten die Gardaí seinen Informationen über die Furchtlosen keinerlei Beachtung? Warum ignorierten sie ihn, als er ihnen von dem Graffiti erzählte, von dem er glaubte, seine Nichte habe es an die Kellerwand gesprayt?

Capital Eye *hat eine Petition für seine unmittelbare Freilassung ins Leben gerufen, die Leserinnen und Leser gern unterschreiben dürfen. Es wird Zeit, dass die Staatsanwaltschaft der Öffentlichkeit gegenüber offenlegt, warum Karl Lawson zu Unrecht in Untersuchungshaft im Danevale Prison behalten wird, um auf einen Prozess für ein Verbrechen zu warten, das er nicht begangen hat.*

ZWANZIG

Sobald er die Worte zu Ende gelesen hatte, die Amanda Bowes detaillierten Artikel bildeten, las Karl ihn von vorn. Doch auch danach war er noch immer nicht imstande, das Ganze aufzunehmen. Was hatte diesen Umschwung ausgelöst? Diesen vollkommen anderen Ansatz? Selbst die Fotografien erzählten eine andere Geschichte. Er starrte auf das Foto, das vor zwei Jahren auf einer Preisverleihung mit Abendgarderobe in Berlin aufgenommen worden war. Darunter stand:

> *Karl Lawson nimmt den renommierten Europäischen Musikmagazinpreis für seine Features in der* Hitz *entgegen.*

Er wirkte selbstbewusst und souverän, während er den Preis entgegennahm. Unschuldig. Ein zweites Foto war daneben platziert worden, das zeigte, wie er in Handschellen das Gerichtsgebäudeverließ, nachdem sein Antrag auf Freilassung auf Kaution abgelehnt worden war. Hier lautete die Unterschrift:

Karl Lawson, Opfer eines Fehlurteils, verlässt das Amtsgericht, nachdem beschlossen wurde, ihn bis zu seinem Prozess in Untersuchungshaft zu behalten.

Im Gegensatz zu den Fotos, die während der Suche nach Constance im *Capital Eye* abgedruckt worden waren, zeigte dieses einen Mann, den man durch Indizienbeweise ruiniert hatte.

»Constance ist bei einem Autounfall gestorben.« Er schlang die Arme um seine Brust. »Kann das wahr sein?«

Fionn nickte. »In der Annahme bin ich hier. Keine der anderen Zeitungen und keiner der anderen Pressekanäle haben darüber berichtet. Offenbar hat bei der Polizei oder der Staatsanwaltschaft jemand ganz schön was durchsickern lassen. Vermutlich dieselbe Quelle, die sie schon vorher hatte. Bisher sind das alles nur Behauptungen, aber ohne Insiderinformationen hätte sie das nicht derart überzeugt geschrieben.«

Karl hatte immer noch Mühe, das alles zu verstehen. Die Presse würde sich vermutlich gerade vor der Glenmoore Garda Station versammeln und Bestätigungen und mehr Informationen fordern. Bestimmt waren die anderen Journalisten alle außer sich, dass Amanda Bowe ihnen schon wieder zuvorgekommen war. Was war mit Justin und Jenna? Wie mussten sie sich fühlen, während sie das *Capital Eye* lasen? Waren sie vorgewarnt worden, dass diese Informationen veröffentlicht werden würden? Er hoffte es inständig. Wieder einmal hatte Amanda Bowe die Kontrolle über seine Geschichte. Um die Aufmerksamkeit von ihren eigenen Berichten abzulenken, schob sie die Schuld auf die generellen »Medien«, die ihr so blind gefolgt waren. Ihm fiel auf, dass sie Constance' vollen Namen verwendet hatte. Mehr Würde, weniger Boulevard.

»Alles in Ordnung?« Sein Anwalt beobachtete ihn. »Was Sie gerade gelesen haben, muss verwirrend sein.«

»Ich bin sprachlos«, gestand Karl. »Ich kann mir immer noch nicht erklären, wo das alles auf einmal herkommt.«

»Ich mir auch nicht«, gab Fionn zu. »Ich mache mich sofort auf den Weg zur Staatsanwaltschaft und finde heraus, was genau da vor sich geht.« Er tippte auf die Zeitung. »Ich melde mich bei Ihnen, sobald ich mehr weiß.« Dann schlüpfte er in seinen Mantel und zog schwungvoll seine Brieftasche vom Tisch. Er sah immer noch aus wie ein Schuljunge, der Erwachsener spielte, doch Karl vertraute der entschlossenen Neigung seines Kinns.

Ein Ortsansässiger auf der Orchard Road, nach Mitternacht. Ein Name schoss ihm durch den Kopf, doch er verdrängte ihn rasch wieder. Nein, das konnte nicht sein. Und doch ... und doch ...

Nachdem Fionn gegangen war, benutzte Karl seine Telefonkarte, um Dominick anzurufen. Eine automatische Stimme teilte ihm mit, dass sein Freund derzeit nicht erreichbar sei. Das bedeutete gar nichts. Dominick hatte vermutlich nur sein Handy ausgeschaltet, weil er gerade irgendwo einen Brand bekämpfte.

Als er in seine Zelle zurückkehrte, sah er sich Amanda Bowes Artikel noch ein letztes Mal an. Dann riss er ihn vorsichtig entlang der Falz heraus, als wäre er ein Kind, das nicht mit einer Schere hantieren durfte, und steckte den Ausschnitt zwischen die Seiten seines Tagebuchs.

EINUNDZWANZIG

Es gab keine Ehrengarde von der Feuerwehr, die für Dominick Kellys Sarg Spalier stand, als dieser in die Kirche geschoben wurde. Kein rotes Feuerwehrauto brachte ihn auf seiner letzten Reise zum Krematorium. Auch seine Witwe und die zwei kleinen Kinder wohnten der kurzen Zeremonie nicht bei, doch seine Mutter und Geschwister fühlten sich als engste Verwandte verpflichtet teilzunehmen. Die Presse, die in den hinteren Teil der Kirche verwiesen wurde, war vom Pfarrer angehalten worden, sich diskret zu verhalten und die Trauer der Familie zu respektieren. Amanda saß neben Eric Walker. Sie waren Rivalen, hüteten ihre jeweiligen Quellen voreinander, wetteiferten um die größere Schlagzeile und den reißerischsten Artikel. Er beglückwünschte sie flüsternd zu ihrer *Befreit Karl Lawson*-Kampagne, während sie dabei zusahen, wie die wenigen Familienmitglieder dem Sarg in Richtung Altar folgten.

Amanda hatte durchaus mit einer Reaktion auf ihre Kampagne gerechnet, doch am Ende übertraf sie alle ihre Erwartungen. Unzählige Unterschriften hatten die Website des *Capital Eye* zum Abstürzen gebracht und die Telefonleitungen verstopft. Die Verkaufszahlen der Zeitung schossen in Rekordhöhe.

Sowohl online als auch in der Printausgabe war Karl Lawson wieder einmal Inhalt der Titelstory. Die Kampagne würde weiterlaufen, bis er freigelassen wurde.

Eine erneute interne Polizeiermittlung war in Gang gesetzt worden, um herauszufinden, wie derart vertrauliche Informationen geleakt werden konnten. Sie war befragt worden und man hatte ihr gerichtliche Schritte angedroht, wenn sie den Namen ihres Insiders nicht preisgeben würde. Doch man konnte ihr nachweislich nichts anderes vorwerfen, als dass sie eine eifrige Investigativkriminalreporterin war. Sie hatte keine Spuren hinterlassen, die von ihrer Beziehung mit Hunter zeugten. Sie hatten sich nie Geschenke gemacht, liebestolle Gedichte geschrieben oder lange Blicke ausgetauscht.

Seit dem Abend im Industriegebiet hatte er sich nicht mehr bei ihr gemeldet. Der Exklusivbericht war tatsächlich sein Abschiedsgeschenk für sie gewesen – und die Freilassungskampagne war ihr Abschiedsgeschenk an Karl Lawson. Sie hatte ihn auseinandergenommen und dann so nahtlos wieder zusammengefügt, dass nun kaum mehr nachzuvollziehen war, wie er überhaupt je ein Verdächtiger hatte sein können.

Sie wartete mit Eric draußen vor der Kirche, als die Bestatter Dominick Kellys Sarg auf der Totenbahre vorbeischoben und ohne weitere Zeremonie zum Krematorium brachten. Elizabeth Kelly war die Letzte gewesen, die mit ihrem Sohn gesprochen hatte, bevor er sich das Leben nahm. Ihre Söhne bildeten einen Schutzschild um sie, als sie die kleine Kapelle des Krematoriums betraten, da sie sich der Neugier der Medien bezüglich der Art und Weise von Dominicks Tod bewusst waren. Elizabeth wirkte zerbrechlich wie ein Gespenst. Amanda vermutete, dass sie ihrem Sohn bald folgen könnte.

Zwei Tage später besuchte sie Elizabeth in ihrem Zuhause im High Strand Crescent. Die Straße, die auf einem Hügel lag und den Bungalows dadurch Meerblick verschaffte, gehörte zum alten Teil Glenmoores. Die Felder dahinter erstreckten sich bis zum Wald, während man nach vorn bis zum Horizont nur Meer sah.

Amanda besuchte den High Strand Crescent nun zum zweiten Mal. Beim letzten Mal hatte sie Nachforschungen über Karl Lawsons Kindheit angestellt und damals wie heute fragte sie sich, wie es wohl gewesen sein musste, an einem solch weitläufigen grünen Ort aufzuwachsen, mit Feldern auf der einen Seite, dem Sog der Gezeiten auf der anderen und genügend Luft zum Atmen dazwischen. Das Haus ihrer Kindheit im Raleigh Way war ein Cottage gewesen, mit niedrigem Dach und Fenstern, die nie genug Licht hereinließen. Die Nachbarn waren immer in Seh- und auch Hörweite, trotzdem hatte nie jemand zugeben wollen, gehört zu haben, was hinter heruntergelassenen Jalousien vor sich ging.

Auch Elizabeth' Jalousien waren heruntergelassen und Amanda musste zweimal klingeln, bis die ältere Frau aufmachte. Nach anfänglichem Zögern ließ sie Amanda in ihren Bungalow und stellte nicht infrage, dass sie eine Freundin von Dominick sei, die sich zum Zeitpunkt der Beerdigung im Ausland aufgehalten habe. Amanda sprach ihr Beileid aus und Elizabeth drückte dankbar ihre Hände. Sie hatte diesen höflichen, leicht verwirrten Gesichtsausdruck, den alte Leute oft haben, bevor sie dement werden.

Sie servierte Tee in Porzellantassen. Alles an ihr war gebrechlich, von ihren zitternden Händen bis zu ihren gebeugten, knochigen Schultern. Sie sprach leise und hastig über ihren Sohn. Es sei solch eine Erleichterung, dass da endlich jemand sei, der hören wolle, was sie zu sagen habe, statt sich bei der bloßen Erwähnung seines Namens abzuwenden, des Namens eines Aussätzigen, der seine Familie derart beschämt habe, dass Elizabeth sich selbst fürchtete, ihn laut auszusprechen. Sie zeigte Amanda das Notizbuch, das er ihr vor seinem Tod hinterlassen hatte. Seitenlanges Geschwafel darüber, dass er die Stimme Gottes hören könne, der durch ihn spreche, seinen getreuen Diener Dominick. Er hatte Bibelzitate aufgeschrieben und gelb markiert.

»*Wer einen Menschen tötet, muss von Menschenhand sterben; denn der Mensch ist nach dem Bild Gottes geschaffen.*«
Genesis 9:6

Andere Zitate, ebenfalls gelb markiert, brachten ähnlich düstere Warnungen zum Ausdruck. Elizabeth beschrieb ihn als »ekstatisch«, als er vom Tag der Vergeltung gesprochen habe, an dem all seine Sünden mit dem Blut des Herrn weggewaschen würden. Amanda las das letzte Zitat, das er in das Notizbuch geschrieben hatte.

»*Aber die Feiglinge und Treulosen, die Abgefallenen, Mörder und Ehebrecher, die Zauberer, die Götzenanbeter und alle, die sich nicht an die Wahrheit hielten, finden ihren Platz in dem See von brennendem Schwefel. Das ist der zweite, der endgültige Tod.*«
Offenbarung des Johannes 21:8

Eine Woche später trank er dann eine Flasche Whiskey und schluckte genügend Schlaftabletten, um nie wieder aufzuwachen. Die Furchen auf Elizabeth' papierzarter Haut vertieften sich.

»Der arme Karl. Was er durchlitten hat ...«, sagte sie. »Diese Presseleute sollten sich dafür schämen, wie sie ihn belästigt haben, und jetzt ist er immer noch nicht frei. Was soll ich nur sagen, wenn er mich besuchen kommt ... Was kann ich sagen ...« Sie rang die Hände und Amanda stand auf. Bevor die alte Frau zu weinen anfing, wollte sie hier raus sein.

»Er wird bald frei sein«, sagte sie zuversichtlich, als sie Elizabeth Kelly umarmte und sich verabschiedete. Sie hatte eine Deadline einzuhalten.

ZWEIUNDZWANZIG

Außerhalb der Gefängnismauern war Winter. Eis schimmerte auf den kahlen, knorrigen Zweigen und sein Atem gefror in der Morgenluft. Die Geschwindigkeit des Verkehrs erschreckte Karl, als würde sich alles im Zeitraffer bewegen, die Gehsteige kamen ihm überfüllter vor als früher, die Geräusche waren dumpfer als der schrille Lärm des Gefängnislebens. Drei Taxis fuhren an ihm vorbei, bis er sich traute, eins anzuhalten. Fionn hatte angeboten, ihn abzuholen, doch er wollte diese ersten Stunden der Freiheit allein verbringen. Ein Fehlurteil. Eine fälschliche Inhaftierung, aber keine formelle Entschuldigung. Nur die Versicherung, dass er gehen könne.

In der Cherrywood Terrace war es still, die morgendliche Hektik war vorüber, die Kinder in der Schule, die Erwachsenen bei der Arbeit. Ein *Zu verkaufen*-Schild stand in Justins Vorgarten. Das Haus war für potenzielle Käufer vorzeigbar gemacht worden, die Fenstersimse und Torpfosten frisch gestrichen, die Gartenhecke ordentlich gestutzt. Die Haustür war in einem hellen Gelb gestrichen worden. Die Farbe passte nicht zu den dezenteren Beeren- und Brauntönen der Nachbarstüren, doch

Karl wusste, dass die Traurigkeit in diesem Haus überdeckt werden musste.

Die Vorhänge waren zugezogen und Jennas weißes Auto war mit so viel Staub bedeckt, dass irgendein Witzbold »*Wasch mich!*« darauf geschrieben hatte.

Karl überquerte die Straße zu seinem eigenen Haus. Sein Vorgarten war überwuchert, der lila Rhododendron welk und farblos. Tote Blätter waren an die Gartenmauer geweht worden und bildeten dort mittlerweile einen stinkenden Haufen. Der Rasen musste dringend gemäht werden und Gipsstaub hatte sich wie Raureif über das Gras gelegt. Als er die Tür öffnete, roch es nach Farbdämpfen. Der Versicherungsanspruch für den Brandschaden war auf sein Konto überwiesen worden, und er hatte die Renovierungsarbeiten aus dem Gefängnis heraus organisiert. Der Maler hatte alle Wände in demselben gelblichen Cremeton gestrichen, eine langweilige Farbe, die Nicole und er immer vermieden hatten. Sashas Zimmer war leer, die Schranktür und die Schubladen offen, alles weggeworfen. Es gab keine gemusterte Tapete mehr, die von Dora und ihren unerschrockenen Freunden erkundet wurde. Karl glaubte, noch immer Rauch riechen zu können, und musste sich vorstellen, wie er in dünnen Spiralen in den Ecken und Ritzen herumwaberte.

Er erschrak, als es an der Tür klingelte. Einen Moment lang verharrte er, unschlüssig, was er tun sollte. Jede Entscheidung war zu einer wohlüberlegten Reaktion geworden, selbst die Entscheidung, seine eigene Haustür aufzumachen. Die Buntglasscheiben der Haustür, die Nicole so sorgfältig ausgewählt hatte, waren durch gewöhnliches Glas ersetzt worden. Er konnte die Gestalt einer Frau draußen stehen sehen. Jenna. Er hielt inne und war schon im Begriff, sich umzudrehen, als könnte er sich noch immer in seine Zelle zurückziehen. Halt suchend klammerte er sich am Treppengeländer fest und ging dann weiter hinunter in den Flur.

»Maria Barnes hat mir erzählt, dass du zurück bist«, sagte Jenna, als er die Tür öffnete. »Sie dachte, ich würde das wissen wollen.«

»Komm rein.« Er wandte sich ab und ging in die Küche. Es war ihm egal, ob sie ihm folgte oder nicht.

Sie knöpfte ihren Parka auf. Die dicke Wattierung hatte verborgen, wie viel sie abgenommen hatte, doch als sie auch den langen Schal abwickelte, wurde es überdeutlich. Ihre Nasenspitze war rot von der Kälte und spitzer als er sie in Erinnerung hatte. Ihre Nase war ihm früher nie aufgefallen. Sie war ein unauffälliger Teil ihres Gesichts gewesen, doch ihr Gewichtsverlust hatte sie schmaler werden lassen.

»Wie geht es dir, Jenna?« Er bedeutete ihr, sich an den Tisch zu setzen, und zog sich selbst ebenfalls einen Stuhl zurück.

»Furchtbar«, erwiderte sie. »Manche Tage sind schlimmer als andere. Heute war ein schlechter Tag, bis ich gehört habe, dass du da bist.« Sie hustete, als würde Rauch ihre Lungen verstopfen. »Aber … ich weiß einfach nicht, wie ich mit dir reden soll, Karl. Du musst uns so sehr hassen.«

»Ich fühle gar nichts«, gab er zu. »Überhaupt nichts. Ich will um Constance trauern. Ich dachte, ich könnte es, aber nicht einmal das schaffe ich.«

»Das kommt noch«, sagte sie. »Bis dahin trauere ich für dich mit.« Sie erschauderte und knetete ihre Hände, womöglich um das Blut dazu anzuregen, bis in die Spitzen zu fließen. »Es ist eiskalt hier drin. Warum machst du die Heizung nicht an?«

»Kein Öl«, sagte er. »Hat wohl jemand abgesaugt. Keine Sorge, ich komme schon klar, bis eine neue Lieferung kommt.«

»Keine Sorge?« Da sie offenbar nicht stillsitzen konnte, füllte sie den Wasserkocher auf und stellte ihn an. »Weiß Nicole, dass du entlassen wurdest?«

»Noch nicht. Hast du Kontakt zu ihr?«

»Sie ruft hin und wieder an. Aber es fällt ihr schwer, mit uns zu reden.«

»Sie fühlt sich mitschuldig.«

Das Wasser kochte und Jenna machte Tee. Dann schaute sie im Kühlschrank nach Milch, schloss die Tür aber schnell wieder, als sie feststellte, dass er leer war.

»Ich trinke ihn schwarz«, meinte Karl. Der Tee verbrannte ihm die Lippen. Er hatte sich im Gefängnis daran gewöhnt, lauwarmen Tee zu trinken. »Wie kommt Justin zurecht?«

»Schlecht«, meinte sie. »Er ist momentan in Boston, seine Firma hat ihn in die Zentrale versetzt. Du hast bestimmt das *Zu verkaufen*-Schild in unserem Garten gesehen?«

Er nickte.

»Es gibt so viele Entscheidungen zu treffen. Das füllt die Leere zwischen uns. Wir werden Constance' Asche mitnehmen. Wenn wir bereit sind weiterzumachen, lassen wir sie gehen.«

»Werdet ihr je dazu bereit sein?«

»Wirst du je bereit sein, uns zu vergeben?«

»Du bist hier, wir reden. Das ist doch ein Anfang.«

»Nein, ist es nicht.« Sie seufzte, presste dann aber die Lippen zusammen, um den Laut zu unterdrücken. »Es war zu der Zeit so real. Als wären wir besessen. Wir waren nicht in der Lage, in eine andere Richtung zu gucken – und jetzt das ... Ich kann das alles nicht fassen, Karl. Dominick Kelly! Wie konnte er uns alle solche Qualen durchmachen lassen?«

»Ich weiß es nicht, Jenna.« Er hob ratlos die Hände, seine Fassungslosigkeit spiegelte die ihre. »Er hat dafür bezahlt, aber es wird niemals genug sein. Nicht einmal *ansatzweise* genug.«

»Der Ausweg eines Feiglings. Damit hat er es sich leicht gemacht.« Sie umklammerte die Tasse, damit ihre Hände aufhörten zu zittern. »Ich dringe nicht zu Justin durch. Wir sollten uns doch gegenseitig stützen, doch ich habe schon Angst, Constance' Namen nur zu erwähnen. Wenn ich versuche, darüber zu reden, was wir durchmachen, rennt er weg. Er geht stundenlang joggen, aber wenn er zurückkommt, ist er immer noch genauso drauf. Kannst du mit ihm reden, wenn er aus Boston zurück ist?«

»Ich weiß nicht, ob das möglich ist, Jenna. Constance ist meinetwegen tot. Wenn ich euch von der Strandparty erzählt –«

»Hör auf!« Sie schob den Stuhl so ruckartig zurück, dass er beinahe hintenüberkippte. »Du machst dir keine Vorstellung, wie sehr ich mich mit den Was-wäre-wenns herumquäle. Was, wenn wir uns nicht gestritten hätten? Was, wenn ich vor dem Schlafengehen zu ihr ins Zimmer gegangen wäre, um mich mit ihr zu versöhnen? Was, wenn ... was, wenn ... was, verdammt nochmal, *wenn* ...?«

Er kippte seinen Teesatz in die Spüle. Sich an alles zu gewöhnen – vom Kleinsten bis zum überwältigend Großen –, würde seine Zeit brauchen.

»Wir haben alle so viel verloren, Karl.« Jenna stand auf und zog sich ihren Schal wieder an. Ihr feines Gesicht war wie eine Maske, die sie sich für einen kurzen Zeitraum der Höflichkeit angelegt hatte, der jetzt fast vorbei war. »Du und Justin müsst euch versöhnen, bevor wir weggehen. Versprich mir, dass du es versuchst?«

»Versuchen, ja, das ist alles, was ich tun kann, Jenna.«

Sie küsste ihn auf die Wange, dann zog sie ihn eng an sich. »Constance wird uns helfen, das hinzubekommen«, sagte sie. »Ihr Geist ist immer bei mir.«

DREIUNDZWANZIG

Im Gegensatz zur Beerdigung ihres Sohns war die von Elizabeth Kelly gut besucht. Die Kirche war brechend voll, der örtliche Chor sang und drei Priester hielten hinter dem Altar die Totenmesse. Amanda saß ganz hinten und machte sich diskret Notizen. Sie ging, noch bevor die Messe endete, und versteckte sich hinter einer Eibe, während Shane fotografierte, wie Elizabeth' Sarg von ihren Söhnen, Enkelsöhnen und ganz hinten von Karl Lawson aus der Kirche getragen wurde.

Zuerst war sich Amanda nicht sicher, ob er es war. Seine blonden, welligen Haare waren einmal lang gewesen. Nicht so lang wie bei einem Hippie oder einem Rockstar, aber lang genug, um ihn herausstechen zu lassen. Doch jetzt waren sie abrasiert, und die etwas dunkleren Bartstoppeln auf seinem Kinn ließen ihn noch ausgemergelter erscheinen. Mit seinen hohlen Wangen und den Kleidern, die eine Größe zu groß waren, erinnerte er sie an jemanden, der sterbenskrank war.

Vor der Kirche klopften ihm Dominicks Brüder auf die Schulter und drängten sich verlegen um ihn, als Elizabeth' Sarg in den Leichenwagen geschoben wurde. Er sprach mit Dominicks Frau, und als er sie umarmte, weinte sie. Der Laut drang bis zu Amanda vor, ein raues, schwaches Wehklagen, bei dem sich ihr die Haare auf den Armen aufstellten. Sie gab Shane ein Zeichen, der sich daraufhin unbemerkt auf die Gruppe zubewegte. Ihre Umarmung würde das Ende dieser elenden Geschichte perfekt illustrieren.

Sie verstand immer noch nicht, warum Elizabeth' Söhne sie in ein Pflegeheim gebracht hatten, schließlich brauchten alte Leute doch ihre vertraute Umgebung um sich. Doch sie hatten darauf bestanden, dass ihnen keine andere Möglichkeit bleibe, da man ihr nicht länger zutrauen könne, skrupellose Reporterinnen vor ihrer Tür abzuweisen. Sie hatten sich bei der Redaktion des *Capital Eye* beschwert und behauptet, dass Elizabeth nie gewollt habe, dass ihr Gespräch mit Amanda veröffentlicht werde. Danach war sie nämlich vor ihrem eigenen Zuhause von der Presse belagert worden und hatte Angst gehabt, es zu verlassen und mit Fragen bombardiert zu werden.

Amanda wusste, wie die Presse tickte. Ihr Interesse an Elizabeth hätte nach wenigen Tagen nachgelassen. Das Pflegeheim war eine Überreaktion gewesen, eine harte und unnötige Entscheidung. Sie war betrübt, jedoch nicht überrascht gewesen zu hören, dass Elizabeth drei Wochen später gestorben war.

Als der Trauerzug vom Kirchengelände fuhr, ging Karl Lawson zum Parkplatz. Amanda kam aus dem Schutz der Eibe hervor und versteckte sich stattdessen in einer nahegelegenen Mariengrotte, in der die Statue einer nachdenklichen Heiligen Bernadette zu den offenen Armen der Jungfrau Maria aufblickte. Von dort aus hatte sie den Parkplatz im Blick. Nur wenige Fahrzeuge standen noch da, und das Auto, das Karl Lawson aufschloss, musste direkt vom Schrottplatz kommen.

Plötzlich drehte er sich um, als hätte er ihre Anwesenheit gespürt, und ging rasch über den Parkplatz auf die Grotte zu. Eine Mauer versperrte Amanda den Weg. Der einzige Ausweg bestand darin, ihm direkt in die Arme zu laufen. Ihr schlug das

Herz schmerzhaft bis zum Hals. Es war ein besonders nervenaufreibender Schmerz, der sie daran erinnerte, dass Fehler Konsequenzen nach sich zogen. Sie kniete sich auf einen Betschemel und schaute, ebenso wie Bernadette, andächtig zur Statue Marias auf.

Seine Stimme erklang hinter ihr. »Mein ist die Rache.« Er sprach leise, aber deutlich. »Und die Vergeltung für die Zeit, da ihr Fuß wankt …« Das Zitat klang biblisch und bedrohlich. Wollte er sie damit an Dominick Kelly erinnern? An seinen religiösen Eifer, während er darauf gewartet hatte, dass der Tod ihn holen kam? Amanda stand auf und wandte sich zu ihm um. Seine Augenfarbe war ihr bisher nie aufgefallen. Ein düsteres Graugrün, wie das Meer vor einem Sturm. Er hielt inne, als wollte er seinen Worten so Nachdruck verleihen. Sie schwieg und hätte gern etwas gesagt, das sie verbinden könnte, doch ihr fiel nichts ein. Sie wandte zuerst den Blick ab. Er ging zurück zum Parkplatz, zwängte seine langen Gliedmaßen in sein Auto und fuhr davon.

Ihr Feature über Elizabeth' Beerdigung, illustriert mit einem großen Foto von Karl Lawson und Siobhan Kelly, die sich vor der Kirche umarmten, schaffte es in die Spätausgabe des *Capital Eye*.

Amanda musste weitermachen und sich auf andere Storys konzentrieren. Auf die Shroff-Brüder zum Beispiel. Sie schrieb gerade an einer Artikelserie über ihre kriminellen Aktivitäten fürs *Capital Eye* und war von einem Verlag beauftragt worden, ein Buch über die Familie zu verfassen. Ihr erstes Buch. Dank Hunter wusste sie mehr als genug, um die Seiten zu füllen. Die Shroffs fand sie im gleichen Maße faszinierend und abstoßend. Vier Generationen erbarmungsloser Geldverleiher, so hatten sie ihre Dynastie begonnen. Ursprünglich war ihr Familienname Cummins gewesen, doch der Urgroßvater Flab Cummins, der für seinen Sinn für Humor ebenso wie für seine Brutalität bekannt gewesen war, hatte den Namen rechtmäßig zu Shroff ändern lassen, als er herausfand, dass in China und Indien zu Kolonialzeiten Geldeintreiber und -verleiher so genannt wurden. Sie hatten ins Drogengeschäft expandiert und die drei Brüder, die nun die Bande anführten, waren skrupellos und gefährlich genug, um jemandem, der zu Ängstlichkeit neigte, eine solche Furcht einzujagen, dass derjenige sich am liebsten für immer verkriechen würde. Doch Amanda neigte nicht zu Ängstlichkeit. Sie war furchtlos, beinahe leichtsinnig. Die Zeiten, in denen sie sich mit Rebecca und einer Katze in ihrem Zimmer versteckt hatte, waren längst vorbei. Innerhalb von zwei Wochen würden fünf doppelseitige Artikel in den Wochentagsausgaben des *Capital Eye* erscheinen, gekrönt von einem Interview mit ihr im *Eye on the Weekend*, dem Beiheft der Samstagsausgabe.

Sie war lange im Büro geblieben, da sie unbedingt noch einen der Artikel über die Shroffs fertigstellen musste. Dass Killer im Danevale Prison in Untersuchungshaft saß und auf seinen Prozess wartete, machte die Story nur umso dringlicher. War Karl Lawson ihm begegnet? Hatten sie miteinander gesprochen, Lebenserfahrungen ausgetauscht? Im Gefängnis kam man doch sicher miteinander ins Gespräch.

Es war schon nach neun, als sie auf den Parkplatz des Arbutus Complex fuhr. Sie holte ihre Post aus dem Briefkasten und betrat ihre Wohnung. Nachdem sie gegessen und das Geschirr in die Spülmaschine geräumt hatte, goss sie sich eine Tasse entkoffeinierten Kaffee ein und öffnete ihre Post. Es waren größtenteils Rechnungen, bis auf eine kleine Versandtasche. Da sie keinen Brief darin erkennen konnte, griff sie zwischen die Luftpolsterfolie und berührte etwas Festes, das in Watte eingewickelt zu sein schien. Neugierig zog sie das Bündel aus dem Umschlag.

Die Patrone lag so weich gebettet da, dass das Gefühl des Metalls auf Amandas Haut beinahe elektrisierend war. Ein Zucken durchfuhr ihren Arm und wanderte ihren Rücken hinab. Die Kugel – hartes, kaltes Blei, umschlossen von Messing – fiel ihr in den Schoß. Sie sprang auf und schlug auf ihren Rock ein, als wollte sie eine Flamme löschen. Mit einem dumpfen Geräusch fiel die Kugel zu Boden und rollte ein Stück, bis sie gegen das Tischbein stieß. Hektisch griff sie erneut in den Umschlag und fand eine Karte.

Die nächste Kugel kommt aus einer Waffe. Sei auf der Hut, Amanda.

Sie ließ die Kugel auf dem Boden liegen und trat hinaus auf den Balkon. Im fünften Stockklang der Lärm der Stadt nur noch nach einem entfernten Summen. Der Wind pfiff um die Glaswände des Wohnkomplexes und ließ die toten Balkonpflanzen und den Stoff der gestapelten Liegestühle, die auf den Sommer warteten, flattern. *Sei auf der Hut, Amanda.* Unter ihr bewegten sich Fußgänger in einem lautlosen Rhythmus. Eine graue Prozession, die nicht auseinanderzuhalten war und niemals aufblickte – bis auf ihn. Er musste da unten sein. Wartend. Sie beobachtend, mit ebenso hasserfülltem Blick wie an dem Abend seiner Festnahme und heute in der Mariengrotte. Sie erschauderte und verschränkte die Arme vor der Brust. Man war in ihren Wohnraum eingedrungen, sodass sie trotz der Kälte zögerte, wieder reinzugehen.

Schließlich trieb der Wind sie doch hinein. In der Küche zog sie sich ein Paar Gummihandschuhe an und hob die Kugel vom Boden auf. Sie betrachtete die schmale Hülse, das tödliche Projektil. Sie stellte sich vor, wie es ihr Herz durchbohrte. Volltreffer. Sie steckte die Kugel zurück in den Umschlag.

Mein ist die Rache, hatte er gesagt, als er unbeweglich vor ihr gestanden hatte. Sie googelte das Zitat auf ihrem Laptop. Es ploppte sofort auf.

> *»Mein ist die Rache und die Vergeltung für die Zeit, da ihr Fuß wankt. Denn nahe ist der Tag ihres Verderbens, und was ihnen bevorsteht, eilt herbei.«*
>
> Fünftes Buch Mose 32:35

VIERUNDZWANZIG

Elizabeth' Beerdigung müsste mittlerweile vorbei sein. Kevin Kelly, ihr ältester Sohn, hatte Karl eingeladen, sich der Trauergemeinde zum Mittagessen anzuschließen. Er hatte genickt, als Karl sich entschuldigte. Ihnen war beiden klar, wie schwierig es war, höfliche Konversation zu betreiben, wenn die unausgesprochenen Worte die einzig wichtigen waren. Dominicks Familie ... Er versuchte sich vorzustellen, wie sie sich fühlen mussten: die Scham, die Schuld, die Wut.

Elizabeth hatte Karl kurz nach dem Tod ihres Sohns in zittriger Handschrift geschrieben, als könnte sie gerade so noch den Stift halten. Sie hatte ihn angefleht, bei ihr vorbeizuschauen, doch da er wusste, dass er für ein solches Treffen noch nicht stark genug war, hatte er nicht geantwortet. Und jetzt war es zu spät. Drei Wochen in einem Pflegeheim, dann hatte sie still und heimlich im Schlaf ihren letzten Atemzug getan.

Von der Kirche fuhr er zum Glenmoore Shopping Centre. Das grelle Supermarktlicht war ihm willkommen – es vertrieb die Schatten, die unsichtbare Bedrohung, von der er glaubte, dass sie ihn jeden Moment ohne jede Warnung überfallen könnte. Vor den Milchprodukten blieb er stehen. So viele

Entscheidungen galt es hier zu treffen: fettarme Milch, Magermilch oder Vollmilch? Butter oder fettreduziertes Streichfett? Freilandeier, Bioeier oder lokale Bauernhofeier? Vor nicht allzu langer Zeit hätte er diese Entscheidungen getroffen, ohne darüber nachzudenken. Jetzt beunruhigte ihn seine eigene Unschlüssigkeit, während er seinen Einkaufswagen zur Kasse schob.

Als er in die Cherrywood Terrace zurückkehrte, fegte Maria Barnes gerade welke Blätter von dem Weg, der durch ihren Vorgarten führte. Er hoffte inständig, sie möge weiterfegen und nicht aufschauen, doch sie richtete sich auf und kam über die Straße auf ihn zu.

»Ich bin froh, dass Sie wieder zu Hause sind, Karl«, sagte sie.

Er nickte und öffnete sein Gartentor, ohne ihr zu antworten.

»Kommen Sie doch zu mir rein auf eine Tasse Tee. Sie sehen aus, als könnten Sie eine vertragen.«

»Nein, danke.« Er schluckte die Galle herunter, die ihm beim Gedanken an das Interview, das sie der *Daily Orb* gegeben hatte, in der Kehle aufstieg.

»Bitte, Karl. Ich wollte mit Ihnen reden, seit ... seit Constance ... Ich kann ihren Namen immer noch nicht aussprechen, ohne zu weinen.« Ihre Augen wurden feucht. »Was ich in der *Daily Orb* gesagt habe ... darüber, dass sie so oft bei Ihnen zu Hause war –«

»Maria, es interessiert mich nicht.«

»Ich meinte das alles ganz anders.« Angesichts seiner Wut trat sie einen Schritt zurück. Sie fühlte sich offensichtlich unbehaglich, denn sie schlang ihren Cardigan enger um sich und versuchte zu erklären, wie sich das Misstrauen wie Unkraut in dieser kleinen Reihenhaussiedlung ausgebreitet hatte. »Ich kann ja nachvollziehen, dass Sie wütend sind, aber ich habe zu diesem Reporter nur gesagt, dass Ihr Haus wie ein zweites

Zuhause für Constance war, und dass Sie ihr niemals auch nur ein Haar krümmen würden. In der Zeitung klang das dann ganz anders. Ich habe Eric Walker angerufen und ihn einen Lügner genannt. Er hat behauptet, er hätte mich wortwörtlich zitiert und dass er die Aufnahme als Beweis hätte, aber er hat nur einen Teil meiner Aussagen verwendet.«

»Es hängt alles vom Kontext ab, Maria. Das ist jetzt nicht mehr wichtig.«

»Natürlich ist es wichtig, Karl. Ich schäme mich –«

»Dann versuchen Sie, es zu vergessen. Es bringt doch nichts, darüber zu reden.«

Sie nickte. »Ich habe einen Stapel Post für Sie. Der Briefträger hat sie seit dem Brand bei mir abgegeben. Warten Sie, ich hole sie.«

Vermutlich Werbung oder Rechnungen, dachte er, als sie mit zwei Supermarkttüten voller Post zurückkehrte. Beides konnte sie getrost behalten. Der Rest waren vermutlich Hassbriefe. Die sozialen Medien hatten Drohbriefe wohl noch nicht ganz verdrängt.

Allein die Aussicht, die Post durchzugehen, machte ihn müde, doch vor ihm lag ein langer, leerer Nachmittag. Wie erwartet waren einige der Briefe, die nach dem Fund von Constance' Leiche geschrieben worden waren, voller Hass. Doch die meisten waren aktueller und stammten von Unterstützern. Von Leuten, die behaupteten, die ganze Zeit an seine Unschuld geglaubt zu haben. Sie wünschten ihm alles Gute, boten an, für ihn zu beten, oder erzählten ihm von ihren persönlichen Tragödien, die sie ebenfalls durch Fehlurteile durchlitten hatten. Sie alle lobten Amanda Bowe für ihren Mut, eine so starke Kampagne zu organisieren.

Da er die gemischten Gefühle, die die Briefe in ihm auslösten, nicht aushielt, verließ er das Haus und fuhr zur Turnstone Marsh. Die Federung des Autos war schlecht, es rüttelte ihn bei jeder noch so kleinen Unebenheit der Straße durch. Es war fünfzehn Jahre alt und viel gefahren worden, doch er hatte es online bei einem Gebrauchtwagenhändler für so gut wie umsonst bekommen. Es musste reichen, bis er sich etwas Besseres leisten konnte.

Als er die Marsch erreichte, parkte er das Auto am Straßenrand und stieg die grasbewachsene Böschung hinunter. Seine Schuhe sanken in die sumpfige Erde ein. Die Sonne, die kurz zwischen den tiefhängenden Wolken aufblitzte, ließ die Gipfel der Toblerone-Hügel erstrahlen. Früher war er mit Dominick die steilen Hügel rauf- und runtergerast, ohne sich vor einem Sturz oder den Konsequenzen eines solchen zu fürchten. In der Marsch hatten sie ihre ersten Joints geraucht, ihr erstes Bier getrunken und am Flussufer ihre ersten Freundinnen geküsst. Felsklettern, Fußballspiele, ein unvergesslicher Urlaub in Spanien zur Feier ihres Schulabschlusses – ihre gemeinsame Geschichte erstreckte sich über drei Jahrzehnte. Eine Geschichte, die offenbar nichts wert gewesen war, sobald es um Dominicks Selbstschutz ging.

Er durchquerte die Marsch bis zur Orchard Road und ging weiter, bis er das alte Haus erreichte. Irgendjemand, vermutlich Jenna, hatte eine kleine Gedenkstätte an der Stelle errichtet, an der Constance angefahren worden war. Der Backstein, an dem sie sich den Kopf aufgeschlagen hatte, war entfernt worden. Stattdessen stand dort nun ein hölzernes Kreuz mit ihrem Namen. Darunter lagen frische Blumensträuße. Karl kniete sich hin und senkte den Kopf. Ihm fehlten die Worte, und selbst wenn er welche hätte, wären sie nicht genug gewesen. Er stellte sich Dominick in jener Nacht vor, der wohl an derselben Stelle gekniet hatte. Wie Karl war er vermutlich nicht in der Lage gewesen, zu beten, übermannt von dem Bedürfnis, alle verräterischen Anzeichen vom Tatort zu entfernen. Blut ließ sich einfach fortwischen, besonders frisches, doch die Schuld hatte sich als unauslöschbar erwiesen.

Er hatte Amanda Bowe bei Elizabeth' Beerdigung gesehen.

Als er den Sarg in die Kirche getragen hatte, war sie ihm ins Auge gefallen. Sie saß in der letzten Reihe, unauffällig in gedeckte Farben gekleidet, das Haar im Nacken zu einem strengen Pferdeschwanz zurückgebunden. Sie war leicht zu übersehen gewesen in der großen Kirchengemeinde, die sich versammelt hatte, um der stillen, friedfertigen Frau, die Amanda in die Schlagzeilen gedrängt hatte, ihren Respekt zu zollen.

Teenagerkiller findet zu Gott

Wie immer hatte sie es auf die Titelseite geschafft.

In der Mariengrotte hatte sie seinen Blick herausfordernd erwidert. Sie wusste genauso gut wie er, dass ihre Kampagne bloß die Wahrheit verschleiern sollte und gleichzeitig bewies, dass es stets die letzte Story war, die in Erinnerung blieb.

FÜNFUNDZWANZIG

Der Anruf kam in den frühen Morgenstunden. Amanda quälte sich aus dem Schlaf und griff nach ihrem Handy, um ranzugehen. Vielleicht ein Unfall, ihre Mutter, ihre Schwester ... Ihre Gedanken rasten von einem fürchterlichen Szenario zum nächsten. Die Nummer war ihr unbekannt und die Stimme, die nun sprach, klang gedämpft, entweder durch eine Hand oder einen Schal.

»Was hält dich so spät wach, meine Liebe?«, fragte er. »Drei Uhr morgens und du hast noch immer nicht die Äuglein zugemacht. Ich bin froh, dass du mit Licht schläfst. Ich will, dass du mich erkennst, wenn ich dich umbringen komme.« Sie widerstand dem Drang, zu schreien und zu fragen, wer da anrufe. Es hatte keinen Sinn, nicht nur geschockt, sondern auch noch dämlich zu wirken. Sie widerstand auch der Versuchung, aus dem Fenster zu sehen. Selbst wenn Karl Lawson da unten mitten im Licht im Innenhof ihres Wohnblocks stand, würde sie ihn nicht sehen können.

Sie legte einfach auf und schaltete das Schlafzimmerlicht aus. Zu diesem Zeitpunkt schon die Polizei zu rufen, war sinnlos. Man konnte seine Nummer bestimmt nicht rückverfolgen.

Entweder hatte er von einer Telefonzelle aus angerufen, falls es so etwas überhaupt noch gab, oder er hatte sein Handy inzwischen zerstört. Ihre Tür war sicher verschlossen und ihre Wohnung mit einem komplexen Sicherheitssystem ausgestattet.

Sie versuchte zu schlafen, doch sie bekam seine Drohung einfach nicht aus dem Kopf: *Ich will, dass du mich erkennst, wenn ich dich umbringen komme.*

Die Kugel hatte sie bei ihrer örtlichen Polizeiwache gemeldet. Der Garda im Dienst, ein korpulenter Mann mit einem einschüchternden Kinn und beunruhigend kleinen gelben Zähnen, hatte sie erkannt.

»Amanda Bowe«, hatte er gesagt, bevor sie sich vorstellen konnte. »Da haben Sie ja einen verdammt guten Job gemacht mit Ihrer Freilassungskampagne.« Sie hatte gedacht, er meine es sarkastisch, doch sein Kompliment war aufrichtig gewesen. Ebenso wie seine Erschütterung, als sie ihm die Kugel zeigte.

Er fragte sie, ob sie Feinde habe. Suchen Sie sich einen aus, hatte Amanda sagen wollen. Wenn ich keine Feinde hätte, wäre ich nicht so eine erfolgreiche Journalistin.

»Könnte es in Zusammenhang mit einer Gang stehen?«, hatte er gefragt. »Schon hart, wenn hübsche Mädels wie Sie sich mit den bösen Männern rumtreiben müssen.« Das Zeitalter des Feminismus hatte er wohl verschlafen.

»Mich mit den bösen Männern herumzutreiben ist Teil meines Jobs«, hatte sie erwidert. Karl Lawsons Namen hatte sie nicht erwähnt. Wie konnte sie ihn beschuldigen, ihr Morddrohungen zu schicken, wo sie doch selbst für seine Freiheit verantwortlich war? Die Ironie einer solchen Anschuldigung würde den Medien keinesfalls entgehen, und sie würden auch nicht zögern, sie auf den Titelseiten zu platzieren. Garda Ryan hatte ihr versprochen, sich zu melden, sobald die Kugel kriminaltechnisch untersucht worden war.

Da sie nun nicht mehr schlafen konnte, ging Amanda in die Küche. Sie tastete sich ihren Weg durch die Dunkelheit voran, denn sie traute sich nicht, das Licht einzuschalten, falls er sie vom anderen Ende des Wohnkomplexes aus beobachtete und so ihre Angst hell erleuchtet sehen würde. Sie öffnete die Kühlschranktür und goss sich in dessen Licht eine Tasse Milch ein, die sie dann in der Mikrowelle warm machte. Sie fügte noch eine Prise Muskatnuss hinzu, so wie ihre Mutter früher, wenn ihre Nächte von willkürlicher Gewalt gestört wurden. Allmählich entspannte sie sich, und das Verlangen, Hunter anzurufen, schwand. Zu viel stand auf dem Spiel. Er hatte ihr den größten Exklusivbericht ihrer Karriere verschafft, und sie würde sich an ihren Pakt halten, ihn nicht mehr zu kontaktieren. Sie würde alleinhiermit zurechtkommen.

Als sie wieder ins Bett ging, fiel sie in unruhige, intensive Träume, die sich immerzu wiederholten. Karl Lawson tauchte in jedem einzelnen von ihnen auf.

Zwei Tage später erhielt sie einen weiteren alarmierenden Umschlag. Diesmal war es ein kleiner aus Manilapapier, der harmlos genug aussah, dass sie ihn ohne zu zögern öffnete. Er war von einem Kurier beim *Capital Eye* abgegeben worden, und Regina vom Empfang hatte ihn Amanda gegeben, als sie zur Arbeit kam.

Alles in dem geschäftigen Büro schien zu erstarren, als das weiße Pulver sich über ihre Hände ergoss und lautlos auf ihrem Schreibtisch landete. Anthrax? Sie hatte mal ein Feature darüber geschrieben. Die Bilder von Hautstellen, die von dem Pulver infiziert waren, waren entsetzlich gewesen. Starr saß sie auf ihrem Stuhl und hielt den Atem an, aus Angst, sie könnte das Pulver sonst durch das ganze Büro stieben und die Luft kontaminieren. Wie seltsam, dass sich etwas so Tödliches auf ihren Fingern wie Seide anfühlte.

Regina räumte ein, dass sie gerade telefoniert habe, als der Kurier mit dem Umschlag gekommen sei. Ihr sei zwar negativ aufgefallen, dass er seinen Helm nicht abgesetzt habe, doch er sei schon weg gewesen, bevor sie ihn zurechtweisen habe können. Später sollte ihr auffallen, dass er im Besucherbuch mit *Darth Vader* unterschrieben hatte.

Ein Team aus Kriminaltechnikern kam und sperrte Amandas Büro ab. Sie glaubten, es bestehe nur ein geringes Risiko, konnten aber auch nicht sicher sagen, dass man sich bloß einen bösen Scherz mit ihr erlaubt habe. Sie duschte im Personalwaschraum und zog sich einen Trainingsanzug an, den Regina rasch beim nächstgelegenen Primark gekauft hatte. Sie würde die Ergebnisse bekommen, sobald die Proben untersucht worden seien, erklärte ihr ein Ermittler. Das könne ein paar Stunden dauern, informierte er sie und riet ihr, sich nicht allzu viele Gedanken zu machen.

»Gehen Sie nach Hause«, meinte ihre Chefin. »Ich rufe Ihnen ein Taxi. Haben Sie jemanden, der bei Ihnen bleiben kann, bis die Ergebnisse da sind?«

Amanda nickte. Sobald sie zu Hause war, ging sie erneut unter die Dusche. Sie stellte das Wasser so heiß wie möglich ein und schrubbte sich die Haut, bis sie rot und schrumpelig war. Nachdem sie sich abgetrocknet hatte, rief sie ihre Schwester an und lauschte der Ansage von Rebeccas Voicemail. Es hatte keinen Sinn, ihre Mutter anzurufen und ihr Angst einzujagen. Imeldas Nervosität würde Amandas eigene Angst nur verschlimmern.

Die Sekunden, die tickend auf der Uhr verstrichen, klangen in ihrem Kopf wie eine Zeitbombe. Wenn die Ergebnisse positiv waren, könnte sie heute Abend schon mit abscheulichen Wunden auf der Haut im Krankenhaus sein oder bereits tot auf einem Autopsietisch liegen.

Sie kauerte sich auf einem Sessel am Fenster zusammen. Sie musste Hunter anrufen. Ihr Pakt war mittlerweile egal. Er war der Einzige, der verstehen würde, was sie durchmachte. Sie machte den Kleiderschrank auf, holte eine Jacke mit einem dicken Kunstfellkragen heraus und tastete nach dem Schlitz, den sie in den Stoff geschnitten hatte, um ihr geheimes Handy darin zu verstecken. Sie schickte eine Nachricht an seine Nummer und hoffte, dass er sein eigenes Handy nicht bereits zerstört hatte. Ihre Ängste bestätigten sich kurz darauf: Die Nummer war nicht mehr aktiv.

Ein langes Brummen der Gegensprechanlage holte sie ruckartig zurück in die Realität. Draußen stand Garda Ryan. Talkumpuder, sagte er, als sie ihm aufmachte. Mit dem symbolischen Duft von Maiglöckchen, einer tödlichen Blume. Es sei ein böser Streich gewesen, doch zusammen mit der Kugel und den zunehmenden anonymen Anrufen müsse er ernst genommen werden. Erneut fragte er sie, ob es da draußen jemanden gebe, der einen Groll gegen sie hege. Karl Lawson – sie verbiss sich seinen Namen. Wie würde das aussehen, wenn sie ihn ohne Beweise beschuldigte? Wie sollte sie seinen brennenden Blick an der Mariengrotte erklären, seine biblische Drohung? Amanda ballte die Hände zu Fäusten, bis ihre Fingernägel drohten, ihr die Haut aufzuschlitzen und Blut hervorquellen zu lassen.

Um ein Uhr in der Früh nahm sie eine Schlaftablette. Morgen würde sie auf LR1 interviewt werden. Nichts Spektakuläres, nur eine Nachmittagstalkshow, in der sie über ihre Karriere als Kriminalreporterin reden würde. Das Interview war auf LR1 beworben worden, und er würde zusehen, würde sich neue Möglichkeiten ausdenken, sie einzuschüchtern. Sie würde besonders gut aussehen, sich gelassen und unberührt von seinen gefährlichen Spielchen geben.

SECHSUNDZWANZIG

LR1 befand sich direkt neben Richardson Publications. Die beiden Gebäude nahmen den größten Teil des Gewerbegebiets ein, in dem es außerdem noch ein Fitnessstudio, einen Bürokomplex und das Quix Café gab. Der Fernsehsender war in einem zweckmäßigen quadratischen Gebäude untergebracht, das von außen wenig anregend aussah, doch innen weitläufig und schick war. Im Empfangsbereich glitzerte ein runder Glasaufzug wie eine Christbaumkugel, und für diejenigen, die sich dort nicht hineinwagten, führte auch noch eine Wendeltreppe zu den Büros in den oberen Stockwerken. Aus einem unsichtbaren Soundsystem erklang klassische Musik. Die Empfangsdame setzte sich etwas gerader auf, als Karl an den Tresen trat.

»Mr Richardson ist gerade in einem Meeting und soll nicht gestört werden«, wiederholte sie die gleiche Aussage, die sie Karl jedes Mal gegeben hatte, als er bei LR1 angerufen hatte.

»Doch, das soll er.« Karl ignorierte ihre roboterhafte Reaktion, ein erstarrtes Barbie-Lächeln. »Sagen Sie ihm, dass ich nicht gehen werde, ohne mit ihm gesprochen zu haben. Ich kann den ganzen Tag warten, wenn es nötig ist. Sie können gerne den Sicherheitsdienst rufen, um mich rauszuschmeißen, aber ich würde zu meiner geplanten Klage wegen ungerechtfertigter Entlassung wirklich ungern noch Körperverletzung hinzufügen.«

»Bitte setzen Sie sich, Mr Lawson.« Sie deutete auf einen Ledersessel, und das Klimpern ihrer spinnenbeinartigen Wimpern verriet ihr Unbehagen.

Er hatte bereits mit Barbara telefoniert, der es offenbar etwas leidgetan hatte, dass sie so mühelos in seine Fußstapfen getreten war.

Auf seine Frage, ob es möglich sei, für sie zu arbeiten, hatte sie geantwortet: »Um ehrlich zu sein, Karl, haben wir bei der *Hitz* gerade ein sehr knappes Budget. Die Dinge haben sich in den letzten paar Monaten geändert. Lar konzentriert sich nur noch auf LR1. Da verbringt er seine ganze Zeit, und, was mir noch mehr Sorgen macht, dort fließt auch das ganze Geld hin. Wir stellen derzeit kein neues Personal ein, und er hat uns gesagt –«

»Ich kann auch freiberuflich arbeiten«, hatte er ihre Ausflüchte unterbrochen.

»Das gilt auch für Freiberufler«, räumte sie ein. »Lar hat bereits zwei seiner Zeitschriften dichtgemacht, daher versuche ich, mich unauffällig zu verhalten. Ich rufe dich zurück, falls die Situation sich ändert. Ich hoffe, dass sich die Dinge für dich klären. Wirklich, Karl. Wir müssen bald mal zusammen mittagessen gehen.«

»Klingt gut«, meinte er. »Ich freu mich drauf.«

Wie einfach es war, die Verbindungen mit der Vergangenheit zu kappen, dachte er, als er auflegte. So ohne Weiteres von Freunden zu Bekannten zu werden, die sich ein gemeinsames Mittagessen versprachen, wohl wissend, dass es nie dazu kommen würde.

»Mr Richardson wird Sie nun empfangen.« Die Empfangsdame winkte ihn an den Tresen heran. »Sein Büro ist im dritten Stock –«

»Danke.« Karl schritt bereits auf den Aufzug zu.

Lars Büro wirkte ebenso riesig wie das Foyer. Das Leben in einer Gefängniszelle hatte Platz eine neue Bedeutung gegeben.

»Nun, Karl, wie ich höre, machen Sie mal wieder auf sich aufmerksam.« Lar stand auf und lehnte sich über seinen Schreibtisch, um ihm die Hand zu schütteln. Er hatte sich immer gern schick und auffällig gekleidet, mit knalligen Krawatten, gewagten Nadelstreifenanzügen und dekorativen Einstecktüchern in der Brusttasche. Jetzt hatte er diese Extravaganz aus Respekt für seine Frau, die während Karls Gefängnisaufenthalt gestorben war, zu einem grauen Anzug und einer schwarzen Krawatte abgemildert.

»Mein aufrichtiges Beileid.« Karl ergriff die Hand des älteren Manns. »Rosalind war eine wundervolle Frau. Ich habe sie sehr gemocht.«

»Jeder hat meine Frau geliebt.« Lar ließ sich auf seinen Stuhl sinken und lehnte sich zurück. »Da Sie mir ja jetzt Ihr Beileid bekundet haben, würden Sie mir vielleicht erklären, warum Sie mein Personal bedrohen?«

»Ich will einen Job. Ich weiß, dass Barbara mich bei der *Hitz* ersetzt hat, aber ich begnüge mich auch mit einer gleichrangigen Position bei einer Ihrer anderen Zeitschriften.«

»Sie waren noch nie jemand, der um den heißen Brei herumredet«, entgegnete Lar. »Also mache ich es genauso: Ich akzeptiere vollkommen, dass Sie nichts mit dem Tod dieses Mädchens zu tun hatten. Doch die Publicity war entsetzlich und unsere Werbekunden haben extrem negativ darauf reagiert. Sie kennen das Geschäft, Karl. Werbung ist das Lebenselixier eines jeden Magazins, da ist die *Hitz* keine Ausnahme. Trotz des großen Zuspruchs für Amanda Bowes Freilassungskampagne wurde Ihr Name durch diese Tragödie beschmutzt.«

»Was erwarten Sie jetzt von mir?«, fragte Karl. »Soll ich eine neue Identität annehmen?«

Lar legte die Spitzen seiner Zeigefinger aneinander und drückte sie an sein Kinn. »Eine neue Identität anzunehmen, wäre die perfekte Lösung. Allerdings ergeben sich in der echten Welt nur selten perfekte Lösungen. Aber Sie könnten einen Richtungswechsel einschlagen. Sich umschulen lassen und einen Job suchen, bei dem Ihr Name nicht in der Öffentlichkeit steht. Kommen Sie dann gerne auf mich zurück, ich gebe Ihnen die Namen guter Kontakte, die Ihnen bei einem Neuanfang helfen würden.«

»Es gibt noch eine weitere Möglichkeit«, sagte Karl. »Ich kann Sie wegen ungerechtfertigter Entlassung verklagen.«

»Ich nehme an, das soll eine Drohung sein?«

»Keine Drohung, Lar. Eine Tatsache.«

»Und wie lange, glauben Sie, würde das dauern?« Der Geschäftsmann betrachtete Karl über den Rand seiner Brille hinweg. »Sie haben bereits acht Monate Ihres Lebens verloren. Sie sollten lieber Versäumtes nachholen, anstatt einen Prozess zu führen, den Sie letztendlich verlieren würden. Wir haben sehr gute Anwälte, machen Sie sich da keine Illusionen.« Er zog eine Schublade an seinem Schreibtisch auf und holte eine Kalkulationstabelle heraus. »Da steht alles drin.« Er klopfte mit der Hand auf die Reihen voller Zahlen. »Eingebüßte Einnahmen, Karl. Erlitten von Richardson Publications durch die schlechte Publicity vor und nach Ihrer Festnahme. Wir mussten uns deshalb schon verkleinern und zwei unserer Titel veräußern. Was Ihnen passiert ist, war eine Schande, aber bedauerlicherweise brauchen Dominosteine nur einen einzigen Fingerstups, bevor sie alle fallen. Das ist meinem Unternehmen beinahe passiert, nur weil es mit Ihrem Namen in Verbindung stand.«

»Mein Name wurde reingewaschen –«

»Natürlich. Gerechtigkeit ist zwar spät erfolgt, aber sie ist erfolgt. All diese Unterschriften, die Ihre Freilassung gefordert haben – ich selbst habe die Petition auch unterschrieben und alle im Unternehmen gebeten, es mir gleichzutun.« Er betrachtete das Foto seiner verstorbenen Frau auf dem Schreibtisch und zog es ein Stückchen zu sich heran. »Wie wir mit den Schicksalsschlägen in unserem Leben umgehen, bestimmt unsere Zukunft.«

Rosalind war immer die sanftere Hälfte des Richardson-Imperiums gewesen. Auch sie war voller Ehrgeiz gewesen, aber ohne Lars Unbarmherzigkeit ausgekommen. Sie hätte für Karl gekämpft, ihren Mann mit einem finsteren Blick unter Druck gesetzt, das Richtige zu tun.

»Nehmen Sie meinen Rat an und wagen Sie einen Neuanfang«, sagte Lar. »Das habe ich in Ihrem Alter auch getan, als mein erstes Unternehmen gescheitert ist.« Er stand auf, um ihm das Ende der Unterhaltung zu signalisieren. »So viele da draußen sind Ihnen wohlgesinnt. Amanda Bowe hat das genutzt, als sie die Petition für Sie gestartet hat.«

»Wir sehen uns vor Gericht.« Karl ignorierte die ihm dargebotene Hand und verließ das Büro.

Der Aufzug kam sanft zum Stehen. Während er auf den Ausgang zuging, kam ihm der gellende Klang der Violinen plötzlich ohrenbetäubend laut vor. Die Glastüren glitten automatisch auf. Eine Frau, die gerade darauf zuging, hielt an und wartete, bis er herausgetreten war. Sie war gegen die Kälte in einen braunen Kunstfellmantel gehüllt, die Hose hatte sie in ein Paar Uggs gesteckt.

»Karl«, sagte sie, zog sich einen Handschuh aus und streckte ihm die Hand hin. »Wie geht es Ihnen?«

Perplex starrte er sie an, er konnte sich nicht an ihren Namen erinnern.

»Ich fürchte, ich –«, begann er.

»Ich bin Sylvia Thornton.« Sie gab ihm einen warmen,

festen Händedruck. »Wir haben uns bisher nur flüchtig kennengelernt.«

Bei ihrem Namen klingelte es irgendwo in seinem Gedächtnis. »Entschuldigen Sie ... Woher kennen wir uns?«, fragte er.

»Lar Richardson hat uns auf einer seiner Weihnachtsfeiern vorgestellt.«

Die alljährliche Richardson-Publications-Feier war eine Mischung aus Small Talk und –zu späterer Stunde – betrunkenem Geschwätz. Karl war immer gegangen, sobald Lar seine Motivationsrede gehalten und seinem Personal für seine Hingabe gedankt hatte. Seine Worte klangen jedes Mal hohl nach, wenn im folgenden Jahr irgendein unglückseliger Mitarbeiter gefeuert wurde, weil er seine Zielvorgaben nicht erreicht hatte.

»Tut mir leid, dass ich Sie nicht erkannt habe«, sagte er.

»Kein Grund zur Entschuldigung. Ich bin bei Richardson-Veranstaltungen immer hinter den Kulissen.«

Er nickte, jetzt konnte er sie zuordnen. »Sie sind seine Pressesprecherin.«

»Mein offizieller Titel ist ›Hiwi‹, aber ja, Publicity und Eventmanagement sind Teil meiner Jobbeschreibung.« Sie lächelte flüchtig und kam mit fragendem Blick einen Schritt näher. »Wie geht es Ihnen, Karl?«

»Ich habe schon bessere Tage gehabt«, gab er zu.

»Was Ihnen passiert ist, war entsetzlich. Es tut mir so leid –«

»Es war nicht Ihre Schuld.«

»Nicht meine persönliche Schuld, nein, aber ich glaube an so etwas wie kollektive Verantwortung. Die Berichterstattung über Sie ...« Sie schüttelte den Kopf.

»Es war nicht nur die Presse.«

»Dessen bin ich mir sehr bewusst.« Ihre Miene blieb weiter freundlich, und doch erkannte er einen Unterton in ihren höflichen Worten. »Was haben Sie jetzt vor?«, fragte sie.

Er zuckte mit den Achseln. »Am Wochenende fliege ich nach New York, um meine Familie zu besuchen. Danach ... wer weiß.«

»Ich wünsche Ihnen alles Gute dabei.« Sie lächelte noch einmal und betrat dann das Gebäude.

SIEBENUNDZWANZIG

Das Interview auf LR1 lief so glatt, wie Amanda es erwartet hatte. Sie sprach sachkundig über die Shroffs und ihre starken Familienbande, ihre belanglosen Zankereien, blutrünstigen Fehden und internationalen kriminellen Verbindungen. Cass Green, die Moderatorin, fragte nach dem gefährlichen Grat, auf dem Amanda wandele, wenn sie Nachforschungen zu den Aktivitäten der Shroffs anstelle. Habe sie, wie vermutet wurde, einen Maulwurf innerhalb der Gardaí? Amanda blickte in die Kamera und schüttelte den Kopf. Sie sei selbst ein Spürhund, der mit weit geöffneten Augen die Storys im Verborgenen fände. Als das Interview auf sein Ende zuging, gratulierte Cass ihr zu dem Erfolg ihrer *Befreit Karl Lawson*-Kampagne. Amanda lachte leichthin und dankte der Öffentlichkeit für ihre Unterstützung.

»Du warst gut.« Eric Walker, der die *Daily Orb* verlassen und sich dem Team der neuen LR1-Investigativsendung *Crime Report – Im Untergrund* angeschlossen hatte, wartete am Empfang auf sie.

»Gut?« Amanda hob die frisch gezupften Augenbrauen.

»Fantastisch«, verbesserte er sich und trat einen Schritt zurück, um sie zu begutachten. »Hast du abgenommen?«

»Warum?«, fragte sie. »Sah ich zu dünn aus?«

»Du sahst perfekt aus. Hast du Zeit für einen Kaffee?«

»Kurz, ja. Du musst mir alles über deinen neuen Job erzählen.«

»Gut, dass du dich nicht beworben hast«, meinte er, während sie unter dem Bogengang entlanggingen, der zum Quix Café führte. »Der Bewerbungsprozess war ganz schön hart. Ich musste vier Bewerbungsrunden durchlaufen. *Vier*. Und immer mit anderen Recruitern, nur Lar Richardson war jedes Mal dabei. Die haben mich so gründlich psychoanalysiert, die kennen mich jetzt besser als ich mich selbst. Aber egal, am Ende habe ich den Job ja bekommen. Was hältst du von der Sendung?«

»Sie ist gut.«

»Gut?« Jetzt war er es, der die Augenbrauen hob. »Das kannst du aber besser, Amanda.«

»Gut«, wiederholte sie. »Sie muss sich noch einpendeln, aber wenn das Team erst mal richtig schwierige Ermittlungen anstellt, wird sie großartig.«

Eric stimmte ihr zu. »Wir überschlagen uns beinahe vor Ideen, aber wir müssen erst noch lernen, wie wir sie ausführen. Warum hast du dich nicht auf den Job beworben?«

»Zu beschäftigt«, erwiderte sie. »Außerdem bin ich glücklich mit meinem Job.«

»Ja, schon ... aber es ist das Fernsehen.« Er öffnete die Tür zum Café und ließ ihr den Vortritt. »Ich hätte gedacht, *Crime Report* wäre genau dein Ding.«

Im Quix Café, das vor lauter Chrom nur so glänzte und vom Zischen der Kaffeemaschinen erfüllt war, herrschte reger Betrieb. Die Atmosphäre war hektisch, beinahe stressig, und die Kunden an den Tischen führten angeregte Diskussionen über kreative Ideen. Amanda hätte diese vier Vorstellungsgespräche mit Bravour gemeistert, doch sie war zu sehr mit der Freilassungskampagne beschäftigt gewesen, die sie für Karl Lawson initiiert hatte. Mit den unzähligen Briefen und E-Mails, die sie bekommen hatte, und den Einladungen von Aktivistengruppierungen, auf ihren Versammlungen zu sprechen. Auf ihr hatte ein ständiger Druck gelastet, weiter über Karl Lawson zu schreiben, bis er aus dem Gefängnis freigelassen wurde. Und das alles nur, damit er sie nun terrorisieren konnte.

Eric erwähnte seinen Namen. Konnte er etwa Gedanken lesen? Sie pustete auf ihren entkoffeinierten Kaffee, stellte ihn dann aber zurück auf den Tisch.

»Was hast du gerade gesagt?« Sie strich mit der Zunge über ihre Zähne, ein nervöser Tick, den sie in den Griff bekommen hatte – beinahe.

»Du hast ihn eben knapp verpasst«, sagte er. »Hat ordentlich Stunk am Empfang gemacht. Er wollte unbedingt zu Richardson und hat kein Nein akzeptiert. Am Ende hat er seinen Willen bekommen. Schade! Er hätte sich bestimmt gefreut, dich zu sehen.«

Sie begegnete Erics Blick und lächelte schief. Für einen kurzen Moment war sie versucht, ihn zur Verschwiegenheit zu verpflichten und sich ihm anzuvertrauen. Doch sie verwarf den Gedanken rasch wieder. Sie hatten zu ähnliche Hintergründe, um vorzugeben, dass eine Story nicht wichtiger war als Geheimnisse zwischen Freunden.

»Ich mache mich mal lieber wieder auf den Weg zurück ins Büro.« Amanda stand auf. »Ich habe eine Artikelserie fertigzuschreiben. Viel Erfolg bei deinem neuen Job.«

Sie eilte an Richardson Publications vorbei, wo sie einst das Vorstellungsgespräch mit Karl Lawson gehabt hatte, der sie für nicht gut genug gehalten hatte. »Trauen Sie sich ruhig, tiefer zu graben«, hatte er ihr während dieses demütigenden Gesprächs in seinem Büro gesagt. »Es schlummert immer noch eine andere Story unter der Oberfläche.« Von seinem erhabenen Redaktionsschreibtisch aus sagten sich solche Dinge leicht. Lauerte er vielleicht immer noch hier irgendwo herum? Doch die Autos auf dem Parkplatz waren alle glänzend und schnittig und den Kennzeichen zufolge erst in den letzten paar Jahren gekauft worden. Keine alten Klapperkisten wie die, mit der er zu Elizabeth Kellys Beerdigung gekommen war. Sie schloss ihr eigenes Auto auf und wollte gerade den Motor starten, als ihr Handy einen Benachrichtigungston von sich gab. Kein Name, nur eine weitere unbekannte Nummer.

Explosives Interview, Amanda. Warum hast du nicht unter deinem Auto nachgeschaut? Boom!

Ein Streich, es musste ein böser Streich sein, genau wie das mit dem Pulver. Sie machte die Tür auf und stieg vorsichtig aus ihrem Auto aus. Mit langsamen, bedachten Schritten entfernte sie sich, während sie mit den Augen den Parkplatz absuchte. Beobachtete er sie? Er musste in der Nähe sein. Woher hätte er sonst wissen sollen, wann er die Nachricht abschicken musste? Ihr Vater hatte früher mit der gleichen bedrohlichen Wachsamkeit auf den Trigger gewartet, um seinen ersten Schlag folgen zu lassen. Amanda richtete sich gerade auf und rief die Notfallnummer an, die Garda Ryan ihr für den Fall gegeben hatte, dass sie wieder in Gefahr war.

Das Gebäude des Fernsehsenders wurde evakuiert. Das Bombenentschärfungskommando der Irish Army kam und ging wieder. Das Gerät unter ihrem Auto sei harmlos. Ein weiterer böswilliger Streich. Die Polizei nahm ihr Handy mit. Sie könne es wieder abholen, wenn sie die Nachricht zurückverfolgt hätten. Ihr Auto wurde für sicher erklärt, doch sie stand zu sehr unter Schock, um damit wegzufahren. Sie saß auf dem Sofa im Empfangsbereich, als Lar Richardson aus dem Aufzug trat und auf sie zukam. Sie straffte die Schultern und setzte sich auf den eleganten weichen Sofakissen gerader auf.

»Amanda Bowe. Sie haben heute ja ganzschön für Aufruhr gesorgt.« Er schüttelte ihr die Hand und setzte sich neben sie.

»Der ganze Wirbel wegen mir ist mir ziemlich peinlich.« Ihre Wangen brannten vor Scham. »Ich hätte mir denken können, dass es nur ein böser Streich ist.«

»Aber es hätte auch kein Streich sein können. Und was dann?« Er sah jünger aus, wenn er lächelte. Die Macht ließ sein hageres Gesicht kantig und autoritär wirken, und sein zurückgekämmtes silbernes Haar war noch immer voll.

»Mir war nicht klar, dass die Army das gesamte Gewerbegebiet evakuieren würde.«

»Es ist zwar lästig, aber notwendig«, erwiderte er. »Wie geht es Ihnen?«

»Ich stehe immer noch unter Schock.« Sie nippte an ihrem Wasser und gab sich Mühe, nicht das Gesicht zu verziehen, als es ihre Zähne berührte. Ihrem Kieferorthopäden zufolge war die Behandlung fast abgeschlossen, doch ihre Zähne waren immer noch empfindlich von der Zahnspange, die sie nachts tragen musste.

»Ich habe Ihr Interview gesehen«, sagte er. »Sie sind eine mutige Reporterin. Das bewundere ich an Ihnen.«

»Kriminalreportage ist nicht einfach«, meinte sie. »Und das wird auch mit der Zeit nicht besser.«

»Haben Sie je in Erwägung gezogen, eine andere Richtung einzuschlagen?«, fragte er.

»Zum Beispiel?«

»Fernsehen?«

Cool bleiben, sagte sie sich, bleib cool und gelassen. Sie fuhr sich mit der Zunge über die Zähne – damit musste sie*aufhören*! – und zählte bis fünf. Dann erst antwortete sie: »Meine Arbeit erfüllt mich. Ich hatte nicht vor, zu wechseln.«

»Aber Sie wirken auf mich wie jemand, dem neue Herausforderungen gefallen. Warum schauen Sie nicht mal bei mir vorbei, wenn Sie sich von dieser Tortur erholt haben?« Er reichte ihr seine Visitenkarte. »Das ist meine private Telefonnummer. Rufen Sie mich nächste Woche an, dann sprechen wir noch mal darüber.«

Er begleitete sie zum Ausgang. Als sie sich umsah, stand er immer noch da, den Blick auf sie gerichtet.

Zur Mittagszeit am nächsten Tag bekam Amanda ihr Handy zurück. Leider hätten sie keinen Erfolg gehabt, hatte ihr der diensthabende Garda gesagt. Als das mit den Anrufen angefangen hatte, hatte sie überlegt, die Nummer zu wechseln, doch das wäre umständlich. Und Karl Lawson würde ihre neue Nummer ohnehin mühelos herausfinden und ihren Versuch damit verhöhnen.

ACHTUNDZWANZIG

Justins Auto stand in der Einfahrt. Er sei gerade joggen, erklärte Jenna, als sie Karl die Tür aufmachte. Ersatzschlüssel und das Haus des anderen wie ein zweites Zuhause zu behandeln – das gehörte der Vergangenheit an. Lara begrüßte Karl ausgelassen wie immer und wollte unbedingt wissen, wann Sasha nach Hause komme. Sie verstummte auf einen brüsken Rüffel von Matthew hin, der knallrot geworden war, als Karl das Wohnzimmer betreten hatte.

»Lara!«, rief Jenna aus der Küche. »Komm und hilf mir, die Spülmaschine auszuräumen.«

Nachdem Lara aus dem Zimmer gestürzt war, setzte sich Karl neben seinen Neffen.

»Wie geht es dir, Matthew?«, fragte er.

»Mir geht's gut.« Sein Neffe starrte unverwandt auf den Fernseher. Er war größer geworden und trug die Haare jetzt an den Seiten kurz abrasiert und vorn hochfrisiert.

»Wir müssen nicht böse aufeinander sein«, sagte Karl. »Ich bin nicht sauer auf dich. Bist du sauer auf mich?«

»Nein.« Seine schmalen Schultern waren verkrampft, das

kleine Gesicht angespannt. Karl könnte gerade genauso gut mit einem verängstigten Fremden sprechen.

»Es ist schon okay, Matthew. Du kannst mir die Wahrheit sagen.«

Der Junge drückte sich noch tiefer ins Sofa. »Du hast mich dazu gebracht, die Gardaí anzulügen.«

»Wie habe ich das denn gemacht?«

»Ich weiß nicht ... hast du eben.« Er verschränkte die Arme fest vor der Brust.

»Wir haben eine furchtbare Zeit durchgemacht, Matthew. Und jetzt machen wir gerade eine sehr traurige Zeit durch. Bei allem, was uns passiert ist, kann es schon mal vorkommen, dass es in unserem Kopf durcheinandergerät.«

»Wie Rührei«, meinte Matthew.

»Was?«

»In meinem Kopf ist es wie Rührei.«

»Das ist eine *sehr* gute Art, es zu beschreiben. Wir alle vermissen Constance. Es ist okay, ganz viel zu weinen, wenn dir danach ist. Sie wird auf dich aufpassen. Du weißt, dass sie das tut, oder?«

Matthew sah ihn direkt an, zum ersten Mal seit er das Zimmer betreten hatte.

»Kannst du sie sehen?«, fragte er.

»Ja.«

»Wie sieht sie aus?«

»Ich sehe sie in leuchtend grünem Licht, wie sie tanzt«, sagte Karl. »Du siehst sie vermutlich anders.«

»Sie galoppiert immer mit ihrem Pferd weg«, meinte Matthew nickend. »Die Hufe sprühen Funken. Ich kann sie nie einholen.«

»Eines Tages schaffst du das. Aber das ist noch sehr lang hin.«

»Wenn ich tot bin, so wie sie, oder?«

»Ja«, Karl nickte. »Aber sie ist auf andere Art und Weise

hier bei uns. Man kann niemanden so lieb haben, wie sie dich lieb hatte, und dann einfach für immer verschwinden. Rede mit ihr. Erzähl ihr von deinen Problemen. Schreib ihr einen Brief, wenn du magst. Sie wird dich hören, das verspreche ich dir.«

Die Schultern des Jungen entspannten sich, und er lehnte seinen Kopf gegen Karls Arm. »Als sie weg war, sind die Wörter in meinem Kopf immer so rumgewirbelt. Und als die Journalistin, die dich aus dem Gefängnis befreit hat, zum Stall gekommen ist und nach Constance gefragt hat –«

»Was hat sie da zu dir gesagt?«

»Sie hat gesagt, ich soll ganz doll nachdenken, was du in der Nacht gesagt hast, als ich nach Constance gesucht habe, weil es wichtig ist, den Gardaí die Wahrheit zu sagen.« Er blinzelte mehrmals und rieb sich mit den Knöcheln über die Augen. »Aber ich weiß nicht mehr, was du gesagt hast oder was ich gesagt habe oder was sie gesagt hat, und es macht mir so Kopfweh. Du musstest ins Gefängnis, und das ist alles meine Schuld …«

»Matthew, Matthew – du musst deswegen doch nicht weinen. Das Gefängnis ist doch egal. Hörst du? Nur die Wahrheit ist wichtig. Und die Wahrheit ist, dass du und ich nichts getan haben, um Constance wehzutun. Ich bin nicht böse auf dich. Ich habe dich genauso sehr lieb wie schon immer. Und Constance hat nicht aufgehört, dich lieb zu haben, als sie gestorben ist. Sie versteht unsere Fehler und unsere Verwirrung und die Dummheiten, die wir manchmal machen. Rede mit ihr und du wirst sehen, dass sie auf alles eine Antwort hat.«

Kurz darauf verließ er das Haus und fuhr zur North Beach Road. Die Sonne, die den Wolken einen leuchtenden Rand verlieh, versank bereits, als er auf dem Strandparkplatz parkte und über die Dünen zu Ben's Shack ging. Die kleine Ausbuchtung war verlassen, abgesehen von der einsamen Gestalt seines Bruders, der reglos dasaß und aufs Meer starrte.

»*Karl*«, hauchte Justin, sein Gesicht rot vom Joggen. Mit

finsterem Blick stützte er sich auf den Felsen ab und erhob sich mühsam.

»Jenna hat gemeint, dass ich dich hier finden würde.« Karl trat näher heran, den Blick fest auf Justin gerichtet, der die Ellbogen an den Körper gelegt hatte und bereit schien, wegzulaufen. »Wir müssen reden –«

»Wir haben uns nichts zu sagen.« Justins Ton war bestimmt.

»Wir haben uns *alles* zu sagen.«

»Du hättest reden müssen, als Constance noch am Leben war.« Seine Haltung erinnerte Karl an ihre Teenagerzeit. Er war noch immer genauso selbstgerecht und störrisch.

»Das ist mir bewusst. Ich habe einen schrecklichen Fehler gemacht –«

»Du hast es mir verschwiegen, verdammt.« Justin atmete flach und schnell. »Du hast dich dazu entschieden, mir nicht zu sagen, dass meine Tochter in Gefahr war. Jetzt, wo es zu spät ist, kommst du hier an und meinst, ein paar bedeutungslose Worte können das verdammt nochmal wieder in Ordnung bringen.«

»Ich weiß, dass Entschuldigungen nutzlos sind, aber was sonst –«

»War Constance in dieser Nacht in deinem Haus?«

»Sie muss dagewesen sein. Aber ich wusste es nicht. Justin, du *musst* mir glauben.«

»Wie kannst du von mir erwarten, dass ich dir das glaube? Oder dir glaube, dass du Matthew nicht beeinflusst hast? Und Dominick Kelly war dein Freund. Ihr zwei wart als Teenager total durchgeknallt. Ihr habt ständig Ärger gemacht ... Und du dachtest, Constance wäre aus dem gleichen leichtsinnigen Holz geschnitzt.«

»Um Gottes willen, Justin, du kannst gerade nicht klar denken –«

»Wag es *ja* nicht! Wag es nicht, mir zu sagen, wie ich

denke!« Bei jedem Wort stach Justin ihm mit dem Finger in die Schulter und trieb ihn so rückwärts über den Sand. »Constance war ein Kind. Es war meine Pflicht, sie zu beschützen. Dafür sind Väter da. Wie kannst du von mir erwarten, dass ich dir vergebe, mir das genommen zu haben?«

»Hilft es dir in deiner Trauer, mir die Schuld zu geben?«, brach es aus Karl heraus. »Hast du überhaupt angefangen, um Constance zu trauern? Oder lässt dein Hass auf mich für nichts anderes Raum? Ich habe alles verloren. *Alles*. Reicht das nicht, um unser Leid auszugleichen?«

»Du hast deine Tochter noch.« Justin begann, auf der Stelle zu joggen. Seine hektischen, schnellen Bewegungen ließen Sand aufstieben. »Lass mich in Ruhe und auf meine eigene Art trauern.«

»Ich bin hierhergekommen, weil ich gehofft hatte, wir könnten Frieden schließen.« Karls Wut verdampfte ebenso plötzlich, wie sie entbrannt war. »Offensichtlich habe ich mich geirrt. Es lag nie in deiner Natur, zu vergeben.«

»Ich wünschte, ich könnte es, aber ich kann nicht ... *Ich kann nicht.*«

Karl beobachtete, wie er über den Sand davonlief. Die Kluft zwischen ihnen war zu groß geworden, um sich darüber die Hände zu reichen. Schuld ... die Luft war mit Schuld verpestet. Er blieb in Ben's Shack, bis es komplett dunkel war. Der Vollmond stieg über den Dünen auf. Nah genug, um ihn zu berühren. Nah genug, um den Mann im Mond zu sehen und Gefangene beim Anblick seiner kraterförmigen Gesichtszüge zum Heulen zu bringen.

NEUNUNDZWANZIG

Etwas stimmte nicht. Amanda wusste das, sobald sie ihre Wohnung betreten hatte. Dieses Bewusstsein war instinktiv. Und als sie die Badezimmertür aufmachte, stellten sich ihr die Härchen auf den Armen auf. Alles wirkte normal. Duschgel, Shampoo und Spülung standen nebeneinander am Rand der Duschwanne, die Aromaduftlampe genau in der Mitte der Fensterbank und Bodylotions und Bräunungscremes fein säuberlich in den Glasregalen. Nichts war angerührt oder verschoben worden, seit sie am Morgen zur Arbeit aufgebrochen war, und doch lag in diesem Zimmer eine Warnung in der Luft. Ein Eindringling hatte genau da gestanden, wo sie jetzt stand, und irgendwie die Harmonie aus dem Gleichgewicht gebracht, die sie in diesem engen Raum geschaffen hatte. Es musste Einbildung sein. Zu wissen, dass Karl Lawson sie verfolgte, stresste sie einfach zu sehr.

Als sie an diesem Morgen zur Arbeit kam, hatte Regina ihr einen Umschlag gereicht, auf dem »FOTOS. NICHT KNICKEN.« stand. Sie hatte geglaubt, die Fotos wären von Shane, und den Umschlag geöffnet. Normalerweise schickte er ihr seine Fotos digital, aber wenn sie besonders atmosphärisch waren, schickte er ihr auch manchmal Ausdrucke für ihre Unterlagen.

Diese Schwarz-Weiß-Fotografien waren wahrhaftig atmosphärisch. Eine Totalaufnahme, die durch ihr Bürofenster aufgenommen worden war und ihr Profil zeigte, während sie am Schreibtisch saß. Das zweite Foto war Anfang der Woche aufgenommen worden, als sie eine pensionierte Polizistin in einem Café in der Dawson Street interviewt hatte. Auf anderen war zu sehen, wie sie im Gespräch mit Shane auf den Stufen des Strafgerichts stand, wie sie auf den Parkplatz ihres Wohnkomplexes fuhr, wie sie ihre Mutter zum Mittagessen abholte, wie sie auf der Grafton Street einkaufte und wie sie bei Brown Thomas aus einer Umkleidekabine trat.

Sie war mit den Fotos zur Polizeiwache gegangen. Diesmal war ein anderer Garda im Dienst. Er war jünger und wirkte sehr dienstbeflissen. Er pfiff durch die Zähne, als er sich die Fotos ansah und die Einzelheiten zu den neuesten anonymen Anrufen aufnahm. Die Todesdrohungen, dass das nächste Mal, wenn Pulver aus einem Umschlag komme, es das echte sein würde. Dass die nächste Bombe und die nächste Kugel echt sein würden. Es war jedes Mal eine andere Nummer, aber immer dieselbe gedämpfte Stimme, dasselbe Näseln.

Schweiß sammelte sich jetztunter ihren Achseln, während sie zögernd in der Tür zum Bad stand. Ihr Blick glitt zur hochgeklappten Toilettenbrille. So ein klares, maskulines Statement. Wie hatte ihr das nicht sofort auffallen können? Sie trat einen Schritt zurück und kämpfte gegen ihre Panik an. Jetzt war logisches Denken gefragt. Vielleicht hatte sie die Brille oben gelassen, nachdem sie die Schüssel gereinigt hatte. Das passierte jedem mal ... aber ihr nie. Ihre Toilettenbrille war immer unten, außer zu der Zeit, als sie mit Graham zusammengelebt hatte, der offenbar nicht in der Lage war, an so eine Kleinigkeit zu denken. Auch ihr Vater hatte darauf bestanden, dass sie oben bleiben müsse – ein weiterer unnötiger Aspekt seiner Tyrannei in einem Haushalt voller Frauen.

Sie ging zur Toilette. Jemand hatte hineinuriniert, das Wasser, das eigentlich klar und sauber sein sollte, war gelblich verfärbt. Ihre Beine gaben nach. Sie griff nach dem Waschbecken, um sich zu stützen, zog die Hand dann aber rasch wieder zurück, falls der Eindringling die Oberfläche verunreinigt hatte. Sie lauschte auf ein Geräusch, das seine Anwesenheit verriet, doch die Wohnung war still. Sie sollte Garda Ryan anrufen. Eine hochgeklappte Toilettenbrille, eine nicht abgespülte Toilettenschüssel. Wie würde sich das anhören, vor allem für einen Mann? Eine ganz gewöhnliche, alltägliche Begebenheit, würde er sagen. Er hätte recht damit – abgesehen davon, dass in ihrer Wohnung alles seine unveränderliche Ordnung hatte.

Sie sah in den anderen Zimmern nach. Alle waren leer, und keines löste das Unbehagen in ihr aus, das sie ergriffen hatte, als sie die Badezimmertür geöffnet hatte.

Ihr Handy klingelte. Eine weitere unbekannte Nummer, dieselbe Stimme. »Na, angepisst, Amanda?«, fragte er. »Beim nächsten Besuch fülle ich deine Badewanne mit Blut.«

Sie hielt den Atem an und wartete darauf, dass er weitersprach. »Willst du denn gar nichts sagen?«, fragte er. »Das passt ja gar nicht zu Amanda Bowe. Du bist doch sonst so geschickt mit Worten.«

Ihre Kehle pulsierte regelrecht vor dem Bedürfnis, zu schreien. Sie zwang sich, still zu bleiben und den Anruf zu beenden. Dann rief sie einen Schlüsseldienst an, der ihr versprach, innerhalb einer Stunde bei ihr zu sein. Selbst nachdem die Schlösser ausgetauscht waren und ihr Sicherheitssystem erneuert worden war, konnte sie nicht stillsitzen.

Sie musste Hunter kontaktieren und ihm sagen, dass ihr Leben in Gefahr war. Dass auch er dem Zorn Karl Lawsons nicht entkommen würde. Mit ihrem geheimen Handy rief sie seine Festnetznummer an und atmete tief ein, als jemand ranging. Die Stimme war jung und männlich – einer von Hunters Söhnen. Sie hatte ihn nie nach ihren Namen gefragt, doch der Tiefe seiner Stimme nach war er der älteste.

»Ich führe eine Markforschungsumfrage durch«, behauptete sie. »Kann ich bitte mit deinem Vater sprechen?«

»Er ist nicht da«, antwortete der Junge. »Soll ich meine Mutter für Sie holen?«

»Nein. Es muss dein Vater sein. Weißt du, wann er zurückkommt?«

»Morgen, glaube ich.«

»Wer ist am Telefon, Lewis?«

Amandas Herz machte einen Satz, als sie Sylvia Thornton zum ersten Mal sprechen hörte.

»Eine Frau, die nach Dad fragt«, rief er zurück. Amanda legte auf und warf das Handy auf den Tisch. Einen Augenblick später klingelte es. Wie gelähmt starrte sie auf den Bildschirm. Hunters Festnetznummer. Sylvia Thornton rief sie zurück, um zu überprüfen, wer sie war. Sie rannte ins Bad, schmiss das Handy in die Toilette und spülte ab. Sie verschränkte die Hände hinter dem Kopf und schwankte, während sie dabei zusah, wie sich das Wasser lautstark über das Handy ergoss und es zum Verstummen brachte. Mist, dachte sie. Hätte sie von dem Urin eine Probe nehmen sollen? Jetzt war es zu spät.

Spät am folgenden Abend kam Hunter zu ihrer Wohnung. Sie wusste, dass er verzweifelt sein musste, um solch einen direkten Kontakt mit ihr zu riskieren.

»Was zur Hölle ist bei dir los?«, verlangte er zu wissen. »Wie kannst du es wagen, bei mir zu Hause –«

»Sei still und hör mir zu«, fuhr sie ihn an. »Ich hätte dich nicht kontaktiert, wenn es nicht wichtig wäre.«

»Wichtig genug, um meine Ehe zu zerstören. Sylvia hat sich die Nummer aufgeschrieben.«

»Als du mir das Handy gegeben hast, hast du mir versichert, dass man die Nummer nicht zu mir zurückverfolgen kann.«

»Kann man auch nicht«, blaffte er. »Aber es war trotzdem unfassbar leichtsinnig.«

»Mach dir da mal keine Gedanken. Ich habe das Handy zerstört.« Sie hatte es wieder aus der Toilettenschüssel herausgefischt und in winzige Einzelteile zerbrochen, dann war sie zur Kaimauer der Liffey gegangen und hatte es in den Fluss geworfen. Auf keine Weise zurückverfolgbar.

»Aber sie ahnt, dass –«

»Das Misstrauen deiner Frau ist dein Problem«, unterbrach sie ihn barsch. »Karl Lawson hingegen ist unser beider Problem.«

»Was soll das bedeuten?«

»Er bedroht mich.«

In seinem jähen Auflachen hallte Unglauben wider. »Na, das wäre ja mal was«, meinte er. »Amanda Bowe wird bedroht von dem Mann, den sie vor einem Fehlurteil gerettet hat.«

»Ich mein's ernst, Hunter. Er ist in meine Wohnung eingebrochen und hat die Toilettenbrille oben gelassen.«

»Die Toilettenbrille oben gelassen? Jetzt hör aber auf, Amanda.«

»Ich lasse sie nie oben. Nie. *Und* er hat die Toilette benutzt, damit ich weiß, dass er hier war.«

Hunter schwieg, während sie ihm aufzählte, welche Streiche und Bedrohungen sie über sich ergehen lassen musste, seit Karl Lawson aus dem Gefängnis entlassen worden war.

»Woher weißt du, dass er derjenige ist, der dir Kummer macht?«, fragte er, als sie innehielt, um zu Atem zu kommen.

»*Kummer?* Ich bekomme *Mord*drohungen.«

»Welche Beweise hast du, dass er es ist?«

»Wer sollte es sonst sein?«

»Ich könnte dir eine ganze Liste nennen, aber ich habe keine Zeit für so eine ellenlange Konversation.«

»Herrgott nochmal, Hunter, *warum* nimmst du das nicht ernst?«

»Amanda, du hast ihn ruiniert. Dann hast du versucht, ihn mit deiner eigennützigen *Freilassungskampagne* wieder aufzubauen, die aber überhaupt nichts mit seiner Freilassung zu tun hatte. Nachdem das Rechtliche geklärt war, war sie unausweichlich.«

»Du hast ihn genauso ruiniert. Er hat genauso viel Grund, dich zu hassen. Was, wenn er irgendwann auch hinter dir her ist? Und deiner Familie? Er redet von Blutbädern. Wie viele Leichen braucht man, um eins zu füllen?«

»Wenn Lawson Spielchen spielt, krieg ich das ganz schnell geregelt.«

»Wie?«

»Da brauchst du dir keine Gedanken drum zu machen.« Seine Miene war düster, ebenso verschlossen wie an dem Abend, als sie ihn im Rimbles mit Killer Shroff hatte reden sehen. Damals war er inkognito unterwegs gewesen, als verdeckter Ermittler, der auf dem schmalen Grat zwischen Kriminalität und Gesetzmäßigkeit wandelte und die Risiken genoss, die er einging. »Kontaktiere mich nicht noch einmal«, mahnte er, als er sich zum Gehen wandte. »Du stehst noch immer unter Verdacht, und dein Handy könnte angezapft werden. Genauso wie meins. Vertrau mir einfach, dass ich das regle. Okay?«

»Okay.«

Er ging ebenso unvermittelt, wie er aufgetaucht war. In der Kälte, die sein Abgang hinterlassen hatte, nachdem er beschützerisch zu seiner Familie zurückgeeilt war, wurde ihr klar, dass nichts mehr übrig war von ... ja, von was? Liebe? Lust? Gegenseitiger Ausnutzung? Sie hatten vom jeweils anderen das genommen, was sie brauchten, sodass ihnen nichts weiter blieb, als ohne einen Blick zurück in ihre jeweiligen Leben zurückzukehren.

DREISSIG

Karl wurde um zwei Uhr morgens geweckt, als jemand Sturm klingelte. Er schlüpfte in eine Jogginghose und lief die Treppe hinunter. Eine vertraute Angst ergriff ihn, als er Detective Garda Hunter vor der Tür erkannte. Der Detective trug Jeans und Hoodie, die Kapuze über den Kopf gezogen, was seine hohe Stirn und die breiten Wangenknochen betonte. Karl sah hinter ihn, weil er erwartete, dort seine Partnerin zu sehen, und stellte überrascht fest, dass er allein war.

»Was gibt es, Detective? Wollen Sie mich wieder festnehmen?«, sagte er vorlaut, um über sein Unbehagen hinwegzutäuschen. Das darauffolgende Schweigen war bewusst lange genug, um seinen Puls in die Höhe schießen und sein Herz laut pochen zu lassen.

»Das kommt darauf an, was Sie getrieben haben ... oder treiben werden«, antwortete der Detective schließlich. »Sie fliegen morgen nach New York.«

»Ja.« Er hatte keine Ahnung, woher der Detective diese Information hatte. Dass er von seinen Plänen wusste, steigerte Karls Unbehagen nur.

»Sind Ihre Papiere alle in Ordnung?« Detective Hunter trat näher heran.

»Ich versichere Ihnen, dass alles in Ordnung ist.«

»Sie freuen sich bestimmt, Ihre Tochter zu sehen.«

»Ich bin mir ziemlich sicher, dass Sie nicht mitten in der Nacht zu mir gekommen sind, um über mein Verhältnis zu meiner Tochter zu reden.« Er widerstand dem Drang, vor dem bedrohlichen Blick des Detectives zurückzuweichen. Er bemerkte, wie das Augenlid des Mannes zitterte – ein Muskelzucken, das so schwach war, dass er es beinahe für Einbildung hielt. Und doch sah Karl diese unfreiwillige Bewegung scheinbar wie in Zeitlupe, und sie verstärkte seine Angst, dass alles passieren konnte, egal wie unvorstellbar es auch war. Dass er wieder in etwas hineingeraten würde, dem er nicht entkommen konnte. »Warum sind Sie hier, Detective? Wenn Sie mich verhören wollen, würde ich gerne meinen Anwalt anrufen, bevor wir dieses Gespräch fortsetzen.«

»Das wird nicht nötig sein«, erwiderte der Detective. »Das ist ein informeller Besuch. Zur Beratung, könnte man sagen. Ist Ihnen bewusst, dass gegen Sie ermittelt wird? Wegen Einbruchs, Nötigung, Bedrohung und Stalking?«

»*Wie bitte?*«

»Sie haben mich schon verstanden. Offenbar haben Sie im Gefängnis einiges gelernt.«

Die Anschuldigungen, die er vorbrachte, waren absolut verrückt, doch sie konnten so zurechtgebogen werden, dass sie in sein Profil passten. Egal wie weit hergeholt sie auch waren, das machte für den Mann vor ihm keinen Unterschied.

»*Nötigung? Bedrohung?* Womit soll ich jemanden genötigt oder bedroht haben? Und wen stalke ich? Sagen Sie mir den Namen.«

Der Detective streckte den Kopf nach vorn, bis sein Gesicht Karls beinahe berührte. »Ich warne Sie nur schon mal vor, bevor die Gardaí Ihnen auf die Schliche kommen –«

»Ich rufe jetzt meinen Anwalt –«

»Sie rufen niemanden an.« Er bewegte sich so schnell, dass Karl gar keine Zeit zum Reagieren hatte, da hatte er schon seinen Arm gepackt und über seinen Kopf gedreht. Der Mann drängte ihn mit seinem ganzen massiven Gewicht gegen den Türrahmen.

»Ich kann dafür sorgen, dass Sie die USA nie wieder betreten dürfen«, sagte er. »Papiere sind alles, und mit einem so geschädigten Ruf wie Ihrem wäre das gar kein Problem. Haben wir uns verstanden?«

»Ich habe keine Ahnung –«

»Ich tue Ihnen einen Gefallen, Lawson. Wenn Sie auch nur ein Wort über heute Nacht verlieren und darüber, wie weit ich mich aus dem Fenster lehne, um Sie zu schützen, dann werden Sie die ganze Härte des Gesetzes zu spüren bekommen.«

»Detective Hunter, Sie befinden sich hier gerade illegalerweise auf meinem Grund und Boden und bedrohen mich.«

»Ich gebe Ihnen einen Rat. Kinder werden heutzutage schnell erwachsen. Ihre Tochter könnte Mutter sein, bevor Sie sie wiedersehen. Für das, was Sie getan haben, würden Sie eine verdammt lange Zeit weggesperrt werden. Und diesmal könnten Sie sich nicht auf irgendeine Freilassungskampagne verlassen. Also, um meine Frage zu wiederholen: Haben wir uns verstanden?«

Da fiel es ihm auf einmal wie Schuppen von den Augen. Die Welle der Erkenntnis erfasste alle verstreuten Puzzleteile und setzte sie zusammen. Detective Garda Jon Hunter und Amanda Bowe. Endlich ergab alles einen Sinn.

»Ja, Detective Hunter. Ich habe Sie klar und deutlich verstanden.«

»Dann halten Sie mal besser Ihren Schönheitsschlaf.« Er ließ Karls Arm los und trat zurück. »Sie müssen morgen früh zum Flughafen.«

EINUNDDREISSIG

Das gemeinsame Sonntagsessen im Raleigh Way war eine Tradition, die Imelda nach dem Tod ihres Mannes eingeführt und seitdem beibehalten hatte. Dieses wöchentliche Mittagessen war Amandas Hauptmöglichkeit, mit Rebecca in Kontakt zu bleiben, denn die Schwestern wussten beide, dass sie ohne dieses Essen auseinanderdriften würden. Als Kinder hatte die Angst sie zusammengeschweißt, die Wachsamkeit vor den Launen ihres Vaters und seinen plötzlichen Gewaltausbrüchen. Amanda hatte früh gelernt, diese Angst zu verbergen, selbst wenn sie ihr die Brust aufriss und die Luft abschnürte. Rebecca schaffte das nie. Sie zitterte wie Espenlaub, wenn er seine Stimme erhob, während Amanda ihm, als sie älter wurde, mutig entgegenblickte, selbst wenn sie sich dafür eine Ohrfeige einhandelte.

An diesem Sonntagmorgen wischte sie den Wasserdampf vom Badezimmerspiegel und betrachtete ihr Spiegelbild. Die Haut unter ihren Augen war dunkel verfärbt, ihre Wangen wirkten eingefallen. Sie schminkte sich das Gesicht und trug eine großzügige Menge Rouge auf. Dunkelroten Lippenstift dazu – eine kühne Wahl –, und sie war bereit für den Nachmittag.

Das Haus ihrer Kindheit war nicht mehr wiederzuerkennen, seit Rebecca, die Innenarchitektur studiert hatte, alle Spuren ihres Vaters daraus beseitigt hatte. Auch der Raleigh Way hatte sich verändert. Was einst eine verarmte Gegend gewesen war, war gentrifiziert worden, nachdem die älteren Bewohner gestorben und die Cottages von jungen Paaren renoviert worden waren, die ein Zuhause nahe der Stadt suchten. Der Kanal war gesäubert worden und wurde nun von Schwänen bewohnt, die mit vornehmem Desinteresse an Amanda vorbeiglitten, als sie parkte und auf das Haus ihrer Mutter zuging.

Rebecca und ihr Mann waren bereits da. Ihre Schwester, die im zweiten Monat schwanger war, wurde von Morgenübelkeit geplagt, was ihrer Meinung nach eine Fehlbezeichnung sei, da sie bis in den Nachmittag, den Abend und die Nacht hinein andauere.

»Ich habe dich im Fernsehen gesehen.« Sie lag auf dem Sofa und bekam von Danny die nackten Füße massiert.

»Du warst großartig«, sagte er, während er eifrig mit kreisenden Bewegungen jeden Zeh bearbeitete.

»Du hast ganz schön Aufsehen erregt.« Rebecca wandte ihr bleiches Gesicht ihrer Schwester zu. »LR1 war sicher nicht besonders glücklich darüber, dass das Gebäude evakuiert werden musste. Die mussten ewig lang den Sendebetrieb einstellen.«

»Übertreib mal nicht«, meinte Amanda. »Außerdem haben sie deshalb ordentlich Medienberichterstattung bekommen. Lar Richardson meinte, dass er nicht einmal im Traum geglaubt hätte, jemals so viel kostenlose Werbung zu kriegen.«

»Wer ist das?«, fragte Danny.

»Er *ist* LR1«, erwiderte Amanda. Seine Visitenkarte steckte in ihrem Portemonnaie, eine exklusive Karte, die er nur wenigen übergab. Sie hatte seine private Nummer auswendig gelernt, war mit dem Finger über das geprägte LR1-Logo gefahren.

Sie half Imelda, das Geschirr aus der Küche ins Esszimmer zu tragen. Heute gab es Lammbraten. Als der Geruch zu ihr herüberwehte, stürzte Rebecca ins Bad und kam mit geröteten Augen und kreidebleichen Wangen wieder heraus. Das würde noch eine lange Schwangerschaft werden.

»Wie kommt es, dass du so viel über Drogenbanden weißt?« Rebecca stocherte mit einem Löffel in ihrem Kartoffelbrei herum und winkte ab, als ihr die Schale mit der Bratensoße gereicht wurde.

»Das ist mein Job«, erwiderte Amanda.

»Wann werden die Artikel veröffentlicht, die du darüber schreibst?«, fragte Danny.

»Nächste Woche.«

»All dieses Gerede über Banden macht mir Angst«, meinte Imelda. »Was ist nur aus dieser Stadt geworden? Das würde mich mal interessieren.«

»Dreckskerle sind das«, stimmte Danny zu. »Sollen die sich gegenseitig umbringen, und gut ist.«

»Mehr isst du nicht?« Imelda blickte vielsagend auf Rebeccas Teller. »Das würde ja nicht einmal einen Kanarienvogel satt machen. Du musst für zwei essen, denk dran.«

»Das ist mehr als genug, Mum.« Rebecca seufzte. »Mach nicht so einen Wirbel.«

»Das ist köstlich, Imelda.« Danny lud sich großzügig auf und tätschelte seiner Frau neckisch den noch nicht vorhandenen Bauch. »Ich esse für uns drei.«

»Ich behalte nichts bei mir, aber du hast keine Ausrede dafür, dass du nichts isst«, meinte Rebecca an Amanda gewandt. »Du bist zu dünn.«

»An meinem Gewicht ist nichts falsch.«

»Natürlich nicht, Liebes.« Imelda tätschelte ihren Arm.

»Aber du siehst tatsächlich müde aus. Bist du sicher, dass es dir gut geht? Diese schreckliche Bombe –«

»*Mum*, es war ein böser Streich.« Sie war es leid, mit ihrer Mutter darüber zu diskutieren. Sie rief sowieso schon alle paar Stunden an, um zu hören, ob es ihr gut ging.

»Aber warum sollte dir jemand so etwas antun?«

»Es gibt überall Verrückte. Ich will nicht mehr darüber reden. Wann ist dein nächster Krankenhaustermin, Rebecca?« Während sie die Unterhaltung in Richtung Ultraschallbilder und Schwangerschaftsyoga lenkte, überlegte Amanda, wann es wohl in Ordnung sein würde zu verschwinden.

Als sie das Cottage verließ, ruhten die Schwäne schon zwischen den Binsen. Sie eilte zu ihrem Auto, das sie um die Ecke in der Raleigh Lane geparkt hatte. Davor stand ein Mercedes, dahinter ein silberner Jeep, beide leer. Es würde nicht einfach werden, auszuparken, aber es war machbar. Sie stieg ins Auto – und sofort wusste sie, dass etwas nicht stimmte. Dieses warnende Prickeln auf ihrer Haut ähnelte der Beklommenheit, die sie stets überfallen hatte, kurz bevor ihr Vater mal wieder übelgelaunt nach Hause gekommen war. Sie kannte die Vorzeichen von nahendem Ärger ... und als die Tür hinter ihr aufgerissen wurde, war sie starr vor Angst, aber nicht überrascht. Trotzdem war sie zu benommen, um sich zu bewegen, als sich von hinten eine Hand über ihren Mund legte. Dann hörte sie die Stimme, die ihr mittlerweile so vertraut war, aber sie war nicht mehrgedämpft: »Du hast mich aber lange warten lassen, Amanda.«

Sie spähte nach oben in den Rückspiegel, doch alles, was sie sehen konnte, war eine massige Gestalt, die sich vom Rücksitz nach vorn lehnte. Sein Aftershave, teuer und penetrant, konnte den widerlichen Schweißgeruch, den er verströmte, nicht übertünchen. Seine näselnde Aussprache war nun noch ausgeprägter, als er sie vollkommen glaubhaft wissen ließ, dass er zurückkommen und sie umbringen würde, wenn sie nicht jedes einzelne Wort vernichtete, das sie über die Shroffs geschrieben hatte.

»Was du bisher erlebt hast, war nur ein Vorgeschmack«, warnte er sie. »Kannst du dir vorstellen, was wir machen, wenn wir wirklich hinter dir her sind?«

Sie versuchte zu nicken, doch seine Hand hinderte sie daran. Nur ihr Herz bewegte sich und schlug rasend in ihrer Brust, während ihr dämmerte, wer da hinter ihr saß. Billy Shroff, der älteste der Brüder, die Gesichtszüge hinter einer Sturmhaube verborgen.

»Ich nehme jetzt die Hand von deinem Mund«, raunte er. »Denk nicht einmal daran, zu schreien, oder ich werde sehr ungemütlich. Haben wir uns da verstanden?«

Sie nickte.

»Was wirst du jetzt machen, Amanda?«, fragte er.

»Ich werde meine Artikel vernichten.«

»Sag es noch einmal, und zwar lauter.«

»Ich werde meine Artikel vernichten.«

»Noch mal, Amanda. Noch mal und noch mal und *noch mal*.«

Ihre Stimme bebte, doch sie wiederholte immer wieder das gleiche Versprechen, bis er dem Spielchen überdrüssig wurde.

»Du weißt, wer ich bin, oder?«, fragte er.

»Nein. *Nein* …«

»Nicht lügen, Amanda. Natürlich weißt du es. Erinnerst du dich noch, was du über das Hochzeitskleid meiner Tochter geschrieben hast?«

»Ich weiß es nicht mehr –«

»Denk nach.«

»Ehrlich, ich *weiß es nicht*.«

»Du hast es als Baiser aus Eiweiß und Kokain beschrieben.«

»Es tut mir leid …« Sie konnte sich nicht an diese Worte erinnern, aber genau so hätte sie es beschrieben. Es waren unbekümmerte Worte, die sie sogleich wieder vergessen hatte, während sie sich bei Billy Shroff ins Gedächtnis gebrannt hatten.

»Du bist eine Journalistenschlampe, die Dreck schreibt«, sagte er. »Und Dreck bist du auch selbst. Vergiss das nicht. Die Shroffs halten zusammen. Beleidigst du einen von uns, beleidigst du uns alle. Neue Schlösser halten uns nicht auf, wenn wir kommen, um dich endgültig zu holen.«

Die Innenbeleuchtung ging an, als er die Tür aufmachte. Er ging an dem Mercedes vorbei und bog in den Raleigh Way.

Amanda manövrierte aus der engen Parklücke heraus. Einmal rutschten ihre Hände vom Lenkrad ab und sie dachte fast, sie würde in den Jeep rollen. Dann war sie schließlich frei ... frei ... frei.

Als sie in ihrer Wohnung war, klappte sie ihren Laptop auf. Bildete sie es sich ein oder lag da der schwache Geruch von Aftershave in der Luft? Sie rannte ins Bad. Alles sah noch aus, wie sie es zurückgelassen hatte. Sie kehrte zu ihrem Laptop zurück und löschte systematisch ihre gesamten Rechercheergebnisse, die sie über die Shroffs gesammelt hatte, die Notizen, die sie so sorgsam zusammengetragen hatte, und schließlich auch ihre fast fertigen Artikel. Sie verspürte keine Reue, während sie ihre Arbeit verschwinden sah. Sie war am Leben und nicht in Gefahr, solange sie Billy Shroffs Regeln befolgte. Ihr hätte klar sein müssen, dass nur die Shroffs die Mittel hatten, eine so einschüchternde Strategie zu fahren. Karl Lawson hatte all ihre Gedanken eingenommen und so ihre Objektivität getrübt. Sie sollte Hunter anrufen und ihm sagen, dass alles unter Kontrolle war. Aber was, wenn seine Frau ... wenn seine Vorgesetzten – nein, dieses Risiko konnte sie nicht eingehen.

Als sie ihren Laptop zuklappte, wusste sie mit absoluter Sicherheit, dass sie nicht mehr über Kriminalität schreiben würde. Sollten sich die Junkies doch auf offener Straße gegenseitig umbringen und in düsteren Gassen ihre Deals machen.

Sie interessierte sich nicht mehr für ihre Verstecke in Spanien und ihre Drogenlieferungen zu verlassenen Anlegern. Männer würden weiter ihre Frauen umbringen, ob Amanda nun über ihre Grausamkeit berichtete oder nicht. Kinder würden verschwinden, Diebe würden weiter plündern und Jugendliche einander mitten in der finsteren Nacht verstümmeln.

ZWEIUNDDREISSIG

Karl entdeckte sie sofort in der wartenden Menge im Ankunftsbereich. Sasha hatte eine pinke Latzhose an, ihre Beine waren länger, als er sie in Erinnerung hatte, und Nicole trug Skinny-Jeans, die in kniehohe Stiefel gesteckt waren, sowie eine schnittige Jacke, die an der Taille mit einer Kordel gerafft war. Ihr burschikoser Haarschnitt betonte ihre hohen, kantigen Wangenknochen.

Sasha ließ ihre Hand los, stürmte auf ihn zu und kreischte: »Daddy, *Daddy!*«

Die Leute lächelten nachsichtig, als sie ihr Platz machten. Er hob sie hoch und betrachtete ihr Gesicht, das schmaler geworden war, die kindlichen Pausbacken waren verschwunden und der Pferdeschwanz war einem ordentlichen Bob gewichen. Sie schlang die Arme um seinen Hals und er drückte sie ebenso fest an sich und bedeckte sie mit Küssen.

»Erstick Daddy nicht, Schatz.« Nicole lächelte zu breit und sagte: »Willkommen in New York, Karl.«

Sanft eiste er Sasha von sich los und setzte sie auf dem Boden ab. »Wie geht es dir, Nicole?«

»Mir geht's gut«, erwiderte sie. »Wie war dein Flug?«

»Lang, aber ruhig.«

»Du hast so viel abgenommen.«

»Ich hatte die letzten acht Monate eine recht eingeschränkte Ernährung und genug Zeit zu trainieren.«

Ihre Stirn legte sich in Falten, als würde sie versuchen, diese Realität auszublenden. Sasha zerrte an ihrer Hand und sagte mit vor Aufregung ganz schriller Stimme: »Mom, küss Daddy. Küss ihn *jetzt.*«

Nicole umarmte ihn rasch und drückte ihre Lippen auf seine Wange. Er atmete ihr Parfüm ein, einen leichten zitronigen Duft, der ihn an Nächte erinnerte, in denen sie sich ihm im Schlaf zugewandt hatte und der Duft noch immer auf ihrer Haut haftete. Erregt von ihrer warmen Weichheit hatte er sie in den Arm genommen, und sie hatte seine Nähe gespürt, war aufgewacht und hatte sich ihm schläfrig hingegeben. Die Erinnerung war kalt wie Stein. Es war schwer zu glauben, dass sie einmal glücklich miteinander gewesen waren, gute Freunde und Geliebte, zufriedene Eltern. Das Leben, das sie gekannt hatten, war zu brutal auseinandergerissen worden, um es wieder zusammenzuflicken. Hatte er sie je gekannt? Hatte sie ihn je gekannt? War es überhaupt möglich, einen anderen Menschen zu kennen? Sich selbst zu kennen?

»Sind Dora und du immer noch beste Freundinnen?«, fragte er Sasha, während er in einer Tragetasche herumwühlte.

»Doras allerbester Freund ist Boots, aber danach bin ich ihre besteste Freundin.«

»Dann sieh mal, wer den ganzen Weg aus Dublin nach New York gereist ist, um dich zu sehen.«

Mit einer überschwänglichen Geste holte er die Dora-Puppe heraus und hielt sie ihr hin.

»O danke, Daddy! Danke.« Sie umarmte die Puppe und führte einen Freudentanz auf, bei dem die roten Lichter in den

Sohlen ihrer Turnschuhe wild blinkten. »Ich habe dich sooo doll vermisst.«

Karl legte seinen Koffer flach auf den Gepäckwagen und setzte Sasha obendrauf. Nicole lächelte und schob den Wagen extra schwungvoll an. Ihre Hände waren nah beieinander, doch Karl verspürte kein Verlangen, sie zu berühren. Nur Sasha hielt sie zusammen. Ihr aufgeregtes Geplapper füllte die unbeholfene Atmosphäre zwischen ihnen, als Nicole sie vom Flughafen wegfuhr.

»Wie geht es Jock?«, fragte er.

»Sasha hat ihm neuen Lebensmut eingehaucht.« Sie lächelte ihre Tochter durch den Rückspiegel an. »Erzähl Daddy mal, wie Granddad dich nennt.«

»Das beste Mädchen auf dieser Seite der Allegheny Mountains«, zwitscherte Sasha.

»Mom zu pflegen war hart für ihn«, sagte Nicole. »Sie sieht viel besser aus, seit sie im Pflegeheim ist. Die Routine tut ihr gut. Meistens erkennt sie uns. Aber alles verändert sich so schnell. Das ist schlimm für uns alle, besonders für Dad.«

»Ich habe Teresa immer gemocht. Ich hoffe, ich habe Gelegenheit, sie zu besuchen.«

»Sie hat dich –« Nicole stockte und hielt blinzelnd die Tränen zurück. »Sie mag dich auch. Als ich ihr erzählt habe, dass du Sasha besuchen kommst, hat sie gefragt, ob du immer noch für die *Hitz* schreibst. Es hat mich überrascht, dass sie sich an den Namen noch erinnert. Aber so ist sie eben. An einem Tag total klar im Kopf, am nächsten wieder verwirrt. Natürlich habe ich ihr nichts von ... von du weißt schon erzählt.« Sie hielt an einer Ampel an und nickte mit dem Kopf in Sashas Richtung.

»Natürlich.« Er wandte sich zu Sasha um, die mit der Puppe fest im Arm an ihrem Daumen lutschte.

»Wann hat sie denn damit wieder angefangen?«, fragte er leise.

»Das macht sie nur hin und wieder«, wiegelte Nicole ebenso leise ab, während sie wieder beschleunigte. Sie klang, als fühlte sie sich angegriffen.

Sein Schwiegervater wartete in der Haustür, um sie zu begrüßen. Sein beträchtlicher Körperumfang wurde von einem grellen Karohemd betont. Jocks Gewicht hatte nichts mit Nachlässigkeit zu tun. Es war robust und selbstgefällig, ebenso wie der gewohnte Ausdruck in seinem fleischigen Gesicht.

»Willkommen, Karl, willkommen.« Er zog Karl in eine überschwängliche Umarmung. »Na, was hältst du von der jungen Dame hier, hm?» Er lehnte sich über den Rücksitz des Autos, schnallte Sasha ab und hob sie auf seine Schultern. »Ist sie nicht hübsch wie eine Prinzessin? Wer ist das beste Mädchen auf dieser Seite der Allegheny Mountains?«

»Ich, ich!« Sasha lachte und klammerte sich an seinem Hals fest. Die Dora-Puppe lag vergessen auf dem Rücksitz.

Das Haus war noch genau so, wie Karl es in Erinnerung hatte. Teresa Moynihan war eine ruhige, bescheidene Frau, die sich immer in Grau- und Beigetönen kleidete. Das gleiche Farbschema hatte sie bei ihrer Innendekoration angewandt. Es war geschmackvoll, blieb nicht im Gedächtnis und ließ ihren Mann den Raum dominieren, ohne dass irgendetwas von seiner grellen Persönlichkeit abgelenkt hätte.

»Wie sieht dein Plan aus, Karl?« Jock lehnte sich in seinem Lederfernsehsessel zurück, während Nicole letzte Hand an das Abendessen anlegte, das sie zuvor vorbereitet hatte. »Wie lange hast du vor zu bleiben?«

»So lange es dauert«, erwiderte Karl.

»Was genau bedeutet das?« Obwohl Karl mit Nicoles Entscheidung, ihre Verlobung mit dem Sohn von Jocks Geschäftspartner aufzulösen, nichts zu tun gehabt hatte, hatte sein Schwiegervater ihn immer als Eindringling betrachtet.

»Das ist eine Sache zwischen mir und Nicole.«

»Natürlich ... natürlich.« Jock überkreuzte die Beine auf

dem Fußteil des Sessels und schaltete den Fernseher ein. »Hat sie dir erzählt, wie sehr sich die Gesundheit ihrer Mutter in den letzten Monaten verschlechtert hat?«

»Ja. Ich hoffe, ich kann Teresa besuchen, während ich hier bin.«

»Ich fürchte, das ist nicht möglich. Teresa hat Angst vor Fremden. Nicht, dass du ein Fremder wärst«, fügte er hastig hinzu. »Aber du bist ihr im Alltag nicht vertraut, da würde ein Besuch sie destabilisieren.« Als Nicole sie ins Esszimmer rief, klappte er seine Fußstütze schwungvoll wieder ein.

»Ich habe Karl gerade erklärt, dass ein Besuch bei Teresa außer Frage steht«, sagte Jock, als sie am Tisch saßen.

»Warum?«, fragte Nicole. »Mom würde sich über seinen Besuch freuen. Du weißt doch, wie langweilig ihr wird, wenn sie ganz alleine in diesem Zimmer herumsitzt.«

»Weißt du nicht mehr, was passiert ist, als Seth sie besucht hat?« Jock schob das Kinn vor. »Wie lange hat es gedauert, bis sie sich wieder beruhigt hat? Ich will nicht, dass sich das wiederholt.«

»Lass uns nicht beim Abendessen darüber reden.« Sie wich Karls Blick aus, während sie Schüsseln mit Reis und Hähnchencurry auf den Tisch stellte.

»Ich will nichts.« Sasha zog eine Schnute und schob ihren Teller weg.

»Komm schon.« Jock riss einen Fladen Naan-Brot entzwei und reichte ihr eine Hälfte. »Schluss mit diesem Unsinn beim Essen.«

»Ich … will … *nichts*«, wiederholte sie und blickte ihn trotzig an.

»Das sieht köstlich aus«, meinte Karl. »Warum machen wir nicht ein Wettessen und sehen, wer zuerst aufgegessen hat?«

Sie ließ sich von ihm überreden, eine kleine Portion zu nehmen, doch sie stocherte während der gesamten Mahlzeit nur darin herum. Auch er hatte Schwierigkeiten, das Essen herunterzubekommen. Im Gefängnis war das Essen fad gewesen, und jetzt, da er wieder essen konnte, was immer er wollte, wirkte alles auf seinem Teller geschmacklos. Hatte er die Fähigkeit verloren, die Gewürze zu schmecken, die Nicole in die Soße gegeben hatte, Gerichte zu genießen, die ihm einst das Wasser im Mund zusammenlaufen lassen hatten?

»Seth?« Er folgte Nicole in die Küche, wo sie Dessertteller und Blaubeerkuchen auf ein Tablett lud. »Seth Kilbourne?«

»Seth ist ein Freund der Familie.« Sie holte eine Packung Eiscreme aus dem Gefrierfach.

»Er ist außerdem dein Ex-Verlobter. Ich dachte, er wäre nach Kalifornien gezogen.«

»Er ist zurück in Highbridge.«

»Um deine Mutter zu besuchen?«

»Einmal, ja. Das war keine gute Idee. Das ist so schwer vorauszusehen bei Mom.«

»Besucht er dich ... und Sasha?«

»Natürlich nicht. Mal dir keine Szenarien aus, die nicht existieren, Karl.«

Ein langes Kreischen aus dem Esszimmer unterbrach ihr Gespräch.

»Was ist denn jetzt schon wieder?« Nicole seufzte laut auf, als sie merkte, dass Sasha sich in einen ihrer Trotzanfälle hereinsteigerte, und hob das Tablett, das sich gefährlich neigte.

»Lass mich das nehmen.« Karl nahm ihr das Tablett ab und folgte ihr ins Esszimmer, wo Sasha sich wütend vor ihrem Großvater aufgebaut hatte.

»Hör sofort mit diesem Unsinn auf«, brüllte Jock. »Ich habe dir schon einmal gesagt, Prinzessinnen haben keine Wutanfälle.«

»Ich bin keine Prinzessin«, kreischte sie. »Ich bin Sasha.«

»Lass mich das machen, Dad.« Nicole sprach leise, aber mit Autorität, woraufhin Jock sich wieder auf seinen Platz setzte.

»Sieh dir an, was für eine Sauerei sie veranstaltet hat.« Er deutete auf einen umgestülpten Teller Curry und einen tropfenden braunen Fleck, der sich auf der Tischdecke ausbreitete. »Das hat sie mit vollkommener Absicht gemacht.«

»Ich hasse dich.« Sasha drängte sich an ihm vorbei und vergrub das Gesicht an Karls Knien. »Granddad hat gesagt, du gehst wieder weg«, schluchzte sie. »Er ist ein ganz gemeiner Lügner.«

»Genug jetzt. Das habe ich nicht gesagt, Sasha«, versuchte Jock sie vergeblich zu beschwichtigen. »Ich habe gesagt, dass dein Daddy irgendwann nach Irland zurückmuss, weil er da nun mal lebt.«

Karl spürte, wie sie erschauderte und den Griff um seine Beine verstärkte. »Komm her, mein Schatz.« Er hob sie auf seine Arme. »Daddy geht ohne dich nirgendwohin.«

Sie rieb sich mit den Fäustchen die Augen und schluchzte. »Wo ist meine Dora-Puppe? Ich *will* meine neue Dora-Puppe.«

Sie schluchzte noch immer, als Nicole mit der Puppe zurückkehrte. »Warum zeigst du Daddy nicht dein Zimmer?«, fragte sie. »Er liest dir eine Gute-Nacht-Geschichte vor, und morgen kommt er wieder hierher und wir machen uns einen schönen Tag zusammen.«

Karl trug sie nach oben und nahm sich ein Buch aus ihrem Regal. Eingelullt vom Klang seiner Stimme, war sie bereits eingeschlafen, noch bevor die Geschichte zu Ende war. Als Karl nach unten kam, schaute Jock American Football im Fernsehen.

»Schläft sie?«, fragte er.

»Ja. Sie war überdreht.«

»Bis heute ging es ihr gut«, sagte er, ohne den Blick vom Bildschirm abzuwenden. »Wir haben ihr eine Routine gegeben, aber jetzt versteht sie nicht mehr, was los ist.«

»Was los ist, ist, dass ihr Vater sie besuchen gekommen ist«, meinte Karl. »Es ist mein gutes Recht, ihre Routine aus dem

Gleichgewicht zu bringen. Das ist nicht, was ihr zu schaffen macht, und das weißt du ganz genau.«

Jock zuckte die Achseln und erhöhte schweigend die Lautstärke. Karl hatte vergessen, wie wenig er seinen Schwiegervater leiden konnte. Die Zeit und die Entfernung hatten die Erinnerung gedämpft, doch als er jetzt seinen breiten Hals und den selbstgefälligen Kiefer betrachtete, überkam ihn die vertraute Abneigung stärker als je zuvor.

Nicole räumte gerade die Spülmaschine ein, als er die Küche betrat.

»Ich möchte morgen alleine Zeit mit Sasha verbringen«, verkündete er.

Sie schloss die Spülmaschine und wischte zügig und effizient die Arbeitsflächen ab. Er hatte immer bewundert, wie sie innerhalb von Minuten Ordnung in einem Raum schaffen konnte. Mit dem gleichen Geschick hatte sie die Ordnung in ihrem Leben wiederhergestellt, nachdem es kurz außer Kontrolle geraten war.

»Das ist nicht möglich«, erwiderte sie. »Während du hier bist, kannst du Sasha so oft sehen, wie du möchtest. Aber ich bestehe darauf, immer dabei zu sein.«

»Warum? Hast du Angst, dass ich sie entführe, so wie du?«

»Entführen? Was genau willst du andeuten?«

»Du hast mir unsere Tochter ohne meine Erlaubnis weggenommen. Hast du eine andere Definition von ›entführen‹?«

»Ich hatte keine Wahl. Ich wurde hier gebraucht.«

»Hör auf zu lügen, Nicole.« Er wollte, dass sie schwieg und ihm zuhörte. »Du *hattest* eine Wahl und hast entschieden, mich zu verlassen. Sasha ist diejenige, die keine Wahl hatte. Es ist unübersehbar, welche Auswirkungen das auf sie hatte. Ich will das Sorgerecht für meine Tochter. Hast du das verstanden?«

»Nein, ich verstehe es nicht.« Sie wandte ihm den Rücken zu, während sie ein Schneidebrett an die Wand lehnte. »Was genau hast du mit ihr vor? Wo soll sie leben?«

»Wo sie immer gelebt hat.«

»Lüg mich nicht an, Karl. Ich weiß, dass die Bank das Haus zwangsversteigern lässt, und du hast schon deinen Job verloren –«

»Mir ist sehr wohl bewusst, was ich verloren habe.« Verbitterung – sie hatte einen Geschmack, der ihn anwiderte. Sie schmeckte säuerlich, wie eine Essignote, die einen guten Burgunderwein verdarb. Endlich verstummte Nicole und sah ihn an. Sie verzog den Mund, so als könnte auch sie die Ablagerungen des Verlusts schmecken.

»Ich wünschte, ich wäre stärker gewesen, hätte mehr Vertrauen gehabt«, sagte sie schließlich. »Jeder schien eine Meinung zu haben, auf Twitter, Facebook, in all diesen Foren –«

»Gerede. Das war nicht mehr als Gerede«, sagte er. »Eine mediale Echokammer. Klingt ja *so* harmlos, nicht wahr?«

Sie blinzelte, in ihren Augen glänzten Tränen. »Matthew war total aufgelöst, als er mir von eurem Gespräch auf dem Dachboden erzählt hat. Ich habe es für mich behalten, bis sie Constance gefunden haben. Da konnte ich nicht ... diese ganze Publicity ... das hat mich zerstört.« Tränen strömten ihr über die Wangen. »Ich verstehe, warum du mir nicht vergeben kannst. Aber wir müssen immer noch zusammen entscheiden, was das Beste für Sasha ist.«

»Nicole hat recht.« Keiner von ihnen hatte gehört, wie Jock die Küche betreten hatte.

»Dad, das ist etwas zwischen Karl und mir«, rief Nicole aus. »Misch dich nicht ein.«

»Ich mische mich nicht ein.« Sein breiter Körper nahm den Raum zwischen ihnen ein. »Du kannst es dir leicht oder schwer machen, ganz wie du willst.« Er sprach direkt an Karl gewandt. »Wir werden unser Bestes geben, um dich zu unterstützen –«

»Mich zu unterstützen? Ich bin nicht hier, um *unterstützt*

zu werden. Ich bin hier, um das Sorgerecht für meine Tochter zu bekommen und sie nach Hause zu bringen.«

»Da sollte ich dich an eine wichtige Tatsache erinnern«, sagte sein Schwiegervater. »Im Gegensatz zu dir ist Sasha eine amerikanische Staatsbürgerin, ebenso wie ihre Mutter. Glaubst du ernsthaft, dass irgendein Richter dir unter diesen Umständen das Sorgerecht für sie zugestehen würde?«

»Ich habe Rechte –«

»Wir alle haben Rechte«, stimmte Jock ihm zu. »Meine Tochter hatte das Recht, von deiner Vergangenheit zu erfahren, als du sie geheiratet hast. Du hast sie wegen Arizona angelogen –«

»Ich habe nie gelogen.«

»Nein, das hast du nicht«, räumte Nicole ein. »Du hast mir bloß die Wahrheit verschwiegen.«

»Was hat Arizona mit Sasha zu tun?«

»Alles.« Die Arme in die Hüften gestemmt stand Jock breitbeinig da und lehnte sich in seinen Hausschuhen nach hinten. »Die Ermittlungen dazu sind immer noch nicht abgeschlossen. Es wurde nie jemand dafür verurteilt, diese arme Frau überfallen zu haben. Glaubst du nicht, dass das Einfluss auf die richterliche Entscheidung hat, insbesondere da der tragische Tod deiner Nichte öffentlich bekannt ist und der Beschuldigte dein Freund war?«

Karl ging zum anderen Ende der Küche und atmete tief durch. Zehn tiefe Atemzüge sollten angeblich die Nerven beruhigen und den Blutdruck senken, doch das Pochen in seinem Kopf ließ nicht nach.

»Hör auf damit, Dad.« Nicole klang wieder ruhig und gefasst. »Du benimmst dich *völlig* daneben. Entschuldige dich sofort bei Karl.«

»Ich rede Tacheles, so war ich schon immer«, polterte Jock. »Ich sag ja nur, wie ein Richter das sehen würde.«

»Er wartet auf deine Entschuldigung, Dad.«

»Ich scheiß auf deine Entschuldigung.« Karl widerstand dem Drang, Jock in sein selbstgerechtes Gesicht zu hauen und ihm seine zu weißen Zähne auszuschlagen. »Ich nehme meine Tochter mit zurück nach Irland und du kannst verdammt nochmal nichts dagegen tun. Versuch doch, mich aufzuhalten, dann wirst du sehen, was ich im Gefängnis darüber gelernt habe, mein Eigentum zu beschützen.«

»Das ist genug.« Nicole drängte sie auseinander und schob ihren Vater aus der Küche.

In der Tür blickte Jock noch einmal zurück. Auf seinem eigenen Terrain war er selbstbewusst. »Ich kenne deinen Status, Karl. Wenn du deine Besuchszeit hier überziehst, bekommst du Ärger mit der Immigrationsbehörde. Glaub mir, das ist keine schlaue Idee. Halte deine Weste rein, dann kannst du uns wieder besuchen. Aber wenn du Nicole das Leben schwer machst, sorge ich dafür, dass du einen Ausweisungsbefehl bekommst, sobald deine Zeit hier rum ist. Dann siehst du deine Tochter erst wieder, wenn die Hölle zugefroren ist.«

»Wie kannst du nur bei ihm wohnen bleiben?«, fragte er Nicole, als sie ihn zu seinem Hotel fuhr. »Du hast dein Zuhause früher gehasst. Dein Vater war damals schon ein Tyrann und er hat sich nicht verändert. Er will doch nur eine Haushälterin, jetzt da deine Mutter nicht mehr da ist, um ihn von vorne bis hinten zu bedienen.«

»Was er will und was er bekommt, sind zwei Paar Schuhe«, erwiderte sie. »Ich fange nächsten Monat als Krankenpflegerin im Highbridge Memorial an und werde mir so bald wie möglich etwas eigenes suchen.«

Und so baut sie sich Stein um Stein ihr neues Leben auf, dachte Karl. Ihr Vater war ein unausstehliches Ekel, doch er hatte recht. Karl war auf den Schwingen der Illusion nach New York geflogen, die Sehnsucht, Sasha zu sehen, hatte ihn die Augen vor seiner Realität verschließen lassen. Sein Sparkonto war beinahe leer, sein Haus würde bald jemand anderem gehören, sein Arbeitslosengeld reichte kaum für eine Einzimmerwohnung, und sein Name würde für immer mit Constance' Tod und mit der Tragödie, die sich in Arizona abgespielt hatte, in Verbindung stehen. Seine Zeit mit Sasha würde kostbar sein. Wie Perlen, die er sammeln und mit sich nehmen konnte, wenn er gezwungen war, sich von ihr zu verabschieden.

TEIL 3

DREIUNDDREISSIG

DIE JAHRE, DIE FOLGTEN

Lar Richardson wartete an einem Tisch direkt am Fenster des Restaurants auf sie. Ihr erstes Rendezvous nannte er es. So ein altmodischer, verschrobener Ausdruck. Doch ihr Altersunterschied ließ sich eben nicht leugnen. Amanda wurde vom Maître d'hôtel zu ihrem Tisch begleitet, einem beleibten Mann, der zugleich Überheblichkeit und Unterwürfigkeit gegenüber denen ausstrahlte, die im Amber Door speisten.

Blicke wandten sich ihr zu. Sie erfreute sich an der Aufmerksamkeit und dem Wissen, dass man sie erkannte. Sie war inzwischen auffällig dünn geworden, ohne magersüchtig zu wirken. Ihr Haar, das sowieso gesund und glatt war, hatte nicht besonders viel Aufmerksamkeit nötig gehabt, abgesehen von einer sorgsam platzierten roten Strähne ganz vorn. Für ihre Lippen war genau die richtige Menge Kollagen verwendet worden, und sie hatte ein wenig um die Augen herum machen lassen. Ihre Zähne waren perfekt. Wenn sie sich heute im Spiegel betrachtete, liebte Amanda, was sie sah. Sie glaubte, dass Narzissmus menschlich war und der Hauptanreiz, erfolgreich zu sein. Ihr Narzissmus hatte einen Zweck, und Lars Blick bewies, dass ihre Mühen es wert gewesen waren.

Er hatte sie in eine neue Richtung gelenkt. Zugegeben klang *Mandy Meets*, ihre Celebrity-Talkshow, wie der Titel eines Comics für kleine Mädchen, doch er war eingängig, blieb im Kopf und Lar war begeistert von den Zuschauerzahlen. Sie hatte sich selbst neu erfunden, und das Leben war gut. Viermal in der Woche, dienstags bis freitags, hatte sie einen richtig guten Slot im Nachmittagsfernsehen.

»Sie sind ein Naturtalent«, hatte er in dem Vorstellungsgespräch kurz nach dem unseligen Bombenstreich zu ihr gesagt. »Ich habe ein Auge für Qualität. Wenn die noch mit Style, Tatendrang und Ehrgeiz gepaart ist, dann ist das eine unschlagbare Kombination.« Das war eine Feststellung, kein Kompliment, und als sie ihm für seine Freundlichkeit dankte, sagte er: »Ich wurde schon vieles genannt, Amanda. Freundlich war noch nie dabei. Sie steigen in eine harte Branche ein. Wenn ich nicht glauben würde, dass Sie zäh genug sind, um damit klarzukommen, würden Sie nicht hier vor mir sitzen.«

Mandy Meets hatte sofort großen Anklang gefunden. Eine Talkshow mit Schlagkraft, die Amanda an ihre »Leben im Brennpunkt«-Interviews erinnerte, nur dass sie ihre Interviews jetzt nicht mehr vor trostlosen Amtsgerichten führte, sondern in ihrem Studio oder auf Galas mit Prominenten in hautengen Kleidern und Stilettos oder mit schwarzen Krawatten. Auf dem roten Teppich glitzerte es wie eh und je. Doch Amanda war keine einfältig lächelnde Marionette, bei der die Gäste ihre Egos aufpolieren und Neuerscheinungen promoten konnten. Wenn sie in ihrem Drehstuhl saß und sie interviewte, wusste sie genau, wo sie ansetzen und nachbohren musste. Sie hielt nach unvermitteltem Fußtippen Ausschau, nach Händen, die sich zu Fäusten ballten, und nach zuckenden Adamsäpfeln. Diese verräterischen Anzeichen zeigten ihr, dass sie die Fassade durchbrochen und einen Nerv getroffen hatte, der ihre Gäste entweder interessanter oder abwehrend machte – oder einfach so wütend, dass sie die Show verließen. Alles Wasser auf die Mühlen der Publicity, und Lars Einladung zum Abendessen im Amber Door verriet ihr, dass er zufrieden war mit der Richtung, die sie eingeschlagen hatte.

Er bestellte Austern als Vorspeise und danach Hummer. Amanda hielt sich an die Salate und tat nur so, als würde sie ihre Jakobsmuscheln essen. Er redete über das Leben als Witwer und wie schwer es sei, weiterzumachen. Sie überlegte, ob sie ihm ihr Beileid aussprechen sollte. Doch das kam ihr zu intim vor, und sie hatte Rosalind nur einmal beim Launch von LR1 getroffen. Lieber nicht. Er wirkte trotz des Themas gut gelaunt, warum sollte sie seine Trauer also verstärken, wenn er gerade lächelte?

Das Amber Door sei das Lieblingsrestaurant seiner Frau gewesen, erzählte er ihr. Heute sei das erste Mal seit ihrem Tod, dass er hier zu Abend esse. Bei LR1 ging das Gerücht um, dass er Rosalinds Asche in seinem Schlafzimmer aufbewahre. So romantisch und töricht. Rosalind war eine renommierte Unternehmerin gewesen, die nie gewollt hatte, dass Kinder ihren geschäftlichen Interessen in die Quere kamen. Zusammen hatten Lar und sie Eigentum erworben, ihr Zeitschriftenimperium ausgebaut und sich schließlich ihren Traum erfüllt, ihren eigenen Fernsehsender zu gründen.

Tiramisu oder den Schokoladenhimmel? Amanda überflog die Auswahl auf der Dessertkarte. Im Leben nicht.

»Für mich nur einen schwarzen entkoffeinierten Kaffee.« Sie lächelte Lar über den Tisch hinweg an.

»Du hast so wenig gegessen«, protestierte er. Im Lauf des Abends hatte er ihr das Du angeboten. »Bist du sicher, dass du dir nicht mal etwas gönnen willst?«

»Image ist alles«, erwiderte sie. »Ich kann es mir nicht leisten, im Fernsehen fünf Kilo schwerer auszusehen.«

»Selbst wenn du dir die gesamte Dessertkarte gönnen

würdest, sähst du immer noch perfekt aus.« Sein Blick blieb zu lange an ihrer Taille haften, und da war es, dieses vorfreudige Kribbeln. Ihnen beiden war klar, wie der Abend ausgehen könnte.

Er sprach über seine Zeitschriften, und sie lauschte ihm begierig, denn sie fühlte sich geschmeichelt, dass er ihr diese Informationen anvertraute. Es hatte weitere Kürzungen bei Richardson Publications geben müssen. Die Verkaufszahlen der *Hitz* waren gesunken. Er hatte vor, die Zeitschrift dichtzumachen. Die Leserschaft behauptete, sie habe ihre provokante Art verloren, seit Karl Lawson weg war.

»Hat Lawson dir je für deine Freilassungskampagne gedankt?«, fragte Lar.

Seinen Namen so beiläufig dahingesagt zu hören, erschreckte sie. Ob seine Frage wohl sarkastisch gemeint war? Aber nein, er klang ehrlich interessiert.

»Nein. Ich habe nie um Dank gebeten«, erwiderte sie. »Er musste wegen der Berichterstattung über das Verschwinden seiner Nichte einiges durchmachen. Auf diese Weise habe ich ihm geholfen, sein Leben wieder in geordnete Bahnen zu bringen.«

Sie wollte nicht über Karl Lawson sprechen. Und doch drang er ihr plötzlich in die Nase, hier am Tisch, der Geruch der Obdachlosigkeit, der den Duft von Hummer Thermidor und Rehlende übertünchte. Sie waren dieser Tage überall, die Schande der Nation, schliefen in Pappkartons und feuchten Eingängen. Wie hatte Karl Lawson da nur reingeraten können?

Sie hatte ihn eines Nachmittags auf der Promenade der Liffey gesehen, als sie gerade von der Vorstellung einer Dessouskollektion kam. Er hatte seine Haare wachsen lassen, oder vermutlich hatte er sich einfach nur nicht darum gekümmert, sie schneiden zu lassen. Die welligen, ungekämmten Strähnen ließen ihn noch ungepflegter aussehen. Sein Anorak und seine Jeans waren jedoch sauber, und neben ihm auf der Bank stand ein Rucksack, an dem ein zusammengerollter Schlafsack befestigt war. Er betrachtete den Fluss, der zwischen den hohen grauen Mauern hindurchströmte. Amanda hatte sich abgewandt, bevor er sie entdecken konnte, und sich unter die Fußgänger gemischt, die über die Ha'penny Bridge eilten.

»Hast du ihn für schuldig gehalten?«, fragte sie Lar.

»Das war nicht relevant«, entgegnete er. »Der Skandal hat unsere Werbeeinnahmen beeinträchtigt.«

»Es war dir egal, ob er unschuldig oder schuldig war?«

»Mein persönliches Empfinden ändert nichts an meinen geschäftlichen Entscheidungen.«

»Warum hast du ihm seinen Job nicht wiedergegeben, als er aus dem Gefängnis entlassen wurde?«

»So etwas bleibt an einem haften. Man kann sich noch so oft versuchen reinzuwaschen, man wird es nie vollständig los.« Er reichte dem Kellner die Dessertkarte zurück und bestellte den Schokoladenhimmel.

Amanda hoffte, dass er davon keine Verstopfung bekommen würde. Vor ihnen lag noch ein langer Abend.

»Eine Zigarre wäre jetzt perfekt, um diesen wundervollen Abend ausklingen zu lassen«, sagte er, nachdem er sich selbst einen Brandy und Amanda ein Glas Evian bestellt hatte. Er lächelte und um seine Augen bildeten sich tiefe Fältchen. Ja, bestimmt würde er sie gern durch eine schöne Rauchwolke betrachten, dachte Amanda ... Doch die Zeiten hatten sich geändert und die Luft zwischen ihnen war klar und angenehm, als sie das Restaurant verließen. Er fragte, ob er ein Taxi rufen solle, um sie nach Hause zu bringen.

»Das wäre wunderbar«, erwiderte sie und hielt seinem Blick stand, selbstsicher und ohne Angst. »Zumindest, wenn es das ist, was du möchtest.«

Als das Taxi ankam, wartete er, bis sie eingestiegen war,

und setzte sich dann neben sie. Der Fahrer fuhr durch Sandymount und Blackrock, vorbei an den Lichtern des Dun Laoghaire Harbour und auf den Rand von Rockfield zu, wo sein Haus auf dem Gipfel von Bayview Heights stand. Eine von Zypressen gesäumte Allee führte zum Haupteingang, wo der Name »Shearwater« in den Granit gemeißelt war.

Das Haus war voll von Erinnerungen an Rosalind. Die eleganten Wandbehänge und Gemälde habe sie auf ihren Auslandsreisen ausgewählt, erzählte Lar. Es standen noch immer Fotografien herum, die ihr gemeinsames Leben zeigten, und in der Bibliothek, in der ihre Lieblingsbücher versammelt waren, herrschte die staubige Stille eines Schreins. Amanda betrachtete ihr Porträt im Eingangsbereich, die stolze Neigung ihres Kopfs, das erstarrte Lächeln.

Sie legten sich nicht ins Ehebett. Das Gästezimmer war hell und unpersönlich, dort gab es keine Erinnerungen, die ihn ablenken könnten, keine Urne. Ihr Altersunterschied spielte keine Rolle. Lar war ein kräftiger Sechzigjähriger mit der sexuellen Dringlichkeit eines Teenagers. Als Amanda ins Bad ging, entdeckte sie seine Tabletten. Er hatte sie in einer Schublade versteckt, in der er auch seine Blutdruck- und Cholesterinsenker aufbewahrte. Sie würde nie verraten, dass sie wusste, woher seine Energie kam – oder dass sie Rosalinds Asche in seinem Schlafzimmer gesehen hatte, als er gerade unten in der Küche eine Flasche Wein aufmachte. Die Asche befand sich in einer kunstvoll verzierten Urne, die vermutlich ebenfalls von Rosalind auf einer ihrer Auslandsreisen gekauft worden war. Sie berührte die Urne und lächelte.

Sie hatte gehört, dass sein Aggressionsproblem seit ihrem Tod schlimmer geworden war. Amanda machte das keine Angst. Seine Aggressionen hatten ihn wieder aufstehen lassen, wenn er gescheitert war, ihn mit jedem Mal zu einem stärkeren Mann gemacht. Auch sie wusste, wie es war, hinzufallen und wieder aufzustehen. Sie eilte zurück ins Gästezimmer, um dort auf ihn zu warten.

Später am Abend nahm er sie bei der Hand und führte sie hinaus auf den Balkon, um die Aussicht zu bewundern. Sterne glitzerten wie zersplittertes Glas über der Bucht von Dublin und von der Stadt unter ihnen ging ein strahlender Glanz aus.

VIERUNDDREISSIG

Lar hatte sich geirrt, als er geglaubt hatte, Rosalind hätte ihm alles gegeben, was er begehrte. Er hätte mehr verlangen können, doch hatte nie gewusst, dass er es wollte, bis Amanda dieses Bedürfnis in ihm erweckte. Vater werden mit sechzig. Er war begeistert gewesen. Ein Kind, das sein Erbe in eine neue Generation trug.

Bei LR1 hieß es, sie habe ihn in eine Falle gelockt. Sollten sie doch am Wasserspender stehen und tratschen. Amanda war das egal. Niemand konnte Lar Richardson in eine Falle locken. Er traf seine eigenen Entscheidungen. Das Risiko, das sie eingegangen war, als sie die Pille abgesetzt hatte, hatte sich ausgezahlt, und sie galt nicht länger als seine belanglose Liebelei. Sie hatte Status erlangt. Sie war die Mutter seines Kindes, seine Frau. Er streichelte ihren Bauch und winzige Füßchen traten gegen seine Hand.

Amanda war sich nicht zu fein zu pressen und Marcus glitt mühelos in die wartenden Arme seines Vaters. Sie war nie ein

Fan von Neugeborenen gewesen, ihre schrumpeligen Züge und zusammengekniffenen Augen hatte sie immer leicht abstoßend gefunden. Das schrille Heulen erinnerte sie an die Katzenjungen, die am Stoff des Sacks gekratzt hatten, kurz bevor ihr Vater sie ihm Kanal ertränkt hatte. Genau so heulte Marcus. Sein Mund öffnete sich wie der eines Goldfischs im Wasser. Sein Kopf war zerknautscht und mittig auf seiner Stirn hatte er eine violette Falte, so dick wie ein Streichholz. Sie hatte immer geglaubt, Rebecca hätte den Verstand verloren, als Josh geboren worden war, so wie sie ihn anschmachtete und ständig koste. Ihr war nicht klar gewesen, dass Liebe so heftig, so überwältigend sein konnte.

Ihre Arme sehnten sich danach, Marcus zu halten. Sie sah ihn stundenlang einfach nur an. Wie gebannt. Sie produzierte reichlich Milch und gab sie ihm nur zu gern. Lar sagte, sie sei die geborene Mutter. Dieser Gedanke wäre ihr früher nie in den Sinn gekommen, doch Mutter zu sein, füllte tatsächlich eine Leere in ihr, von der sie gar nicht gewusst hatte, dass sie existierte, bis Marcus sich mühelos hineinkuschelte.

Nachts saß sie am Fenster und betrachtete die Sterne. Er zog an ihren Brüsten, mit seinem harten, festen Zahnfleisch verlangte er nach Nahrung, und sie konnte es kaum glauben, dass sie in Erwägung gezogen hatte, dieses winzige Leben abzutreiben, falls Lar sie abgewiesen hätte. Die Mutterschaft hatte sie von Grund auf verändert und sie schwelgte in dieser Freude.

Lar zog in das Schlafzimmer, das er einst mit Rosalind geteilt hatte. Im Gegensatz zu vielen jüngeren Ehemännern fühlte er sich nicht von Amandas überwältigenden Emotionen bedroht. Rebecca hatte da nicht so viel Glück, denn ihr Mann hatte sich wohl bitterlich beschwert, außen vor zu sein, seit Josh geboren worden war. Amanda vermutete, dass Lar durchaus erleichtert war, seine Energie nicht auf eine leidenschaftliche Frau verwenden zu müssen. Er brauchte einen geruhsamen Schlaf, um das Arbeitspensum zu bewältigen, das ihn jeden

Morgen erwartete. Er schlug vor, eine Au-pair einzustellen, die sich um Marcus kümmern sollte, wenn Amanda zu LR1 zurückkehrte. Sie widersprach ihm entschieden. Marcus würde in einen Kinderhort gehen. Er brauchte andere Kinder um sich herum, kein heißblütiges spanisches Au-pair-Mädchen, das sich seine Gunst mit ihren Küssen erschleichen würde.

Zwei Monate nach Marcus' Geburt ging sie wieder zur Arbeit. An diesem Nachmittag waren ältere Väter Thema bei *Mandy Meets*. Sie hatte drei Gäste in ihrem Panel: einen pensionierten Anwalt, einen verlebten Schauspieler, der jetzt wohl doch nicht in den Ruhestand gehen konnte, und ihr eigener Ehemann. Sie alle waren kürzlich zum ersten Mal Vater geworden, und alle waren in ihren Sechzigern. Es wurden viele Witze über Schlafmangel und Tränensäcke unter den Augen gerissen. Marcus war das einzige Baby, das nicht vor der Kamera weinte. Ein Naturtalent, genau wie seine Mutter, sagte Lar hinterher.

Amanda dankte ihren Fans für ihre Karten und Geschenke. Sie hatte eine Vielzahl an blauen Babyschühchen und Störchen und Teddybären erhalten, die sie alle daran erinnerten, dass sie etwas Kostbares besaß. Doch es gab auch immer Leute, die anderen ihr Glück nicht gönnten. Mittlerweile war sie daran gewöhnt. Nicht jedem gefiel, was sie bei *Mandy Meets* machte oder was sie fürs *Capital Eye* geschrieben hatte.

Eine der Karten war schwarz. Das weiße Kreuz, das darauf gemalt war, erinnerte sie an einen Grabstein, was wohl so gewollt war. Lar erschrak, als er die Karte sah, und ging damit sofort zur Polizei. Sie würden ermitteln, aber nichts finden. Offensichtlich steckte Billy Shroff dahinter. Er wollte Amanda wohl bloß daran erinnern, dass er noch an ihr dran war. Sie war immer furchtlos gewesen. Viele hatten sie leichtsinnig genannt, doch sie hatte stets auf ihre Instinkte vertraut, während sie auf dem schmalen Grat zwischen Vorsicht und Kühnheit wandelte. Jetzt war dieser Grat unter der Last einer neuen Verantwortung zusammengebrochen. Sie wiegte Marcus in ihren Armen und wusste, dass sie es mit der ganzen Welt aufnehmen würde, um ihren Sohn zu beschützen.

FÜNFUNDDREISSIG

Auf der Grafton Street trug Amanda Bowe ihr Baby ganz lässig in einem Tragetuch, so wie Nicole es getan hatte, als Sasha in dem Alter war. Als wären die Babys an ihre Hüften gegossen worden. Sie wurde von Lar Richardson begleitet, der besitzergreifend den Arm um ihre Schulter gelegt hatte, den Blick stolz auf sein schlafendes Kind gerichtet. Karl versteckte sich aus Scham in einem Eingang, um nicht von ihnen gesehen zu werden. Er war ein Obdachloser, hatte keine feste Bleibe.

Sein Absturz hatte vielleicht plötzlich gewirkt, doch in Wahrheit war es ein langsamer Niedergang gewesen, der nach seiner Rückkehr aus New York begonnen hatte. Wie erwartet, wurde sein Haus bald an die Bank verpfändet. Er gab die Schlüssel ab und mietete sich eine Einzimmerwohnung, von der aus er das Stadtzentrum zu Fuß erreichen konnte. Er suchte nach Arbeit. Die Frau bei der Personalvermittlungsagentur hatte über seinen Lebenslauf gestrichen und gesagt: »Inhaftierung wegen eines Fehlurteils, wie ungerecht.« Ihr Lächeln war schmal, ihr Blick skeptisch. »Was für einen Job stellen Sie sich denn vor?«

»Egal.« Er hatte kein Interesse mehr daran, über Musik zu

schreiben. Sollten doch andere sie auseinandernehmen, analysieren, besprechen, kritisieren. Er wollte Musik nur noch hören, am besten über seine Kopfhörer, um die Stimmen in seinem Kopf zu übertönen.

»*Egal?*« Sie hielt offenbar nichts von derartiger Unbestimmtheit. Sie würde sich bei ihm melden, wenn etwas Passendes reinkomme.

Fionn stellte ihn einer Anwältin vor, die sich auf Arbeitsrecht spezialisiert hatte. Sheila Hande bestätigte ihm, dass er rechtlichen Anspruch gegen Richardson Publications geltend machen könne, warnte ihn aber auch, dass es dauern würde, einen Fall wegen ungerechtfertigter Entlassung vor das Arbeitsgericht zu bringen. Lar Richardson würde alles in seiner Macht Stehende tun, das hinauszuzögern. Er sei schließlich ein listiger Fuchs, der wisse, wie man das System austrickse.

Während die Wochen vergingen, wurde Karl klar, dass Lar in einer Sache recht gehabt hatte: Sein Name war beschmutzt, sein Gesicht wurde sofort wiedererkannt. Wo Rauch ist, da ist auch Feuer. Er kannte diesen Spruch, hatte aber bis dahin nie verstanden, wie zerstörerisch er sein konnte. Gab es überhaupt irgendjemanden im Land, der diese sieben qualvollen Tage der Suche und der Spekulationen nicht verfolgt hatte? Constance' Gesicht auf den Plakaten, im Fernsehen, in den Zeitungen? Die Leute wichen ein wenig zurück und wandten den Blick ab, wenn sie ihn erkannten. Ihr Tonfall veränderte sich, wurde nachdrücklicher, wenn sie ihm sagten, dass die Stelle bereits vergeben sei. Schuld durch Assoziation war das Problem. Es ging um ein allgemein bekanntes Verbrechen, das sie noch bruchstückhaft im Kopf hatten, beeinflusst durch das Prisma ihrer persönlichen Erinnerungen.

Seine Vermieterin wirkte mitleidig, als sie ihm mitteilte, dass er die Einzimmerwohnung verlassen müsse. Die Immobilienpreise stiegen wieder und sie hatte einen Käufer, der sich für das Gebäude interessierte. Er versuchte, eine neue Wohnung zu finden. Einfach nur ein Zimmer mit einer Tür, die er nachts abschließen konnte. Doch die Mieten stiegen ebenfalls und nachdem die Vermieter einen kurzen Blick auf ihn geworfen hatten, behaupteten sie immer, dass die Unterkunft bereits vermietet sei.

Selbst als er mit fünf anderen Männern in einem Zimmer schlief, die die ganze Nacht lang schnarchten, furzten, schnieften und ächzten, war er noch nicht bereit, die Realität seiner Obdachlosigkeit zu akzeptieren. Das Heim war eine Übergangslösung. Er würde sich zusammenreißen und eine richtige Unterkunft finden.

Nach ein paar Nächten nahm er den Uringestank im Gemeinschaftsbad gar nicht mehr wahr. Er wurde von dem menschlichen Mief verschluckt, der über dem gesamten Heim hing. Wenn er sich selbst in Schaufenstern sah, hatte er das Gefühl, einen Fremden zu betrachten. Der Mann, der ihm entgegenblickte, könnte irgendjemand sein, der vage Ähnlichkeit mit jemandem besaß, den er einst gekannt hatte.

Er hatte angefangen zu trinken, nachdem Justin und seine Familie nach Boston abgereist waren. Am Flughafen von Dublin hatte er sie beobachtet, wie sie zum Gate gingen. Lara sah Sasha so ähnlich, dass er sich zurückhalten musste, nicht zu ihr zu stürzen, als sie gegen einen vorbeieilenden Passagier stieß und ihren Handgepäckskoffer fallen ließ. Matthew war sofort an ihrer Seite und vergewisserte sich, dass es ihr gut ging. Sie nickte und Hand in Hand zogen sie ihre Koffer hinter sich her, ihre Mienen viel zu ernst für Kinder, die eine neue Zukunft begannen.

Justin und Jenna gingen dicht nebeneinander. Der Schock angesichts Constance' Tod musste sie tiefgreifend verändert haben, und doch sahen sie nach außen hin unverändert aus, ein harmloses Paar aus der Vorstadt, dessen Leben ganz gewöhnlich hätte sein sollen. Doch sie waren aus der Unbekanntheit der

Normalität gerissen und von einer rücksichtslosen, unvorhergesehenen Tat in die Schlagzeilen befördert worden. Am Abfluggate blieb Justin stehen. Karl wünschte sich sehnlichst, dass er sich umdrehen und seinen Bruder unter den vorbeieilenden Passagieren erkennen würde. War es möglich, auch zu diesem späten Zeitpunkt noch, dass das Blut letztendlich doch die Oberhand gewann? Dass es die Bitterkeit und die Missverständnisse überwand, die Vergebung unmöglich machten? Doch Justin blickte weiter geradeaus und war schon bald außer Sicht.

Danach war Karl mit dem Bus in die Stadt gefahren und in eine Sportbar gegangen, in der sechs Fernsehbildschirme um Aufmerksamkeit wetteiferten. Er hatte einem Wrestler mit zerzaustem blondem Haar und aufgepumpten Muskeln dabei zugesehen, wie er seinen Gegner in den Schwitzkasten nahm. Auf einem anderen Bildschirm verfolgte er die Flugkurve eines Golfballs. Sechzehn Jahre war er trocken gewesen und doch war der Geschmack seines ersten Drinks erstaunlich vertraut, sträflich angenehm. Der Geschmack von Nach-Hause-Kommen. Was Alkohol anging, war er schon immer unverantwortlich gewesen. Mit sechzehn hatte er zum ersten Mal etwas getrunken, und als er einundzwanzig wurde, war er bereits genesender Alkoholiker. Sein Therapeut sagte, er habe eine Suchtpersönlichkeit. Vermutlich genetisch bedingt. Sein Großvater mütterlicherseits war Alkoholiker gewesen und an Leberversagen gestorben. Wenn er seine Sucht nicht in den Griff bekomme, werde Karl auf die gleiche Art sterben, hatte sein Therapeut gemeint. Er hatte diese Warnung ernst genommen – bis es keinen Grund mehr dazu gab.

Ihm war klargeworden, dass es Angst gewesen war, die ihn abgehalten hatte: die Angst davor, einen Joint zu rauchen, ein Bier zu trinken, sich ein Glas Wein zum Abendessen zu genehmigen. Die Angst davor, dass ein Ausrutscher ihn zurück in das Chaos seiner Teenagerjahre befördern würde. Jetzt, da er von dieser Angst befreit war, hieß er das Chaos willkommen, fand es tröstlich.

An den meisten Tagen saß er auf der Uferpromenade der Liffey und dachte über den Tod nach, so wie Dominick es in seinen letzten Wochen getan haben musste. Die entsprechenden Hilfsmittel – ein Seil, eine Klinge, Tabletten, einen Fluss – könnte er sich ganz einfach besorgen, doch für den Tod brauchte man Energie. Er wollte geplant sein. Und er war nicht in der Lage, irgendetwas zu planen. Der Verlust hatte seinen Körper ergriffen wie eine Lähmung. Es war nicht auszuhalten. Er holte den Whiskey aus seinem Rucksack und trank direkt aus der Flasche.

Lichtspiralen umspielten den Speckgürtel der Stadt, und unter ihm rief die Strömung des jadegrünen Flusses nach ihm, lockte ihn, diesen einen Schritt näher an den Rand zu treten.

Er sah sie erneut, diesmal im Fernsehen, und nicht nur auf einem Fernseher, sondern auf vielen, die alle entlang des Hauptgangs eines riesigen Elektrogeschäfts ausgestellt waren. Curved-TVs, normale Flatscreens und LED-Fernseher – ihr makelloses Gesicht sah ihn von jedem einzelnen aus an. Es sah schmaler aus, als er es in Erinnerung hatte, und ihre Lippen, die überraschend sinnlich aussahen, verliehen ihrem Mund eine Großzügigkeit, die ihm einst gefehlt hatte. Eine gewagte rote Strähne leuchtete in ihren schwarzen Haaren, und ihre Zähne waren begradigt worden und blitzten glänzend weiß auf, wenn sie lächelte.

Das Studio wirkte protzig und erstrahlte in einem künstlichen Nachmittagslicht, auf einem weißen Bildschirm hinter ihr leuchteten die Worte *Mandy Meets*. Sie saß entspannt in ihrem Drehstuhl, die langen Beine hatte sie überschlagen, und sie trug einen Rock, der sittsam ihre Knie bedeckte. Drei Männer saßen ihr auf einem Sofa gegenüber, verlegen und ganz vernarrt in die Babys auf ihrem jeweiligen Schoß, die sie in Schach zu halten versuchten. Der Mann in der Mitte war Lar Richardson.

Die automatischen Türen des Elektrogeschäfts glitten auf, als würden sie Karl einladen einzutreten.

»Kann ich Ihnen helfen, Sir?« Der Verkäufer lächelte misstrauisch, als Karl zwischen ihren zahllosen Abbildern herging.

»Ich sehe mir nur die Fernseher an«, erwiderte Karl.

Der Ton war ausgeschaltet, es gab also nichts, was von ihrer Präsenz ablenken konnte, von ihrem strahlenden Lächeln, ihren leuchtenden Augen, so ganz anders als der falkenartige Blick, der sich damals in ihn gebohrt hatte. Er holte aus und trat ihr mit dem Absatz seines Schuhs ins Gesicht. Der Fernseher kippte nach hinten um. Einen Moment lang dachte er, er würde den nächsten gleich mitreißen, und den danach auch, wie die Dominosteine, die Lar Richardson erwähnt hatte, doch er verfehlte das gebogene Fünfundsechzig-Zoll-Modell dahinter. Der Bildschirm bekam Risse und ihr Gesicht verschwand.

Einen Augenblick lang war der Verkäufer zu fassungslos, um sich zu rühren. Das gab Karl die Zeit zu flüchten. Er wich einem stämmigen Sicherheitsmann aus, der ihn zu ergreifen versuchte, und rannte auf den Ausgang zu. Ein Alarm ertönte. Der schrille Lärm hallte durch den Laden und machte das Durcheinander nur noch schlimmer. Kunden und Mitarbeiter sahen sich verblüfft um, als er an ihnen vorbeirannte. Die Glastüren hatten sich geöffnet, um eine Kundin einzulassen, die hastig zur Seite trat, als er auf sie zustürmte. Er sprintete durch die Öffnung, hörte die lauten, wütenden Stimmen hinter sich und die Schritte, die sich ihm näherten.

Draußen staute sich der Verkehr an der engen Ausfahrt, die vom Einkaufszentrum wegführte. Er huschte zwischen zwei Autos hindurch. Der Fahrer des ersten trat heftig auf die Bremse und hupte. Doch Karl hatte die Straße längst überquert und rannte zwischen den geparkten Autos her. Schließlich schnitt ihm eine hohe Mauer hinter ein paar Sträuchern den Fluchtweg ab. Einige der Sträucher hatten Dornen, die an seiner Kleidung zerrten, doch sie waren dicht gewachsen und unter ihnen war etwas Platz, um sich zu verstecken. Er legte sich auf die harte Erde und rollte sich außer Sicht.

In den Büschen ganz hinten im Garten seiner Eltern hatten Dominick und er sich als Kinder einen Verschlag eingerichtet, wo sie sich vor ihren Feinden verstecken konnten. Vor Piraten und Bankräubern, Grizzlybären, Drachen und Kannibalen ... die Liste war lang und furchterregend, und er hatte nie vergessen, wie gut sich diese Mischung aus Aufregung und Angst anfühlte. Sasha hatte in ihrem neuen Garten auch so ein Versteck gefunden. Nicole hatte ihm ein Video geschickt, auf dem sie ihm durch die Blätter hindurch zuwinkte, ihre Kindheit ein Abbild seiner eigenen Erinnerungen.

Das alles hatte er wegen Amanda Bowe verloren. Sasha würde ohne ihn aufwachsen. Nicole würde wieder heiraten. Justin würde nicht mehr nach Irland zurückkehren und nie wieder mit ihm reden. Mit dem Geruch nach toten Pflanzen in der Nase und dreckigen, verwelkten Blättern auf der Haut ließ Karl den Kopf auf die Erde sinken, überwältigt von seinem Selbsthass und dem Verlangen nach mehr Alkohol. Autos rauschten vorbei. Fußgänger eilten mit ihren Paketen und Tüten über die Gehwege. Er hatte vorgehabt, im Outdoorgeschäft ein Einmannzelt zu kaufen, doch nun waren alle Gedanken daran, sich etwas zu kaufen, das ihm das Leben erleichtern würde, dahin. Die Sicherheitsleute hatten ihre Verfolgungsjagd aufgegeben, doch er konnte sich nicht bewegen. Eine Amsel hüpfte über den Boden, ein glänzender Wurm baumelte in ihrem gelben Schnabel. Hektisch wand er sich und versuchte, sich zu befreien, dann wurde er verschluckt.

Er schlief eine Nacht in einem Hauseingang, weil er zu betrunken war, um den Weg zum Obdachlosenheim zu finden. Irgendwann wurde er vom heißen Brennen von Urin auf seinem Gesicht geweckt. Die drei Männer, die auf dem Weg nach Hause von einem Nachtclub waren, waren genauso betrunken wie er, doch im Gegensatz zu Karl würden sie nachher durch Haustüren in ein Zuhause taumeln, und das war ein Riesenunterschied.

Am nächsten Tag stieg er in einen Bus nach Glenmoore und ging von der Dorfhaltestelle zu Fuß zu Cronins Obstgarten. Die Fenster des alten Hauses waren mit Brettern zugenagelt worden, der Eingang mit einem Blech versperrt. Die Hintertür war noch intakt, aber mit einem Vorhängeschloss verriegelt. Karl schaffte es mit Gewalt, eines der Fenster aufzubekommen. Der Müll, die verblichenen Papierschnipsel und rostenden Bierdosen machten deutlich, dass das Haus von niemandem mehr als Unterschlupf genutzt wurde. Vielleicht fürchteten sich diejenigen, die früher nachts mit ihren Spritzen und Flaschen hergekommen waren, nun davor, hier auf Constance' Geist zu treffen.

In einem der Zimmer rollte er seinen Schlafsack aus und wühlte in seinem Rucksack nach einer Flasche Whiskey. Am Morgen würde er den Müll wegräumen. Er brauchte jetzt nur noch sehr wenig zum Überleben und das Haus würde ihm Schutz bieten, bis er wieder bereit war weiterzuziehen.

Als er schlief, erschien ihm Constance in einem grünlichen Strudel. Sie tanzte durch die Ewigkeit, so erschien sie ihm immer. Tod durch Unfall hatte das Urteil des Coroners nach seiner amtlichen Untersuchung gelautet. Ein Unfall mit fatalen Folgen. Ein Rechtsmediziner hatte die kalten, harten Fakten erklärt, ein Gerichtssachverständiger hatte sie analysiert. Wie unbefriedigend war das bitte? Doch sie tanzte stets durch seine Träume, und es war ein Leichtes, sie sich leichtfüßig vorzustellen, wo auch immer sie war.

SECHSUNDDREISSIG

Amanda hatte vorgehabt, anlässlich von Marcus' erstem Geburtstag nur eine kleine Feier auszurichten. Sie hätte Kinder aus seinem Hort und deren Mütter eingeladen, denen sie morgens immer kurz über den Weg lief. Sie alle hatten es eilig, zur Arbeit zu kommen, und unterdrückten ihre Schuldgefühle, weil ihre Kinder noch immer Schlafsand in den Augen hatten. Doch Lar setzte sich ungerührt über ihre Wünsche hinweg und bestand auf einem großen Fest. Er versicherte ihr, dass sie sich keine Gedanken ums Catering machen brauche, oder darum, wen sie einladen sollten. Ihre Haushälterin Mrs Morris würde das Catering organisieren und seine Pressesprecherin sich um die Gästeliste kümmern.

Sylvia Thornton wusste, wem er noch einen Gefallen schuldete, wessen Hände er schütteln und wessen Egos er schmeicheln musste. Sie hatte Marcus' ersten Geburtstag in ein LR1-Firmenevent verwandelt, geschickt getarnt hinter dem Geschrei der Kinder, die auf dem Karussell herumwirbelten, auf Trampolinen hüpften und von Clowns, Feuerschluckern und Zauberern unterhalten wurden.

Marcus hatte geweint, als die einzelne Kerze auf seinem

Geburtstagskuchen angezündet worden war – er war so viel Aufmerksamkeit nicht gewohnt –, doch seine Stimmung besserte sich wieder, als Amanda ihn nach draußen auf die Terrasse trug. Amandas Mutter ließ sich schwerfällig in einen Stuhl plumpsen und fächelte sich mit der Hand Luft zu.

»Das ist eine wundervolle Feier.« Sie lächelte, als eine Gruppe Kinder einem Clown auf einem Hochrad nachjagte. »Bist du glücklich mit Lar?«

Amanda küsste ihren Sohn auf den Kopf. »Natürlich bin ich glücklich. Es gibt keinen Grund, es nicht zu sein.«

Mrs Morris ging zügig an ihnen vorbei und sprach mit einem der Kellner. Zweifelsohne gab sie ihm Anweisungen und genoss die Autorität, die sie innehatte. Sie stellte jede von Amandas Entscheidungen infrage und ließ Rosalinds Geist so nicht zur Ruhe kommen. Ebenso wie Lar, der sämtliche von Amandas Bemühungen abwies, etwas am Haus zu verändern, hatte auch sie Shearwater in ein Denkmal für eine tote Frau verwandelt. Doch Rosalind konnte sie nicht erschüttern, denn sie war es, Amanda, die die Zukunft von Shearwater in den Armen hielt.

Sie beobachtete, wie der Clown beinahe von seinem Hochrad stürzte und schwankend davonfuhr. Kinder kreischten auf der Hüpfburg. Am anderen Ende der Terrasse sprach Lar gerade mit Sylvia Thornton, die ausschließlich für ihn arbeitete und anscheinend bei LR1 ein und aus ging, wann es ihr passte. In seiner Gegenwart war sie immer entspannt, gleichzeitig aber auch respektvoll, ohne je ihre eigene Autorität zu verlieren, und Lar, der sonst schon mal gern Leute aus einer Laune heraus feuerte, schien sich vollkommen auf sie zu verlassen.

Amanda hatte bereits in jungen Jahren gelernt, dass es möglich war, ihr Leben in verschiedene Schubladen zu stecken. So konnte sie ihren Vater lieben, wenn er in einer fürsorglichen Stimmung war, und sich zum gemeinsamen Essen mit der

Familie hinsetzen, ohne ständig einen seiner plötzlichen Wutanfälle zu erwarten, bei denen er auch schon mal die Tischdecke wegzog, sodass das gesamte Geschirr herunterschepperte. Ihr Kopf war voller Schubladen, und Hunter wäre in einer davon geblieben, wenn die Anwesenheit seiner Frau sie nicht ständig an diese eine Nacht am Kai und die intimen Monate, die darauf folgten, erinnern würde. Ihre Gegenwart, so unauffällig sie auch war, jagte Amanda stets einen Schauer über den Rücken. Ob sie einen Verdacht hegte? Als Pressesprecherin war sie dazu ausgebildet, ihre Gefühle im Zaum zu halten. Der Gedanke war verstörend. Sicherlich könnte sie sich in Amandas Gegenwart nicht so gelassen benehmen, wenn sie die Wahrheit kannte, oder? Ihre Fassade würde bröckeln, sie würde die höfliche Maske, die Amanda jedes Mal aufsetzte, wenn sie einander begegneten, mit ihren Fingernägeln durchkratzen.

»Das lief doch super.« Lar ließ sich auf das Sofa fallen, nachdem alle Gäste gegangen waren. Marcus schlief und Mrs Morris war nach Hause gegangen. »Bei Sylvia kann ich mich immer darauf verlassen, dass sie ein erfolgreiches Event ausrichtet.« Er klopfte auf das Kissen neben sich, wobei das feste, entschiedene Schlagen auf den Lederbezug eher wie ein Befehl wirkte als wie der Wunsch, sie bei sich zu haben. »Komm her, Mandy. Du siehst müde aus.«

Er hatte ihren Namen abgekürzt, und dadurch fühlte Amanda sich irgendwie weniger ganz. Sie hatte ihn gebeten, damit aufzuhören, doch er beharrte, dass es ein Kosename sei – genau wie er Rosalind immer zu Rosie abgekürzt habe, wenn sie allein gewesen seien.

Sie streckte sich auf dem Sofa aus und legte den Kopf in seinen Schoß. Er fuhr ihr mit den Fingern durchs Haar. Einmal hatte er ihr erzählt, dass Rosalind es geliebt habe, wenn er ihr am Ende eines anstrengenden Tages die Kopfhaut massierte. Im Gegenzug habe sie ihm die Schultern und den Rücken massiert. Was haben sie noch gemacht?, fragte sich Amanda. Sich gegenseitig Fusseln aus dem Bauchnabel gepult?

Sie wollte, dass er damit aufhörte, ihr die Kopfhaut zu streicheln. Es war so lästig, dass ihr die Zähne davon schmerzten. Er sprach über Zuschauerzahlen. *Mandy Meets* baue sein Publikum weiter aus und *Crime Report – Im Untergrund* laufe ebenfalls gut. Sie freute sich für Eric. Da sie beide aus dem Boulevardbereich kamen, verstanden sie das Bedürfnis der Leserschaft nach Unmittelbarkeit, die Schlagkraft einer reißerischen Schlagzeile, den Reiz von Sex und Verbrechen.

Manchmal, wenn sie zusammen im Quix Café saßen und sie seinen Erzählungen über Bandenfehden lauschte, die sich in der Innenstadt zusammenbrauten, oder über die Verbindungen zwischen Regimekritikern und Kriminellen, verspürte Amanda das nostalgische Verlangen, den roten Teppich hinter sich zu lassen und in die düsteren Gassen zurückzukehren.

»Außer Frage«, hatte Lar gesagt, als sie vorgeschlagen hatte, hin und wieder für den *Crime Report* zu berichten. »Ich will nicht, dass du wieder eine Kugel mit der Post bekommst, oder, noch schlimmer, in den Kopf.«

»Mit der Art von Druck bin ich auch fertig geworden, als ich beim *Capital Eye* war«, hatte sie eingewandt.

»Jetzt liegen die Dinge anders«, hatte er gemeint. »Du bist meine Frau, die Mutter unseres Kindes. Ich diskutiere da nicht mit dir, Mandy. Die Tage, an denen du zu Leuten nach Hause gegangen bist und sie interviewt hast, sind vorbei. Vergiss nicht, womit dieser Verbrecher gedroht hat, solltest du jemals wieder über seine Familie schreiben.«

Es schien so lange her zu sein, die anonymen Anrufe und die falsche Bombe. Inzwischen bekam sie Goodie Bags anstelle von Patronen, Einladungen zu Galaeröffnungen anstelle von weißem Pulver, und ihre eingehenden Anrufe, die sorgfältig geprüft wurden, kamen meist von irgendeinem PR-Manager, der sie zum Mittagessen einlud.

Lars Atem wurde schwerer. »Genug Gerede über Geschäftliches für heute«, sagte er. »Ich habe noch ein weiteres wichtiges Anliegen.«

Amanda biss ihre inzwischen vollkommen geraden Zähne zusammen, als er ihre Hand nach unten führte und sein Verlangen deutlich machte. Er war dicht hinter ihr, als sie die Treppe hinaufgingen. Plötzlich hatte sie das Bedürfnis, ihn an der Wand direkt neben dem Treppenabsatz zu lieben, schnell und wild. Doch sie wusste genauso gut wie Lar, dass er zu solchen Akrobatikeinlagen nicht mehr imstande war. Sie unterdrückte ein Seufzen, als er die Tür zu dem Schlafzimmer öffnete, das nicht von Rosalinds Geist überschattet wurde.

Hinterher löste sie sich vorsichtig von seiner Seite und sah nach Marcus. Er hatte die Arme über dem Kopf ausgestreckt, die Beine gespreizt und die Decke weggestrampelt. Wie ein Seestern lag er da. Er rührte sich und murmelte etwas im Schlaf. Sie deckte ihn wieder zu und streichelte ihm über die Wange, dann schlüpfte sie leise zurück ins Bett neben ihren Mann.

SIEBENUNDDREISSIG

Karl ging durch die Cherrywood Terrace und blieb vor dem Haus stehen, das einst ihm und Nicole gehört hatte. Die Bank hatte es endlich verkauft und die neuen Eigentümer waren dabei, es zu entkernen. Er versuchte, durch einen Spalt in den Vorhängen zu schauen, doch er konnte nichts erkennen.

»Karl, sind Sie das?«, rief Maria Barnes von ihrer Haustür aus.

Er könnte sie ignorieren, doch vermutlich würde sie die Polizei anrufen und melden, dass hier ein verdächtiger Fremder herumlungere.

»Ja, ich bin's.« Er schritt zügig die Auffahrt hinunter und hoffte, einem Gespräch mit ihr aus dem Weg gehen zu können, doch sie kam bereits über die Straße.

»Sie sind schwer zu erkennen hinter den ganzen Haaren.« Sie beäugte ihn angestrengt im trüben Licht der Straßenlaternen. »Wo leben Sie jetzt?«

»Hier und dort.«

»Das ist ja keine besonders klare Aussage«, meinte sie. »Jedenfalls reicht es nicht als Nachsendeadresse. Erinnern Sie sich noch an die Post, die ich Ihnen gegeben habe, als Sie aus dem Gefängnis gekommen sind?«

Er nickte.

»Den Brief hier habe ich übersehen. Er ist hinter den Schrank im Flur gefallen, aber als ich ihn entdeckt habe, waren Sie schon verschwunden. Seitdem habe ich keine Spur von Ihnen gesehen.«

»Schmeißen Sie ihn weg«, meinte er.

Maria ignorierte seine Worte und drückte ihm den Brief in die Hand. »Er gehört Ihnen, nicht mir. Ihn wegzuschmeißen, ist Ihre Entscheidung.«

»Danke. Wenn noch was kommt, werfen Sie es ruhig weg.«

»Sind Sie sicher, dass bei Ihnen alles in Ordnung ist, Karl?«

»Ja, mir geht's gut.«

»Für mich sehen Sie aber gar nicht gut aus«, meinte sie. »Warum kommen Sie nicht auf einen Teller Suppe mit rein?«

»Ein andermal. Ich bin verabredet und schon spät dran.«

»Passen Sie auf sich auf, Karl.«

»Sie auch, Maria.«

O'Toole's Pub war gut besucht, Stimmengewirr und Musik schlugen ihm entgegen. Als ein Paar sich zum Gehen bereit machte, rutschte er auf ihren Platz und zog den Brief aus seiner Anoraktasche. Den Lärm und die Geschäftigkeit im Pub nahm er plötzlich nicht mehr wahr, als er auf den verstaubten und zerknitterten Luftpostumschlag starrte, gestempelt in Arizona.

Selina Lees Handschrift war einmal voller Schnörkel gewesen, so extravagant wie ihre Persönlichkeit. An dieser Schrift war nichts mehr vertraut, sie war so ordentlich und gedrängt, als hätte die Absenderin befürchtet, ein abweichender Strich würde die Bedeutung eines Wortes verändern. Das erdrückende Gefühl, hinter Gitterstäben eingesperrt zu sein, überwältigte Karl. Kein Stahl, sondern Stäbe der Erinnerung drückten sich gegen seine Brust und nahmen ihm die Luft zum Atmen, als er zwei dünne Blatt Luftpostpapier auseinanderfaltete.

Lieber Karl,

wie beginnt man so einen Brief? Ich habe so viele Fehlversuche angefangen, immer mit »Wie geht es dir«, es durchgestrichen und von vorn begonnen, nur um letztendlich wieder die gleiche banale Begrüßung zu benutzen. Also: Wie geht es dir, Karl? Ich weiß, dass du den Tod deiner lieben Nichte betrauerst, aber ich hoffe, du konntest mit deinem Leben weitermachen, nachdem dir dieses entsetzliche Unrecht geschehen ist.

Als diese Journalistin angerufen hat, konnte ich gar nicht glauben, dass unsere Geschichte über die Grenzen von Winding Falls getragen wurde. Ich habe sie gefragt, wie sie darauf gestoßen sei, doch sie hat keine Fragen beantwortet, nur welche gestellt. Sie wollte Einzelheiten. Ich habe ihr gesagt, dass die einzige Einzelheit, die zählt, die Wahrheit sei. Aber das war nicht ihre Wahrheit. Sie glaubte, auf Gold gestoßen zu sein, und ließ nicht zu, dass es wegen mir anlief. Ich war entsetzt von der vollkommenen Bestimmtheit in ihrer Stimme, aber sie machte mir auch Angst. Sie glaubte, ich stecke in einer Illusion fest, sei eine dieser Frauen, die sich in verurteilte Mörder verlieben, angelockt von der Macht des Bösen.

Ich hätte auflegen sollen, aber ich wollte sie unbedingt überzeugen, dass sie sich irrte. Sie wollte wissen, warum ich dich schütze. Wie könne ich mir so sicher sein, dass du unschuldig seist? Ich habe ihr gesagt, dass du mich geliebt hast. Es kam mir so egozentrisch vor, das zu sagen, und doch stimmte es ja – bis ich deine Gefühle mit Füßen getreten habe.

Nach dem Gespräch mit ihr bin ich zusammengebrochen. Das ist mir auch früher schon passiert. Ich dachte, ich wäre darüber hinweg, aber wenn mir die Erinnerung an diese Nacht so ohne Vorwarnung vorgehalten wird, kann das einen Anfall posttraumatischer Belastung triggern. Dann höre ich wieder seine Stimme, rieche seinen Atem, spüre sein Messer an meiner Kehle. Ich kann dann nicht mehr atmen, die Angst ist unbeschreiblich.

Als ich herausgefunden habe, dass du wegen Verdacht auf Mord an deiner Nichte festgenommen wurdest, dachte ich, das sei meine Schuld. Dass ich bei diesem Interview nicht überzeugend genug gewesen bin. Selbstvorwürfe sind so zerstörerisch, machen so schwach. Ich habe einen schlimmen depressiven Schub erlitten und wurde in eine Klinik eingeliefert. Nachdem ich entlassen wurde, habe ich keinen Kontakt zu dir aufgenommen. Ich wollte meine Genesung nicht gefährden und erst einmal Schutzmauern um mich herum aufbauen.

Jetzt geht es mir besser, ich bin ausgelaugt, aber stärker. Ich habe die Freilassungskampagne gesehen, die sie für dich organisiert hat. Was hat ihre Meinung geändert? Sie hat dich ruiniert, will sie die Vergangenheit neu erfinden? Ist ihr nicht klar, dass die Vergangenheit nie verschwindet? Sie kann uns mit einem einzigen Schlag fertigmachen.

Meine Ehe ist kaputt. Ich habe Jago ziehen lassen. Wir haben aus den falschen Gründen geheiratet. Sein Grund waren die Schuldgefühle, dass ich beinahe gestorben bin in einer Nacht, in der er und ich eigentlich hätten zusammen sein sollen, in der wir zusammen gewesen wären, wenn er an diesem Tag nicht Schluss gemacht hätte. Mein Grund, ihn zu heiraten, war Sicherheit. Ich wollte mich wieder sicher fühlen, und Jago hat nun einmal breite Schultern. Aber ich wollte kein Opfer mehr sein, das in einer geschlossenen Wohnanlage lebt, in der Schlösser und Kameras die Illusion von Sicherheit erschaffen. Und er verdient eine echte Beziehung, die nicht auf den Rollen basiert, die wir beide während unserer Ehe gespielt haben.

Ich bin ins Stadtzentrum von Phoenix gezogen und habe eine kleine Wohnung gekauft. Meine Adresse ist auf der Visitenkarte, die ich beigelegt habe, falls du mich je kontaktieren möchtest.

Ich hoffe, du hast diese qualvolle Zeit mit der liebevollen Unterstützung deiner Familie überstanden.

Für immer in meiner Erinnerung,

Selina

Für immer in meiner Erinnerung … Seine Hand zitterte, als er den Brief zu Ende gelesen hatte. Was für Fragen hatte Amanda Bowe ihr gestellt? Sie hatte Selina mit ihrer aufdringlichen Stimme bedrängt und sich geweigert, ihr zuzuhören, während sie sich im Kopf schon die Geschichte zurechtlegte, die sie erschaffen würde. Karl bemerkte gar nicht, dass er weinte, dass seine Tränen das dünne Luftpostpapier durchnässten, er spürte nichts außer der Erinnerung an den warmen Wüstenwind auf seinem Gesicht, während er mit seiner Harley zum Gipfel des Longspur Peak fuhr und Selina auf dem Boden ihrer Hütte mit dem Tod kämpfte.

Er stürmte aus dem Pub und ging in einen hell erleuchteten Vierundzwanzig-Stunden-Supermarkt, in dem nur wenige blassgesichtige Kunden waren, die Wein und Fertigessen kauften. Nachdem er einige Wasserflaschen und etwas Obst an der Selbstbedienungskasse gescannt hatte, kehrte er zu dem alten Haus zurück. Er zitterte vor Wut, als hätte er Schüttelfrost, doch diese Wut hatte ein Ziel, wenn es auch noch nicht bestimmt war. Das würde mit der Zeit schon kommen, und dann würde er keine Gnade mehr kennen. Sein Körper verzehrte sich bereits nach Alkohol. Bald würde er keinen klaren Kopf mehr haben, doch das Gefühl, nach einem langen

Schlaf voller Albträume endlich wach zu sein, erfüllte ihn mit einer manischen Energie. Er leerte die Whiskeyflaschen in die Spüle und packte die Wasserflaschen, die Bananen, die saftigen Mandarinen und die roten Trauben aus. Dann rollte er seinen Schlafsack aus, legte sich hin und zog den Reißverschluss zu.

Die Zeit verging. Er hatte kein Gefühl mehr für ihren Rhythmus – eine Stunde, ein Nachmittag, eine Nacht. Im Zimmer blieb es dunkel, nur vereinzelte Lichtstrahlen brachen durch die Bretter vor dem Fenster. Seine Entzugserscheinungen wurden stärker und er sah Spinnen so groß wie seine Faust die Wände hinuntertrippeln und über ihn krabbeln. Er schrie, wimmerte, schwitzte. Schlug nach ihnen, während sie in Scharen über seine Haut liefen. In klaren Momenten trank er Wasser, erschauderte aber angesichts des flauen Gefühls in seinem Magen. Er schälte die Bananen und saugte fieberhaft an den Mandarinen Die Früchte waren eigentlich einfach zu schälen, doch seine Hände zitterten so sehr, dass selbst diese simple Aufgabe sich anfühlte, als müsste er die Hände durch zähflüssigen Matsch bewegen.

Das war kein Vergleich zum letzten Mal, als er in der Entzugsklinik langsam und kontrolliert entwöhnt worden war. Das hier war ein knallharter kalter Entzug. Constance schwebte in leuchtenden Drehungen durch den Raum. Immer das gleiche Bild, ob er nun betrunken oder nüchtern war. War sie gekommen, um sich von ihm zu verabschieden oder um ihn mit sich in die Schatten zu nehmen? Sie tanzte, wirbelte in grünem Sonnenschein herum und blendete ihn mit ihrer Leuchtkraft.

Sie kam wieder. Dieses Mal berührte sie ihn, ihre Hand fühlte sich kühl an auf seiner Stirn. Sie sagte etwas, doch er vergaß ihre Worte sofort wieder. Als sie verschwand, glaubte er, er hätte sie sich eingebildet, doch gleichzeitig wusste er, dass sie zurückkehren würde. Irgendetwas an dieser Erscheinung war greifbarer gewesen. Etwas, das nicht Constance war. Die Präsenz war geerdeter, und doch wie ein Blatt, das als Erinnerung an ihm vorbeischwebte, die keinen Sinn ergab, oder für kurze Augenblicke auf ihn zukam und seine schwankende Umgebung wieder geraderückte.

Einmal bildete er sich ein, dass sie direkt mit ihm sprach. Er trank etwas, das ihn erschaudern ließ. Gras? Flüssiges Gras? Wie konnte er Gras trinken? Früher hatte er es geraucht, mit Dominick unten am Fluss in der Marsch. Einmal hatte Justin sie erwischt und Karl so fest geschlagen, dass er rückwärts in den Fluss gestürzt war. Der vernünftige, zuverlässige Justin, der sich immer an die Regeln hielt und für seine Mühen mit einem gebrochenen Herzen belohnt wurde.

»Trinken Sie das.« Die Stimme war leise, aber der Tonfall beharrlich, denn irgendwie drang sie durch den Nebel in seinem Kopf zu ihm vor. Eine Gestalt bewegte sich, eine flüchtige Präsenz, die wieder verschwinden würde, wenn er etwas Falsches sagte oder sich zu hastig bewegte.

»Ich weiß, es schmeckt scheußlich«, sagte sie. »Aber es wird Ihnen helfen, sich zu erholen.«

Er schluckte gehorsam. Ein Geist, aber nicht der von Constance. Auch nicht von Nicole. Nicole weigerte sich, seine Anrufe entgegenzunehmen. Sie würden Sasha zu sehr durcheinanderbringen, hatte sie behauptet, als er sie das letzte Mal angerufen hatte und sie von seinen scharfen Forderungen schockiert gewesen war. Sie schickte ihm Videos, die sie mit dem Handy aufgenommen hatte: Sasha, die mit dem Gartenschlauch herumspielte, die ihm von einem Karussell aus zuwinkte und aus dem Baumhaus, das ihr Stiefvater für sie gebaut hatte. Ausschnitte aus einem Leben, das ihr langsam die Erinnerung an ihren Vater raubte.

Er hatte alles ziehen lassen, alles war ihm so schnell entglitten, dass er sich fragte, ob es sein eigener Wille gewesen war oder äußere Einflüsse, die sein Leben zum Einsturz gebracht hatten. Hatte er gewollt, dass seine Ehe endete, er seine Tochter verlor und sein Haus verkauft wurde? Er war entsetzt, dass er diesen Gedanken überhaupt denken konnte, und doch konnte er nicht davon ablassen, wie von der Kante eines abgebrochenen Zahns. Hatte er sich nach dieser Strafe gesehnt, um für Constance' Verlust zu büßen? Ich hätte bis zum Tod um das kämpfen müssen, was mir lieb und teuer ist, dachte er, während das Verlangen nach Alkohol ihm das Wasser im Mund zusammenlaufen und Schweiß auf seiner Stirn ausbrechen ließ. Er musste sich erneut übergeben, und als würde diese Erscheinung es erahnen, hielt sie ihm eine Schale unters Kinn. Warum ging sie nicht weg? Auch wenn sie nur eine Illusion war, wollte er nicht, dass sie seine Schmach mitbekam oder seine Tränen sah, die sie ihm mit einem feuchten Tuch wegwischte. Dann ging sie weg und zog die Tür hinter sich zu. Das aufgequollene Holz kratzte über den Boden, ein vertrauter, ruckelnder Klang, den er sich doch sicher nicht eingebildet haben konnte.

Er sank zurück auf ein Kissen, das unter seinen Kopf gelegt worden war. Diesmal gab es keine Spinnen, keine Albträume, nur seichten Schlaf.

Als er aufwachte, brachen Lichtstrahlen durch die Bretter. Sandwiches, verpackt in Zellophan, und eine Thermosflasche mit Suppe standen neben seinem Schlafsack. Dampfende, heiße Suppe, deren Geruch nach Rindfleisch ihn an die Sonntagsessen seiner Mutter erinnerte. Er versuchte, seine Gedanken zu sammeln, während er die Suppe in den Becher goss und ihn an die Lippen hob. Seine Hände zitterten. Heiße Suppe tropfte ihm das Kinn hinab, doch er nahm kaum etwas anderes wahr als das Bedürfnis, seinen Körper zu nähren.

Sie hatte zwei Supermarkttüten an die Wand gelehnt. Darin fand er Brötchen, die er dick mit Butter beschmierte und mit Käse und Schinken belegte. Das war real. Er füllte seinen Magen mit Essen, das er nicht gekauft hatte. Sie musste existieren. Ein Schutzengel, kein Geist, sondern ein Engel aus Fleisch und Blut, der im Supermarkt einkaufte und nicht vor seinem Erbrochenem auf ihrer Kleidung zurückschreckte oder den Kopf abwandte, wenn er weinte.

Er zog frische Kleidung an, kämmte sich die Haare und band sie zu einem Pferdeschwanz zurück. Er machte sich auf zu der tragbaren Toilette, die er gekauft hatte, kurz nachdem er in das Haus gezogen war. Das Licht schmerzte ihm in den Augen und er schwankte wie ein Invalider, der nach langer Krankheit zum ersten Mal wieder auf den Beinen war. Die Sonne strahlte golden, nicht grün wie in seiner Vorstellung. Er kämpfte gegen die Versuchung an, wieder ins Haus zurückzukehren und sich in seinen Schlafsack einzumummen, und ging stattdessen zur Wassertonne. Das Wasser war eisig kalt und spritzte in silbrigen Tropfen auf, als er sich das Gesicht wusch. Das Zwitschern der Stare verdrängte alle anderen Geräusche, doch um ihn herum herrschte zwar unhörbare, aber pulsierende Betriebsamkeit.

Wie verwahrlost seine Umgebung war, überwältigte ihn. Er ging durch die Räume, bemerkte den Schimmel an den Wänden, die faulenden Bodendielen und die Risse in der Decke. Er räumte sein Zelt leer, wusch seinen Schlafsack aus und breitete ihn zum Trocknen auf einem Busch aus.

Sie kam, als die Dunkelheit sich herabsenkte. Dieses Mal klopfte sie an der Tür, wie ein Besucher, der vorbeikam und darauf wartete, hereingebeten zu werden. Die Tür klemmte ein wenig, als er sie aufzog, und er sah sie zum ersten Mal richtig. Helle Haut, ein paar Sommersprossen auf den Wangen und blondes Haar, das sie zurückgebunden hatte.

»Ich bin froh, Sie wieder auf den Beinen zu sehen«, sagte Sylvia Thornton, stellte eine weitere Supermarkttüte auf den Boden und setzte sich auf einen der Campingstühle, offenbar gleichgültig gegenüber dem Dreck, der sie umgab. »Sie haben eine ganz schöne Reise hinter sich.«

»Ich weiß Ihre Hilfe zu schätzen, aber ich schäme mich auch, dass Sie das mitansehen mussten ...« Er hielt inne, seine Miene war vor Verlegenheit ganz angespannt. Er musste ihre Hand gehalten haben, sich fest an sie geklammert haben, damit er nicht ertrank. Hatte er vor ihr im Delirium gewütet, seinen Selbsthass und seinen Zorn rausgelassen? Hatte er sie angewidert? Er schämte sich für die Abscheulichkeit dessen, an das er sich erinnerte, doch noch schlimmer, noch unangenehmer war, dass er sich an das meiste nicht erinnern konnte. »Woher wussten Sie, dass ich hier bin?«

»Ich bin Ihnen vom Supermarkt aus gefolgt«, erklärte sie. »Ich wusste, dass etwas nicht stimmte, aber wollte mich auch nicht einmischen. Am nächsten Tag bei der Arbeit musste ich immer wieder an Sie denken. Irgendwann war ich überzeugt, dass Sie sich etwas antun würden. Sie waren mitten im Delirium, als ich hier ankam. Ich habe, so gut ich konnte, versucht zu helfen.«

»Ich schäme mich so sehr, dass Sie mich so sehen –«

»Was auch immer Sie fühlen, es sollte keine Scham sein.« Abrupt stand sie auf und trat an das zugenagelte Fenster. »Morgen früh müssen Sie mal etwas Licht hier reinlassen.«

»Das habe ich vor.«

»Sie haben mich Constance genannt«, sagte sie. »Sie haben sie gebeten, weiterzutanzen und Ihnen zu vergeben. Warum soll sie Ihnen vergeben, Karl? Ist es das, worum es hier geht?« Sie deutete auf das heruntergekommene Zimmer.

»Sie ist tot, weil ich ihren Eltern nicht die Gelegenheit gegeben habe, sich um sie zu kümmern ... und in der Nacht, in der sie verschwunden ist ...« Er schluckte, sein Mund war ganz trocken. Das Verlangen nach Alkohol machte ihn krank. Ihm war klargewesen, dass der Durst noch immer da sein würde, doch er hatte seine Grausamkeit vergessen. »Sie hätte mir erzählt, was sie beschäftigt, aber ich habe geschlafen, als sie zu mir gekommen ist, und das hat alles geändert.«

»Vielleicht bittet Constance Sie ja auch, sich selbst zu vergeben, damit sie ohne die Last Ihrer Schuld für immer weitertanzen kann«, meinte Sylvia.

Diese Vorstellung war tröstlich: Constance, wie sie in einem Wirbel grünen Lichts durch die Ewigkeit tanzte.

»So viele Leute waren von ihrem Tod betroffen.« Sie sprach mit dem Rücken zu ihm. »Mein Mann ist Detective Garda Hunter.«

»Oh.« Der Name sandte eine Schockwelle durch seinen Körper.

»Jon hat seinen Job gemacht«, fuhr sie fort. »Aber manchmal passieren schreckliche Fehler.«

Er hatte mehr als nur seinen Job gemacht. Karl schluckte die Worte hinunter. Was würde es bringen, seine Verbitterung an ihr auszulassen? Kannte sie die Wahrheit über ihren Mann? Seine gottlose Allianz mit Amanda Bowe? Es war unmöglich, es aus ihrem Ton zu schließen. Sie wusste, wie man Geheimnisse behielt. Sonst würde sie nicht so eng mit Lar Richardson zusammenarbeiten.

»Sind Sie deshalb hier?«, fragte er sie.

Sie schüttelte den Kopf und sah ihn wieder an. »Ich bin hier, weil es mir nicht egal ist, was mit Ihnen geschieht, nicht als eine Art Wiedergutmachung für Jons Entscheidungen. Sie müssen hier raus und wieder etwas Normalität in ihr Leben bringen.«

»Wie würden Sie Normalität definieren?«

»Nicht so.« Sie hob eine leere Whiskeyflasche auf, die unter einen Campingstuhl gerollt war. »Hierzubleiben ist nicht die Lösung, aber das wissen Sie ja selbst. Sonst wären Sie gerade nicht nüchtern.«

Kurz darauf ging sie, eilte nach Hause zu ihrem unehrlichen Ehemann und ihren Kindern, die noch wach sein würden, weil sie darauf warteten, dass sie sie umarmte und ihnen Gute Nacht sagte.

Die Luft im Raum war stickig und die Stille noch unerträglicher. Er stieß die Hintertür auf und ging unter den Bäumen her, bis er zu der Lichtung voller Schutt kam. Unkraut und Grasbüschel markierten den Wassertank. Direkt daneben fiel er auf die Knie. Er hatte keine Ahnung, ob er betete. Die Worte, die er sprach, gehörten zu keinem Gebet, das er in seiner Kindheit auswendig gelernt hatte, doch sie hatten einen Rhythmus, der ihn tröstete. Und als Constance ihm erschien, eine flüchtige Vision, die auch das schimmernde Mondlicht oder ein himmlisches Geschöpf sein könnte, klammerte er sich an den Frieden, den er danach spürte. Vielleicht würde mit der Zeit Normalität einkehren, doch für den Moment würde er im Schatten ihres Tods verweilen.

ACHTUNDDREISSIG

Amandas gesamtes Leben schien ein einziger Drahtseilakt zu sein. Sie konnte es sich nicht leisten, je zu schwanken, denn es gab kein Sicherheitsnetz, das sie auffing. Hunter und seine Frau gemeinsam zu treffen, hatte früher oder später passieren müssen. Sie hatte sich für eine solche Begegnung gewappnet – doch als sie ihn sah, als sie an einem Sonntag gerade das Amber Door betreten wollten, um dort zu Mittag zu essen, stolperte sie auf den Stufen des Restaurants und wäre gestürzt, wenn Lars fester Griff an ihrem Arm nicht gewesen wäre.

Hunters Tochter saß wie eine Trophäe auf seinen Schultern. Seine zwei Jungs rannten vor ihm her, und Sylvia, lässig in ein weißes Leinenkleid und einen breitkrempigen Hut gekleidet, schlenderte neben ihm her. Sie sahen aus wie die perfekte Familie in einer Werbekampagne für ein glückliches Leben. Lar erkannte Sylvia, rief ihren Namen und winkte. Er umarmte sie so überschwänglich, dass er ihre Sonnenbrille zur Seite stieß. Sie richtete sie lachend wieder und rief ihren Jungs zu, dass sie warten sollten. Sie waren vom Spielen in St Stephen's Green ganz zerzaust und rot im Gesicht.

Hunters Hals wirkte dicker, als Amanda ihn in Erinnerung

hatte, bald würde er noch hängende Wangen bekommen. Er aß eindeutig zu viel Fast Food und saß in Autos herum, während er darauf wartete, dass jemand einen Fehler beging.

»Mein Mann, Jonathan Hunter«, stellte Sylvia ihn ihr vor und fügte dann noch hinzu, dass jeder ihn Jon nenne.

Sein erschrockener Gesichtsausdruck erinnerte Amanda an ein Reh im Scheinwerferlicht. Als Lar hörte, dass die Familie gerade auf dem Weg zu McDonald's sei, bestand er darauf, sie stattdessen zum Mittagessen ins Amber Door einzuladen. Er schritt zielstrebig voran ins Restaurant und sprach mit dem Maître d'hôtel, der kurzerhand ein »Reserviert«-Schildchen von einem runden Tisch für acht wegnahm. Marcus' Wangen wurden rot vor Aufregung, als er neben das kleine Mädchen gesetzt wurde. Die zarte, feenhafte Ella, deren blondes Haar jedes Mal nur so flog, wenn sie den Kopf drehte, schien fest entschlossen, ihn zu verzaubern.

Die Erwachsenen sprachen über Urlaube, über seltsame und furchtbare Erfahrungen, die sie in anderen Ländern gemacht hatten. Einmal nannte Amanda ihn »Hunter« und fuhr sich daraufhin mit der Zunge über die Zähne. Niemandem außer ihm schien es aufgefallen zu sein, doch sein frostiger Blick mahnte sie zur Vorsicht. Die Jungs baumelten ungeduldig mit den Beinen, gelangweilt von der langsamen Bedienung und dem Essen, das auf Tellern statt in Pappkartons mit der Aufschrift »Happy Meal« gebracht wurde.

Sie sprachen kurz unter vier Augen, als Lar und Sylvia mit den Kindern zum Dessertwagen gingen, um sich die dort ausgestellten Kuchen und Nachspeisen anzusehen.

»Wie geht es dir, Amanda?« Hunter rutschte auf seinem Platz herum und setzte sich gerader auf.

»Sehr gut, wie du siehst.«

»Nettes Kind, dein Marcus. Gute Manieren hat er, im Gegensatz zu meiner Horde.«

»Ja, er ist wundervoll. Kinder halten eine Ehe zusammen.

Ich verstehe jetzt, warum du Mrs Pummelig nie verlassen wolltest.«

»Hör auf damit.« Unter dem Tisch packte er ihr Handgelenk mit einem schraubstockartigen Griff. Sie zuckte zusammen und fragte sich, wie dieser Mann jemals Leidenschaft in ihr hatte auslösen können. Sie wünschte, er wäre die Schande einer anderen, die Geschichte einer anderen.

»Aufhören womit? Ich habe bloß eine Feststellung gemacht. Und ich entschuldige mich dafür, dass ich mal angenommen habe, es hätte einfach für dich sein sollen, deine Ehe hinter dir zu lassen.«

Ein Kellner reichte ihnen die Dessertkarten.

»Lar nimmt immer den Schokoladenhimmel«, meinte Amanda. »Er sagt, er ist sehr treffend benannt.«

»Nicht für mich. Ich muss mittlerweile auf meine Kalorien achten.«

»Ist mir aufgefallen.«

»Dir entgeht auch nichts, Amanda. Aber halte dich aus meiner Ehe raus, okay?« Er atmete schwer aus, als Marcus auf sie zurannte, gefolgt von Ella, die drei Kugeln Eis verlangte.

»Ich auch, ich auch«, rief Marcus, und die Jungs, die langsam auftauten, wollten Schokobrownies.

Sylvia sah auf ihr Handy. Sie habe eine Nachricht bekommen, auf die sie sofort antworten müsse. Als sie zum Eingang eilte, schob sie sich die Krempe ihres Huts in die Stirn, um ihr Gesicht vor der Sonne zu schützen.

NEUNUNDDREISSIG

»Karl Lawson«, sagte Eric. »Du hast nicht zufällig eine Idee, wo ich ihn finden könnte?« Er hatte sich nach *Mandy Meets* auf einen Kaffee zu Amanda ins Quix Café gesellt, und wie immer brachte sie die unerwartete Erwähnung von Karls Namen aus der Fassung.

»Warum?«, fragte sie. »Er ist doch längst Schnee von gestern.«

»Er war mit Killer Shroff zusammen im Danevale Prison«, meinte Eric. »Ich habe gehört, sie hatten eine Auseinandersetzung. Beide waren hinterher in schlechter Verfassung – das muss was Neues für Killer gewesen sein. Nur wenige trauen sich, sich mit ihm anzulegen. Ich will herausfinden, wie Lawson sich mit diesen brutalen Typen kloppen und überleben konnte. Aber ich konnte ihn bisher nicht aufspüren.«

»Warum glaubst du, ich wüsste, wo er ist?«

»Du hast die Kampagne für ihn organisiert. Ich dachte, vielleicht ist er mit dir in Kontakt geblieben.«

»Ist er nicht.«

»Was ist los?« Eric sah sie aufmerksam an. »Findest du

nicht, dass es eine gute Idee wäre, ihn zu interviewen? Du warst damals so fasziniert von ihm.«

»Jeder in den Medien war das.«

»Nicht jeder«, sagte er. »Manche Reporter hatten eine andere Ansicht.«

»Ich erinnere mich nicht daran, dass sich irgendjemand zurückgehalten hat, besonders du nicht.«

»Aber ich habe nie die Exklusivberichte bekommen«, meinte er und lehnte sich weiter vor. »Ich war immer neugierig, wer dein Insider war. Möchtest du mir den Namen nicht einfach ins Ohr flüstern?«

»Das könnte ich machen, aber dann müsste ich dich danach umbringen.«

»Gnadenlos wie eh und je.« Er lachte und fuhr ihr mit dem Finger über den Arm – eines der Warnsignale, die in letzter Zeit immer mehr geworden waren und immer schwieriger zu ignorieren wurden.

Er wollte in sein Büro zurück, um einen Bericht über Killer Shroffs Entlassung aus dem Danevale Prison fertigzustellen, der an diesem Abend ausgestrahlt werden würde.

»Halt dich an die Fakten«, riet Amanda ihm, bevor er ging. »Und erwähn keine Hochzeitskleider.«

Sie hatte die Story über Killers Festnahme damals als Erste gebracht, als sie noch beim *Capital Eye* war. Es waren Surfboards gewesen, erinnerte sie sich, vollgestopft mit Kokain, was wegen eines Fehlers in den Importdokumenten auffiel. Dank Hunter hatte sie die Story vor allen anderen gehabt. Jetzt waren Killer und der Dokumentenfälscher wegen eines Formfehlers aus dem Gefängnis entlassen worden.

»Ein erfolgreicher Einspruch«, hatte Killers Strafverteidiger auf den Stufen vor dem Strafgericht behauptet, doch Eric traf es mehr auf den Punkt: »Da hat jemand ordentlich Scheiße gebaut.«

Sie holte Marcus vom Hort ab und schnallte ihn in seinem

Kindersitz fest. Er plapperte die ganze Heimfahrt über, doch sie antwortete ihm nur abwesend. Ihre Gedanken wanderten wieder zu Eric und dann unerfreulicherweise zu Karl Lawson, der sich all ihren Mühen widersetzte, ihn in eine der Schubladen in ihrem Kopf zu sperren. Ob er wohl immer noch obdachlos war? Jedes Mal, wenn sie auf der Uferpromenade der Liffey unterwegs war, hielt sie nach ihm Ausschau. Doch abgesehen von dem einen Mal am Anfang hatte sie ihn nie mehr gesehen. Eines Abends beim Abendessen hatte Lar eine Klage wegen ungerechtfertigter Entlassung erwähnt, die Karls Anwältin gegen Richardson Publications eingereicht habe. Eine hanebüchene Schadenforderung, hatte Lar beharrt. Und lästig noch dazu, weshalb er schließlich einem Vergleich zustimmte.

Sie sah sich *Crime Report – Im Untergrund* an, das um halb zehn gesendet wurde. Nichts weltbewegend Neues zu den Shroffs, dachte sie, nur das übliche Wiederkäuen bereits bekannter Fakten über die Familie und ihr berüchtigtes Treiben. Anschließend sah sie sich eine Literatursendung an und telefonierte mit Lar, der im Shelbourne Hotel potenzielle Investoren bespaßte. Er würde erst spät nach Hause kommen und daher im großen Schlafzimmer schlafen.

»Dann bis morgen früh.« Amanda hielt ihren Tonfall neutral. Lar hatte ein unheimliches Talent dafür, selbst übers Telefon ihre Reaktionen zu deuten, also überspielte sie ihre Erleichterung sehr sorgfältig, als sie sich verabschiedeten.

Ein alter Jagdhund und eine junge Hündin, das sei eine gefährliche Kombination, hatte er gesagt, als Amanda ihm eröffnet hatte, dass sie mit Marcus schwanger sei. Wenn sie heirateten, müsse sie ihm hundertprozentig treu sein. Ihr Mann war berechnend und skrupellos, wenn es ums Geschäft ging, doch was Sexualität anging, hatte er eine beinahe calvinistische Moral, die keinerlei Verstöße duldete. Einmal hatte sie ihn gefragt, ob er Rosalind je betrogen habe.

»Nie«, hatte er klar erwidert. »Ich war nicht einmal je in Versuchung, mein Ehegelübde zu entehren.«

»Und Rosalind?«

»Natürlich war sie mir treu.« Er hatte sie über den Rand seiner Lesebrille hinweg angestarrt. »Warum stellst du überhaupt so eine Frage?«

Es war reine Neugier gewesen, und seine Wut erschreckte sie. »So etwas passiert nun mal in Ehen –«

»Nicht in meiner«, hatte er bestimmt gesagt. »Damals nicht und heute auch nicht. Untreue würde ich niemals tolerieren.«

Seine Drohungen sollten ihr eigentlich keine Angst machen, und doch taten sie es. Das Sorgerecht für Marcus zu verlieren ... die Vorstellung war unerträglich. Ebenso wie Cäsars Frau musste Amanda über jeden Verdacht erhaben sein, und so ignorierte sie den kribbelnden Rausch der Lust auf ihrer Haut, wenn sie mit Eric zusammen war und ihre Knie sich unter dem Tisch im Quix Café streiften oder ihre Ellbogen sich versehentlich – oder absichtlich? – berührten. Sie konnte es nicht mehr mit Bestimmtheit sagen und sie konnte auch nicht so tun, als wäre sie sich der quälenden, aber unausgesprochenen Frage zwischen ihnen nicht bewusst.

Das Buch, das im Fernsehen besprochen wurde, war der neueste Thriller von Jackson Barr. Amanda stellte die Lautstärke höher. Ihr Produzent hatte erfolglos versucht, den Krimiautor zu überzeugen, bei *Mandy Meets* aufzutreten. Seine Absage sei nicht persönlich, hatte sein Presseagent sich entschuldigt. Der Autor sei ein Einsiedler, der die Medien scheue. Und doch schaffte er es irgendwie, jedes Jahr zwei Bestsellerkrimis herauszubringen. Er war nach drei Jahrzehnten bei der New Yorker Polizei nach Irland gezogen und lebte nun abgeschieden ganz oben auf Howth Head. Sein neues Buch bekam in der Sendung eine vernichtende Kritik, doch das würde nicht den geringsten Unterschied machen, dachte

Amanda, als sie den Fernseher ausschaltete. Es belegte bereits den ersten Platz der Bestsellerliste.

Als sie im Bett lag, dachte sie an Eric. Solche Fantasien waren gefährlich, und doch schloss sie die Augen und stellte sich vor, wie sie sich ihm mit zerzausten Haaren auf dem Boden hingab, an einer Wand, auf dem Küchentisch ... in einem Feld voller roter Mohnblumen – überall, außer in diesem Schlafzimmer mit den pflichtbewusst zugezogenen Vorhängen und Lars schwerem Atem in ihrem Ohr. Es wäre einfach zu riskant mit Eric. Doch das machte ihr leichtsinniges Verlangen nur umso aufregender. Denn was zuvor so einfach hätte befriedigt werden können, war nun verboten, wie ein Dorn, an dem sie sich nur heimlich stechen durfte. Und dem sie sich nur im Halbdunkel ihrer Fantasie hingeben durfte.

VIERZIG

»Was erwarten Sie jetzt von mir?«, hatte Karl Lar Richardson gefragt, als er die Scherben seines zerbrochenen Lebens wieder aufzusammeln versuchte. »Soll ich eine neue Identität annehmen?«

»Eine neue Identität anzunehmen, wäre die perfekte Lösung«, hatte Lar geantwortet. »Allerdings ergeben sich in der echten Welt nur selten perfekte Lösungen.«

Wie sich herausstellte, lag Lar falsch. Es war ein Drogenabhängiger, kaum aus dem Teenageralter raus, und von der gefährlichen Stärke der Verzweiflung angetrieben, der Karl in Temple Bar angriff und ihm so seine Verwandlung ermöglichte.

Sein Angreifer kam von hinten und schlug mit einer solchen Grausamkeit zu, dass Karl keine Zeit zum Reagieren blieb, da wurde er schon in ein leeres, baufälliges Gebäude gezerrt und an eine Wand gedrückt.

»Lass den Rucksack fallen oder ich schlitz dir dein verficktes Gesicht auf«, brüllte er, wuchtete seinen Arm gegen Karls Hals und drückte ihm die Spitze eines Messers an die Wange.

Es wäre ganz einfach gewesen, ihm seinen Rucksack zu

geben. Ein Großteil des Inhalts war ersetzbar – die Obdachlosenhilfe würde ihn mit allem ausstatten, was man für das Leben auf der Straße brauchte. Doch die Zeichnungen in seinem Tagebuch waren unersetzlich. Sein Angreifer würde sie wegschmeißen, ohne einen weiteren Gedanken daran zu verschwenden. Er interessierte sich nur für Karls Handy oder sein Geld.

»Lass sofort deinen Rucksack fallen«, wiederholte der junge Mann.

Das Messer schnitt in Karls Gesicht. Blut rann ihm heiß und kribbelnd die Wange hinunter. Draußen vor dem verlassenen Gebäude floss der Verkehr vorbei und Fußgänger eilten über den Bürgersteig, die Gesichter abgewandt. Ein Straßenkampf zwischen zwei zwielichtigen Typen – dem ging man besser aus dem Weg. Karl hörte eine Frau reden, einen Straßenkünstler singen, Gelächter. Sollten das die letzten Geräusche sein, die er je hörte? Ein Baum hatte in den Rissen in der Wand Wurzeln geschlagen und die Zweige hingen wie eine segnende Hand über Opfer und Angreifer. Der Tod kam, spuckte ihm ins Gesicht, mit gelben Zähnen und stinkendem Atem, doch Karl weigerte sich nachzugeben. Er kam wieder zur Besinnung und stieß seinem Angreifer mit solcher Wucht das Knie zwischen die Beine, dass diese nachgaben. Der junge Mann brach zusammen, das Messer fiel klappernd auf den Zementfußboden.

Karl taumelte durch die Crown Alley und über die Ha'penny Bridge. Auf der Uferpromenade sackte er auf einer Bank zusammen, der Schmerz in seinem Gesicht übermannte ihn. Der Schnitt war tief, Blut floss ihm über die Kehle und befleckte seinen Anorak. Der Blutverlust machte ihm Angst, also zog er ein paar Taschentücher aus seinem Rucksack und versuchte, den Fluss zu stoppen. Als er sich den Rucksack wieder über die Schultern schwang, gaben seine Beine nach, doch irgendwie schaffte er es bis zum Mater Hospital. Der Arzt in der Notaufnahme hatte schon zu viel gesehen, um Mitleid auch nur vorzutäuschen. »Sie haben Glück gehabt«, meinte er, während er die Wunde nähte. »Ein Stückchen weiter und Sie hätten Ihr Auge verlieren können. Das wird eine Narbe geben, doch das werden Sie schon überleben. Und plastische Chirurgie ist immer eine Option. Passen Sie in Zukunft bloß auf sich auf.«

Er verließ das Krankenhaus und ging zu einer Apotheke, wo er sich Schmerzmittel kaufte. Die Leute, denen er über den Weg lief, machten einen großen Bogen um ihn, sobald sie seinen blutbefleckten Anorak und den Verband in seinem Gesicht sahen. Er bog rasch in eine Seitenstraße, als sein Magen revoltierte. Vor Übelkeit krümmte er sich zusammen und übergab sich an eine Wand. Ein Pärchen eilte vorbei und die Frau kreischte angeekelt auf. Mit dem Ärmel wischte er sich den Mund ab und kauerte sich in die Hocke, die Hände schlaff zwischen den Knien hängend. Schließlich brachte er die Kraft auf, wieder aufzustehen und sich auf den Weg zur Bushaltestelle zu machen, um nach Glenmoore zu fahren.

»He, Alter!«, rief eine Stimme. »Wart doch ma'.« Gabby Morgan, gekleidet in Jeans und eine braune Donkeyjacke, beeilte sich, ihn einzuholen. Erstaunt starrte er Karl an und sagte: »Alter, du siehst aus, als hätteste Bekanntschaft mit nem Säbel gemacht.«

»Kommt in etwa hin.« Es war nicht einfach zu lächeln, da eine Hälfte seiner Unterlippe sich nicht bewegen wollte. »Wann bist du aus dem Gefängnis raus?«

»Haben Einspruch eingelegt und gewonnen. Irgend'n Fehler bei den Beweisen und schon war ich drauß'n, keine Ahnung, was da abging. Ich und dieser Arsch Killer.« Er musterte Karl aus zusammengekniffenen Augen. »Hab' gehört, du lebst aufer Straße. Wo pennst'n du?«

»Ich habe ein verlassenes Haus gefunden.«

Gabby ergriff seinen Arm und zog ihn zu sich. »Such dir 'n

vernünftiges Dach überm Kopp, Alter. Die Straße is' nix für Leute wie dich.«

»Auch für sonst niemanden.«

»Manche packen's. Andere landen tot in 'ner Blutlache in irgend'nem Eingang. Wills' du das?«

»Ich weiß nicht mehr, was ich will, Gabby.«

»Dann entscheid' dich ma' langsam. Ich kann deine blutenden Rippen von hier aus seh'n. Hier is' meine Adresse.« Er griff in die Tasche seiner Donkeyjacke und reichte Karl eine Visitenkarte, auf der *Gravierungen Morgan* gedruckt stand. »Ich würd' dir ja anbieten, in meiner Bude zu pennen, aber seit dem Schlaganfall meiner Ma ist's da so eng, dass de dich kaum umdrehen kannst. Aber du kannst jederzeit zum Essen vorbeikommen, Alter.«

»Danke, Gabby.«

»Man sieht sich.«

Die Schmerzen in seinem Gesicht waren heftig und seine Lippe pochte, als Karl das alte Haus erreichte. Warum war es ihm so wichtig gewesen, dass sein Rucksack nicht geklaut wurde, wo er doch schon alles andere verloren hatte, das ihm etwas bedeutete? War es, weil er eine Wahl gehabt hatte? Die Wahl, bis zum Tod in dem verlassenen Gebäude zu kämpfen, anstatt seinen letzten Besitz aufzugeben. Er zog sein Tagebuch heraus und betrachtete die Zeichnungen, die das Gefängnis erträglich gemacht hatten. Er hatte den Wesen einen Namen gegeben: Plinks. Als Sasha noch sprechen lernte, war das ihr Wort für »pink« gewesen – ständig wollte sie ein plinkes T-Shirt, ihre plinken Sandalen oder einen plinken Cupcake haben.

Der Boden des alten Hauses war mit Zeichnungen von Plinks übersät. Nach all den Jahren, die sie in seinem Kopf eingesperrt gewesen waren, rannten sie nun, sprangen, kletterten, schwammen und flogen über das Papier. Ihre Farben veränderten sich je nach seiner Stimmung, mal strahlten sie in den Grundfarben, mal waren sie pastellfarben.

Sie bekamen Eigenschaften und Vornamen: Super, Bravo, Leo, Hero, Luna, Star und Tigra.

Wie erwartet verheilte seine Wunde, hinterließ aber eine böse rote Narbe, die von seiner Wange bis hinunter zu seinen Lippen verlief. Seine Unterlippe hing schlaff herab, wodurch sich sein Mund seitlich verzog. Er berührte seine gesunde Wange. Er fühlte sich substanzlos, als könnte der leichteste Windstoß ihn davonwehen und einen Fremden an seiner Stelle zurücklassen.

Er schnitt sich die Haare, rasierte die Seiten ab und frisierte den Mittelteil zu Stacheln. Außerdem färbte er sie schwarz. Der Unterschied war erstaunlich: Seine Augen wirkten grüner, seine Haut blasser. Er kaufte sich eine Brille ohne Sehstärke mit einer blauen Tönung und eckigem schwarzem Gestell. Aus seinem planlosen Durchstöbern von Secondhandläden hatte sich ein Style entwickelt. Bunt gemischte, nicht zueinanderpassende Kleidungsstücke, die er früher nie getragen hätte. Wann wird aus einer Idee ein Plan?, fragte er sich. Wann wird er in die Tat umgesetzt und bekommt eine unaufhaltsame Schubkraft? Wie eine Schlange legte er seine alte Haut ab und fühlte sich mit jeder Schuppe etwas leichter.

Sheila Hande rief ihn an. Seine Schadenforderung wegen ungerechtfertigter Entlassung gegen Richardson Publications habe endlich zu einer außergerichtlichen Einigung geführt.

»Ich habe alles gegeben, um Lar Richardson zu überreden, den Betrag zu erhöhen«, erzählte Sheila. »Ich fürchte, das ist seine Grenze. Wenn wir vor Gericht gehen, würde Ihnen der

Richter wohl einen höheren Ausgleich zusprechen. Aber ich habe keine Ahnung, wie lange das dauern würde. Auf diese Weise gehört das Geld Ihnen, sobald Sie die Vergleichspapiere unterzeichnet haben. Brauchen Sie das Geld jetzt oder können Sie es sich leisten zu warten?« Sie wussten beide, dass das eine rhetorische Frage war.

Er unterzeichnete die Papiere und verlangte, den Ausgleich in bar ausgezahlt zu bekommen. Als das Geld in Sheilas Büro ankam, brachte er es sofort in das Postfach, das er benutzte, seit er obdachlos war. Endlich war sein Kopf klar. Die vernebelte Verständnislosigkeit war weg, genau wie der Selbsthass, das selbstzerstörerische Verlangen und die Sehnsucht nach alldem, was er verloren hatte. Die Gegenwart war alles, was zählte.

Für einen Neuanfang brauchte er einen neuen Pass, ein Bankkonto, Strom- und Wasserrechnungen, eine Sozialversicherungsnummer. Einen Monat später, als Gabby Morgan ihm die gefälschten Dokumente aushändigte, lagen die letzten Überreste der Schlangenhaut vertrocknet am Boden des alten Hauses.

Er mietete sich eine Wohnung. Das Haus war während des Immobilienbooms gebaut worden; die hölzerne Fassade moderte bereits und die Farbe verblasste. Er hatte geglaubt, dass es schwierig werden würde, wieder unter Menschen zu leben, doch schon bald stellte er fest, dass dieser anonyme Wohnkomplex ebenso einsam wie eine Gefängniszelle war.

Monatelang arbeitete er unermüdlich am Laptop, experimentierte, improvisierte und recherchierte, was er brauchen würde, um voranzukommen. Seine Finger flogen nur so über die Tastatur, während er sich auf den Sturm vorbereitete, den er zusammenbraute.

EINUNDVIERZIG

Am Samstagmorgen wimmelte es in Dublin nur so von Straßenkünstlern, es gab Musiker, Akrobaten und Straßenmaler. Marcus war besonders fasziniert von den lebendigen Statuen, die ihm zuzwinkerten oder dankend ihren kleinen Finger bewegten, wenn er ein paar Münzen in ihren Eimer warf. Er war jetzt zwei Jahre alt und Amanda war mit ihm in die Stadt gegangen, um seine Füße für neue Schuhe messen zu lassen. Danach würden sie in der Children's Cave zu Mittag essen.

Am Ende der Grafton Street hatte sich eine Gruppe Kinder um einen Straßenmaler versammelt. Im Gegensatz zu den anderen Künstlern malte er keine Heiligen und Engel in grellen Farben. Kinder zerrten an den Händen ihrer Eltern, um stehenbleiben und sich seine Arbeit ansehen zu können. Marcus ging in die Hocke und betrachtete die bunten schweineartigen Wesen. Aufrecht und auf zwei kräftigen behuften Beinen schienen sie über den Gehweg zu wandeln, ihr Fell schimmerte in unzähligen Farbtönen. Jedes Wesen trug einen Gegenstand, der seine jeweiligen Aktivitäten repräsentierte: Wanderstiefel, eine Taucherbrille, Laufschuhe, einen Propeller, Steppschuhe, ein Kajak und ein Skateboard.

Der Künstler beugte sich vor und begann wieder zu zeichnen. Noch ein paar Striche und eine weitere gedrungene kleine Figur erschien. Dieses neue Wesen schwamm und die Kinder wichen zurück, als erwarteten sie, die gemalten Wellen würden über ihre Füße spritzen. Amanda verstand ihre Reaktion. Die Figuren waren unbeweglich, und doch wirkte es irgendwie, als wäre der Gehweg von schwindelerregenden dreidimensionalen Effekten erfüllt.

Marcus ging auf alle viere und krabbelte näher an die Bilder heran.

»Was sind diese Wesen?«, fragte Amanda.

»Plinks«, erwiderte der Künstler.

»Was sind Plinks?« Der Name gefiel ihr, er war prägnant und leicht zu merken für Kinder.

»Abenteurer. Retter. Entdecker.« Er hob dankend einen kreidebefleckten Daumen, als ein kleines Mädchen kichernd ein paar Münzen in seinen Korb warf. »Vergeltungskrieger.«

In seiner knallroten Hose mit den neonfarbenen Hosenträgern, die mit Blinklichtern besetzt waren, wirkte er beinahe so surreal wie seine Figuren. Sein violettes T-Shirt war mit einem Plink bedruckt und sein Schlapphut, an dessen Krempe eine Papierblume steckte, war mit ähnlichen Bildern handbemalt. Sein lustiges Äußeres wurde von einer bösen roten Narbe durchbrochen, die seine Wange in Falten legte. Es sah aus, als hätte man mit einem Messer unter seinem linken Auge angesetzt und es nach unten bis durch seine Lippen geschlitzt, was seinen Mund entstellte. Die Kinder waren so fasziniert von seinen Bildern und den ulkigen bunten Klamotten, dass sie sein Gesicht gar nicht zu bemerken schienen – und wenn sie es doch taten, dann interessierte es sie nicht.

Sie fragte, wie die Plinks entstanden seien. Sie hätten sich aus einer Kritzelei entwickelt, sagte er, was spannend klang, doch er führte es nicht weiter aus.

»Haben Sie auch Geschichten über sie geschrieben?« Amanda konnte sich die Plinks gut in einem Buch vorstellen, in dem die fesselnden Illustrationen durch simple Worte ergänzt wurden.

»Warum sollten sie Geschichten brauchen?« Er gestikulierte in Richtung der Bilder. »Ein Bild sagt mehr als tausend Worte, und der Gehweg ist alles, was ich als Leinwand brauche.«

»Und der nächste Regenschauer wird Ihre ganze harte Arbeit wegspülen.« Sie stellte sich vor, wie die Bilder verschwimmen und als bunte Bächlein den Rinnstein hinabfließen würden. »Sie könnten so viel mehr aus ihnen machen.«

»Finden Sie nicht, dass das genug ist?« Er lehnte sich auf seine Fersen zurück und tippte seine Wesen mit der Kreide an. Er hatte einen leicht näselnden New Yorker Akzent, der aber zu schwach war, um authentisch zu sein. Vermutlich war er ein zurückgekehrter Auswanderer, den das Glück verlassen hatte. Seine Brille war eckig und blau getönt, wodurch es unmöglich war, seine Augen zu erkennen. Beunruhigend. Sie konnte nicht sagen, ob er sie oder die Kinder ansah.

»Natürlich ist es genug«, erwiderte sie. »Aber wenn ich Ihnen einen Rat geben darf – und ich habe ein wenig Erfahrung in dem Bereich –, dann sollten Sie nicht länger auf den Knien herumrutschen, sondern aufstehen und Ihre Figuren auf das nächste Level bringen.« Sie lächelte ihn ermutigend an, dann sah sie wieder weg, denn sie wollte nicht, dass er dachte, sie würde seine Narbe anstarren. Eine kleinere Narbe ging in einem Winkel von der größeren ab und bildete eine zackige Falte über seiner Oberlippe. Vermutlich von einem Straßenkampf, und zwar einem brutalen.

»Tatsächlich arbeite ich gerade an etwas.« Er wühlte in seinem Rucksack herum und riss ein Blatt Papier aus einem

Skizzenblock. Das Wesen, das er darauf zeichnete, ähnelte denen auf dem Gehweg, doch das Gesicht, das entstand, war das von Marcus, samt den kurzen schwarzen Haaren, den vollen herzförmigen Lippen und den noch immer pausbäckigen Wangen.

Marcus verriet ihm seinen Namen und er schrieb: *Für Marcus von Ben Carroll* unter die Zeichnung. »Ich schicke Ihnen eine Ausgabe meines Buchs, wenn es fertig ist.« Diesmal wusste Amanda, dass er sie direkt ansah. »Sie müssen mir nur Ihren Namen verraten, und wo Sie wohnen.«

Sie gab ihm ihre Visitenkarte. Er betrachtete sie, doch es war offensichtlich, dass ihr Name ihm nichts sagte, was sie nicht überraschte. Vermutlich interessierte er sich nicht im Geringsten für die Promiwelt. Sie ließ einen Zehn-Euro-Schein in seinen Korb fallen. Die hässliche Narbe zerfurchte seine Wange noch mehr, als er die Lippen zu einem krummen Lächeln verzog und ihr einen Daumen hoch zeigte.

Die Plinks sagen Hallo wurde Amanda zwei Monate später an ihren Schreibtisch geliefert. Sie lächelte, als sie den beigelegten Zettel las.

Liebe Amanda,

Sie haben mich ermuntert, etwas Bedeutsames mit den Plinks zu machen, und das ist mein erster Versuch. Bitte geben Sie Die Plinks sagen Hallo *mit besten Grüßen an Marcus weiter.*

Ben Carroll

Die Qualität des Buchs überraschte sie. Die Seiten waren dick und ließen sich von kleinen Händen leicht umblättern.

Jedes Plink hatte eine eigene Farbe und ihr Fell eine fühlbare Struktur aus flauschigen, rauen, glatten, körnigen und samtigen Stoffen, die die Kinder streicheln konnten. Ihre Augen strahlten, die Hufe bewegten sich. Wenn man auf ihre Mäuler drückte, verrieten sie einem ihre Namen. Und was besonders erstaunlich war: Wenn man über ihre Schnauzen kratzte, gaben sie unterschiedliche Gerüche frei: nach Schokolade, Lebkuchen, Orange oder frisch gebackenen Brownies. Handwerklich war das eine unglaubliche Leistung. Ganz offensichtlich war Ben Carroll, der ihr das Buch sogar gewidmet hatte, mehr als nur ein Straßenkünstler. Sie lächelte, als sie die Widmung las:

Für Amanda Bowe. Danke, dass Sie mich ermutigt haben, aufzustehen.

Sie schaute sich noch immer das Buch an, als Eric ihr Büro betrat. Sie zeigte ihm die Widmung und wie die Seiten funktionierten. Abschätzig blätterte er durch die Seiten. Ein Kinderbuch, wen interessierte das schon? Wie sie sich doch verändert hatte. Bevor Marcus geboren worden war, hätte sie das Buch im Mülleimer versenkt, ohne es auch nur zu öffnen.

»Heute Abend?«, fragte Eric leise, bevor er ihr Büro verließ. »Ist alles in Ordnung?«

Sie nickte, vermied es aber, ihn anzusehen. Diskretion war unabdingbar, selbst wenn sie allein waren. Dieses Gebäude hatte Augen und Ohren und die Gerüchteküche brodelte tagein, tagaus. Die Frau vom Chef und der Kriminalreporter – was würde das nur für ein Gerede geben?

Die Erde wurde in Bewegung versetzt. Das war weder ein Klischee noch Einbildung. Als sie an dem Abend zu Erics Wohnung fuhr, wurde sie bis in ihre Grundfesten erschüttert und beruhigte sich erst in der schläfrigen Zeit danach. Als sie zu ihrem Traumhaus zurückfuhr, ließ die Dämmerung den neuen Tag bereits in weichen Linien erscheinen.

Shearwater war ihr noch nie so riesig, so leer vorgekommen. Lar war im Ausland und Marcus übernachtete bei Josh. Ihre Schritte hallten im langen Flur wider, wo Rosalinds Porträt in all seiner besitzergreifenden Arroganz hing. In ihrem Schlafzimmer ließ sie sich zu Boden sinken, ihr Inneres zog sich immer noch zusammen, als sie in der Erinnerung daran schwelgte, wie Erics Zunge langsam ihre Kurven und nach Moschus duftenden Kuhlen erkundet hatte. Nachdem sie sich eine kurze Weile ausgeruht hatten, liebten sie sich mit dem gleichen fieberhaften Hochgefühl noch einmal. Das Verlangen überwältigte sie, ihre Schutzmauern waren gefährlich unsicher geworden, doch sie widerstand dem Drang, ihn anzurufen, nur um ihn atmen zu hören.

Bis zu diesem endgültigen Moment hatte sie sich eingeredet, dass sie sich nur in seiner Wohnung trafen, um über die Quellen zu sprechen, die sie während ihrer Zeit beim *Capital Eye* verwendet hatte. Kontakte, die Eric bei einer Recherche für *Crime Report – Im Untergrund* über das Drogenimperium der Shroffs helfen würden. Doch die Fassade dieser fadenscheinigen Ausrede bröckelte schnell, und nach dieser ersten Nacht gab es kein Zurück mehr.

Sie stahlen sich ihre Stunden mit größter Vorsicht. Nachts lag sie wach, von Lar weggedreht, und hatte Angst, sich zu bewegen, damit er sich bloß nicht rühren und im Schlaf nach ihr tasten würde. Was einst erträglich gewesen war, stieß sie mittlerweile nur noch ab. Hatte er irgendeine Ahnung, woran sie dachte, wenn er ihren Körper mit seinem chemisch angetriebenen Verlangen bearbeitete? Er schlief immer direkt danach ein, doch selbst dann war noch etwas Wachsames an ihm, als würde er nicht nur ihren Körper penetrieren wollen, sondern auch das Verlangen, das sie bei jeder Gelegenheit in die Arme ihres Liebhabers trieb.

Sie könnte ihn verlassen. Sie dachte darüber nach, als sie rastlos in ihrem »zweitrangigen« Schlafzimmer lag. Als Teenagerin hatte sie Imelda dafür verachtet, dass sie ihren Mann nicht verließ. Die Hilflosigkeit ihrer Mutter hatte sie nie verstehen können, ihre Abhängigkeit von dem mageren Taschengeld, das er ihr jede Woche gab. Es war nie genug, um damit auszukommen, und doch erlaubte er ihr nicht, außerhalb ihres Hauses zu arbeiten. Also blieb sie und sparte an allen Ecken, um genug Geld zusammenzubekommen, um ihre beiden Töchter großzuziehen. Um sie stark und unabhängig werden zu lassen. Mütterliche Liebe, das war es. Amanda hatte diese ungeheure Kraft erst verstanden, als Marcus geboren wurde.

ZWEIUNDVIERZIG

Karl betrat das Quix Café und setzte sich an einen leeren Tisch. Mitarbeiter des Fernsehstudios und von Richardson Publications kamen und gingen. Manche von ihnen erkannte er aus seiner Zeit bei der *Hitz*, doch sie gingen an ihm vorbei, ohne ihn eines Blickes zu würdigen. Er hatte gelernt, mit den Wänden zu verschmelzen, indem er den Blick gesenkt und die Schultern gebeugt hielt. Die Atmosphäre war entspannt, die Leute unterhielten sich über die Arbeit, aßen Wraps und sahen auf ihre Handys. Er nahm eine leichte Veränderung dieser Atmosphäre wahr, als Amanda Bowe eintrat und sich an einen Tisch in seiner Nähe setzte. Niemand blieb stehen, um sich mit ihr zu unterhalten, doch sie selbst schien diese Ausgrenzung gar nicht zu kümmern, während sie Nachrichten auf ihrem Handy schrieb. Die Grafton Street hatte sich als perfekte Leinwand erwiesen, um die Plinks zu testen. Wie er sich erhofft hatte, hatten sich Kinder um ihn versammelt, schüchtern, aber neugierig, was er wohl als Nächstes malen würde. Sie an diesem Samstagnachmittag anzutreffen, war ein glücklicher, aber ungeplanter Zufall gewesen. Die Wahrscheinlichkeit, dass sie vorbeigehen würde, war zu gering gewesen, weshalb Karl vorgehabt hatte, sie erst zu kontaktieren, wenn er sein erstes Buch veröffentlicht hatte. Doch dann hatte sich der Junge in der Menge hingehockt, um sich seine Bilder anzusehen, und Karl hatte hochgeblickt und sie beschützerisch hinter ihrem Sohn stehen sehen.

Karl sah, wie Eric Walker das Café betrat und sich zu ihr setzte. Sie sprachen kurz, dann ging er wieder. Sie tauschten nur wenige Worte aus, doch Karl war so sehr auf Amanda eingestellt, dass er ihre verstohlene Körpersprache sofort verstand.

Sie war gerade auf dem Weg zum Ausgang, als er ihren Namen rief.

»Meine Güte! Ben Carroll.« Sie blieb überrascht stehen. »Was machen Sie denn hier?«

»Ich hatte gehofft, mit Ihnen reden zu können«, sagte er. »Haben Sie gerade Zeit für einen Kaffee?«

»Ich muss eigentlich Marcus abholen ...« Sie sah auf ihre Uhr, dann setzte sie sich ihm gegenüber hin. »Aber ein paar Minuten kann ich erübrigen. Schwarzer Kaffee, kein Zucker.«

»Einen Muffin?«

»Nein, danke.« Sie verzog leicht das Gesicht.

Sie war schlank und wirkte fit, ihre dünne Figur ließ vermuten, dass sie im Fitnessstudio trainierte und eine strenge Diät hielt, denn im Fernsehen schien sie immer Idealgewicht zu haben.

»Ich wollte Ihnen eine Dankeskarte für Ihr Buch schicken, aber ich hatte ja keine Adresse von Ihnen«, sagte sie, als er mit zwei Tassen Kaffee zurückkehrte. »Marcus ist total vernarrt in dieses Buch. Letztens kam er mit einer Zeichnung von einem Plink aus dem Kinderhort. Es war leider nur Krickelkrakel, aber er hat felsenfest behauptet, es wäre Super Plink. Es haben wohl alle Kinder ihre Lieblingsplinks gemalt, ihre Figuren werden also ganz schön beliebt.«

»Die Verkaufszahlen sind ausgezeichnet«, bestätigte er.

»Ich habe gerade ein zweites Buch veröffentlicht.« Er zog es aus seinem Rucksack und reichte es ihr. »Ich hoffe, Marcus gefällt es genauso sehr wie das erste.«

»Da bin ich mir sicher.« Sie hob ihre Kaffeetasse, setzte sie dann aber wieder ab, ohne zu trinken. »Was kann ich für Sie tun, Ben?«

»Ich würde die Plinks gerne ins Fernsehen bringen«, verkündete er. »Ich habe schon einen Pitch für Kathy Birch geschrieben, aber ich bin mir nicht sicher, ob sie die richtige Ansprechpartnerin in der Produktion ist.«

»Sie ist für das Kinderprogramm zuständig, also ja, sie ist die Richtige.«

Sie hob ihre dichten, dunklen und perfekt in Form gezupften Augenbrauen. »Vom Gehweg ins Fernsehen – das ist ein ganz schön ambitionierter Sprung.«

»Denken Sie nur an die Teletubbies, wie erfolgreich die immer noch sind«, wandte er ein. »Wenn man es richtig angeht, könnten die Plinks genauso beliebt werden. Würden Sie vielleicht meinen Pitch lesen, bevor ich ihn an Kathy Birch schicke?«

»Natürlich.«

Er zog ein Blatt Papier aus dem Rucksack und reichte es ihr.

»Faszinierend«, sagte sie, nachdem sie es gelesen hatte. »Mir gefällt die Idee mit dem Plinkhaus mit den ganzen magischen Räumen. Und Sie sprechen die richtige Altersklasse an. Marcus würde es lieben. Sie erwähnen hier einen Erzähler, der sowohl die Geschichten erzählt als auch die Bilder malt. Wer wird das sein?«

»Ich«, erwiderte er.

Sie blinzelte mehrmals, als er zu lächeln versuchte, und er wusste, dass sein Mund sie abstieß.

»Wirklich?« Sie lehnte sich über den Tisch und berührte leicht seine Narbe. »Glauben Sie nicht, dass die für so junge Zuschauer schwierig sein könnte?«

Die Vertrautheit ihrer Geste erschreckte ihn. Wie konnte es sein, dass sie seinen Hass nicht spürte, ihn nicht über ihre Haut wahrnahm? Er saß reglos vor ihr, die Lichter des Cafés spiegelten sich in seinen dunkelblauen Brillengläsern. Sie errötete, als ob ihr bewusst wurde, dass sie eine unsichtbare Grenze überschritten hatte, doch sie blickte ihn unverwandt an und wartete auf seine Antwort.

»Ich würde in der Rolle von Super Plink auftreten.« Er deutete auf eine der Figuren auf dem Cover seines Buchs. »Meine Narbe wäre nicht zu sehen.«

»Das könnte funktionieren«, stimmte sie zu. »Die Zeichnungen sind fantastisch und Sie haben eine ansprechende, sehr fesselnde Stimme. Wo kommen Sie her?«

»Aus Dublin. Aber ich habe jahrelang im Ausland gelebt, hauptsächlich in New York.«

»Das habe ich an Ihrem Akzent schon herausgehört. Ich liebe New York, so eine lebhafte Stadt. Was haben Sie dort gemacht?«

»Burger gewendet.«

»Oh?«

»Die Dinge sind nicht so gelaufen wie geplant.«

»Wie kam's?«

»Das Übliche.«

»Sie meinen ... *Drogen?*«, wagte sie es, eine Vermutung anzustellen, wobei sie ihn mit scharfsinnigem Blick betrachtete.

»Ein paar, ja, aber mein Problem war das Trinken«, erwiderte er. »Ich bin trockener Alkoholiker.«

»Das ist bestimmt hart, oder?«

»Nicht, solange ich nüchtern bleibe.« Er lachte rau und tätschelte sein neues Buch. »Sie haben recht mit dem Sprung. Er ist sehr ambitioniert, aber ich bin überzeugt, dass die Plinks durch die Decke gehen können, wenn sie richtig präsentiert werden – und genau das erhoffe ich mir von LR1.«

»Überlassen Sie das mir.« Sie sah erneut auf die Uhr und

stand auf. »Ich sollte mich beeilen, sonst komme ich noch zu spät zu Marcus' Hort. Danke für den Kaffee.«

»Den war ich Ihnen schuldig, für den kostenlosen Rat.«

»Der da wäre?«

»Nicht länger auf den Knien herumzurutschen, sondern etwas Bedeutsames mit meinem Leben anzufangen.«

»Klingt ziemlich schonungslos.« Sie lachte jäh auf. »Aber ich bin froh, dass Sie den Rat angenommen haben. Kathy Birch wird sich bald bei Ihnen melden.«

»Was macht Sie da so sicher?«

Sie lachte und warf sich eine rote Haarsträhne aus der Stirn. »Ich bin Amanda Bowe, ganz einfach.«

Er beobachtete, wie sie davonging. Ihr selbstbewusster Schritt war beinahe ein Stolzieren, der Gang einer einflussreichen Frau, die wusste, wie man Dinge regelte. Ihre unnachgiebigen braunen Augen hatten einst seine Welt im Visier gehabt und sie zum Einstürzen gebracht. Wenn sie ihn jetzt anblickte, sah sie nur einen Menschen, dem sie geholfen hatte, sich von den Knien zu erheben.

DREIUNDVIERZIG

Amandas Bauchgefühl war richtig gewesen: Die Plinks stießen bei den jungen Zuschauern von LR1 sofort auf Anklang. Ben Carroll hatte die Magie seiner Straßenmalerei ins Fernsehen übertragen und hielt sein Publikum in Bann.

Er arbeitete zusammen mit Kathy Birch an dem Set für das Plinkhaus. Das Format, das er ausgearbeitet hatte, war simpel. Verkleidet als Super Plink erzählte er seine Geschichten, die in den Räumen des Plinkhauses stattfanden. Jede Szene illustrierte er mit schnellen, faszinierenden Skizzen. Sein Kostüm hatte er selbst designt. Der leichte, weiche und atmungsaktive Stoff vermittelte den Eindruck, dass er von gelbbraunem Fell bedeckt war, das unter den Studiolichtern nur so schimmerte. Kathy war begeistert von den Rückmeldungen der Eltern und davon, dass die Sendung sogar von Lehrern im Kunstunterricht verwendetet wurde.

Amanda sah amüsiert zu, wie Marcus' Faszination für die Plinks immer größer wurde. Es war rührend, wie sehr er Ben verehrte, der einen bunten Plink-Van fuhr und stets im Kostüm zum Studio kam. Marcus sprach ihn jedoch nie als Ben an, denn ihm schien nicht bewusst zu sein – oder es interessierte ihn nicht –, dass die Super-Plink-Figur ein echter Mensch war.

Im Lauf der Monate und mit der Vorstellung von Bens drittem Buch bei einem von Super-Plink-Fans überrannten Open-Air-Event in Temple Bar wuchs auch Amandas Interesse am Konzept der Plinks. Sie hatte Plink-Plüschtiere vor Augen, Stühle, Puzzles, Musikinstrumente, Wasserflaschen, Schultaschen, Federmäppchen, Tassen, Lampenschirme und mit Plinks bedruckte Kleider und Schuhe, Vorhänge und Bettwäsche. Das Merchandisingpotenzial war überwältigend. Lars Augen leuchteten, als sie ihm ihren Vorschlag unterbreitete. Genau wie sie malte er sich die Spielzeuggeschäfte mit Gängen voller Plinks samt in Plastik verpacktem Zubehör aus. Sie könnten das Plinkhaus mit seinen Möbeln und den Plink-Plüschtieren fürs Weihnachtsgeschäft fertig haben.

Das einzige Problem war Ben Carroll. Amanda hörte die Panik in seiner Stimme, als sie ihm am Telefon von ihren Ideen erzählte. Er weigerte sich, an einem Meeting mit Lar im Sitzungssaal von LR1 teilzunehmen, und verkündete, dass er die Plinks auf keinen Fall zu einer kommerziellen Marke machen würde. Der Schritt vom Gehweg auf den Bildschirm sei gewagt gewesen, aber er habe funktioniert. Warum also eine gute Idee gefährden, indem man sie zu sehr ausreizte?

»Ich bin ein Illustrator und Geschichtenerzähler, kein Geschäftsmann«, hatte er bestimmt gesagt. »An einer Partnerschaft mit Ihnen und Ihrem Mann bin ich nicht interessiert.«

Amanda ließ sich von seiner Reaktion nicht beirren – immerhin hatte sie die Zeit auf ihrer Seite und sie konnte ganz schön überzeugend sein. Schlussendlich würde Ben Carroll noch das große Ganze sehen, genau wie sie. Da war sie sich hundertprozentig sicher, genauso sicher wie sie in der Nacht gewesen war, in der sie mit Lar auf dem Balkon von Shearwater gestanden und gewusst hatte, was sie tun würde, damit das Haus ihres wurde. Oder wie in dem Moment auf dem verlassenen Kai, als sie sich in Hunters Arme geworfen hatte ... oder jetzt mit Eric und ihrer gefährlichen Leidenschaft, die sie zugleich erregte und erschreckte.

Schließlich kamen sie dann auch zu einer Einigung. Statt eine Partnerschaft einzugehen, würden Lar und sie Ben die Merchandisingrechte abkaufen und das Unternehmen Plink Inc. gründen.

»Wir einigen uns auf eine Vergütung, die Ihnen recht ist«, versprach Amanda, als sie ihn mit ihrem Vorschlag anrief. »Wir tragen die Risiken, während Sie weiter das tun, was Sie am besten können, und dabei auch noch steinreich werden.«

»Sie glauben, das wäre möglich?«

Er war immer noch zögerlich und argwöhnisch, ließ sich nicht in die Karten schauen. Sie stellte sich vor, wie er den Mund verzog und die zackige Narbe seine Wange zur Seite zog. Kein Wunder, dass er stets in seiner Rolle bleiben wollte.

»Ich weiß es. Sie müssen groß denken, Ben. Die Plinks könnten die ganze Welt erobern, eine Animationsserie werden –«

»*Animation*? Das kann nicht Ihr Ernst sein?« Sämtlicher Fortschritt, den sie gemacht hatte, schien plötzlich dahin zu sein. »Der Erfolg meiner Sendung basiert auf der Interaktion zwischen Super Plink und den Kindern«, erinnerte er sie. »Nein! Dem kann ich nicht zustimmen.«

Auf einmal war sie kleingeistige Gemüter leid, die sich mit kleingeistigen Angelegenheiten herumschlugen. Ben Carroll hatte die technische Kompetenz, um fantastische Kinderbücher zu produzieren, aber im Herzen würde er immer ein Straßenmaler bleiben.

Letztendlich setzte er seine Unterschrift doch auf die gepunktete Linie. Sie hatte es immer gewusst, er hatte sich nur als zäher Verhandlungspartner erwiesen. Lar murrte, dass sie für die Merchandising- und Digitalrechte zu viel hingeblättert hätten. Ihre Herstellungs- und Produktionskosten waren ebenso beträchtlich, doch sie wussten beide, dass es den Aufwand allemal wert sein würde. Die Produktion würde unverzüglich beginnen.

Lars Respekt vor ihrem Geschäftssinn war im Lauf der Verhandlungen mit Ben gewachsen. Das Porträt von Rosalind verschwand aus dem Flur. Er ließ das große Schlafzimmer streichen und beauftragte Rebecca, die Zimmer im Erdgeschoss neu einzurichten. Endlich verabschiedete er sich von seiner verstorbenen Frau. Der Himmel war klar, als er die Urne mit ihrer Asche hochhob und sich über die Reling seiner Jacht lehnte. Wie ein Flatterband zog der dünne graue Aschestrom am Heck vorbei. Sie umrundeten die Bucht von Dublin und der Wind trug Rosalind davon. Das Spiegelbild der Sonne ruhte auf dem Wasser und die Wellen tanzten zum Rhythmus unsichtbarer goldener Saiten.

Die Plinks hielten Amanda auf dem Boden der Tatsachen und ihre schwindelerregende Erregung im Zaum, die Hitze auf ihrer Haut, wenn Eric in der Nähe war. Sie hielten sie davon ab, sich zu riskanten Stelldicheins zu verabreden, bis Lar schließlich für ein Investorenmeeting für Plink Inc. nach Hongkong flog. Als Eric an diesem Abend in Shearwater ankam, schlief Marcus bereits. Die Brise war mild, sanft und verheißungsvoll, als sie aus dem Haus schlüpften und den Pfad zum Strand hinabstiegen. Die Flut hatte gerade ihren Höchststand erreicht, und sie zogen sich aus und rannten in die Wellen. Der Schock des kalten Wassers vereinte sich mit dem Hochgefühl zu wissen, dass Eric hinter ihr schwamm und sie gleich einholen und zurück zu dem Tuch tragen würde, das sie im Sand ausgebreitet hatten.

Plötzlich flammten Scheinwerfer über dem Meer auf wie ein warnendes Signalfeuer. Das Hupen eines Autos erklang so laut wie ein Nebelhorn. Ein Auto, das an den Strand gefahren war, näherte sich dem Rand des Wassers. Die Fenster waren heruntergelassen, Heavy Metal dröhnte heraus, vorn und auf der Rückbank saßen junge Männer. Vermutlich machten sie eine Spritztour mit einem geklauten Auto, dachte Amanda, als der Fahrer einen Schlenker machte und Sand aufspritzte; und da, im gleißenden Licht, entdeckte sie plötzlich Marcus, der über den Strand rannte. Der junge Fahrer wich aus und verfehlte ihn um Haaresbreite, lehnte sich aus dem Fenster und scheuchte Marcus armwedelnd aus dem Weg. Amanda schrie und rannte zu ihrem Sohn, hob ihn in ihre Arme und trocknete seine Tränen. Er klammerte sich an sie, sein schmaler Körper zitterte heftig. Das Auto fuhr vom Strand weg und hüllte ihn erneut in Dunkelheit, und in diesem Moment, als Eric sich außer Sichtweite hinter den Felsen versteckte, schwor sie sich, dass es vorbei war ... vorbei ... *vorbei*. Die Vorstellung, dass Marcus im Haus nach ihr gesucht und sich dann auf den gefährlichen Weg hinunter zum Strand gemacht hatte, entsetzte sie. Sie schlang sich ein Handtuch um den nackten Körper und trug ihn zurück nach Shearwater. Sie legte sich zu ihm ins Bett und las ihm aus seinen Plink-Büchern vor, bis er aufhörte zu zittern und einschlief.

Am Morgen vor Marcus' Einschulung weinte Amanda nicht, doch innerlich betrauerte sie die Trennung, die sie nun würden durchmachen müssen. Ganz früher hatte sie noch vor ihrem Vater geweint, bis sie schließlich gelernt hatte, dass Tränen ihn nur noch wütender machten. Taten erzielten Ergebnisse, nicht Tränen, und so blieben ihre Augen trocken, als sie sich dem Eingang der St Bede's Junior Academy näherte, zusammen mit den anderen Müttern, von denen manche offen weinten und andere sich die Augen tupften, weil ihre Kinder ihnen nun entwöhnt würden. Auch die Väter wurden emotional – selbst Lar war gerührt gewesen, als sie sich zuvor mit Marcus, der ganz erwachsen aussah in seiner neuen Schuluniform, von

Mrs Morris fotografieren lassen hatten. Vor der Schule hatten sie noch ein Foto von ihm Arm in Arm mit Josh gemacht. Amanda war sich immer noch nicht sicher, was Rebecca von Lars Angebot hielt, Joshs Schulgebühren zu übernehmen. Der Schulweg zu St Bede's war länger als zu Joshs örtlicher Grundschule, doch die Gelegenheit, ihn an dieser exklusiven Schule ausbilden zu lassen, konnten seine Eltern unmöglich ablehnen. Die Jungs waren unzertrennlich, und St Bede's würde Josh einen fantastischen Start ins Leben bieten. Auch Rebecca weinte nicht, als sie ihren Söhnen zum Abschied zuwinkten. Übung macht eben den Meister.

Amanda fuhr direkt zu LR1. Die Strecke war kurz: zehn Minuten, wenn nicht viel Verkehr war, fünfzehn zu Stoßzeiten. Sie schaute kurz bei Lar vorbei, um ihm zu sagen, dass der Wechsel nach St Bede's reibungslos verlaufen sei. Sein Telefon hörte gar nicht auf zu klingeln, und als ein Anruf von einer Filmgesellschaft aus Hongkong reinkam, die Interesse an den asiatischen Rechten für die animierten Plinks hatte, ließ sie ihn allein.

Marcus war ganz aufgebracht gewesen, als das Plinkhaus-Set abgebaut worden war – die animierten Plinks mochte er gar nicht, und er weigerte sich, sie anzusehen. Rebecca meinte, er sei »ein gutgläubiges Kind«. Es klang wie ein Vorwurf, auch wenn es wohl nicht so gemeint war. Sie war der Meinung, dass Marcus, im Gegensatz zu Josh, der mit seinem Vater bereits zu Fußballspielen ging, »zu viele Fantastereien« vorgesetzt bekomme, wie zum Beispiel die Plinks. Das Fußende seines Bettes war voll mit Plink-Plüschtieren und die Wände seines Zimmers von ihren Postern übersät.

An seinem vierten Geburtstag hatte Marcus partout keinen Zauberer gewollt, keinen Clown und auch keine Hüpfburg. Er wollte Super Plink zur Unterhaltung der Kinder, die alle als ihr Lieblingsplink verkleidet zu seiner Feier kommen sollten. Letztendlich bekam er seinen Willen und die Gäste erschienen in Kostümen von Tigra, Hero und den anderen in Shearwater. Sie waren alle so aufgeregt, als Super Plink mit seinem magischen Van auf den Hof fuhr. Sie rannten hinter ihm her, jagten ihn durch die Bäume am Ende des Gartens, wo er immer wieder zwischen den Sträuchern verschwand und wieder auftauchte. Ihm fehlte nur noch eine Flöte, dachte Amanda, und er wäre der Rattenfänger der Plinks.

Als die Kinder später von ihren Eltern abgeholt worden waren und Marcus bereits erschöpft im Bett lag, lud sie Ben ein, zum Abendessen zu bleiben.

»Ich habe schon andere Pläne«, sagte er. »Aber danke für die Einladung.«

Was für andere Pläne?, fragte sich Amanda. Gab es eine Frau in seinem Leben? Sie hatte seine Adresse in Lars Akten nachgeprüft – eine Wohnung in einem Komplex in der nördlichen Innenstadt. Es überraschte sie, dass er noch nicht in eine bessere Gegend gezogen war, doch sie fand auch, dass die Anonymität seines Wohnorts zu seiner verschlossenen Persönlichkeit passte.

Ben hatte das Kostüm ausgezogen, nachdem Marcus nach oben gegangen war. Er sah blass und schwach aus, das lange schwarze Haar war nach den Strapazen ganz strähnig. Die Narbe stach in seinem fahlen Gesicht noch mehr heraus als sonst. Gelegentlich machte er Andeutungen zu seinem alten Leben. Die Narbe sei das Ergebnis eines unerwarteten und nicht von ihm provozierten Straßenkampfs. Einmal hatte sie ihn gefragt, ob er je über eine Schönheitsoperation nachgedacht habe – sie könne ihm jemanden empfehlen, wenn er interessiert sei.

»Vielleicht irgendwann mal«, hatte er gesagt. »Jetzt dient sie noch als Mahnung, wie es ist, alles zu verlieren.«

»Sie müssen furchtbare Angst gehabt haben, als Sie angegriffen wurden«, meinte sie.

»Ich hatte keine Angst.« Er schüttelte den Kopf. »Aber ich habe mich ganz klein gefühlt. Mir ist klargeworden, dass ich umgebracht werden könnte und es niemandem auch nur auffallen würde, wenn ich nicht mehr da wäre.«

Damals im Quix Café hatte ihr Finger gekribbelt, als sie seine Wange berührt hatte. In dem Moment hatte sie sich gefragt, ob sie einen wunden Punkt getroffen hatte, so wie sie es oft bei ihren Gästen tat ... oder ob sie einen kurzen Schauder der sexuellen Erregung zwischen ihnen hatte aufflammen lassen. In beiderlei Hinsicht hatte sie sich geirrt. Was sie in Ben Carroll erweckt hatte, war viel weniger greifbar. Sie hatte ihm eine Zukunft gegeben, hatte ihn animiert, vom Gehweg aufzusehen und sich eine größere Leinwand zu suchen. Seine Dankbarkeit verband sie jenseits von Sex oder Freundschaft und könnte sogar in Missgunst umschlagen. Wer wollte schon derart in jemandes Schuld stehen? Ben Carroll sicherlich nicht. Durch seine schwierige Vergangenheit war er Zuneigung gegenüber argwöhnisch geworden und konnte sie nur noch zum Ausdruck bringen, wenn er eine andere Identität annahm. Seine Narbe zu berühren, war ein Übergriff gewesen, der mehr als nur seine Haut betroffen hatte – als hätte sie etwas Glühendes in ihm berührt und Funken entzündet.

VIERUNDVIERZIG

Bei jeder ihrer Begegnungen hatte Karl damit gerechnet, dass sie ihn erkennen und schockiert zurückweichen würde. Doch das passierte nie. Ihr erster Eindruck von Ben Carroll hatte sich wohl bei ihr eingebrannt und sie sah nur noch den exzentrischen Straßenmaler mit Kreidestaub an den Händen. Einen Straßenkünstler, an dem sie vorbeigegangen wäre, ohne ihn eines Blickes zu würdigen, wenn die Mutterschaft ihre Sicht auf die Welt nicht hätte weicher werden lassen.

Nachdem er den Vertrag mit Plink Inc. unterzeichnet hatte, fuhr er Bayview Heights zur Hälfte hinauf und ging dann das letzte Stück zu Fuß, bis er vor ihrem Haus mit den vergoldeten Toren und dem elektronischen Sicherheitssystem stand. Weitere Häuser, die ähnlich wie Shearwater aussahen, hingen wie Adlernester in der abgeschiedenen Ungestörtheit über dem Meer, die Reichtum ermöglichte. Amanda hatte vergeblich versucht, ihn zu einem Auftritt bei *Mandy Meets* zu überreden. Sie hatte gemeint, die Zuschauer würden solche »Vom Tellerwäscher zum Millionär«-Geschichten lieben und Ben passe da genau ins Bild: ein Straßenkünstler, der auf Gold gestoßen sei. Sie hatte ihm direkt in die Augen geblickt, als sie das sagte. Mit ihren listigen Augen, die immer noch jede potenzielle Schlagzeile anstarrten. Ihre Zielstrebigkeit musste er ihr lassen. Der Aufstieg von einem Cottage im Raleigh Way zu diesem riesigen Gebäude auf dem Gipfel von Bayview Heights war schon bewundernswert.

Ein Auto war die steile Straße zur Einfahrt hinaufgefahren. Ihr silberner Saab tauchte auf und Karl huschte außer Sichtweite. Kurz war der Junge auf dem Rücksitz zu sehen, dann öffnete sich das automatische doppelflügelige Tor und sie fuhr auf das Grundstück. Das Tor schloss sich mit einem Scheppern, das die Krähen aus den Bäumen scheuchte, die daraufhin laut zeternd und flügelschlagend den Abendhimmel bevölkerten. Ihr Lärm erfüllte seinen Kopf, während er davonging.

Ihr Sohn war mittlerweile vier Jahre alt. Nach seiner Plink-Geburtstagsfeier war Karl in seine Mietswohnung zurückgekehrt und hatte geduscht. Das Wasser war beinahe unerträglich heiß gewesen, doch er hatte es ausgehalten – um sein Gesicht und die Form seines Körpers wiederzufinden. Um den Klang seiner natürlichen Stimme wiederzuerkennen. Es würde nicht einfach werden. Es fühlte sich an, als wollte er einen abgelegten Mantel anziehen, der seinem einst vertrauten Körper nicht länger passte.

Er hatte Sasha angerufen. Die Sehnsucht nach seiner Tochter hatte nie nachgelassen, doch während er zunächst vom Alkohol und dann in einer anderen Haut gefangen war, war Sasha ihm langsam entglitten. Ihr Akzent hatte sich verändert. Sie klang mehr wie Nicole, während sie früher wie er geklungen hatte. Doch ihre Beziehung wandelte sich. Er wurde zu ihrem Freund, zu jemandem, dem sie sich anvertrauen konnte, bei dem sie all ihre Sorgen abladen und sich über ihre Mutter und ihren Stiefvater Seth auslassen konnte.

Nachdem sie aufgelegt hatten, rasierte er sich die Haare ab. Er fegte die filzigen schwarzen Haarbüschel zusammen und fuhr sich mit den Händen über die glatte Kopfhaut. Sein

Gesicht fühlte sich entblößt an, seine Augen ungeschützt ohne die getönten Brillengläser.

In den folgenden Wochen hatte er mit Concealer herumexperimentiert und ein Produkt nach dem anderen auf seinem vernarbten Gesicht getestet. Er suchte nach etwas, das die rote Narbe mit seiner normalen Gesichtsfarbe verschmelzen ließ, doch sie ließ sich einfach nicht unter Make-up verstecken. Gabby Morgan kam ihm zu Hilfe und besorgte ihm Prosthetics, wie sie auch bei Schauspielern in der Maske verwendet wurden – und, wie Karl vermutete, in kriminellen Vereinigungen. Gabby versicherte ihm, dass er damit selbst am scharfsichtigsten Sicherheitsbeamten vorbeikomme.

Seine Haare waren wieder nachgewachsen und sein Mund, diese verzerrte Kerbe, die ein namenloser junger Mann in seine Lippe geritzt hatte, war unter einem Bart versteckt, als er vom Flughafen Dublin abflog. Er hatte schon beim Einzug nichts mit in seine Mietswohnung genommen, und er nahm auch nichts mit sich, als er die Tür zum letzten Mal schloss. Alle Spuren seiner Anwesenheit waren aus den zellenartigen Räumen entfernt worden. Den Laptop, auf dem er seine Bücher erschaffen hatte, hatte er zerstört.

Er behielt die Fassung, als er am Flughafen die Sicherheitsschranke passierte und sein Pass geprüft wurde. Er selbst war sich seiner Narbe überaus bewusst und konnte sie unter den Prosthetics heiß pulsieren spüren. Während das Flugzeug sich Phoenix näherte, betrachtete er sein Spiegelbild in der beengten Flugzeugtoilette. Er hatte riesige Angst, am letzten Hindernis zu scheitern. Seine blasse Haut schimmerte kränklich, doch die Tarnung hielt. Er konnte seine Angst kaum im Zaum halten, als er die stämmigen bewaffneten Sicherheitsbeamten passierte, die Karl Lawsons Gründe für seinen Besuch in Arizona zu wissen verlangten.

Selina ... Selina ... Er wiederholte nur ihren Namen, der Rhythmus der Silben im Einklang mit seinem Herzen.

Draußen vor dem Terminal schlug ihm die Hitze entgegen. Er hatte vergessen, wie grausam die Sonne sein konnte, wie grell sie schien. In einem anonymen Hotelzimmer entfernte er die Prosthetics und zog sich die Krempe eines Panamahuts über die versehrte Wange.

In ihrem roten Sommerkleid und den flachen roten Sandalen entdeckte er sie sofort in der Menge im Foyer.

»Karl.« Sie küsste ihn auf die Wange und gab mit dieser bedächtigen Begrüßung den Ton für ihr Wiedersehen an.

»Schön, dich wiederzusehen, Selina«, tat er es ihr deshalb gleich und unterhielt sich höflich mit ihr über seinen Flug, während sie das Hotel verließen und auf ihr Auto zugingen. Die Klimaanlage blies ihnen kühle Luft entgegen, als sie in Richtung Highway fuhr.

»Wie geht es dir?«, fragte er.

»Gut«, erwiderte sie. »Sehr gut.«

Sie konnte ihm nichts vormachen. Er kannte die Leere, die auf das Ende einer Ehe folgte, er wusste, wie schwer es war, neu anzufangen. Ihre Wohnung lag in der Nähe der Theater und Kunstgalerien und damit näher an Gefahren als die geschlossene Wohnanlage, in der sie mit Jago gelebt hatte. Weil sie darauf beharrt hatte, war Cheryl Storm aus *Finchley Creek* herausgeschrieben worden, und sie konzentrierte sich jetzt aufs Theater. Sie bekam kleine Rollen, von denen sie hoffte, sie würden die Figur, die sie geschaffen hatte, in Vergessenheit geraten lassen.

»Nicht so einfach, den Ruf der Schlampe loszuwerden.« Sie lächelte schief. »Ich könnte eine Burka tragen und das Publikum würde immer noch nur Cheryl Storm in mir sehen.«

»Es ist schwer, einen Namen hinter sich zu lassen«, stimmte er zu. »Das Theater steht dir. Du siehst fantastisch aus.«

Erst als sie nach Winding Falls abfuhren, bemerkte er, wie nervös sie war.

»Ist das das erste Mal, dass du zur Hütte zurückkehrst?«, fragte er.

Sie hob zitternd die Finger an den Mund, dann verharrte sie. »Ich hätte nie gedacht, dass ich sie je wieder betreten würde«, gab sie zu. »Am liebsten hätte ich deinen Brief in Stücke gerissen, aber du hast recht. Es ist Zeit, sich der Vergangenheit zu stellen.«

»Du kannst dich immer noch umentscheiden.«

»Nein. Ich muss das tun. Einmal habe ich es mit Jago zusammen versucht, aber ich habe es nicht über mich gebracht, durch die Tür zu gehen. Jetzt bin ich bereit.«

Die Hütte war neu gestrichen worden, am Dach hatte man ein paar Reparaturen vorgenommen, und der Garten war hergerichtet worden. Ein Jojobastrauch hatte den Palo-Verde-Baum ersetzt und eine kleine Gartenlaube bot Schutz vor der Sonne. Selina entdeckte den Schlüssel unter einem Terracottapflanztopf und schloss die Haustür auf. Karl hielt ihre Hand und ging mit ihr über die Türschwelle.

Das Sofa im Wohnbereich, auf dem sie sich so oft geliebt hatten, war weg, doch alles andere war noch so, wie sie es in Erinnerung hatten. Er zog seinen Rollkoffer in eines der Schlafzimmer. Das Bett war ordentlich gemacht, jedoch ohne Rüschenkissen oder Tagesdecke, die einen femininen Touch vermittelt hätten. Die Aufmachung des Zimmers verdeutlichte, dass er hier allein schlafen würde.

Er duschte und rasierte sich den Bart ab. Dann zog er sich frische Sachen an. Währenddessen hatte Selina einen Rindfleischeintopf und Ofenkartoffeln zum Abendessen vorbereitet. Draußen ging die Sonne unter und die anbrechende Dämmerung vertrieb allmählich die burgunderroten Wolken vor dem Longspur Peak. Kerzenlicht flackerte auf dem gescheuerten Holztisch, in den ehemalige Mieter ihre Namen geritzt hatten. Auch sie hatten ihre Initialen nach einer Nacht stürmischer Leidenschaft mit einem geritzten Herz im Holz verewigt. Diese kleine Hütte war voller Erinnerungen, glückseliger wie schrecklicher.

Am folgenden Morgen fuhr Selina ihn zu einer diskreten Privatklinik für plastische Chirurgie, zu der auch die Schauspieler von *Finchley Creek* gingen. Sie blieb an seiner Seite, bis er in den OP geschoben wurde, und wartete bereits auf ihn, als er wieder herauskam.

Zwei Tage später kehrte sie nach Phoenix zurück, um an Proben teilzunehmen. Karl blieb allein in der Hütte zurück, während seine Narben allmählich verheilten. Die Wüste engte ihn ein: die kreuzförmigen Riesenkakteen mit ihren stumpfartigen Armen, die ausgetrockneten Schluchten und die Sandsteinfelsen, die kargen grauen Büsche – all das war so anders als die grüne Landschaft, die er zurückgelassen hatte.

Als er bereit war, weiterzumachen, kehrte Selina zurück und fuhr ihn zum Flughafen. Er flog nach New York, um seine Familie zu besuchen. Sasha war spindeldürr, unbeholfen und wunderschön, und Nicole fühlte sich ganz zerbrechlich an, als er sie umarmte und dann wieder losließ. Und Justin ... sein versehrtes Herz war endlich imstande, Frieden zu schließen, seine versehrten Augen waren endlich imstande, eine Zukunft ohne Constance zu sehen. Selina hatte davon gesprochen, vielleicht nach New York zu ziehen. Neuanfänge waren möglich. Karl hatte es an ihrer Körpersprache gemerkt, an dem Versprechen, das in dem Abschiedskuss lag, den sie ihm am Flughafen gab. War es möglich, in die Zukunft zu gehen, ohne zurückzublicken? Doch der Sog der Vergangenheit war zu stark. Oberflächliche Verletzungen konnten von einem Chirurgen geheilt werden, doch die unsichtbaren Wunden, die im Verborgenen eiterten und schwärten, konnten bloß durch den Balsam der Vergeltung kuriert werden.

TEIL 4

FÜNFUNDVIERZIG

TAG EINS

Es beginnt mit einem Anruf.

»Geh nicht ran«, flüstert Eric ihr ins Ohr. »Die Welt kann auf dich warten, bis sie an der Reihe ist.« Sie liegen einander in seinem Bett gegenüber und kosten die Nachwellen der Lust aus, die sie einander bereitet haben. Er hebt ihre Hände über ihren Kopf und küsst ihre Kehle, küsst ihre Brüste, bis sie das anhaltende Klingeln nicht länger ignorieren kann und sich aus seinen Armen windet. Sie lehnt sich über ihn zum Nachttisch, doch sie kann das Handy in dem Durcheinander nicht ertasten, oder vielleicht ist es auch in den Falten der Decke verschwunden, die sie auf den Boden gestrampelt haben, nachdem sie auf die Laken getaumelt sind. Der Anrufer gibt auf, bevor Amanda das Handy findet, doch das schläfrige Nachglühen schwindet bereits dahin. Ihr ist bewusst, dass ihr die Zeit davonläuft, also kehrt sie ihm den Rücken zu und sucht weiter nach ihrem Handy.

»Wenn es so wichtig ist, wird derjenige sicher nochmal anrufen.« Eric fährt mit den Fingern die Wölbung ihrer Wirbelsäule entlang. »Bis dahin haben *wir* Wichtigeres zu tun.« In solchen Momenten scheint er unersättlich, und Amanda vergisst das Handy, vergisst alles, das außerhalb dieser vier Wände von Bedeutung ist.

Es ist heiß in seiner Wohnung. Dieses kleine Schlafzimmer, vollgestopft mit seinen Besitztümern, ist zu ihrer Oase geworden. Darum toleriert sie seine Unordnung. Er räumt auf, so gut es geht, wenn er ihren Besuch erwartet – zumindest behauptet er das –, doch sie stolpert ständig über seine Bücher und Ladegeräte, seinen Laptop und die Xbox, Schuhe, Wanderstiefel und ungewaschene Hemden.

Sie streicht über seine Erektion, und dann ist er wieder in ihr, bewegt sich jetzt dringlicher und stöhnt laut auf, als das Handy erneut klingelt. Sie entzieht sich ihm und gleitet auf den Boden, um den Bereich um das Bett herum abzusuchen. Mittlerweile ist sie ungeduldig und von einem plötzlichen Unbehagen erfüllt, als das Klingeln wieder aufhört. Da entdeckt sie endlich das Handy unter der Decke. Sie steht auf und windet sich aus Erics Griff. Rebeccas Name leuchtet auf dem Bildschirm. Beide Anrufe sind von ihr, zudem hat sie ihr eine atemlose Nachricht auf der Mailbox hinterlassen.

»Ruf mich sofort an«, sagt sie. »Es geht um Marcus.«

»Was ist los?« Eric steht auf und tritt neben sie. »Stimmt etwas nicht?«

»Ich weiß es nicht«, erwidert sie. »Es ist Rebecca. Ich habe sie gebeten, Marcus von der Schule abzuholen.« Noch während sie spricht, klingelt das Handy erneut. Die Wände des kleinen stickigen Schlafzimmers scheinen sich zu weiten und ihre Besorgnis tausendfach zurückzuwerfen.

»Marcus ist *verschwunden.*« Rebecca weint, keucht und schluchzt so laut, dass es zu unwirklich klingt, um ernst genommen zu werden.

»Verschwunden?« Amanda glaubt, sich verhört zu haben. »Wovon redest du?«

»Ich habe ihn von der Schule abgeholt, wie abgesprochen.« Rebecca räuspert sich, ihre Stimme ist vom Weinen ganz belegt.

»Er ist mit Josh vorgelaufen und dann verschwunden. Ich kann ihn nirgendwo finden.«

»Was meinst du? Er kann doch nicht einfach *verschwinden*. Soll das ein Scherz sein oder so? Wo bist du?«

»An der Schule. Alle suchen nach ihm. Die Direktorin hat die Polizei gerufen und –«

»Die *Polizei*?«, kreischt Amanda so laut, dass Eric vor dem durchdringenden Klang zurückweicht. »Ist das ein Scherz, Rebecca? Wenn das ein –«

»Amanda, hör auf rumzuschreien und hör mir zu. Er war mit Josh zusammen und dann nicht mehr. Er hat sich einfach in Luft aufgelöst. Komm schnell. Du musst jetzt hier sein.«

»Bin schon auf dem Weg.« Amanda legt auf und sinkt auf die Knie. Dann presst sie die Hände vor den Mund.

»Sag mir, was los ist«, verlangt Eric.

Es klingt, als wäre er ganz weit weg, seine Frage ist unwichtig. Sie schluckt einen Schrei hinunter. Was Rebecca gesagt hat, ergibt keinen Sinn. Marcus ist mit Josh zusammen vorgerannt, vor ihren Augen. Wie soll er vor den Augen sämtlicher Eltern und Kinder verschwinden, die in diesen stressigen fünfzehn Minuten nach Schulschluss die Rockfield Road hinunterströmen?

Schnell zieht sie sich an. Ihr Lederrock ist zu kurz und zu eng. Sie hat ihn bloß angezogen, um Eric anzuturnen, er gehört nur in dieses Schlafzimmer. Der Reißverschluss klemmt, als sie ihn hochziehen will. Er überredet sie, sich aufs Bett zu setzen und ihm zu erklären, was los sei. Er schüttelt den Kopf und beharrt, dass kleine Jungen nicht einfach so in einer Menschenmenge verschwinden könnten. Das klingt beruhigend vernünftig. Marcus ist bloß im Gedränge untergegangen. Vielleicht wurde er mitgerissen und hat vergeblich versucht umzukehren, um Josh zu finden. Rebecca reagiert einfach nur über. Marcus wird auf sie warten, wenn sie bei der Schule ankommt. Eric bekommt den Reißverschluss auf der Rückseite ihres Rocks zugezogen und versichert ihr, dass sie nicht wie eine Prostituierte aussehe. Niemand wird ahnen, dass sie einen schwarzen Spitzentanga und einen BH trägt, der ihre Nippel entblößt. Er umarmt sie einen Moment lang, dann gibt er sie frei, und sie macht sich auf zum Aufzug.

Draußen wehen Windböen vom Meer herüber, wodurch die Tränen auf ihren Wangen brennen. Wenn sie doch nur ein Vogel wäre und geradewegs über die Wellen nach Rockfield fliegen könnte! Dann könnte sie den direkten Weg nehmen und müsste sich nicht auf die lange Fahrt machen, die vor ihr liegt. Soll sie über die M50 fahren und die Abfahrt sechzehn nehmen? Oder soll sie die Abkürzung in die Stadt durch den Port Tunnel auf der M1 nehmen? Letzteres ist vermutlich die bessere Option, doch in beiden Fällen dauert es mindestens eine Stunde bis nach Rockfield, egal wie schnell sie fährt.

Es herrscht nicht viel Verkehr, als sie aus Skerries rausfährt, doch die Ampeln leuchten rot ... rot ... *rot* an jeder Kreuzung. Wie hat Rebecca Marcus nur aus den Augen lassen können? Amandas Zorn wächst, dann weicht er wieder der Angst. Sie wartet darauf, dass ihre Schwester anruft und ihr sagt, dass Marcus gefunden wurde, doch ihr Handy bleibt stumm. Ihr Rock rutscht an ihren Oberschenkeln hoch. Sie riecht nach Sex, Erics penetranter Geruch haftet noch immer an ihren Fingern. Sie schaltet die Klimaanlage ein, doch der berauschende Duft nach verbotener Lust will einfach nicht verfliegen. Dann lässt sie das Fenster herunter, und der rauschende Wind und der Lärm des Verkehrs, die ins Auto dringen, beruhigen sie ein wenig.

Marcus muss an der Ecke zur Rockfield Avenue falsch abgebogen sein und sich in irgendjemandes Garten verirrt haben. Mit seinen vier Jahren lässt er sich immer noch von offenen Toren locken und ist stets entschlossen, das Verbotene zu erkunden.

Sie ist gerade auf die M1 aufgefahren, als Rebecca anruft.

»Die Polizei ist da«, berichtet sie. »Warum brauchst du so lange? Du hättest schon vor Ewigkeiten hier sein sollen.«

»Ich bin nicht im Studio.«

»Aber du hast doch gesagt, du bist arbeiten –«

»Das war ich ... *tue* ich auch. Ich erklär's dir später. Der Verkehr ist grauenhaft. Ich fahre so schnell ich kann.«

»Warte mal«, sagt Rebecca. »Ein Garda will dich sprechen.«

»Mrs Richardson, hier spricht Garda Browne.« Seine Stimme klingt jung, besitzt aber Autorität. »Fahren Sie gerade?«

»Ja. Aber ich benutze die Freisprechanlage.«

»Ich will Ihre volle Aufmerksamkeit. Fahren Sie ran, sobald es geht, und rufen Sie diese Nummer zurück.«

Sie folgt der Beschilderung zu einer Tankstelle und hält dort an.

»Sind Sie in der Verfassung weiterzufahren?«, fragt Garda Browne, nachdem sie ihn zurückgerufen hat.

»Ja, mir geht's gut.«

»Wir können einen Streifenwagen schicken, der Sie einsammelt. Wo sind Sie gerade?«

»Das ist nicht nötig.« Ihre Knöchel am Lenkrad werden weiß. »Ich bin bei Ihnen, so schnell ich kann.«

»Hat Marcus Freunde, die in der Nähe der Schule wohnen? Könnte er heute vielleicht bei einem von ihnen zu Hause zum Spielen verabredet sein?«

»Nein. Er ist im September erst eingeschult worden.«

»Neigt er dazu, wegzulaufen?«

»Manchmal läuft er in Gärten.«

»Fremde Gärten?«

»Ja. Er ist einfach nur neugierig –«

»Also *hat* er die Angewohnheit, von Ihnen wegzulaufen.«

Was will er damit sagen? Sie versucht, ihre Atmung zu kontrollieren, und sich zu zwingen, ruhig zu bleiben. »Weglaufen würde ich es nicht nennen. Ich bin immer direkt hinter ihm.«

»Wie lange dauert es noch, bis Sie ankommen?«, fragt er. »Wir hatten eigentlich angenommen, dass Sie direkt von LR1 herkommen.«

»Ich musste überraschend aus der Stadt rausfahren.« Er ist ihr jetzt schon unsympathisch. »Dienstlich«, fügt sie hinzu.

Sie möchte Lar anrufen und ihre Panik mit ihm teilen, aber der Name der Konferenz oder des Hotels, in dem sie stattfindet, ist nicht hängengeblieben, als er ihr davon erzählt hat. Sie weiß nur noch, dass er an diesem Morgen auf der Konferenz sprechen sollte. Sie versucht, die Ortszeit in New York zu überschlagen. Er könnte in diesem Moment vor dem Publikum sprechen, dann wäre sein Handy auf lautlos. Es gibt keinen Grund, ihn zu stören. Bis sie in Rockfield ist, hat man Marcus sicher schon gefunden.

Sie fährt gerade über die M1 auf den Port Tunnel zu, als sie die leuchtenden Schilder am Straßenrand bemerkt. Der Tunnel ist wegen einer elektrischen Störung geschlossen. Also muss sie durch Drumcondra fahren, wo es sich immer staut, als Vorgeschmack auf den Verkehr, der im Stadtzentrum auf sie warten wird.

Drumcondra ist so voll wie erwartet, und eine Baustelle macht das Ganze noch chaotischer. Sie widersteht dem Drang, mehrmals auf die Hupe zu drücken, während sie langsam auf die Uferstraße zurollt. Nachdem sie die Liffey überquert hat und weiter Richtung Süden fährt, wird der Verkehr etwas entspannter.

Im Fluss liegt ein großes Schiff mit prachtvoller Takelage vor Anker, die stolzen Flaggen flattern im Wind. Heute ist der letzte Tag, an dem das Schiff in Dublin ist, bevor es wieder in See sticht. Eigentlich hatten Marcus und sie vorgehabt, es sich am Nachmittag anzusehen. Gestern Abendbevor er ins Bett musste, hatten sie es zusammen gegoogelt, und sie hatte ihm für danach ein Happy Meal bei McDonald's versprochen. Als Eric sie jedoch an diesem Morgen bei der Arbeit anrief, weil er einen Tag früher als geplant aus Spanien zurück war, und sie so aus ihrem Büro lockte, weg von ihrem Versprechen an Marcus, da hatte sie sich selbst eingeredet, dass es ihrem Sohn schon nichts ausmachen werde. Es gibt schließlich immer noch andere Tage, andere Vergnügungsmöglichkeiten.

Es staut sich schon wieder. Ihr schwitzen die Hände. Wie soll sie erklären, dass sie anderthalb Stunden zu spät ist? *Ich war bei meinem Liebhaber, bin über seine Unordnung gestolpert, und wir haben an Knöpfen und Reißverschlüssen gezerrt und haben uns bereits miteinander vereinigt, bevor wir überhaupt aufs Bett gefallen sind.* Es war ein unmögliches Verlangen, das sie niemals erklären könnte. Das niemand außer Eric und ihr je verstehen könnte.

Der Schulhof ist verlassen, als sie endlich ankommt und einen Parkplatz auf der Rockfield Road findet. Vor dem Schultor parken zwei Einsatzwagen, vor dem Eingang steht ein Polizist. Die SUVs und Autos, die normalerweise die Straße verstopfen, wenn die jüngeren und älteren Schüler Schulschluss haben, sind verschwunden. Dafür parken dort drei Transporter vom Fernsehen. Sie entdeckt die unverkennbare grau-rote Beschriftung des LR1-Transporters mit der Satellitenschüssel auf dem Dach. Es fühlt sich an, als würde sich eine Faust um ihre Luftröhre legen und ihr den Atem nehmen. Was macht das Team von LR1 hier? Und die Journalisten, die vor dem Schulzaun warten? Die Medienpräsenz hat doch wohl nichts mit Marcus zu tun?

Sie zieht ihren Rock herunter und steigt aus dem Auto. Die Journalisten beobachten, wie sie näher kommt. Sie wollen sich gerade auf sie stürzen, da erkennen sie sie als eine von ihnen und verfallen zurück in ihre abwartenden Haltungen. Dieses Warten ist ihr vertraut: die unbeteiligten Mienen, die Ungeduld, von der man sich mit Geplänkel, Tratsch und Kaffee ablenkt. Sie ergreift die Flucht vor ihnen und stöckelt auf ihren Absätzen davon, die zu hoch sind und ihr zu wenig Halt geben. Auf einer Seite rutscht sie mit der Ferse heraus und verzieht das Gesicht vor Schmerz, doch sie geht weiter und entfernt sich von der Presse. Hoffentlich bemerken sie nicht, dass sie die Story ist, wegen der sie sich versammelt haben. Doch sie spürt, wie die Stimmung umschlägt, hört regelrecht das kollektive Schnappen nach Luft, als sie feststellen, dass sie sich nicht zu ihnen gesellt.

Sie hat das Schultor schon fast erreicht. Wenn sie erst auf dem Schulgelände ist, wird sie vor ihren Fragen geschützt sein. Der Polizist am Eingang verlässt seine Position und schließt ihr das Tor auf. Eine rothaarige Kamerafrau vor dem LR1-Jeep schlägt sich die Hand vor den Mund, als ihr aufgeht, dass dieses vermisste Kind nicht einfach irgendein Junge ist, sondern dass es Lar Richardsons Sohn sein könnte. Ein Fotograf holt Amanda ein und hebt seine Kamera. Sie erkennt, dass es Shane vom *Capital Eye* ist, seine gnadenlose Linse hat nur eine einzige Person im Visier. Eine Journalistin, deren Namen sie kennen sollte, aber an den sie sich nicht erinnert, rennt neben ihm her.

»Wird Ihr Sohn vermisst?«, ruft sie.

Diese deutlich vernehmbare Frage veranlasst auch die anderen dazu, nach vorn zu stürzen. Mikrofone mit verschiedenen Medienlogos werden Amanda entgegengestreckt und verlangen einen Kommentar von ihr, der zu ihrer Titelstory werden könnte. Shane ist ihr unentwegt auf den Fersen und knipst und knipst, und eine Fernsehkamera nimmt ihr derangiertes Äußeres auf, ihren nervösen Gesichtsausdruck, ihre hektischen Bemühungen, den Medien auf ihren lächerlichen Fetisch-Schuhen davonzulaufen, die man eigentlich nur vom Auto bis zum Restaurant tragen kann ... oder vom Auto bis zum Schlafzimmer.

Der Garda schleust sie durchs Tor. Sarah, die Direktorin, wartet zusammen mit Rebecca am Eingang. Das Gesicht ihrer

Schwester ist tränenverschmiert. Und hinter ihnen rufen unentwegt die Stimmen:

»Amanda! Wird Ihr Sohn vermisst?«

»Amanda! Warum haben Sie so lange gebraucht, um herzukommen?«

»Amanda! Glauben Sie, Ihr Sohn wurde entführt?«

»Amanda, Amanda, Amanda … reden Sie mit uns, sagen Sie es uns, sagen Sie es uns …«

SECHSUNDVIERZIG

Es ist ihr Geheimnis. Niemand sonst weiß davon. Ihr Geheimnis hat schon so lange ein Kribbeln in Marcus' Bauch ausgelöst, doch er hat es immer wieder unterdrückt und jeden Tag den Himmel betrachtet. Manchmal war er blau mit Zuckerwattewolken. Manchmal waren die Wolken ganz herrisch und haben sich vor die Sonne gedrängt, wenn sie zu scheinen versuchte. Heute ist der Himmel genau so, wie Super Plink es versprochen hat: bunt schillernd vor Seifenblasen, und da weiß Marcus, dass der richtige Zeitpunkt gekommen ist.

Er sucht die Autos vor der Schule mit den Augen ab und entdeckt das geheime Zeichen: ein kleines Plink, das auf die Tür eines silbernen Autos gemalt worden ist. Erst glaubt er, es ist Tigra, aber als er näher rankommt, erkennt er, dass es Star ist, das Pilotenplink.

Die hintere Tür geht auf. Super ist im Auto, genau wie er es versprochen hat. Die Seifenblasen zerplatzen auf der Fensterscheibe und die Scheibenwischer machen ganz schnell *wisch ... wasch ... wusch*, während er davonfährt.

Niemand sieht sie an, schließlich ist Starren unhöflich. Aber selbst wenn, würde man durch das Spezialglas nichts sehen, genau wie in Daddys großem Auto. Marcus kann sehen, wie Josh hochhüpft wie ein Känguru, um die Seifenblasen mit den Händen zu fangen. Tante Rebecca kann er nirgendwo entdecken und die Schülerlotsin Jessie starrt die Seifenblasen so fasziniert an, dass sie ganz vergisst, mit ihrem riesigen Schild die Autos aufzuhalten.

Es ist toll auf dem Rücksitz. Marcus hört die Plink-Lieder und isst Popcorn. Er denkt an seine Geburtstagsfeier zurück, auf der Super Plink Zaubertricks vorgeführt und Geschichten erzählt hat. Und er hat Marcus das Geheimnis verraten, von dem niemand wusste, nicht seine Mammy oder sein Daddy, nicht einmal Josh, der die Plinks auch »mega« findet.

Super lacht und klopft mit seiner magischen Hand auf das Lenkrad. »Gut festhalten, junger Mann«, ruft er. »Wir düsen mit diesem Auto bis zum Plinkhaus.«

SIEBENUNDVIERZIG

SOHN VON MEDIENMOGUL UND TALKSHOW-MODERATORIN VERMISST
VON BARBARA NELSON

Die Garda hat eine großflächige Suche in Gang gesetzt, um den vermissten Schüler Marcus Richardson (4) zu finden. Marcus verschwand, kurz nachdem er an diesem Nachmittag die St Bede's Junior Academy auf der Rockfield Road verlassen hatte. Er ist das einzige Kind des Medienmoguls Lar Richardson (64) und seiner Frau Amanda Bowe (32), der bekannten Moderatorin der Celebrity-Talkshow Mandy Meets.

Amanda Bowe, die anderthalb Stunden nachdem sie von dem Verschwinden ihres Sohns erfuhr, an seiner exklusiven Privatschule eintraf, war zu erschüttert, um Fragen zu beantworten. Marcus war von seiner Tante Rebecca Dowling von der Schule abgeholt worden.

»Ich hole ihn immer ab, wenn Amanda bei der Arbeit viel zu tun hat«, erklärte Marcus' aufgelöste Tante, kurz nachdem ihr Neffe verschwunden war. »Marcus dachte, er würde heute

seinen sogenannten ›Mammy-Montag‹ mit Amanda verbringen, darum war er ganz schön aufgebracht, als sie nicht da war, um ihn abzuholen. Nachdem ich ihn getröstet habe, ist er mit meinem Sohn Josh vorgerannt. Ich konnte sie noch von Weitem sehen, aber als die Seifenblasen aufkamen, habe ich Marcus aus den Augen verloren.« Rebecca Dowling, die mit den Tränen rang, gab zu: »Amandas Arbeit steht immer an erster Stelle, und obwohl sie Marcus selbst abholt, wenn sie nicht auf Sendung ist, ist das nicht das erste Mal, dass ich kurzfristig einspringen und ihn von der Schule abholen musste. Ich werde es mir nie verzeihen, wenn dem armen Kleinen etwas zugestoßen ist.«

Capital Eye *hat Zugriff auf Videomaterial erhalten, das Marcus am Schuleingang zeigt. Er wirkt sichtlich betrübt, als er seine Tante anstelle seiner Mutter auf ihn warten sieht. Kurz nachdem er zusammen mit seinem Cousin Josh Dowling* (5) *durch das Schultor getreten ist, verschwindet er aus dem Kamerabild.*

Die Gardaí konnten nicht bestätigen, ob es eine Verbindung zwischen Marcus' Verschwinden und einem Schwall Seifenblasen gibt, der genau zum Schulschluss über der Rockfield Road auftauchte.

Marcus trug seine St-Bede's-Schuluniform, einen marineblauen Blazer mit roten Borten, eine dunkelgraue Hose und gleichfarbige Schuhe, eine rote Krawatte und rote Strümpfe. Unter seinem Hemd trug er ein Super-Plink-T-Shirt.

Lar Richardson befindet sich derzeit auf der Heimreise von New York, wo er Gastredner auf der Konferenz Digital Media Development – The Next Stage *war.*

Bisher haben die Gardaí keinen Grund, von Fremdverschulden auszugehen. Man hat eine Vierundzwanzig-Stunden-Hotline eingerichtet und bittet die Öffentlichkeit um Informationen, besonders diejenigen, die sich in der Nähe der Rockfield Road aufhielten, als Marcus Richardson verschwand.

Die Bewohner der Rockfield Road und der angrenzenden Straßen haben bereits ihre Gärten und Vorgärten abgesucht. Sie haben in ihren Schuppen, ihren Garagen und Häusern nachgesehen, für den Fall, dass Marcus eine offene Tür entdeckt hat und unter einem Tisch oder in einem Schlafzimmer eingeschlafen ist.

Laut Rebecca waren da Tausende Seifenblasen. Ein ganzer Schwall Seifenblasen, die in Regenbogenfarben schimmerten, wabbelten und wuchsen, bis sie so groß waren wie Ballons. Kinder sind hochgesprungen, um sie zu fangen, sie mit den Fingern zerplatzen zu lassen oder sie höher zu pusten. Und dennoch waren sie von einer verborgenen Stelle aus gekommen, worüber sich aber niemand wunderte, denn Seifenblasen machen eben Spaß – unschuldigen, freudigen Spaß für Kinder und auch Eltern. Und irgendwo in dem Gedränge, in diesem Moment der Ablenkung, ist ihr Sohn entführt worden.

Entführt. Amanda hat es laut ausgesprochen, das Wort rausgelassen. Die Polizei hat ihr nicht widersprochen, es aber auch nicht abgestritten. Sie wissen es ganz einfach nicht. Sie warten darauf, dass etwas passiert. Auf eine Lösegeldforderung etwa, die die Ermittlungen in eine bestimmte Richtung lenken würde – doch bisher ist es eine Suche ohne jegliche Anhaltspunkte. Die Schülerlotsin behauptet, ihr sei nichts Ungewöhnliches aufgefallen, als sie die Autos vorbeifahren ließ. Amanda glaubt, dass sie einfach abgelenkt war. Sie ist immerhin auch nur ein Mensch. Ein großer Schwall Seifenblasen – natürlich hat sie da nach oben gesehen und gelächelt, während der Himmel von einem schillernden Prisma verschleiert wurde.

»Er hat sich einfach in Luft aufgelöst«, wiederholt Rebecca wieder und wieder, als würde die reine Wiederholung es plausibel machen und ihr die Last der Schuld abnehmen. Amanda weigert sich, ihr zuzuhören. Niemand löst sich einfach so in

Luft auf. Das ist ein Trugschluss, eine Ausrede ohne Bedeutung. Jemand hat ihren Sohn bei der Hand genommen und weggeführt, ohne dass es irgendjemand auf dieser überfüllten Straße bemerkt hat.

Die Tränen ihrer Schwester kümmern sie nicht. Rebecca muss sich an etwas erinnern. *Irgendetwas*, das der Polizei eine Spur bringt. Wie weit kann ein kleiner Junge schon weglaufen, ohne dass es jemandem auffällt? Es sei denn, eine Autotür hat sich geöffnet und eine Hand hat ihn hineingezogen. Die Hand eines zwielichtigen tätowierten Kriminellen. Ein Handlanger der Shroffs. Wie konnte Rebecca und all diesen vorsichtigen, wachsamen Eltern etwas so Welterschütterndes nur entgangen sein? Amanda will die Worte aus ihrer Schwester herausschütteln, will, dass sie sich erinnert, erinnert, verdammt noch mal erinnert.

Lar ist auf dem Weg nach Hause. Er hat seinen Flug umbuchen können und wird in den frühen Morgenstunden landen. Als sie ihn angerufen hat, hat er sich zunächst geweigert, ihr zu glauben. Was dachte er bitte, was sie tue? Dass sie sich einen grausamen, bösartigen Scherz erlaube? Dass sie ihre bereits ins Wanken geratene Ehe in Brand stecke?

Sie wird von Garda Browne und einer älteren Frau befragt, die sich als Sergeant Moran vorstellt. Ihr Händedruck ist forsch und ihr Kurzhaarschnitt betont ihren breiten Hals. Sie sieht aus wie eine Frau, die die Kontrolle übernimmt, egal wo sie ist. Sie kommt Amanda bekannt vor, doch sie hat zu viel Angst, um ihr Aussehen, den Namen oder jegliche Informationen richtig aufzunehmen.

Sergeant Moran fragt, ob sie und Lar Feinde hätten. Eine rhetorische Frage – natürlich haben sie Feinde. Amanda bekommt genügend Hassbriefe und Beschimpfungen über die sozialen Medien, die das bestätigen. Was Lar angeht, so wäre er wohl nicht so weit gekommen, wenn er auf dem Weg nach oben nicht einigen Leuten kräftig auf die Füße getreten wäre. Aber ihren Sohn zu entführen ... wie viel Hass kann ein Mensch denn gegen einen anderen hegen?

Als sie später die Schule verlässt, geht ihr auf, warum die Polizistin ihr so bekannt vorkam. Sie war an der Suche nach Connie Lawson beteiligt. Sie muss von Glenmoore nach Rockfield versetzt worden sein. Ihrem ungerührten Blick nach zu urteilen, erinnert sie sich ebenfalls an Amanda und die Publicity, die diese Ermittlung umgeben hat.

Ebenso wie damals ist auch jetzt das *Capital Eye* die erste Zeitung, die die Story in ihrer Spätnachmittagsausgabe bringt. Barbara Nelson hat sie geschrieben, ein weiteres Gesicht aus ihrer Vergangenheit, deren Goth-Haare inzwischen durch Strähnchen etwas harmloser aussehen, und auch das Make-up um die Augen trägt sie etwas dezenter. Sie ist zum *Capital Eye* gewechselt, nachdem die *Hitz* dichtgemacht hat, und jetzt jagt sie wie früher Amanda Exklusivberichten nach. Dass Amanda einmal eine geschätzte Mitarbeiterin war, ist offenbar nichts wert, wenn es darum geht, eine Geschichte auszuschlachten. Wie kann Shane ihr das nur antun, nach all den Jahren, die sie zusammengearbeitet haben? Wie wahnsinnig sie auf seinen Fotos aussieht – so wahnsinnig, wie wohl jede Mutter unter diesen Umständen aussehen würde.

Marcus ist in den Abendnachrichten. Die Fernsehkanäle benutzen das Foto von seiner Einschulung. Er sieht so ernst aus in seiner St-Bede's-Uniform, nervös und doch vorfreudig. Sie schaut sich das Filmmaterial von ihr an, wie sie am Nachmittag an der Schule ankommt und am Schulzaun vorbeihastet, auf ihren Absätzen taumelt, die Wangen schuldbewusst gerötet, der Lederrock zu weit hochgerutscht.

Die LR1-Nachrichtenredaktion berichtet nur über Marcus' Verschwinden – die Frau des Chefs in der Öffentlichkeit herunterzumachen, ist keine so gute Idee, wenn man seinen Job behalten will.

Mrs Morris hat Marcus' Zimmer aufgeräumt. Sein Super-

Plink-Plüschtier liegt auf dem Bett und wartet darauf, dass er nach Hause kommt. Normalerweise nimmt er es in seinem Ranzen mit zur Schule, doch heute hat er es wohl vergessen. Oder vielleicht hat er es auch absichtlich zu Hause gelassen, weil er jetzt ein großer Junge ist, der nicht mehr mit Spielzeug spielt, und weil er nicht von anderen Schülern gehänselt und »Baby« genannt werden will. Dabei ist er doch noch ein Baby, denkt sie. Ihr Baby, das sie mit so unerschütterlicher, beschützerischer Leidenschaft liebt ... doch all das hat sie vergessen angesichts einer anderen gefährlichen Leidenschaft.

Der Morgen mit Eric ist bereits mit dem Schimmer eines Traums belegt, der kurz geleuchtet hat, aber schon bald darauf vergessen ist. Sie kann nicht darüber nachdenken, während sie das weiche Fell des Plinks glatt streicht. Seine Augen funkeln in einem erstaunlich grünen Glanz. Von den sieben Figuren, die Ben Carroll geschaffen hat, ist Super Plink Marcus' Liebling – er hätte ihm etwas Trost spenden können, wo auch immer er gerade ist. Sie drückt sich das Plink an die Brust, als könnte sie so ihrem Sohn irgendwie ihre Liebe übermitteln und ihm den Mut geben, den er in den kommenden Stunden brauchen wird. Das Plink-Porträt von der Wand starrt sie an. Ben Carroll hat ihren Sohn mit nur wenigen Strichen gezeichnet, und doch hat er es geschafft, seinen verzückten Gesichtsausdruck, seinen arglosen, neugierigen Blick einzufangen.

Über den Bäumen leuchtet der Vollmond, eine verlockende, orange Kugel, die ihr Blickfeld ausfüllt, während sie sich über die Außenanlagen von Shearwater davonstiehlt, um Eric anzurufen.

»Warum hast du mich nicht zurückgerufen?«, flüstert er, als fürchtete er genau wie sie, ertappt zu werden. »Ich werde ganz verrückt vor Sorge. Was geht da vor sich? Hast du etwas Neues zu Marcus gehört?«

»Noch nichts. Ich halte das nicht aus. Ich kann das einfach nicht ... Was, wenn Billy Shroff ... oder Killer ...?« Bei dem vertrauten Spitznamen schnürt es ihr die Kehle zu und sie kann nicht mehr weitersprechen.

»Warum sollten sie –?«, setzt Eric an.

»Warum sollten sie *nicht*? Du arbeitest doch gerade an einem Bericht über sie. Du weißt, was sie mir in der Vergangenheit angetan haben.«

»Aber sie wissen doch nicht, dass ich an etwas arbeite, das über das Übliche hinausgeht«, meint er. »Ich habe einen guten Insider, er würde mich warnen, wenn sie bei meinen Nachforschungen Verdacht schöpfen würden.«

»Dein Insider ist ein *Krimineller*. Ein Lügner, sogar ein Mörder. Du glaubst doch nicht etwa, was er dir erzählt? Sie müssen herausgefunden haben, warum du in Spanien warst –« Sie unterbricht sich, ihre Stimme zittert angesichts dieser Möglichkeit. »Ich habe Marcus im Stich gelassen«, sagt sie dann ausdruckslos. »Das ist meine Strafe. Ich hätte nie auf dich hören sollen.«

»Amanda, *hör auf*. Was heute zwischen uns passiert ist, hat nichts mit Marcus zu tun. Wie sollte es auch? Niemand außer uns wusste, dass wir uns treffen – und du wusstest es auch erst, als ich dich heute Morgen angerufen habe.«

Eric klingt ernst und zuversichtlich, aber er greift auch nur Vermutungen aus der Luft ... was weiß er schon, was weiß irgendwer schon?

»Die Shroffs haben überhaupt keinen Grund, Marcus zu entführen«, fährt er fort. »Er wird sicher bald gefunden. Irgendwem muss ja etwas Ungewöhnliches aufgefallen sein. Es dauert nur, bis die Puzzleteile sich zusammenfügen.«

Sie zwingt sich, auf ihn zu hören. Es hilft Marcus nicht im Geringsten, wenn sie sich kreischend in den Dschungel in ihrem Kopfkino stürzt, und trotzdem ist sie dort gefangen, ihre Gedanken arbeiten auf Hochtouren, spulen zu entsetzlichen Schlussfolgerungen vor.

»Frag bei deinem Insider nach«, flüstert sie.

»Das mache ich«, versichert er ihr. »Meine Instinkte sagen mir, dass das nichts mit den Shroffs zu tun hat. Aber wenn es auch nur den kleinsten Hinweis darauf gibt, dass das mit der Bande zu tun hat, kontaktiere ich sofort die Polizei.« Er hält inne und senkt die Stimme. »Was erzählst du Lar, wenn er fragt, wo du heute Nachmittag warst?« Er, der gnadenlos Leute bloßstellt, hat nun selbst Angst, bloßgestellt zu werden.

Sie ist nicht imstande, klar zu denken, und doch gewinnt der Selbsterhaltungstrieb in ihr die Oberhand. Wenn Lar die Wahrheit herausfindet, ist ihre Ehe vorbei. Er wird das Sorgerecht für Marcus beanspruchen und sicherstellen, dass sie vor dem Gesetz als untaugliche Mutter dasteht, die nicht einmal die Sicherheit ihres Sohnes gewährleisten konnte. Marcus muss – er muss einfach – in Sicherheit sein.

»Ich erzähle ihm, dass ich nach Howth gefahren bin, um Jackson Barr zu einem Auftritt in meiner Show zu überreden.« Die Fahrt von dem abgeschiedenen Haus des Krimiautors nach Rockfield hätte in etwa genauso lange gedauert wie die von Erics Wohnung aus.

»Aber jeder weiß doch, dass Barr keine Interviews gibt –«

»Deshalb habe ich beschlossen, persönlich mit ihm zu reden.« Sie duldet Erics Unsicherheit nicht. »Aber als ich bei ihm ankam, habe ich feststellen müssen, dass er außer Landes ist.« Sie muss dieses Gespräch beenden. Es lenkt nur ab, dabei ist Marcus' Rückkehr das einzig Wichtige. »Hast du eine bessere Idee?« Sie atmet zittrig aus. »Dann lass mal hören.«

»Das könnte funktionieren.« Er weiß, wie erpicht sie darauf ist, den Krimiautor zu interviewen. »Wer soll schon beweisen können, dass es nicht so war?«

Sie kehrt ins Haus zurück, wo Imelda bereits per Du mit

den Gardaí ist, die dort ein und aus gehen. Sie hat darauf bestanden, bei Amanda zu bleiben, bis Lar nach Hause kommt, während Rebecca es für klüger hielt, sich fernzuhalten. Sie behauptet, dass sie im Vertrauen mit *Capital Eye* gesprochen und keine Ahnung gehabt habe, dass ihre Aussagen zitiert werden würden. Was sie gesagt hat, sei verdreht und aus dem Kontext gerissen worden. Sie habe nie andeuten wollen, dass Amanda eine nachlässige Mutter sei. Das einsame Heulen der falsch Zitierten: Amanda ist das nur allzu vertraut.

Sie wartet auf Lar, wünscht sich mit aller Kraft, dass seine wuchtige Gestalt den Türrahmen ausfüllen und er die Kontrolle übernehmen möge. Wenn doch nur eine Lösegeldforderung eingehen würde, hervorgebracht von einer schroffen anonymen Stimme, die ihnen befahl, nicht die Polizei zu kontaktieren und das Geld zu einem vereinbarten Treffpunkt zu bringen. Egal was sie fordern, Lar wird es bezahlen. Ihr Sohn ist unbezahlbar. Der Betrag wird beglichen und schon sind sie wieder zusammen, eine vereinte Familie.

ACHTUNDVIERZIG

Schlafenszeit. Super Plink trägt ihn huckepack ins Schlummerland. Das Bett ist weich und die Plink-Decke warm und kuschelig. Super hat ein Bett an der anderen Wand, sodass er Marcus nachts bewachen und die bösen Träume verscheuchen kann. Die Sterne an der Decke blinzeln Marcus zu und am Fußende seines Bettes sitzen alle Plink-Plüschtiere, genau wie zu Hause. Die echten Plinks sind auf dem Mars und in den Bergen und am Grund des Meeres. Manche passen auf verirrte Kinder auf und bewahren sie davor, aus Fenstern oder von ihren Fahrrädern zu fallen.

Super schüttelt das Kissen auf und Marcus legt seinen Kopf darauf. Er ist jetzt müde. Die Sterne tanzen an der Decke und die Musikanlage spielt sein Lieblingslied von den Plinks. Super holt ein weiteres Kissen aus einer Schublade und beugt sich über das Bett. Jetzt kann Marcus die Sterne nicht mehr sehen, weil das Kissen im Weg ist. Als es näher kommt, erkennt er ein Bild von Leo darauf. Sie ist die beste von den Plinks, wenn es darum geht, Monster zu bekämpfen, die Kindern mit Albträumen Angst machen.

»Damit ist es noch gemütlicher«, sagt Super und legt Marcus das Kissen unter den Kopf. »Schlaf gut, kleiner Mann, und träum süß von sauren Gurken.«

Endlich schläft der Junge, und das auch noch ganz zufrieden. Er hat nicht weinend nach seiner Mutter oder seinem Vater verlangt, aber das wird noch kommen. Die Trennungsangst wird ihm noch zu schaffen machen, aber für den Moment ist er immer noch ganz aufgeregt, in seiner Plink-Fantasiewelt zu sein, und wird hoffentlich bis zum Morgen durchschlafen.

Sie hat bereits in den Abendnachrichten für Schlagzeilen gesorgt und wird das auch weiterhin tun, bis die Suche vorbei ist. Er sieht sie im Fernsehen, wie sie auf ihren Absätzen daherstöckelt, ihr der Rock um ihre dünnen Beine zu weit nach oben rutscht und ihre Haare mit der dramatischen roten Strähne hinter ihr herwehen.

Schmerz drückt auf seine Schläfen. In dem Versuch, den Druck zu lösen, massiert er sie mit den Fingern. Die Migräneanfälle haben kurz nach seiner Festnahme begonnen. Gabby Morgan hatte ihm im Gefängnis gezeigt, wie er die Schmerzen durch Massage lindern konnte. Die Druckpunkte waren dabei essenziell: die Wirbelsäule hoch bis zum Schädelansatz, zwischen Daumen und Zeigefinger und unter dem Augenbrauenbogen. An die anderen Punkte kann er sich nicht mehr erinnern, doch Gabby, der ebenso wie er unter wiederkehrenden Kopfschmerzen leidet, kennt sie alle. Sein Wissen über Migräne hat ihn nicht überrascht – den Kopf von Killer Shroff eingetreten zu bekommen, musste bei jedem einen bleibenden Eindruck hinterlassen.

Ein Aufschrei aus dem Schlafzimmer lässt ihn zu dem Jungen eilen. Marcus ist im Halbschlaf und tastet nach seinem

Plink-Plüschtier, das aus dem Bett gefallen ist. Er reicht es dem Jungen, woraufhin dieser es an seine Brust drückt und in einen tieferen Schlaf verfällt.

NEUNUNDVIERZIG

TAG ZWEI

Rätsel um vermissten Jungen geht weiter
Von Barbara Nelson

Auch über Nacht konnte der vermisste Schüler Marcus Richardson (4) nicht gefunden werden. Marcus ist der Sohn von Talkshow-Moderatorin Amanda Bowe (32) und ihrem Mann, dem einflussreichen Medienmogul Lar Richardson (64).

Mittlerweile haben die Gardaí bestätigt, dass die Seifenblasen auf der Rockfield Road wohl bewusst inszeniert wurden, um im entscheidenden Moment der Entführung die Aufmerksamkeit von dem Jungen abzulenken. Derzeit wird eine leere Seifenblasenmaschine mit einer Zeitschaltuhr, die hinter der Mauer eines leerstehenden Hauses nahe der Schule gefunden wurde, kriminaltechnisch untersucht.

Unterdessen wird die Suche auf das ganze Land ausgedehnt. Häfen, Flughäfen und Bahnhöfe sind in Alarmbereitschaft, falls versucht werden sollte, Marcus aus dem Land zu schleusen. Auch sämtliche Wasserstraßen im Einzugsgebiet der Schule werden durchkämmt, wobei Taucher zur Unterstützung bereitstehen.

»Marcus ist ein beliebter und aufgeschlossener kleiner Junge«, erzählte Sarah Hodges, die Rektorin der St Bede's Junior Academy Capital Eye. *»Sein Verschwinden erschüttert unsere Schülerschaft sehr. Sie werden dafür beten, dass er sicher in die Arme seiner liebenden Eltern zurückkehrt. Wir haben entsprechende soziale Beratungshilfen organisiert, die den Kindern zur Verfügung stehen.«*

Die Pressestelle der Garda möchte derweil weder bestätigen noch dementieren, ob ein Lösegeld im Austausch für Marcus' sichere Rückkehr gefordert worden ist.

Nebel liegt über der Bucht von Dublin und die Sonne scheint blass hinter dem Schleier, als Lar auf dem Flughafen von Dublin landet. Sylvia Thornton wartet in der Ankunftshalle auf ihn und geleitet ihn durch die wartenden Medienvertreter und vorbei an den Fernsehkameras und Mikrofonen. Amanda, die all das in den Frühnachrichten verfolgt, fällt auf, wie dynamisch er in dem maßgeschneiderten Anzug aussieht: ein seriöser und respektabler Geschäftsmann in anständigen Herrenhalbschuhen.

Sein Kinn ist rau. Die grauen Stoppeln kratzen auf ihrer Wange, als sie ihm in die Arme fällt. Sie klammern sich aneinander, und es ist unmöglich zu sagen, wer wen aufrechthält.

»Habt Mut«, rät Imelda ihnen. Bei ihr klingt es, als wäre das eine einfache Entscheidung. »Habt Vertrauen in Gott. Marcus wird sicher und wohlauf gefunden werden.« Sie ist mit Amanda die Nacht über wach geblieben, zusammen haben sie auf einen Anruf oder neue Informationen von der Polizei gehofft, auf ein Klopfen an der Tür von einem wohlgesinnten

Fremden, der einen verirrten kleinen Jungen an der Hand hält, der seine Tortur überstanden hat.

»Danke, dass du hier bist, Imelda.« Lar seufzt und umarmt sie. Amanda weiß genau, dass er kein Wort von dem, was ihre Mutter gesagt hat, gehört hat.

»Bist du sicher, dass du nach Hause fahren kannst?«, fragt sie, als Imelda sich auf den Heimweg machen will. »Du kannst auch dein Auto hier stehen lassen und ich rufe dir ein Taxi.«

»Ich komme schon zurecht.« Imelda drückt nervös die Hände aneinander. »Sei nicht böse auf Rebecca. Wir wissen doch alle, wie sehr du Marcus liebst.«

»Ich bin ihr nicht böse«, lügt Amanda. »Sag ihr, sie soll mit niemandem von der Presse sprechen. Vergewissere dich, dass sie das versteht. Ich will ihren Namen nicht noch einmal in der Zeitung lesen.«

»Du hast so lange gebraucht, bis du da warst, Amanda.« Das Morgenlicht scheint unvorteilhaft auf Imeldas angespanntes Gesicht. »Alle haben nach Marcus gesucht und Rebecca war in dem Moment nicht bewusst, dass sie mit Journalisten gesprochen hat. Du kannst ihr nicht übel nehmen –«

»Mum, *bitte* fahr nach Hause. Ich rufe dich an, sobald ich etwas höre.«

»Es gibt bestimmt bald Neuigkeiten. Da bin ich mir sicher.«

Warum sich etwas vormachen? Amanda schluckt diese Frage herunter, aus Angst, sie könnte ihr als Schrei über die Lippen kommen. Warum beharren alle darauf, dass es eine ganz einfache Erklärung für das Verschwinden ihres Sohns gebe? Sein Leben ist in Gefahr, und leere Floskeln untergraben diese Realität.

Sylvia Thornton hält sich nicht mit Floskeln auf. Als Lar gerade im Wohnzimmer mit der Polizei spricht, breitet sie die Morgenzeitungen vor Amanda auf der Frühstückstheke aus.

»Ich nehme an, Sie haben die Berichterstattung gesehen?«, fragt sie. »Und die Fernsehnachrichten?«

»Ja, die habe ich gesehen.«

»Wir müssen die Spekulationen im Keim ersticken.« Sylvia deutet auf eines von Shanes Fotos. »Sie müssen mir die Wahrheit sagen, wo sie gestern waren.«

Amanda nickt. Es hat keinen Sinn, so zu tun, als würde sie Sylvia nicht verstehen. Voller Überzeugung berichtet sie von Jackson Barr, beschreibt ihre Fahrt nach Howth Head, wo sie ihr Auto geparkt habe, um mit einer Frau zu sprechen, die gerade mit ihrem Hund die verlassene Straße entlang Gassi gegangen sei. Die Frau habe ihr erzählt, dass der Autor in den Staaten sei und dort vermutlich einen lukrativen neuen Buchvertrag unterschreibe oder den Verkauf seiner Filmrechte aushandle. Rebecca habe sie angerufen, während sie und die Hundeausführerin, die auch ein Fan des Autors war, sich gerade über Jacksons aktuellen Roman unterhielten. Sie habe erst bemerkt, dass Rebecca sie zu erreichen versuchte, als sie zu ihrem Auto zurückkehrte und auf ihr Handy sah. Die Fahrt durch eine Stadt, die von Baustellen und spinnenden Ampeln gespickt ist, sei einfach grauenhaft gewesen. Zumindest dieser letzte Teil entsprach der Wahrheit.

Ihre Geschichte ist überzeugend, und doch klingt sie in ihren eigenen Ohren hohl. Sie hat keine Ahnung, ob Sylvia ihr glaubt – die Pressesprecherin von LR1 bleibt wie immer undurchschaubar. Zeit mit Sylvia zu verbringen, stresst sie immer, doch heute ist es einfach nicht auszuhalten.

»Ich werde eine Presseerklärung mit diesen Informationen herausgeben«, sagt sie. »Wir müssen dafür sorgen, dass die Aufmerksamkeit der Medien alleine bei Marcus bleibt, und Ihr Bekanntheitsgrad könnte davon ablenken.«

Dann fährt Sylvia nach Hause zu ihren Kindern, alle drei sicher unter der Aufsicht ihres Vaters, dem kürzlich beförderten Detective Sergeant Jon Hunter. Amanda stützt die Ellbogen auf der Frühstückstheke ab und lässt den Kopf auf ihre Arme sinken. Warum nur hat sie so viele Geheimnisse zu einer Zeit, in der die Wahrheit alles bedeutet?

Am Laptop erstellt sie später eine Facebook-Seite und durchkämmt die Onlineausgaben der Zeitungen. Sie überfliegt die Schlagzeile und den einleitenden Absatz des neuesten Onlineartikels des *Capital Eye*. Barbara Nelson behauptet darin, dass sich unter den auf Amanda wartenden Medienvertretern vor der Schule gestern ein Gerücht wie ein Lauffeuer verbreitet habe: Sie sei das Opfer von Tiger-Kidnapping – sie werde also mit Marcus' Entführung erpresst, selbst eine Straftat zu begehen. Warum sonst solle sie erst so spät angekommen sein? Was für ein ausgemachter *Blödsinn*. Amanda unterdrückt ihren Zorn über die Bemühungen der Journalistin, den Fokus erneut auf ihre späte Ankunft zu lenken. Und diese Fotos erst ... Warum bringt das *Capital Eye* die nur immer und immer wieder? Das war natürlich eine alberne Frage – sie hätte es ganz genauso gemacht, wenn Shane ihr diese Fotos zugeschickt hätte. Auch Sylvias Statement zu Jackson Barr wird in Barbaras Bericht erwähnt, doch es sind die Spekulationen, die Amandas Ängste schüren.

Während das Warten auf Neuigkeiten weitergeht, müssen Marcus' Eltern sich mit der Möglichkeit auseinandersetzen, dass ihr Sohn von Kriminellen entführt wurde. Die Pressestelle der Garda hat die Berichte, dass Mitglieder einer kriminellen Bande zum Verbleib des vermissten Jungen vernommen würden, weder bestätigt noch dementiert. Lar Richardson hat eine beträchtliche Belohnung für die sichere Rückkehr seines Sohnes ausgeschrieben. Zudem wird eine Pressekonferenz für den morgigen Tag anberaumt, sollte Marcus dann noch immer vermisst werden.

»Du hast jahrelang im *Capital Eye* über ihre Aktivitäten berichtet«, sagt Lar, nachdem er zu ihr in die Küche gekommen ist und Barbaras Artikel gelesen hat. »Du hast diesen Adrenalinkick gesucht, bis Billy Shroff dir einen Dämpfer verpasst hat.« Seine Haut hat infolge des Schocks und des langen Flugs von New York einen leichten Gelbstich.

Lar gibt ihr die Schuld. Er, der Leute feuert, ohne einen weiteren Gedanken an sie zu verschwenden, der seine Zeitschriften ohne jede Vorwarnung dichtmacht, der sich über Deals freut, die seine Konkurrenz zerstören – dieser Mann glaubt, dass *sie* dafür verantwortlich ist, Hass provoziert zu haben. Was für ein Paar sie doch abgeben! Wie konnten sie überhaupt einen so goldigen, liebenswürdigen Jungen hervorbringen?

»Das ist schon Jahre her«, protestiert sie. »Was ist mit den Nachforschungen, die der *Crime Report* zu ihren spanischen Verbindungen anstellt? Was, wenn sie davon erfahren haben?«

Er nickt. »Diese Möglichkeit habe ich bereits mit Sergeant Moran besprochen. Sie versucht, Eric Walker zu erreichen, aber der sitzt wohl gerade im Flieger. Sie wird ihn vernehmen, sobald er aus Spanien zurück ist.« Er betrachtet das Foto von ihrer Ankunft an der Schule und klappt dann den Laptop zu, als könnte er den Anblick nicht länger ertragen. »Was zum Teufel hattest du mit Jackson Barr vor?«, fragt er. »Wolltest du dieses überhebliche Arschloch verführen oder was?«

»Ich habe gehofft, ihn zu einem Auftritt in meiner Show zu überreden.« Sie darf auf keinen Fall abwehrend klingen. »Du weißt doch, dass ich ihn unbedingt interviewen will.«

»Und das beinhaltet, sich wie ein Flittchen anzuziehen?«

»Ich habe mich nicht –« Sie schluckt schwer. »Wie kannst du es wagen, so mit mir zu reden? Ich war total aufgelöst, als ich an der Schule ankam, und du solltest besser als jeder andere wissen, dass Bilder manipuliert werden können.« Um das Misstrauen ihres Mannes zu mindern, muss sie voller Überzeugung lügen.

Die Uhr an der Wand ist der Beweis, dass die Zeit immer weiterlaufen wird, egal wie absurd es erscheint, wenn das zähe Warten auf Neuigkeiten sich zu Stunden hinzieht. Amanda will eine Plakatkampagne organisieren, doch Lar meint, darum werde sich bereits gekümmert. Als sie sich dem Suchtrupp anschließen will, legt Sergeant Moran ein Veto ein.

»Sie würden bloß ablenken«, wiederholt sie die Befürchtung, die auch Sylvia zuvor schon geäußert hat. »Wir dürfen nicht zulassen, dass die Medien den Fokus der Geschichte auf Sie lenken.« Sie fixiert Amanda mit ihrem unnachgiebigen Blick. »Denn das passiert«, sagt sie. »Aber wem erzähle ich das?«

Die Nachrichtenblätter kauen wieder und wieder die gleichen Einzelheiten durch. Woher wusste die Presse so schnell, dass ein Kind vermisst wird? Diese Frage nagt unentwegt an ihr. Die Polizei hatte sie sicher nicht benachrichtigt. Reporter vor der Schule, die Informationen herausgeben, noch bevor irgendwelche Fakten ergründet werden können, sind wohl das letzte, was sie wollen. So viele Gedanken gehen ihr durch den Kopf, dabei zählt nur einer: Wo ist ihr Junge?

Lucy Knight, die Kolumnistin des Gesellschaftsressorts der *Daily Orb*, umgeht Sylvia Thornton und die Garda-Pressestelle und ruft sie an. Amanda weigert sich, einen Kommentar abzugeben, und schaltet ihr Handy aus. Lucys Klatschkolumne »Knight Out« ist ebenso schlüpfrig wie die vollbusigen Models mit aufgespritzten Lippen in Tangas und Hosenträgern, die das Herzstück des Boulevardblatts bilden.

Unbeeindruckt von Amandas Weigerung, mit ihr zu reden, schickt Lucy ihr Fragen per E-Mail, die Amanda löscht. Sie ruft Sylvia an, um sich über die Belästigung zu beschweren. Die Pressesprecherin ist überrascht, dass eine Journalistin die Schutzbarrieren durchbrochen hat, die sie um Amanda und Lar herum errichtet hat, und willigt ein, sie zu kontaktieren.

Die Nacht bricht herein. So unmöglich es auch scheint: Ein weiterer Tag ist ohne Marcus vergangen. Während der langen, schlaflosen Stunden wirkt es beinahe plausibel, dass ihr Sohn durch Magie geklaut wurde und auf einer Wolke aus Seifenblasen davongeschwebt ist.

Das ist ihre Strafe, die ausgleichende Gerechtigkeit dafür, ihn hintangestellt zu haben. Schuld und furchtbare Angst ringen miteinander, als sie an die Nacht denkt, in der sie Eric nach Shearwater eingeladen hat. Was hat sie nur geritten, ein solches Risiko einzugehen?

Sie hat ihren Sohn angelogen und das, was er gesehen hat – einen Räuber, der sie im Wasser jagte – als Illusion abgetan; und sie schämte sich für diese Lüge. Eine Woche später schämte sie sich dann umso mehr, als sie ihren Schwur brach und abermals durch die ganze Stadt zu Erics Wohnung fuhr.

Marcus knurrt der Magen.

»Essenszeit«, sagt Super. Er macht Spaghetti Bolognese im Leckerschmeckerzimmer. Sie schlürfen die Spaghetti zwischen den Zähnen ein und ziehen dabei Vampirfratzen. Nach dem Abendessen und nachdem alles abgespült ist, röstet Super Marshmallows über dem Feuer in der Kuschelecke. Sie sind heiß und klebrig weich. Marcus isst sechs Stück. Später badet er im Blubberraum mit Luna, einem Wasserplink, das auf dem Rücken eines Wals reitet. Luna rettet Kinder vor dem Ertrinken, wenn sie zu weit rausschwimmen.

Er denkt an die Nacht, in der er geträumt hat, er wäre ein Vogel, der über den Ozean fliegt. Dann fiel er vom Himmel herab. Er schrie, denn er würde gleich in den Wellen ertrinken. Als er aufwachte, war der Schrei nur in seinem Kopf, nicht draußen, und Mammy konnte ihn nicht hören. Er drückte seinen Super Plink eng an seine Brust und schrie: »Mammy … Mammy!«, doch sie kam nicht.

Er schob die Decke weg und schlüpfte aus dem Bett. Mammys Zimmer war dunkel. Marcus ist noch zu klein, um an den Lichtschalter zu kommen, doch das Licht im Flur war an, sodass er ihre Bettdecke sehen konnte, die ganz ordentlich und glatt war, genau wie die Kissen. Er hörte das Schlagen der Uhr und zählte bis zehn.

Unten war alles still. Er sah im Wintergarten nach, in der Küche, im Wohnzimmer und in ihrem Arbeitszimmer. Er lief ins Esszimmer, auch wenn sie dort nie ist, außer wenn sie superwichtige Leute zum Abendessen eingeladen haben.

Er setzte sich auf die unterste Treppenstufe und versuchte, nicht zu weinen. Daddy war weg, wegen superwichtigen Geschäftssachen, und allein im Haus zu sein, war genauso unheimlich, wie vom Himmel zu fallen. Er küsste seinen Super Plink und streichelte ihm das Fell. Es fühlte sich an wie Teddyfell, aber nicht so rau. Eher wie die Seife beim Baden, wenn sie ganz weich und flutschig zwischen Marcus' Händen ist.

Draußen im Garten war der Himmel schwarz. Er konnte Sterne sehen. Der Terrassenboden war kalt und das Gras zwischen seinen Zehen nass wie ein Schwamm. Das Tor zum Strand stand offen. Er ging die Stufen hinunter und entdeckte Mammy im Wasser. Er hatte Angst, weil sie so weit draußen war. War sie ins Meer gefallen, wie er in seinem Traum? Sie schwamm echt schnell, sogar schneller als der Räuber, der sie jagte und wie ein Monster lachte. Ihre Arme schlugen Blubberblasen im Wasser. Dann kam das Auto und wirbelte rum. Der Fahrer beschimpfte ihn durch das Fenster. Er benutzte das S-Wort, und Marcus weinte, denn er hatte Sand in die Augen bekommen. Als Mammy aus dem Wasser kam, war sie weiß wie ein Gespenst und er schlug die Hände vor die Augen, denn sie hatte ihren Bikini vergessen. Sie musste gehört haben, wie er weinte, denn sie schrie immer wieder: »Marcus ... *Marcus!* Warum bist du denn nicht im Bett?«

Als er zwischen seinen Fingern hervorlugte, hatte sie ein großes Handtuch um sich gewickelt. Sie sagte, er habe eine blühende Fantasie und bloß einen Felsen gesehen. Im Mondlicht sähen Dinge anders aus und er müsse diese Nacht vergessen.

»Du Dusselchen«, schalt sie ihn, dann umarmte sie ihn noch fester. »Felsen können doch nicht lachen. Das ist nur das Meer, das seufzt, weil bald die Ebbe kommt. Komm, wisch dir die Tränen ab und wir machen uns eine heiße Schokolade mit ordentlich Marshmallows obendrauf.«

Jetzt kommt Super gerade zurück in den Blubberraum und hält ihm ein Handtuch hin. »Du bekommst noch Schwimmhäute, wenn du noch länger in der Wanne bleibst«, meint er.

Auf dem Handtuch ist ein Bild von Leo Plink und es ist genauso weich wie das, das Mammy benutzt, wenn sie ihn badet. Da kommt das traurige Gefühl und bringt ihn zum Weinen, aber nur kurz. Super sagt, dass es okay sei, traurig zu sein, und dass es manchmal, wenn der Mond voll ist und einem einen Streich spielt, ganz leicht passieren könne, dass man glaubt, Felsen würden lachen. Als Marcus seinen Schlafanzug und den Bademantel anhat, spielt Super die Aufnahme von Mammy in ihrem großen Stuhl ab. Marcus darf sich immer darauf drehen, wenn er sie in ihrem Studio besucht. Dort spricht sie mit den Gästen, die sie eingeladen hat.

Zusammen mit Super sieht er sich die Aufnahme an und sie lachen und klatschen, wenn Mammy lustige und manchmal auch sehr gemeine Dinge zu ihren Gästen sagt. Nachdem die Aufnahme vorbei ist, trägt Super ihn ins Schlummerland und liest ihm aus *Leos magische Taschenlampe* vor. Er lässt das Licht an, sodass Marcus die Sterne über ihm leuchten sehen kann.

Super Plink ist der Beste ...

FÜNFZIG

TAG DREI

Wo war Amanda an schicksalshaften Nachmittag?
Von Lucy Knight

Amanda weiß, dass ein Fragezeichen am Ende einer Schlagzeile Unklarheit suggerieren soll. So ein Aufmacher überspielt den Fakt, dass es *keine* Fakten gibt, kommt einem Eingeständnis gleich, dass das Geschriebene bar jeglicher Informationen ist. Das Fragezeichen wurde gesetzt, um eine Kontroverse zu erschaffen, Unruhe, Spekulation.

TV-Sternchen Amanda Bowe, Mutter des vermissten Schülers Marcus Richardson, ist zurzeit ein echter Dauerbrenner in den Schlagzeilen. Dass sie keinerlei Erklärung abgibt, warum sie am Nachmittag, als ihr Sohn verschwand, so spät an seiner exklusiven Privatschule eintraf, hat zu vielen Spekulationen unter ihren Kollegen geführt. Die Pressesprecherin Sylvia Thornton behauptet, Amanda habe sich mit Jackson Barr treffen wollen, dem millionenschweren Autor, dessen Verachtung für die Medien ebenso legendär ist wie seine Triviallitera-

tur. Doch auf den Videoüberwachungsaufnahmen, die der Daily Orb *vorliegen, ist keine Spur von dem glamourösen TV-Sternchen, wie sie das Grundstück des zurückgezogen lebenden Autors betritt oder verlässt.*

Hat sie sich etwa zwischen den Heidesträuchern und den Klippenpfaden von Howth Head verlaufen? Oder gibt es einen anderen Grund für ihre Geheimniskrämerei um ihr Verhalten an diesem tragischen Nachmittag? Schließlich hat sie sich bei der Jagd nach Storys ja sonst auch nicht zurückgehalten. Vielleicht klärt Amanda uns ja noch auf, wieso sie nun also plötzlich den Kameras aus dem Weg ging, als sie am Luxusheim von Jackson Barr eintraf …

Diesen Schund kann Amanda nicht weiterlesen. Sie knüllt die Klatschzeitung zusammen und pfeffert sie auf den Boden. Lar hebt sie wieder auf, breitet sie auf dem Schreibtisch aus und streicht die Falten glatt. Sie sind in seinem Arbeitszimmer und sehen zusammen die Morgenzeitungen durch, die Sylvia mitgebracht hat.

Der Fotograf von der *Daily Orb* hat Amanda von hinten aufgenommen, wie sie auf die Schule zueilt. Das enge Top, das sie in Erics Schlafzimmer so hastig übergezogen hat, ist auf links gedreht, das Schild ist deutlich zu erkennen, der Stoff zerknittert. An ihrer Taille sieht man einen Streifen Haut, auf dem der schwarze Bund ihres Tangas sichtbar ist.

»Was zum Teufel meint sie damit, dass du nicht auf den Videoaufnahmen zu sehen bist?«, verlangt Lar zu wissen.

»Ich habe Jacksons Grundstück nie betreten oder war auch nur in Reichweite der Kamera. Dieser Journalismus ist einfach nur verachtenswert.« Ihre Lüge droht sie zu ersticken, doch sie ist ihre Rettungsleine. Sie wird sich daran festklammern müssen, bis sie reißt. Dann wird es ohnehin keinen Unterschied mehr machen. Mit erhobener Stimme spricht sie Sylvia an, die diskret zum Fenster gegangen ist, während Lar die Zeitung gelesen hat: »Sie müssen diese Sensationsmache unterbinden. Marcus wird vermisst und diese Frau schreibt über mich. Warum? *Warum?*«

Ein Klingeln an der Tür unterbricht sie. Draußen steht ein Garda-Einsatzwagen. Mrs Morris geleitet zwei Gardaí ins Wohnzimmer. Falls sie die Anspannung im Raum bemerken, dann spiegelt sich das in keinster Weise auf ihren undurchdringlichen Mienen wider, und sie berichten ... ja, was? Amanda erfasst das Gröbste von dem, was die Gardaí sagen, und stellt nur fest, dass es nichts Neues gibt.

Sie lässt Lar mit ihnen reden und öffnet die Terrassentür. Es ist kühl an diesem Morgen, die Brise ist frisch und bringt einen Hauch Seetang mit sich. Sie lässt sich auf einen schmiedeeisernen Stuhl sinken, die kalte Oberfläche durchdringt den dünnen Stoff ihres Rocks.

Kurz darauf gesellt sich Sylvia zu ihr. »Wir müssen reden«, sagt sie leise, beinahe verschwörerisch, als würde sie fürchten, Lar könnte sie hören. »Haben Sie mir, was Jackson Barr angeht, die Wahrheit gesagt?«

»Natürlich.« Amanda schlingt sich ihren Paschminaschal enger um die Schultern. »Warum sollte ich lügen?«

»Um Ihre Ehe zu schützen.«

»Meine Ehe muss nicht geschützt werden.«

»Mein Ruf aber«, erwidert Sylvia kühl. »Ich versuche hier, eine hochbrisante Situation zu händeln und muss alles nutzen, was mir zur Verfügung steht, um die Medien dazu zu bringen, sich nur auf Marcus zu konzentrieren. Aber ich bekomme ständig die Breitseite von Journalisten, die einen anderen Blickwinkel bringen.«

»Was für einen Blickwinkel?«

»Ihr Verhältnis zu Eric Walker.« Sie lässt seinen Namen einschlagen wie eine Bombe und wartet auf Amandas Antwort.

»Er ist mein Arbeitskollege. Wer wagt es, etwas anderes anzudeuten?«

»Lucy Knight zum Beispiel.«

»Sie ist ein Klatschmaul. Kein Mensch schenkt dem Müll Aufmerksamkeit, den sie für dieses Schundblatt schreibt.«

»Sie sind doch selbst in der Medienbranche, Amanda. Ich muss Ihnen nicht erklären, wie das läuft. Sie müssen mir nur bestätigen, dass Sie mir die Wahrheit über diesen Nachmittag erzählt haben.«

»Definitiv.« Ihre Stimme ist voller Überzeugung. Ihre Lüge festigt sich mit jeder Wiederholung. Schon bald wird sie sich in eine fadenscheinige Wahrheit verwandeln. »Ich habe keinen Grund, Sie oder irgendjemand anders anzulügen.«

In der Ferne bewegt sich eine Fähre unmerklich über den Horizont. Möwen stürzen sich kreischend herab, um sich an verrottendem Abfall zu laben. Sylvia knöpft ihren Mantel zu, als der Wind ein paar der rostroten und gelben Blätter über die Terrasse fegt, die sich zu dichten Haufen aufgetürmt haben, die Marcus so gern in die Luft wirft. Amanda überkommt der primitive Impuls, ihren Kopf in den Nacken zu werfen und zu heulen. Doch dem darf sie sich nicht hingeben. Sie muss sich selbst im Griff haben und sich auf die Pressekonferenz vorbereiten.

Als sie das letzte Mal eine solche Pressekonferenz besucht hat, saß sie auf der anderen Seite des grün bezogenen Tischs. Die Lawsons waren vor Angst wie in Trance, als sie sich bemühten, ihre Botschaft herüberzubringen: Helft uns – bitte helft uns … und dabei war ihre Tochter bereits tot. Sie wird nicht daran denken, darf nicht daran denken, sie muss sich auf eine einzige Sache konzentrieren: zu beten, zu flehen, die Shroffs inständig zu beschwören, ihr ihren Sohn sicher zurückzubringen.

Kameras auf Stativen und auf Schultern klicken und blitzen. Die Geräuschkulisse ist so ohrenbetäubend wie das Rattern eines Maschinengewehrs, doch es war Amanda immer so vertraut, dass es ihr bis jetzt nie aufgefallen ist. Auch die Journalisten selbst fotografieren sie mit ihren Handys, als sie sich auf ihrem Platz vor ihnen niederlässt. Die Atmosphäre ist voller angespannter Erwartung. Das ist kein gewöhnlicher Vermisstenfall. Das ist eine prominente Geschichte, die durch Gerüchte über eine kriminelle Verbindung besonders pikant ist.

Amanda sitzt neben Lar, sie halten sich fest an den Händen. Auf ihrer anderen Seite sitzen Sylvia Thornton, die riskante Fragen abblocken wird, und ein Superintendent, dessen Namen sie schon wieder vergessen hat. Lar hält sich an das Skript und spricht direkt in die Kamera. Genauso muss sie es auch machen. Da sie beide aus der Medienbranche kommen, ist ihnen bewusst, wie wichtig diese Botschaft von ihnen ist. Hände melden sich. Dem Superintendenten werden Fragen gestellt. Die Verbindung zu den Shroffs? Ist da etwas dran? Haben die Mitglieder der Dubliner Bande, die vernommen wurden, irgendetwas preisgegeben, das bei der Suche behilflich ist? Der Superintendent wimmelt die Fragen ab, doch die Presse weigert sich, diesen Blickwinkel fallenzulassen. Amanda ist erstaunt, auf wie viele Arten ein und dieselbe Frage gestellt werden kann, obwohl man immer wieder die gleiche Antwort bekommt.

Eine Journalistin, die sie nicht erkennt, fragt, ob sie sich Billy Shroff zum Feind gemacht habe, als sie fürs *Capital Eye* einen Kommentar über das Brautkleid seiner Tochter geschrieben habe. Barbara Nelson schaltet sich ein und erinnert daran, dass Amanda einst vor Killer Shroffs Haustür aufgekreuzt sei und ihn gefragt habe, ob die Geldgeschenke, die seine Tochter gerade von ihren Verwandten zu ihrer Ersten Kommunion bekommen habe, schmutziges Drogengeld seien. Und sei diese Frage nicht vor den Augen des kleinen Mädchens und seinen Schulfreundinnen gestellt worden?

Bevor sie antworten kann, schaltet Sylvia sich geschickt ein: »Diese Pressekonferenz wurde organisiert, um bei der Suche nach Marcus zu helfen und um seine sichere Rückgabe zu bitten. Würden Sie bitte den Wunsch seiner Eltern respektieren und Ihre Fragen auf dieses Thema eingrenzen?«

Delia Wright hebt die Hand. Die einflussreiche Bloggerin hat vier Kinder großgezogen und zu Hause unterrichtet. Jetzt nutzt sie ihre Reichweite dafür, andere Mütter zu ermutigen, die Arbeitswelt hinter sich zu lassen. *Do It Wright – Der mütterliche Weg* hat unfassbar viele Leserinnen, die sie entweder lieben oder hassen.

»Im Namen der hier versammelten Medienvertreter möchte ich Mr und Mrs Richardson gerne unsere Unterstützung in dieser schwierigen Zeit anbieten«, sagt sie. »Wir hoffen aufrichtig, dass ihr Sohn bald zu ihnen zurückgebracht und ihren entsetzlichen Qualen ein Ende gemacht wird.« Sie macht eine Pause, um ihr Mitgefühl wirken zu lassen, dann fügt sie hinzu: »Wenn ich eine Frage an *Mrs* Richardson richten könnte?«

Amanda entgeht die Betonung ihres Familienstands nicht, darum wappnet sie sich. Hinter Delias Lieblichkeit verbirgt sich eiskalte Intoleranz. »Wenn Sie Ihren Sohn am Montag selbst von der Schule abgeholt hätten, wie Sie es versprochen hatten, wäre es dann nicht sehr wahrscheinlich gewesen, dass er an Ihrer Hand die Rockfield Road entlanggegangen wäre?«

Wie soll sie diese Frage beantworten? Die Bloggerin hätte ihr genauso gut direkt ins Gesicht schlagen können. Sie setzt zu einer Erwiderung an, doch die Schuld schnürt ihr die Kehle zu. »Marcus läuft gerne mal etwas vor –«

»Nicht, wenn Sie ihn abholen.« Schwammige Aussagen lässt Delia nicht gelten. »Und *das* tun Sie nur einmal in der Woche. Das ist etwas Besonderes für ihn und er hatte sich darauf gefreut, Zeit mit seiner Mutter zu verbringen, anstatt kurzfristig auf eine Tagesmutter abgewälzt zu werden.«

»Wie erbärmlich von Ihnen, ihr das zu unterstellen!« Lynn Masterson, eine Feministin der alten Schule, springt auf und funkelt die jüngere Frau an. Mit über sechzig kämpft sie noch immer gegen Rollenklischees. »Was Marcus passiert ist, hat nichts damit zu tun, dass seine Mutter auf der Arbeit aufgehalten wurde.«

»Ich will damit sagen, dass diese Tragödie hätte verhindert werden können.« Delias Tonfall wirkt nicht eine Sekunde unsicher. »Was heutzutage von berufstätigen Müttern verlangt wird, ist eine Gefahr für unsere Schulkinder –«

»Niemand spricht einer Mutter das Recht ab, zu Hause zu bleiben und sich um ihre Familie zu kümmern«, brüllt Lynn zurück. »Aber Frauen müssen genauso das Recht haben, sich für einen anderen Weg zu entscheiden!«

Zwei meinungsstarke Frauen haben das Kommando über die Pressekonferenz übernommen. Sie sind so voller Selbstvertrauen, so sicher, dass ihre eigene Ansicht die richtige ist, der richtige Weg ... Warum ist Marcus vom richtigen Weg abgekommen und hat sich in Luft aufgelöst? Man kann sich nicht in Luft auflösen, das geht einfach nicht, das ist keine plausible Erklärung, doch welche Erklärung wäre das schon? Sylvia unterbricht die Journalistinnen und bringt sie zum Schweigen. Die Kameras klicken unablässig, während der Superintendent die Konferenz für beendet erklärt und sie ermattet einer nach dem anderen das Hotelzimmer verlassen.

Als Sylvia sie versehentlich am Arm berührt, verkrampft sie. Es wird immer schwieriger, beinahe unmöglich, ihr so nahe zu sein. Vom Hotel fahren sie geradewegs zum Suchzentrum, doch selbst da wird Amanda von Reportern angesprochen, die wissen wollen, wie sie sich fühle.

Was glauben sie denn, wie sie sich fühlt? Muss sie ihnen die

Antwort etwa entgegenschreien? *Mein Herz ist in zwei Teile gebrochen.*

Die Pressekonferenz schafft es in die Abendnachrichten. Wie ernst sie hinter dem mit grünem Stoff bespannten Tisch aussehen. Amanda hätte weinen sollen. Ihre Antworten klingen zu mechanisch, die Worte zu auswendig gelernt. Sie starrt Delia Wright kühl an und nickt zustimmend, als Lynn spricht. An beides kann sie sich nicht erinnern. Warum wurde dieser Teil nicht rausgeschnitten? Er hat nichts mit Marcus zu tun. Doch er war provokativ, gute Unterhaltung, und Delia Wright hat nur ein Ziel: ihren Blog zu promoten. Da ist er, *Do It Wright – Der mütterliche Weg* steht in großen Lettern auf dem Bildschirm von Amandas Laptop.

Vermisstes Kind – wen trifft die Schuld?

Am Montagmorgen war Marcus Richardson noch ein unbekümmerter junger Schüler. Er freute sich darauf, den Nachmittag mit seiner Mutter zu verbringen, der prominenten Moderatorin von Mandy Meets.

Als Amanda Bowes anspruchsvolles Arbeitspensum sie dann davon abhielt, ihn wie geplant von der Schule abzuholen, bekam Marcus einen Wutanfall, wie kleine Jungen es eben zu tun pflegen, wenn sie bitter enttäuscht sind. Und dann ist er irgendwo auf dem verhängnisvollen Weg von den Schultoren von St Bede's zum Auto seiner Tante Rebecca Dowling verschwunden.

Auf der Pressekonferenz bat sein Vater, der wohlhabende Geschäftsmann Lar Richardson, von Herzen um die sichere Rückgabe seines Sohns. Rührend sprach er vor der versammelten Presse über sein Glück, mit sechzig zum ersten Mal

Vater geworden zu sein. »Mein Sohn bedeutet mir die Welt«, sagte er. »Bitte bringen Sie ihn sicher zu uns nach Hause.«

Diese Tragödie ist ein gutes Beispiel für ein Problem, das Do It Wright *schon seit Langem thematisiert. Die junge Mutter von heute denkt, sie könne alles haben: eine anspruchsvolle Karriere, Kinder und ein aufregendes Sozialleben. Es braucht wohl erst eine Tragödie wie diese, damit sie die Wichtigkeit ihrer Rolle im familiären Heim während der prägenden Jahre ihrer Kinder begreift.*

Warum ließ Amanda Bowe ihren Sohn im Stich? Die Tyrannei des Büroschreibtischs (beziehungsweise in ihrem Fall des Fernsehstudios) trägt dafür die Verantwortung. Wenn sie das Versprechen an ihren Sohn gehalten hätte, hätte er dann den Drang verspürt, wütend in die Menge zu laufen und aus dem Sichtfeld seiner Tante zu verschwinden?

Die Garda ist immer noch im Unklaren, ob Marcus ein anvisiertes Opfer war oder ob es sich um eine willkürliche Entführung handelt. Ein Kind zur falschen Zeit am falschen Ort. Ein Kind, dessen Mutter knappe anderthalb Stunden brauchte, um einzutreffen, nachdem sie vom Verschwinden ihres Sohns erfuhr.

Während wir den Richardsons natürlich unser tiefstes Mitgefühl entgegenbringen, sollte dieser tragische Fall uns auch innehalten lassen und daran erinnern, dass die Rechte von Kindern an erster Stelle stehen sollten – und nicht etwa ein diktatorischer Arbeitsplatz, der Frauen gegenüber keinerlei Zugeständnisse macht und so ihrer Mutterrolle durch eine doppelte Verantwortung permanent den Rang streitig macht.

»Sie hat nicht unrecht«, meint Lar, nachdem er den Blogeintrag zu Ende gelesen hat. »Du hättest bei Marcus sein sollen, statt irgendeinem verdammten Promi nachzujagen, der nicht einmal im Land war.«

»Das ist unfair –«

»Ich sage dir mal, was unfair ist!«, brüllt er. Eine Ader an seiner rechten Schläfe schwillt gefährlich an. »Es ist unfair, dass unser Sohn vermisst wird. Es ist unfair, dass du dich nicht darum geschert hast, dein Versprechen an ihn einzuhalten. Es ist unfair, dass er in den Händen einer mörderischen kriminellen Bande sein könnte.«

»Du hast doch mit Eric Walker gesprochen. Er hat bestätigt, dass die Shroffs nichts damit zu tun haben.«

»Und woher zum Teufel will Eric das wissen?« Lar schubst sie von sich, als sie versucht, die Arme um ihn zu legen. »Er war zu dem Zeitpunkt nicht einmal im Land. Niemand weiß *irgendetwas*. Du hättest ihn von der Schule abholen sollen, wie du versprochen hast.« Er stürmt aus dem Wohnzimmer und knallt die Tür hinter sich zu.

Die Kommentare von Delias Followern lassen nicht lange auf sich warten. Die fundamentalistischen Trolle geißeln Amanda und beharren, dass Marcus ans Jugendamt übergeben werden solle, wenn er denn gefunden würde. Die Verschwörungstheoretiker glauben, dass er von Aliens entführt worden sei. Das Internet ist wie ein Spinnennetz, das die toten Fliegen zur Schau stellt, aber niemals die Spinne. Solche Kommentare kommen von Leuten mit Usernamen wie Stigmata Joan, Lily Lips, Silky Mum oder ganz einfach Anonym. All dieser Groll, entfacht von den Worten einer einzigen Person, richtet sich gegen sie. In dieser Kommentarspalte wird es noch für ein paar Stunden so weitergehen, höchstens für einen weiteren Tag, danach wird sich die Unterhaltung wieder etwas anderem zuwenden. Doch Amanda kann sie fühlen, die Stimmungsmache gegen sie selbst, auch wenn sie nur implizit ist. Sie erkennt sie in den Kommentaren, die darauf beharren, dass es die oberste Verantwortung einer Mutter sei, die Hand ihres Sohnes zu halten und ihn sicher durchs Gedränge zu führen.

Äpfel liegen auf dem Boden. Manche sind reif und manche haben Löcher, in denen Würmer leben. Manche Äpfel hängen ganz oben in den Bäumen. Marcus kann sie erkennen, wenn er ganz genau hinsieht. Erst einen, dann noch einen und noch einen. Rot wie der Apfel in Schneewittchen. Super sagt, seine Mammy und sein Daddy seien an einem Ort, der Großer Apfel genannt werde, wo die Häuser aus Glas gemacht seien und wie Legosteine aussähen. Nicht wie die regenbogenbunten Zimmer im Plinkhaus.

Im Wieso-Weshalb-Raum hat er Unterricht und übt Lieder. »Supercalifragilisticexpialigetisch« kann er nun schon ganz allein singen. Im Wow-Wagen spielt er mit Magneten, er hört das Meer in Muscheln rauschen und untersucht Spinnennetze, die Super auf Papier klebt. Echte Netze, nicht wie das Internetz. Daddy sagt immer, da sei das Wissen der ganzen Welt drin, wenn er auf sein Handy guckt. Und Mammy macht das auch immer, damit sie kein Wissen auf Facebook verpasst.

Super spielt Aufnahmen von *Das Plinkhaus* ab, als es noch echt war und kein Comic. Marcus hatte geweint, als *Das Plinkhaus* plötzlich weg war. An einem Tag war es noch da und dann verschwand es einfach, wie durch Zauberei. Daddy hatte gesagt, er solle aufhören zu weinen. Die Plinks würden die ganze Welt erobern. Super hat eine Weltkugel im Wieso-Weshalb-Raum. Darauf zeigt er Marcus Irland, das ganz schnörkelig und grün ist, und noch ganz viele andere Orte, doch so sehr Marcus sich auch anstrengt, das Plinkhaus kann er darauf einfach nicht entdecken.

EINUNDFÜNFZIG

Immer noch kommt keine Eilmeldung in den Abendnachrichten. Keine Kinderleiche wurde auf Brachland gefunden oder aus einem Fluss gezogen. Kein kleiner Junge wurde dabei gesehen, wie er das Land verlässt, obgleich die Polizei sicherlich mit zahllosen Behauptungen von Leuten zu tun hat, die ihn gesehen zu haben glauben. Marcus Richardson hat keinerlei herausstechende Merkmale, die ihn von anderen schwarzhaarigen, blauäugigen Vierjährigen, die an Magie glauben, unterscheiden.

Er sieht sich die Pressekonferenz in den Abendnachrichten an. Lar Richardson wirkt abgezehrt und verzweifelt, wodurch er eine teilnahmsvollere Figur abgibt als seine Frau, die ihren Blick umherschweifen lässt, als würde sie nicht begreifen, warum sie nicht mit ihren Kollegen auf der anderen Seite des Tisches sitzt.

Die Medien glauben an eine Verbindung zu den Shroffs. Das *Capital Eye* wird wie immer als Erstes berichten, die anderen werden folgen. Die Verbindungen seien offensichtlich. Amanda Bowe möge sich zwar als Talkshowmoderatorin neu erfunden haben, doch der Ruf, den sie sich als Kriminalreporterin aufgebaut habe, sei nicht vergessen. Killer Shroff behauptete, sie habe seiner Familie mit dem »Bullshit«, den sie über ihr Geschäft geschrieben habe, ein Messer – oder besser gesagt eine Schreibfeder – in den Rücken gerammt. Und von den anderen Insassen im Gefängnis hat er noch mehr Geschichten über ihre Rücksichtslosigkeit gehört. Schuldzuweisungen waren dort die Devise. Wie ein Pesthauch verzehrten diese Schuldzuweisungen sie alle, schlugen sie nieder, versetzten sie in einen Rausch, kontrollierten sie.

Die Heimwehanfälle des Jungen haben sich bisher leicht besänftigen lassen. Aufnahmen von *Mandy Meets* sind sicherlich ein dürftiger Ersatz für die Arme seiner Mutter, doch er scheint sich damit zufriedenzugeben. Dank des Wetters, das für Ende Oktober überraschend mild ist, können sie auch ein wenig Zeit draußen verbringen, doch der Junge scheint Quecksilber im Blut zu haben, man kann ihn nur schwer in einer beschränkten Umgebung festhalten. Ihn zu bespaßen wird zwangsläufig anstrengender werden. Bisher hat er noch Freude an dem, was das Plinkhaus alles zu bieten hat. Jeder Tag hat ein Ziel. Und all diese Ziele werden sie schließlich zu ihrem Endziel führen.

ZWEIUNDFÜNFZIG

TAG VIER

VERMISSTER JUNGE IN VERBINDUNG ZU KRIMINELLER BANDE?
VON BARBARA NELSON

Sylvia streift ihren Mantel ab und lässt sich zwischen Amanda und Lar auf dem Sofa nieder. Sie legt die Zeitungen eine nach der anderen beiseite, bis sie beim *Capital Eye* angelangt. Eine Entführung aus Rache? Angesichts der entsetzlichen Möglichkeiten, die das Fragezeichen in der Überschrift andeutet, drückt sich Amanda tiefer ins Sofa. Sie will sich am liebsten zu einer Kugel zusammenrollen wie ein Igel, wenn Fressfeinde in der Nähe sind.

> *Obwohl Superintendent Burns bei der gestrigen Pressekonferenz beharrlich dementierte, dass eine Verbindung zwischen dem Verschwinden des Schülers Marcus Richardson (4) und dem berüchtigten Shroff-Clan hergestellt worden sei, hat* Capital Eye *Informationen erhalten, die anderes nahelegen. Wie sich herausstellte, plant der Vater des Jungen, Medienmogul Lar Richardson (64), einen ausführlichen Investigativ-*

bericht über die Drogenaktivitäten der Bande im Rahmen der bekannten LR1-Sendung Crime Report – Im Untergrund.

Ein Insider mit engen Verbindungen zur Bande glaubt, dass Eric Walker (33), leitender Kriminalberichterstatter bei LR1, an einer verdeckten Observation der Aktivitäten der Bande in Spanien beteiligt gewesen sei.

Walker stand Capital Eye *nicht für einen Kommentar zu seiner kürzlichen Spanienreise zur Verfügung. Die Fluginformationen, die uns vorliegen, bestätigen seinen Aufenthalt in Malaga zur selben Zeit, zu der Mitglieder der Familie Shroff in ihrer Luxusvilla mit Blick auf die Mittelmeerküste residierten.*

Doch Walker kam einen Tag früher aus Spanien zurück als geplant. Haben die Shroffs von seinem Aufenthaltsort erfahren? Reichen ihre Fangarme von der Costa del Sol bis nach Dublin, und ist es möglich, dass ein unschuldiges Kind aus Rache entführt wurde?

Lar drückt sich die Hand an die Brust, seine Atmung geht schnell und laut. »Es würde Sinn ergeben, wenn die Shroffs im Austausch für Marcus' Freilassung verlangen würden, dass wir die Recherchen einstellen«, meint er. »Aber dann hätten wir doch mittlerweile von ihnen hören müssen.« Ratlos runzelt er die Stirn und wendet sich Amanda zu. »Ich wusste gar nicht, dass Walker einen Tag eher als geplant nach Hause gekommen ist. Wusstest du das?«

»Nein, wusste ich nicht.« Sie muss sein Misstrauen im Keim ersticken, bevor es noch austreibt. »Aber bei Erics hervorragender Arbeitsmoral bin ich mir sicher, dass er einen guten Grund dafür hatte. Wir haben keine Beweise, dass irgendetwas davon wahr ist. Das sind nur Andeutungen, so baut das *Capital Eye* nun mal seine Storys auf.«

»Sie sprechen da natürlich aus Erfahrung.« Sylvia überschlägt die schlanken Beine und tippt mit den Fingern auf die Titelseite. Einen Augenblick lang scheint sie unverkennbar durch, diese Feindseligkeit, die Amanda hinter der Fassade aus Contenance der Pressesprecherin vermutet. Sie blitzt auf in den aufgeblähten Nasenflügeln, den Falten auf ihrer Stirn, die rasch wieder verschwinden und auch bloße Einbildung gewesen sein könnten. Amanda steht auf, denn sie hält diese Nähe zu ihr nicht mehr aus. Die Schatten der Vergangenheit lenken sie nur ab, dabei sollte sie all ihre Energie auf eine Sache fokussieren. Kann diese Geschichte wahr sein? Seit Marcus' Verschwinden hat sie zweimal mit Eric gesprochen. Sachliche Gespräche über seinen Kontakt zu seinem Shroff-Insider waren es gewesen. Beide Male hatte er darauf beharrt, dass die Bande nichts mit Marcus' Verschwinden zu tun habe. Doch Barbara Nelson wusste über seine Nachforschungen zu den Bandenaktivitäten Bescheid. Und irgendwie ist sie an seine Fluginformationen gekommen. Amanda entfährt ein klagender Laut, als sie sich Marcus in einem Keller vorstellt, von Billy Shroff oder einem seiner Brüder gefesselt und geknebelt.

»Nennen Sie mir Ihre Feinde«, hat Sergeant Moran am Tag von Marcus' Verschwinden verlangt. Amanda erzählte ihr von der Patrone, dem Talkumpuder und der bedrohlichen Stimme, die sie warnte, dass sie stets beobachtet würde. Auch von Billy Shroffs Angriff in ihrem Auto berichtete sie, von der Karte mit dem weißen Kreuz und von dem Gefühl, dass sie manchmal ganz plötzlich überkommt, als wäre jemand hinter ihr, würde sie beobachten und nur darauf warten, dass sie aus dem Tritt käme.

»Ich rufe Walker jetzt an.« Lar nimmt sein Handy und wählt Erics Nummer. »Ich will wissen, was zur Hölle hier vor sich geht.«

Nachdem Sylvia sich verabschiedet hat, geht Amanda in ihr Arbeitszimmer und fährt den Laptop hoch. Namen, an die sie seit Jahren nicht gedacht hat, erscheinen auf dem Bildschirm. Welchen Einfluss hat Amanda auf ihr Leben gehabt? Ist sie bloß ein flüchtiges Ärgernis gewesen oder hat sie tiefe Wunden hinterlassen? Bei Nathan Travers etwa, einem Politiker mit einem illegalen Bankkonto im Ausland, seine politischen Bestrebungen zerstört von schwarzer Tinte und einer forschen Schlagzeile mit Amandas Namen darunter? Sie erkennt einen weiteren Namen: Er gehört einer Frau, die ihr die Schuld an dem Herzinfarkt ihres Mannes gab, den er erlitt, nachdem Amanda ihm beim Schulabschluss seines Sohnes aufgelauert und ihn gefragt hatte, warum er Geldwäsche für eine Terrorvereinigung betreibe. Dann betrachtet sie das Foto, das Shane von Killer Shroff vor einer Kirche aufgenommen hat. Umgeben von kleinen Mädchen in weißen Kleidern und mit Sonnenschirmchen, hält Killer die speckige Hand seiner Tochter. Ihre andere Hand verdeckt ihr Gesicht, als wüsste sie bereits, dass jedes Ereignis ihres jungen Lebens entweder von der Presse oder von der Polizei verdorben werden würde. Und dann Elizabeth Kelly ... das Foto, das Shane von ihr geschossen hat, als sie hinter dem Sarg ihres Sohnes aus der Kirche trat, und ein Foto von ihrer eigenen Beerdigung nur kurze Zeit später, auf dem Karl Lawson Dominicks Frau umarmt.

Jetzt betrachtet sie das übel zugerichtete Gesicht der schönen Selina Lee. Amanda, die ihre gesamte Kindheit über Gewalt erlebt hat, hätte von der Brutalität, die man dieser Frau angetan hat, eigentlich geschockt sein sollen. Stattdessen war sie in einem Rausch und verlangte Informationen über Karl Lawson, überzeugt, dass sie kurz davor war, die wichtigste Story ihrer Karriere zu bringen. Das Beben in Selinas Stimme nahm sie gar nicht wahr – oder überhörte es bewusst. Erst jetzt geht ihr auf, dass Angst keine Grenzen und kein Zeitlimit kennt. Und Constance' Eltern – o Gott, was müssen sie nur durchgemacht haben? Und auch er ... *Mein ist die Rache*, hat er nach Elizabeth' Bestattung gesagt. Und mit diesem Zitat kommt ihr ein Gedanke, der zu absurd ist, um ihm überhaupt nachzugehen. Doch alle diese Namen müssen als potenzielle Feinde in Betracht gezogen und der Polizei übergeben werden.

Lar öffnet die Tür und schließt sie leise hinter sich.

»Hast du herausgefunden, warum Eric früher nach Hause gekommen ist?« Amanda spannt die Zehen an, um sich davon abzuhalten, damit auf den Boden zu tappen.

»Seinem Vater ging es nicht gut«, antwortet Lar. »Anscheinend hat er es mit dem Herzen. Eric meint, er hätte genug herausgefunden, um den nächsten Schritt der Recherche anzugehen.« Sein Tonfall lässt keinerlei Zweifel zu. Er ist überzeugt, dass der Bericht im *Capital Eye* reine Spekulation ist. »Offenbar hatten die Shroffs keinen Schimmer, dass Eric Nachforschungen über sie anstellt oder dass wir einen Enthüllungsbericht über ihre Tätigkeiten planen. Jetzt, da sie es wissen, fürchtet Eric, dass sie hinter ihm her sind.«

Sie versteht, was das bedeutet. Aber Eric wird mit seinen Ängsten allein zurechtkommen müssen. In ihrem Albtraum ist kein Platz für ihn. Shearwater wird belagert. Schon bald werden noch mehr Reporter kommen, angelockt von der Shroff-Geschichte wie Bienen vom Honig.

Lar stellt sich hinter sie und massiert ihr die Schultern. »Ich war unfair zu dir«, sagt er. »Das tut mir leid.«

Entschuldigungen klingen ungewohnt aus seinem Mund, und auch wenn es keine große Sache ist, sind die Worte ein Trost, den sie sich in ihrem Herzen bewahrt.

»Wir müssen stark sein für Marcus«, meint er, während er ihre Schultern fester knetet, um die Spannung in ihrem Nacken zu lösen.

»Und für einander«, erwidert sie.

Polizisten kommen und gehen, sowohl in Zivil als auch in Uniform. Amanda kann an ihrer Haltung, der einfühlsamen Höflichkeit und den ausdruckslosen Mienen ablesen, dass sie das Schlimmste befürchten. Seit gestern hat sich nichts geändert. Die Leute suchen noch immer, Taucher tauchen noch immer. Allen Spuren werde nachgegangen, beteuert Caroline, die Garda vom Opferschutz, als Lar sie wütend anfährt, die

Gardaí würden nur rumsitzen und Däumchen drehen. Seine Geduld, mit der es ohnehin nicht weit her ist, wenn die Dinge nicht zu seiner Zufriedenheit laufen, ist so gut wie am Ende, während die Stunden ohne Neuigkeiten vergehen und er sich immer hilfloser fühlt.

Kurz darauf macht er sich zum Suchzentrum auf, das Nachbarn gemeinsam mit Eltern von Marcus' Schule im Gemeindehaus von Rockfield organisiert haben. Derweil kocht Mrs Morris Kaffee und schmiert Sandwiches und bringt sie auf einem Tablett in Amandas Arbeitszimmer.

»Sie müssen bei Kräften bleiben«, sagt sie.

Bei dem Gedanken, irgendetwas Festes herunterzuschlucken, schnürt es Amanda die Kehle zu. Die Untätigkeit macht sie fertig. Sie will sich durch Wälder und Dickicht schlagen, Haustüren eintreten und Verdächtige würgen, bis sie ihr ihre Geheimnisse verraten. Während sie darauf wartet, dass die Polizei anruft oder vorbeikommt, tröstet Mrs Morris – die sagt, Amanda solle sie Alice nennen – sie mit Geschichten von Kindern, die vermisst und dann wiedergefunden wurden.

Als Lar vom Suchzentrum zurückkehrt, sieht er niedergeschlagen aus. Und alt, *so* alt. Die Abendnachrichten kommen. Marcus' Schulfoto wird gezeigt, und abermals flimmern die Aufnahmen von ihrer Ankunft an der Schule über den Bildschirm. LR1 ist der einzige Sender, dessen Nachrichtenmeldung stattdessen von Aufnahmen der Pressekonferenz untermalt wird.

Ein weiterer Tag neigt sich dem Ende zu. Lar nimmt eine Schlaftablette und gibt auch ihr eine. Sie liegen zusammen in einer unschuldigen Umarmung da und warten darauf, von der Besinnungslosigkeit überkommen zu werden. Und dann, in dem Moment, in dem ihr Körper sich entspannt, ertönt Karl Lawsons Stimme ganz leise in ihrem Kopf: *Mein ist die Rache … mein … mein …*

Als Marcus aufwacht, ist es draußen dunkel. Sein Bett ist warm und kuschelig, aber er muss pinkeln. Das Licht scheint auf das Plink am Fußende des Bettes. Er nimmt jede Nacht ein anderes mit ins Bett. Bisher waren Leo, Star und Luna dran, heute Nacht ist Bravo an der Reihe.

Er öffnet die Zimmertür. Über ihm leuchten Regenbogen. Im Blubberraum hat Super eine Kiste vor die Toilette gestellt, auf die Marcus zum Pinkeln klettern kann, und noch eine größere Kiste vor das Waschbecken, damit er sich danach die Hände waschen kann. Das Fenster ist offen. Er kann den Mond sehen: Er sieht aus wie die Kürbisfratze, die sie heute geschnitzt haben. Sie haben das ganze matschige Innere aus dem Kürbis rausgenommen und Augen, Nase und Mund reingeschnitten. Super hat eine Kerze reingestellt, sodass es aussah, als würde die Kürbisfratze brennen.

Er stellt sich auf die Zehenspitzen und blickt hinaus in den Apfelgarten. Die Bäume sehen aus wie Monster mit wogenden Armen. Da ist noch ein Licht, das heller leuchtet als der Mond, nur ist es am Boden. Marcus sieht einen Mann vor dem Licht stehen. Ein Auto parkt auf der Wiese. Der Mann ist ein Räuber und er hat Supers Auto. Er versucht ganz angestrengt, etwas vom Boden hochzuheben. Eine Wolke verdeckt den Mond und dann ist der Mann nicht mehr da. Es ist wie in der Nacht, in der Mammy schwimmen gegangen ist und Marcus dachte, der Räuber würde sie jagen.

Er muss es Super sagen. Leise schleicht er durchs Plinkhaus, falls der Räuber reinkommt. Super ist nicht im Leckerschmeckerzimmer oder im Wow-Wagen oder im Schlummerland. Marcus traut sich nicht zu weinen, aus Angst, der Räuber könnte ihn hören. Er will seine Mammy, doch die ist immer noch mit Daddy in dem Großen Apfel. Er ist es leid, die Aufnahmen von Mammy im Kreiselstuhl anzusehen. Er will ihre Arme um sich haben und ihren besonderen Geruch nach Gartenblumen riechen. Er geht zurück ins Bett und zieht sich die Decke über den Kopf. Dann ist es okay, ganz laut zu weinen.

»Was ist denn los, kleiner Mann?« Super kommt ins Schlummerland und wischt Marcus die Tränen weg. Er atmet schwer, wie Mammy, wenn sie joggen war. Er setzt sich auf die Bettkante und sagt Marcus, dass er keine Angst haben müsse. Er habe den Räuber mit einem großen Stock aus dem Apfelgarten verjagt und er werde nie wieder zurückkommen und Marcus Angst machen.

»Hast du ihn *richtig* dolle geschlagen?«, fragt Marcus.

»So doll wie ich konnte«, sagt Super. »Direkt auf seine dicke, fette Nase.«

Marcus lacht so laut, dass ihm wieder die Tränen kommen. Aber diese Tränen sind in Ordnung, denn Super ist in Sicherheit und der Räuber hat sein Auto nicht geklaut.

»Morgen will ich Bravo sein«, sagt er, und Super nickt, als wäre das eine sehr gute Entscheidung. Morgen ist Halloween und sie gehen auf eine ganz besondere Kostümparty.

»Schlaf jetzt wieder«, sagt Super. »Und träum süß …«

»Von sauren Gurken«, führt Marcus den Satz zu Ende.

DREIUNDFÜNFZIG

TAG FÜNF

TV-Sternchen auf Videoaufnahmen erfasst
Von Lucy Knight

Bezüglich des rätselhaften Verhaltens von TV-Sternchen Amanda Bowe am Nachmittag des Verschwindens ihres Sohns sind spektakuläre Informationen ans Licht gekommen. Die Daily Orb *kann nun verraten, dass auf Videoüberwachungsaufnahmen zu sehen ist, wie sie auf eine Tankstelle an der M1 fährt, um den Anruf eines Garda entgegenzunehmen, der einen Einsatzwagen schicken wollte, um sie abzuholen. Was machte sie auf der M1, wenn sie doch gerade aus Howth kam, von wo aus sie eine ganz andere Route hätte nehmen müssen? Das wirft abermals die Frage auf: Wen hat Mandy an diesem verhängnisvollen Nachmittag getroffen?*

Steht ihre verspätete Ankunft an der exklusiven Privatschule ihres Sohns etwa in Verbindung mit dem TV-Sahneschnittchen Eric Walker? Das Aushängeschild der LR1-Kriminalreportage kam einen Tag früher aus Spanien zurück, wo er die Aktivitäten der berüchtigten Familie Shroff verfolgte, die sich an den Pools und in den Discos der Costa del Crime herumtrieben. Ist es möglich, dass er und Bowe in seiner Wohnung in Skerries taktische Manöver besprachen, während ihr Sohn verschwand und ihr älterer Mann Lar Richardson, der extravagante Inhaber von LR1, in New York war? Amanda, Ihre Fans wollen Antworten. Warum haben Sie gelogen, was Ihren Aufenthaltsort an diesem Nachmittag betrifft, als Sie von den Gardaí befragt wurden? Warum weigern Sie sich, die Fragen besorgter Medienvertreter zu beantworten, die doch nur die Wahrheit berichten und bei der verzweifelten Suche nach Ihrem kleinen Jungen helfen wollen?

Ihre Schlafzimmertür ist abgeschlossen, als Lar mit der Faust dagegenschlägt und Eintritt verlangt. Er ist heiser, ganz cholerisch. Wenn sie ihn reinlässt, wird er sie zusammenschlagen. Was soll er auch sonst tun? Ihr Vater brauchte nie einen Grund, deshalb wusste Imelda nie, wie sie seinen Zorn abwenden konnte – bis zu dem Tag, an dem sie das Bügeleisen nahm, mit dem sie gerade seine Hemden bügelte, und es ihm ins Gesicht drückte. Ihre Töchter waren zu diesem Zeitpunkt bereits ausgezogen, und so brauchte sie seine Wut nur noch von sich selbst abwenden. Sie ging davon, ließ seine Schreie hinter sich und sprach nie wieder ein Wort mit ihm.

Lar stürzt sich auf die Tür und rammt seine Schulter dagegen. Wenn er so weitermacht, bekommt er noch einen Herzinfarkt. Amanda stellt sich vor, wie er auf dem Boden zusammenbricht und sich an die Brust greift, während sein Herz stehenbleibt. Das wäre mal eine Lösung. Dann müsste sie nicht mehr versuchen, ihre zerrüttete Ehe zusammenzuhalten. Müsste sich nicht mehr sehnen nach … nach was? Hat sie denn je gewusst, was sie wollte, bis Marcus kam und sie von Grund auf veränderte?

Sie öffnet die Tür und lässt Lar eintreten. Auf seiner Stirn stehen Schweißperlen, sein Gesicht hat einen besorgniserregenden Rotton angenommen. Mit seinen zornig funkelnden

Augen und der Brutalität, die seinen Mund in eine harte Linie verwandelt, sieht er aus wie ihr Vater. Sie blickt ihm aufrecht stehend entgegen und wartet auf den Schlag, der sie zu Boden strecken wird.

Stattdessen lässt er sich auf die Bettkante sinken und bedeckt sein Gesicht mit den Händen. Die Laute, die ein Mann von sich gibt, wenn er weint, sind hässlich. Die Tränen widersprechen seinen Instinkten, quellen aus einem Speicher tief in ihm, dessen Mauern eingebrochen sind. Ihren Vater hat sie ein einziges Mal weinen gehört. Damals lag er im Krankenhaus im Sterben und wollte, dass seine Frau ihm vergab. Nichts, was sie oder Rebecca sagten, konnte Imelda überreden, ihn zu besuchen. Zu vergeben lag zwar in ihrer Natur, doch sie weigerte sich, ihm diese Erleichterung zu gewähren. Amanda wandte sich von den Tränen ihres Vaters ab, angewidert von seiner Reue, die erst möglich war, als sein drohender Tod ihm den Zorn genommen hatte.

»Warst du bei ihm?« Laute gequälte Schluchzer haben Lars kantige Züge weich werden lassen. »Bitte lüg mich nicht an in dieser schrecklichen Zeit.«

Sie kniet sich vor ihn und zwingt ihn, sie anzusehen. »Es tut mir so leid, dass du diesen Lügen ausgesetzt warst. Ja, ich war bei Eric, aber es ist nicht so, wie du denkst.«

»Du hast keine Ahnung, was ich denke«, erwidert er matt.

»Doch, habe ich. Und ich werfe dir nicht vor, dass du misstrauisch bist. Ich habe Eric geholfen, ihm die Namen der Quellen gegeben, die ich als Kriminalreporterin verwendet habe. An dem Morgen hat er mich angerufen, weil er geheime Informationen zu Billy Shroff wollte. Mir war nicht wohl dabei, das übers Telefon zu besprechen, deshalb habe ich auf meinem Weg nach Howth einen Abstecher zu ihm gemacht …«

»Steh auf, Amanda.« Er kürzt ihren Namen nicht länger ab und die Vokale und Konsonanten klingen harsch bei ihm, wie eine Verwünschung. Er stößt sie von sich weg, den Schmerz hinter einer verächtlichen Miene verborgen. »Es gibt nur einen Grund, aus dem du vor einem Mann kniest, und der ist nicht Reue.«

Sein unerbittlicher Blick lässt sie vor Angst erstarren. Doch sie findet die richtigen Worte, um ihn zu beschwichtigen. Tief aus ihrem in Stücke gerissenen Herzen muss sie sie ausgraben, aus dem Herzen, das dennoch imstande ist, all das in ihre Venen zu pumpen, was sie braucht, um diese Qualen zu überstehen. Allmählich mildert sich sein abweisender, verurteilender Gesichtsausdruck. Trauer und Angst hätten seine Wahrnehmung benebelt, sagt sie ihm, die Schärfe seines Verstands gedämpft. Das einzige, was zähle, sei Marcus ... Marcus ... Marcus. Und es ist die Macht des Namens ihres Sohnes, die ihn zu ihr zurückbringt. Unter normalen Umständen würde er einen solchen Treuebruch nicht dulden, doch Normalität gibt es in ihrem Leben nicht mehr. Wie Treibgut werden sie Stunde um Stunde umhergetrieben, warten auf einen Anruf, eine Lösegeldforderung, einen Hinweis ... irgendetwas, das sie von dieser endlosen Warterei erlöst. Und so steht Lar auf, nickt und legt ihr den Zeigefinger auf die Lippen, um die Flut ihrer Lügen zurückzuhalten. Ohne Worte gestehen sie sich ein, dass ihre Ehe vorbei ist, sie aber für den Moment zusammenhalten werden, für Marcus.

Sie wird mittellos sein und keinen Job mehr finden. Dafür wird Lar sorgen. Amanda hat keine Angst vor einem Neuanfang, doch ohne Marcus hat nichts einen Sinn. Eric wird wohl so weit wie möglich von den Fängen ihres Mannes wegziehen. Mit den Shroffs kommt er schon klar. Als Kriminalreporter nimmt er das Risiko in Kauf, dass jemand Rache übt. Doch Lar Richardson steht auf einem ganz anderen Blatt. Eric hat guten Grund, ihn zu fürchten.

Am Nachmittag fährt Lar zu LR1. Die Nachrichtenabteilung kommt so langsam ins Schwimmen. Die Mitarbeiter wissen nicht, wie sie noch weiter über eine Story berichten sollen, bei der ihr Inhaber und seine auf Abwege geratene Frau im Fokus stehen. Er ist noch immer im Meeting, als die Polizei nach Shearwater kommt.

»Leider gab es an diesem Morgen keine neuen Entwicklungen«, dämpft Sergeant Moran sogleich Amandas Erwartungen. Als Mrs Morris ihr Kaffee anbietet, schüttelt sie den Kopf und lässt sich schwerfällig in einen Sessel sinken. Garda Browne bleibt derweil stehen, Notizbuch und Stift in der Hand. Amandas Nervosität wächst. Sie sind unangekündigt aufgetaucht, behaupten aber, nichts Neues zu berichten zu haben, und sie erkennt etwas im Tonfall von Sergeant Moran. Sie spricht etwas schneller, so geringfügig, dass sie es sich auch einbilden könnte, doch Amanda achtet genauestens auf jede Nuance, jeden ihrer Ausdrücke.

»Was ist los?«, fragt sie.

»Es gab einen anonymen Hinweis«, erwidert Sergeant Moran.

»Zu Marcus?«

»Es ist noch zu früh, um sagen zu können, ob unsere Informationen glaubhaft sind ...« Sergeant Moran hält inne und fährt dann fort: »Aber wir sind zuversichtlich, dass wir mit Ihrer Kooperation –«

»Sie können auf meine Kooperation zählen.«

»Was wir von Ihnen wissen wollen, steht in keinem Zusammenhang mit Marcus, zumindest nicht zum jetzigen Stand der Dinge. Ob es da eine Verbindung gibt, kommt darauf an ...« Erneut hält sie inne, und Garda Browne, der immer noch steht, sagt: »Es geht um die verstorbene Constance Lawson.«

Amanda weicht angesichts des Namens zurück, der ihren Puls noch immer in die Höhe schnellen lässt.

»Ich verstehe nicht –«, beginnt sie an Sergeant Moran gerichtet.

»Ich weiß, dass Sie gerade für nichts anderes als Marcus einen Kopf haben, aber wir müssen überprüfen, ob an diesen Informationen in irgendeiner Weise etwas dran ist.« Sie klingt entschuldigend, beinahe mitfühlend, was Amandas Beunruhigung nur verstärkt. »Ich muss wissen, ob Sie zur Zeit von Constance Lawsons Verschwinden vertrauliche Informationen von jemandem von der Glenmoore Garda Station, der Garda-Pressestelle oder irgendeinem anderen Mitglied der An Garda Siochána erhalten haben.«

Die Frage trifft sie wie eine Faust gegen das Kinn. Diese Nacht in Hunters Auto. Sie und er allein im Industriegebiet. Flugzeuge, die tief über ihnen flogen, und dieses erstickende Gefühl, das sie überkam, als sie hörte, dass Karl Lawson nicht schuldig war – *nicht* schuldig …

Garda Browne wartet mit dem Stift in der Hand, um ihre Antwort festzuhalten. Und Amanda spürt es wieder: dieses Gefühl, erwischt worden zu sein, das ihr die Luft abschnürt.

»Nein. Auf keinen Fall habe ich Informationen von jemandem aus der Garda bekommen.« Leugnen, leugnen, leugnen. Hunter hatte ihr dieses Wort eingebläut, als gegen sie beide ermittelt wurde. Das Gleiche muss auch jetzt gelten.

»Unser Hinweis legt etwas anderes nahe«, meint Garda Browne.

»Warum sollten Sie etwas auf einen anonymen Hinweis geben?«

»Es könnten natürlich auch böswillige Absichten dahinterstecken«, gibt Sergeant Moran zu, dann fährt sie fort: »Doch wir müssen dem nachgehen, besonders da es Sie betrifft. Ihnen wird unterstellt, dass Sie während unserer Suche nach diesem jungen Mädchen vertrauliche Informationen, die nur Gardaí zugänglich waren, benutzt und im *Capital Eye* verbreitet haben.«

»Da muss ich Sie korrigieren, Sergeant Moran. Ich habe meine Fakten recherchiert, habe Anrufe getätigt und geschrieben, was ich für die Wahrheit gehalten habe.« Amanda bleibt standhaft, wappnet sich aber gegen den nächsten Hieb. Angst ist eine Schwäche. Sie zu zeigen, würde der Anklagenden nur in die Karten spielen. »Das war meine Pflicht als Reporterin. Die Informationen, die ich benutzt habe, waren für jedermann zugänglich. Ich musste sie nur ans Licht bringen. Dafür brauchte ich keine Insider bei den Gardaí.«

»In dem Hinweis, den wir bekommen haben, wird behauptet, dass Sie zu dieser Zeit in einer intimen Beziehung mit einem Mitglied der Garda waren«, sagt Sergeant Moran. »Es wird außerdem behauptet, dass Sie mit Ihrem Insider bis kurz nach Karl Lawsons Haftentlassung in Kontakt blieben. Die Information zu seiner bevorstehenden Entlassung könnte nur von einer Quelle innerhalb der Garda gekommen sein. Ist an diesen Anschuldigungen etwas dran?«

»Definitiv nicht.« Galle steigt ihr in der Kehle auf. Sie schluckt und hat große Mühe, stillzuhalten. Bestimmt können sie ihre Körpersprache lesen wie ein Buch. »Warum gehen Sie einem anonymen Hinweis nach, der vollkommen unwahr ist, statt nach meinem Sohn zu suchen?«

Garda Browne kritzelt wie wild in sein Notizbuch und fragt: »Können Sie uns sagen, warum Sie so plötzlich Ihre Meinung geändert haben, dass Karl Lawson schuldig –«

»Ich habe nie behauptet, er wäre schuldig, oder ihn als Verdächtigen eingestuft. Ich habe einfach nur über die Ermittlungen berichtet. Ich habe bloß –«

»Wie Sie ja wissen, hatten die Andeutungen, die Sie in Ihren Berichten gemacht haben, folgenschwere Auswirkungen auf sein Leben«, unterbricht Sergeant Moran sie ruhig. »Warum waren Sie plötzlich fest davon überzeugt, dass er unschuldig ist und eine Kampagne verdient, die seine sofortige

Freilassung fordert, nachdem Sie zuvor so deutlich *impliziert* haben, er wäre schuldig?«

»Er war das Opfer eines Fehlurteils. Ich habe die Wahrheit ermittelt und ihm geholfen, seine Freiheit zurückzuerlangen.«

»Und dafür sollte er Ihnen doch eigentlich dankbar sein. Warum haben Sie ihn also als einen Ihrer möglichen Feinde aufgelistet?«

»Weil der Medienrummel um –«

»Ein Rummel, für dessen Ausbruch Sie verantwortlich waren«, fällt Sergeant Moran ihr barsch ins Wort. »Wir versuchen gerade festzustellen, ob unser Hinweis mit dem Verschwinden Ihres Sohns in Verbindung steht und ob es sich lohnt, ihm nachzugehen.«

Amanda stöhnt auf und wiegt sich vor und zurück. Die Wand, die sie sich vorstellt, ist unsichtbar, dennoch kann sie fühlen, wie sie ihren Kopf dagegenschlägt – so wie sie es früher als Kind allein in ihrem Zimmer getan hat, um aus dem Schmerz Mut zu schöpfen. Dieser neue Schmerz brennt mit einer schrecklichen Wahrheit. Die Shroffs haben nichts mit Marcus' Verschwinden zu tun. Sie sind Profis. Genau wie für Lar geht es für sie nur ums Geschäft. Da wäre mittlerweile längst eine Lösegeldforderung eingegangen, kein anonymer Hinweis. Irgendwie muss Karl Lawson es geschafft haben, mitten auf einer Straße voller Menschen die Hand ihres Sohns zu ergreifen und ihn wegzuführen. Jetzt manipuliert er die Medien, lässt ihnen tröpfchenweise Informationen zukommen und ruiniert sie so, wie sie ihn ruiniert hat. Er will nicht bloß Amanda Bowe bestrafen. Auch Eric und Lar, sie alle sind schuldig, und jetzt ist Hunter an der Reihe.

»Karl Lawson hat Marcus.« Sie stellt diese Tatsache mit vollster Überzeugung fest. »Er will mich dafür bestrafen, dass ich ihn als schuldig dargestellt habe.«

»Gerade haben Sie uns noch gesagt, Sie hätten nie behauptet, er wäre schuldig.« Garda Browne blickt sie an wie ein selbstgefälliger Junge, der ihr gerade auf dem Schulhof ein Bein gestellt hat.

»Die Medien haben sein Verhältnis zu diesen jungen Mädchen aufgegriffen. Diese Konzerte …« Sie beißt sich fest auf die Lippe, denn ihre Überzeugung wächst. Erinnerungen tauchen auf und verlangen, genauer betrachtet zu werden. Nicht, dass sie je verschwunden wären, doch bis jetzt war sie immer in der Lage gewesen, sie zu verdrängen. Sie denkt daran, wie Eric an Lawsons Haustür geklopft und seine Fragen durch den Briefschlitz gesteckt hat, an die ganzen E-Mails, die er geschrieben hat, die Anrufe und wie er ihm nachgestellt hat.

»Bevor wir gehen, hätte ich gerne nochmal eine Bestätigung dessen, was Sie uns gesagt haben«, sagt Sergeant Moran, als sie sich zum Aufbruch bereit macht. »Zu keinem Zeitpunkt während der Suche nach Constance Lawson und auch zu keinem anderen Zeitpunkt davor oder danach haben Sie vertrauliche Informationen von einem Mitglied der An Garda Siochána erhalten.«

Ist Hunter vernommen worden? Ist er stark genug gewesen, ihre Beziehung zu leugnen? Amanda muss auf ihn vertrauen.

»Ich habe zu keinem Zeitpunkt derlei Informationen erhalten«, bestätigt sie.

Garda Browne klappt sein Notizbuch zu.

»Sollte Ihnen irgendetwas einfallen, das uns in unseren Ermittlungen weiterbringt, melden Sie sich bitte jederzeit.« Sergeant Moran zieht den Gürtel ihrer Warnjacke fest. Sie ist ein muskelbepackter Drache mit Pokerface, der mich vernichten will, denkt Amanda. »Wir melden uns, sobald es zu unserer Suche nach Marcus etwas Neues zu berichten gibt.«

»Was ist mit Karl Lawson? Werden Sie ihn nicht vernehmen?« Ihr zittern die Knie, doch unter Garda Brownes prüfendem Blick drückt sie sie zusammen. »Er hat mir mal gesagt, er würde seine Rache schon bekommen. Er hat die Bibel zitiert: ›Mein ist die Rache und die Vergeltung für die Zeit, da ihr Fuß wankt‹ –«

»Sie glauben, ein Bibelzitat reicht als Beweis aus, um ihn vernehmen zu können?«, fragt Sergeant Moran. »Wir sind von der Polizei, Mrs Richardson. Genau wie Sie erzielen wir unsere Ergebnisse durch professionelle Arbeit. Unser Erfolg basiert auf mehr als auf Kenntnissen des Alten Testaments.«

Als die Gardaí gegangen sind, ist Amanda wie elektrisiert, plötzlich steht ihr ganzer Körper unter Strom. Die Neuigkeiten, die sie überbracht haben, reißen sie aus der fassungslosen und angsterfüllten Starre, in der sie seit Marcus' Verschwinden gefangen war. Irgendwo jenseits der Tore von Shearwater wartet Karl Lawson darauf, dass sie ihren Sohn findet.

Sie verlässt Shearwater, fährt an den Journalisten vorbei, die ihr rasch Platz machen, und schert sich nicht darum, ob sie ihr folgen, als sie mit durchgedrücktem Gaspedal in Richtung M50 fährt.

In den Fenstern des Hauses in der Cherrywood Terrace hängen Spinnweben und Skelette. Grabsteine stehen in gefährlichen Neigungen in Vorgärten, Kürbisfratzen glimmen auf den Verandas. Bald schon werden die Kinder als schüchterne Hexen und Teufelchen herauskommen, die sich an die Hände ihrer Eltern klammern, genau wie Marcus letztes Jahr, als er sich als Plink verkleidet hat und Amanda mit ihm bei ihren Nachbarn in Bayview Heights von Tür zu Tür gegangen ist.

Sie bremst vor dem Haus, in dem Karl Lawson einst gewohnt hat. Der Garten hat das satte Grün künstlichen Rasens und ein weißer Bichon mit wuscheligem Kopf beäugt sie misstrauisch vom Wohnzimmerfenstersims aus. Als sie klingelt, ist durch das Glas schwach das hohe Bellen des Hunds zu hören.

»Karl Lawson?« Der Mann, der die Tür aufgemacht hat, packt das Halsband der Hündin, damit sie nicht in den Garten läuft. »Ich weiß, dass er vor Jahren hier gewohnt hat, aber ich habe nichts mit ihm zu tun.«

»Was ist mit seiner Post? Haben Sie eine Nachsendeadresse?«

»Leider nicht«, ruft er über das Kläffen des Hundes hinweg. »Fragen Sie mal Maria Barnes. Wenn Ihnen jemand etwas sagen kann, dann sie.« Er zerrt den Hund aus der Tür und schließt sie.

Maria Barnes wartet bereits an ihrem Gartentor, als Amanda die Straße überquert. »Habe ich Sie doch richtig erkannt.« Ihr Blick ist mitfühlend. »Es tut mir so leid mit Ihrem Jungen. Ich bete zu Gott, dass Sie ihn bald finden. Das Warten muss die reinste Qual sein.« Sie spielt ihr keinen falschen Optimismus vor. Sie weiß, wie solche Suchen enden können.

»Danke.«

»Suchen Sie nach Karl?«

»Ja.« Angesichts Marias kaum gezügelter Neugier verzieht sie das Gesicht. »Haben Sie eine Adresse von ihm?«

»Nicht, seit er hier weg ist.«

»Haben Sie eine Ahnung, wo ich ihn finden kann?«

»Keinen Schimmer, Liebes.«

»Haben Sie vielleicht eine Adresse oder eine Telefonnummer seiner Frau?«

»Ex-Frau, meinen Sie. Nicole hat wieder geheiratet.«

»Wer hat Ihnen das erzählt?«

»Ich telefoniere hin und wieder mit Jenna Lawson. Sasha war Nicoles Blumenmädchen. Hinreißendes Kind. Karl hat den Boden angebetet, über den sie gegangen ist.«

»Haben Sie Jennas Telefonnummer?«

»Sie hat nicht mehr funktioniert, als ich sie das letzte Mal angerufen habe. Steht auch nicht im Telefonbuch.« Sie zuckt mit den Schultern. »Sehr schade. Wir waren Freundinnen, als sie noch hier gewohnt hat, aber aus den Augen, aus dem Sinn.«

»Ich muss Karl finden. Ich kann jede Information gebrauchen, egal was – bitte Maria ... *denken Sie nach.*«

»Ich habe keine Ahnung. Selbst der Aufruf von seinem Bruder bei *Eavesdrop* hat nichts hervorgebracht.«

»*Eavesdrop?*«

»Diese Nachmittagsradiosendung mit Hörertelefon. Justin und Matthew haben da angerufen, um etwas über Karls Verbleib herauszufinden. Soweit ich weiß, hatten sie kein Glück. Als ich ihn das letzte Mal gesehen habe, sah er ganz schön übel aus. Als wäre er obdachlos. Aber fragen Sie mich nicht, wo er übernachtet hat.«

»Sie müssen doch *irgendeine* Ahnung haben, wo ich ihn finden kann.« Amanda würde es am liebsten aus ihr herausschütteln. »Sie wussten mehr als genug über ihn, als Connie verschwunden ist.«

»Sie meinen Constance?« Maria schiebt das Kinn vor und kneift die Augen zusammen. »Nennen Sie das Kind bei seinem richtigen Namen. Ich konnte es nicht ausstehen, wie Sie ihn immer abgekürzt haben.«

Hastig schüttelt Amanda den Kopf und setzt zu einer Entschuldigung an. »Ich habe das gerade nicht so gemeint ...«

»Wie auch immer. Sie sollten bei *Eavesdrop* anrufen. Vielleicht können die Ihnen weiterhelfen.«

Maria steht immer noch an ihrem Tor, als Amanda aus der Reihenhausstraße fährt.

Sie parkt am Rand der Turnstone Marsh und ruft den Produzenten von *Eavesdrop* an. Es tue ihm leid, doch er könne ihr nicht weiterhelfen. Justin und Matthew Lawsons Informationsaufruf habe keinerlei Ergebnisse hervorgebracht, aber er könne Amanda einen Link zu der Sendung schicken.

Sie hört sich die Aufnahme auf dem Handy an, wobei sie sich nicht traut, vorzuspulen, um ja keinen entscheidenden

Hinweis zu verpassen, der ihr helfen könnte, ihn zu lokalisieren. Justin Lawson klingt emotional, als er die Hörer bei der Suche nach seinem Bruder um Hilfe bittet. Auch sein Sohn sagt etwas. Matthew, mittlerweile wohl ein Teenager oder zumindest fast, wiederholt den Aufruf seines Vaters. Amanda erinnert sich noch daran, wie sie ihn auf einem Bauernhof interviewt hat – nein, es war kein Bauernhof, sondern ein Pferdeschutzhof in Wicklow. Sie fand ihn, als er gerade die Ställe ausmistete, der Geruch nach Pferden haftete an seiner Kleidung. Er war ängstlich und scheute vor ihren Fragen zurück. Aus einer fehlgeleiteten Loyalität seinem Onkel gegenüber verschwieg er Informationen – oder zumindest hatte sie das geglaubt. Als sie zurück nach Glenmoore kam, war Karl Lawson zur Befragung auf die Wache gebracht worden und sie hatte beschlossen, stattdessen der Story um Selina Lee nachzugehen.

Eine Gruppe Teenager mit Holzbrettern und alten Reifen geht an ihr vorbei und kraxelt die Böschung hinauf in die Marsch.

Dort wird es heute Abend wohl ein Lagerfeuer geben. Amanda überkommt der Impuls, das Grab des Mädchens zu besuchen. Es ist natürlich nicht wirklich ihr Grab, doch sie stellt sich immer vor, dass Connie – dass *Constance* dort ist.

Vor sechs Jahren hat sie aus der Ferne dabei zugesehen, wie ein Bagger seine Zähne tief in die Erde grub und Gardaí in Arbeitsoveralls ihre unheilvolle Entdeckung machten. Damals musste sie traurig gewesen sein. Sie will sich an dieses Gefühl zurückerinnern, doch alles, was ihr in den Sinn kommt, ist der Adrenalinrausch, der sie angetrieben hat, sich immer wieder ins Herz der Story zu stürzen.

Der Drang, zu der Stelle zurückzukehren, ist so überwältigend, dass sie auf die Orchard Road abbiegt. Das trostlose alte Haus wäre die perfekte Location für eine Halloweenfeier von Ghulen und verlorenen Seelen. Davor wurde ein neues Tor aufgestellt. Es ist hoch und aus festem Stahl und verdeckt das düstere Haus. Die Außenmauer wurde repariert und der Ziegel, der Constance das Leben gekostet hat, längst entfernt. Was soll sie hier tun? Über einem leeren Wassertank stehen und für die Seele des Mädchens beten? Amanda glaubt nicht an eine Seele. Der Tod ist endgültig. Die Vorstellung einer flatternden Taube, die irgendwann von ihrem sterblichen Körper aufsteigen würde, war vielleicht tröstlich, als sie noch ein Kind war, aber jetzt nicht mehr. Constance Lawson ist Asche, verstreut über einer amerikanischen Landschaft. Ohne einen Blick zurück fährt sie davon.

Auf der Uferpromenade der Liffey beißt der Wind. Niemand hat es sich auf den Bänken, die auf den Fluss blicken, bequem gemacht, abgesehen von einem jungen Mann im Anorak, der das Foto von Karl Lawson jetzt mit dem abwesenden Blick eines Drogenabhängigen ansieht.

»Wie heißter nochma'?«, fragt er sie bereits zum dritten Mal.

»Karl Lawson.«

Sie hat das Foto aus ihrem Ordner zu Constance Lawsons Fall ausgedruckt. Es ist aufgenommen worden, als er gerade auf dem Weg zu seiner Vernehmung in der Glenmoore Garda Station war. Sie hat noch andere. Zum Beispiel das, das Shane an dem ersten Morgen aufgenommen hat, als er ihnen bei seinem Bruder die Tür aufmachte und sie nach nur einem Blick abwies. Sieben Tage später war er nicht mehr wiederzuerkennen, als er mit hängenden Schultern und leeren Augen an ihr vorbei in die Polizeiwache geleitet wurde.

»Nee, nie geseh'n.« Der Mann kratzt an einem Pickel auf seiner Wange. Er sieht noch ganz jung aus, wie ein Teenager, dessen Züge durch das Leben auf der Straße verhärtet sind.

»Sehen Sie ihn sich nochmal an«, fleht Amanda.

»Is' das Ihr Alter?«

»Nein, er ist nicht mein Mann«, erwidert sie. »Bitte denken Sie gut nach, es ist wichtig. Haben Sie ihn in letzter Zeit hier in der Gegend gesehen?«

»Wieso? Was hat er denn gemacht? Sind Se 'n scheiß Cop?«

»Nein.« Sie holt einen Zwanzig-Euro-Schein aus ihrem Portemonnaie und legt ihn in den leeren Karton neben ihm auf der Bank. Sofort stopft er ihn sich in die Anoraktasche.

Mit der Hand verdeckt er eine Hälfte des Gesichts auf dem Foto und betrachtet es mit zusammengekniffenen Augen. »Könnt Scarface sein, aber der's schwarz.«

»Scarface?«

»Ja … wie in dem Film. Hab ihn seit 'ner Ewigkeit nich geseh'n. Er is' okay, nich wie manche Arschlöcher, die hier rumhäng'n. Habense schon die Heime abgeklappert?«

»Ja. Niemand konnte mir weiterhelfen.«

»Wenn ich ihn seh, sag ich ihm, er soll Sie anrufen. Wie is' Ihre Nummer?«

»Schon gut. Vergessen Sie es.« Die Zeit drängt und sie verschwendet sie hier.

»Wie Sie woll'n, Miss.« Er schlurft davon, auf dem Weg zu einem Heim oder der nächsten Dröhnung.

Der Fluss fließt unstet auf die Bucht von Dublin zu. Eine Bettlerin auf der Ha'penny Bridge, das Gesicht gezeichnet vom Trinken und dem Wetter, sieht sich das Foto an und sagt: »Vergiss es. Der kommt schon wieder nach Hause, wenn er dazu bereit is'. Gib uns lieber 'n paar Euro für'n Bett.«

»Haben Sie ihn gesehen? Bitte. Es ist sehr wichtig, dass ich ihn finde.«

»Ja, ich kenn ihn.« Der Blick der Frau bleibt an dem Zwanzig-Euro-Schein in Amandas Hand hängen. »Aber ist Jahre her, dass ich ihn hier geseh'n hab. Hab gehört, er wollte nach

Belfast … oder war's Galway? Verdammt, mein Hirn is' echt Matsche im Moment.« Sie pflückt Amanda das Geld aus der Hand und hält es prüfend ins Licht. »'ch hoff, du findest ihn. Drück ihn dann mal von mir.«

Almosen gegen Informationen, und doch bringt nichts, was sie hört, sie näher an Karl Lawson. Erschöpft betritt sie ein Café und sucht sich einen leeren Tisch. Ein Mann, der ihr gegenüber sitzt, liest die Spätausgabe des *Capital Eye*. Die Zeitung verdeckt sein Gesicht, doch dafür kann Amanda die Schlagzeilen lesen. Eine Warnung der Feuerwehr vor der Gefahr von Halloween-Lagerfeuern. Ein Hurrikan wütet über dem Pazifik. Ben Carroll stellt heute Abend in der Buchhandlung Browse Awhile sein viertes Buch vor. Bei dem Namen treten ihr die Tränen in die Augen. Zu Browse Awhile wollte sie an Halloween mit Marcus gehen … Doch der Plink-Autor ist schnell vergessen, als sie die Schlagzeile über Barbara Nelsons Namen liest:

CONSTANCE LAWSON – TRAGISCHE VERBINDUNG ZU VERMISSTEM JUNGEN

Sie bemerkt erst, dass sie einen Schrei ausgestoßen hat, als der Mann die Zeitung sinken lässt und fragt, ob alles in Ordnung sei.

Sie deutet mit dem Kinn auf ihre Tasse. »Der Kaffee ist zu heiß.«

»Immer schön langsam trinken«, erwidert er und liest weiter.

»Kann ich mir die ausleihen?« Sie greift nach der Zeitung. »Dauert nur eine Minute.«

»Behalten Sie sie ruhig«, sagt er. »Ich gehe jetzt eh.«

Im Falle des vermissten Marcus Richardson (4) sind spektakuläre Informationen ans Licht gekommen. Die Gerüchte, dass er

von dem berüchtigten Shroff-Clan entführt worden sei, haben die Gardaí mittlerweile verworfen. Eine nicht bekannte Anzahl Männer, die wohl zur Bande gehören sollen, wurde von der Garda zur Vernehmung in Gewahrsam genommen. Alle wurden ohne Anklage entlassen. Nun besagt ein anonymer Hinweis, der bei den Gardaí eingegangen ist, dass Marcus Richardson von jemandem entführt worden sei, dem er vertraue. Zudem wird behauptet, dass es eine Verbindung zwischen dem Verschwinden des Jungen und dem tragischen Tod von Constance Lawson gebe, deren Leiche nach einer großflächigen siebentägigen Suche aus einem ungenutzten Wassertank geborgen wurde. Während dieser tragischen Woche vor sechs Jahren dominierte Marcus' Mutter, die Talkshowmoderatorin Amanda Bowe (32), die Medienberichterstattung mit ihren schlagzeilenträchtigen Meldungen und ihrem Wissen über die laufenden Garda-Ermittlungen. Ohne Karl Lawson, den Onkel der vermissten Teenagerin, konkret als Verdächtigen zu benennen, kreierte sie nichtsdestotrotz ein verdächtiges Bild von ihm.

Nach Lawsons Festnahme setzten die Gardaí Ermittlungen in Gang, um herauszufinden, ob ein Maulwurf unter ihnen vertrauliche Informationen an Bowe weitergegeben habe. Wegen mangelnder Beweise wurden die Ermittlungen eingestellt. Jetzt wurden sie jedoch wieder aufgenommen. Bowe, die heute in Shearwater, ihrem luxuriösen Haus auf Bayview Head, befragt wurde, beharrt, dass sie zu keinem Zeitpunkt vertrauliche Informationen von einem Mitglied der –

Amanda bringt es nicht über sich, den Artikel zu Ende zu lesen. Sie klappt die Zeitung zu und erhebt sich. Doch ihre Beine verweigern ihr den Dienst und sie fällt zurück auf ihren Stuhl, der daraufhin geräuschvoll über den Fliesenboden rutscht.

»O mein Gott, Sie sind Mandy Meets!«, ruft eine Frau ihr gegenüber.

Ihre Stimme ist im gesamten Café zu hören. Die Unterhaltungen verstummen. Das darauffolgende Schweigen ist bleiern vor Mitgefühl. Es bringt Amanda wieder auf die Füße. Als sie aus dem Café eilt, erhascht sie einen Blick auf ihr Spiegelbild im Schaufenster. Ihr Haar ist strähnig. Sie kann sich nicht erinnern, wann sie es das letzte Mal gewaschen hat. Oh, doch, das kann sie wohl: an dem Morgen, bevor sie sich mit Eric getroffen hat. Als die Lust gestohlener Stunden noch alles war, was zählte.

Drei rote Teufel mit Hörnern und Dreizacken sowie ein monströser grüner Hulk gehen auf dem Weg zu einer Halloween-Party an ihr vorbei. Einer der Teufel wedelt mit seinem Dreizack vor ihrem Gesicht herum und ruft: »Sei ein böses Engelchen und komm mit uns!«

Die grünen Lichter unter der Ha'penny Bridge spiegeln sich auf dem Fluss. Am Geländer hängen Liebesschlösser. Der Brauch wurde zwar vom Stadtrat verboten, aber wer gibt schon etwas auf eine Regel, die Liebe unterdrücken will?

»Wir müssen reden.« Hunter ruft sie an, als sie gerade den Motor ihres Autos starten will. Er klingt, als würde er einen Marathon laufen, bei dem keine Ziellinie in Sicht ist. »Können wir uns heute Abend treffen?«

»Bist du wahnsinnig? Die Polizei –«

»Wir können das nicht am Telefon besprechen«, unterbricht er sie laut atmend. »Ich warte an der alten Werft von deinem Mann.«

»Das geht nicht. Um Himmels willen, Hunter, das ist zu riskant.«

»Wir *müssen* reden. Wir sehen uns dort.« Er legt auf.

Als sie wieder in Shearwater ankommt, ist die Whiskeyflasche auf dem Beistelltisch bereits halb leer und Lar sieht aus, als würde er sie unbedingt noch komplett leeren wollen.

»Wie immer bist du im Zentrum des Sturms, Amanda«, begrüßt er sie. »Wer war dein Insider?« Sein unnachgiebiger Blick ist herausfordernd. Wird sie weiterlügen?

»Ich hatte keinen Insider.« Leugnen, leugnen, leugnen. »Aber selbst wenn ich einen gehabt hätte – wie kannst du von mir erwarten, dass ich den Namen preisgebe?«

»Du bist meine Frau. Ich erwarte eine ehrliche Antwort auf die Fragen, die ich dir stelle.« Er schenkt sich noch ein Glas ein und knallt die Flasche auf die Marmortischplatte. »Auch wenn mich das zu einem Narr macht«, fügt er bitter hinzu.

»Dass ich deine Frau bin, hebt meine Verantwortung als Journalistin nicht auf«, erwidert sie. »Warum diskutieren wir überhaupt darüber? Das lenkt nur von Marcus ab, mehr nicht.«

»Du bist eine gewiefte Lügnerin, Amanda. Vergiss nicht, dass ich weiß, wozu du fähig bist. Sag mir seinen Namen.«

»Er hat keinen Namen, weil er nicht existiert. Aber Karl Lawson existiert. Und er hat Marcus entführt.«

»Karl Lawson? Bist du verrückt geworden?«

»Ich habe heute stundenlang nach ihm gesucht. Er ist abgetaucht. Und es gibt nur einen Grund dafür. Er hält Marcus gefangen. Wenn er ihn nicht schon –« Sie bricht ab, denn sie traut sich nicht, die Worte laut auszusprechen. Lar wartet, bis sie fortfährt. »Wir streiten uns über etwas Irrelevantes, während unser Sohn bereits tot sein könnte.«

»Sag das nicht.« Sein Gesicht nimmt einen besorgniserregenden Rotton an. »Wag es nicht, so etwas über meinen Sohn überhaupt zu denken.«

»Er ist auch mein Sohn.«

»Daran hast du am Tag seines Verschwindens aber keinen

Gedanken verschwendet. Da war Marcus das Letzte, woran du gedacht hast. War es das wert, *du Schlampe*? Ein paar heiße Minuten für ein ganzes Leben voller Reue?« Er verzehrt sich wohl regelrecht nach einem weiteren Streit, um seine Wut rauszulassen, die unablässige Anspannung zu mildern, die sie beide zusammenhält und zugleich auseinandertreibt. »Es ist alles deine Schuld. Alles deine *beschissene* Schuld.«

»Karl Lawson –«

»Hat nichts damit zu tun!«, brüllt er.

»Du hast ihn gefeuert, obwohl er unschuldig war.«

»Ich feuere ständig Leute. Erwartest du jetzt, dass ich jeden einzelnen davon als Feind betrachte? Ich habe ihn ausbezahlt, nachdem er wegen ungerechtfertigter Entlassung geklagt hat –«

»Du hast doch noch damit geprahlt, dass das Almosen gewesen wären im Vergleich zu dem, was dich ein Gerichtsverfahren gekostet hätte.«

In Lars Erinnerung ist Karl Lawson wahrscheinlich nur ein Redakteur, der nie eine Krawatte getragen hat und eine Vorliebe für kontroverse Themen hatte. Er hat nicht gesehen, wie er eine Polizeiwache betrat, wie er aus dem Gerichtssaal geführt wurde, wie er einem Sarg die Stufen einer Kirche hinunterfolgte und wie er seinen unbarmherzigen Blick auf Amanda richtete. Vergeltung. Sie wird von Bildern verfolgt, die niemand sonst sehen kann.

»Ich *prahle* nicht, Amanda, vor allem nicht über so etwas Triviales.« Lar brüllt noch immer. »Wie kannst du nur glauben, dass er irgendetwas mit Marcus zu tun hat?«

Wäre es ihm lieber, die Shroffs hätten ihren Sohn? Für Lar würde das Sinn ergeben. Das wäre ein Deal, den man eingehen könnte, ganz egal wie hoch der Preis ist. Aber zu glauben, dass der Entführer ein Mann ist, der von Amanda und von all den anderen Reportern auseinandergenommen wurde, die aus diesem fadenscheinig gewobenen Stoff weitere Storys gesponnen haben? Ein Mann, den er selbst entlassen hat, weil seine Werbeeinnahmen wichtiger waren als die Unschuld seines Angestellten? Nein, das ergibt für ihn keinen Sinn.

Marcus zuckt zusammen, als er ein lautes »Wumms« am Fenster des Wieso-Weshalb-Raums hört. Auch Super springt erschrocken auf, als hätte er sich versehentlich auf einen großen, scharfen Dorn gesetzt. Sie gehen nach draußen in den Apfelgarten. Ein toter Vogel liegt auf der Wiese. Er hat glänzende Federn und Augen wie aus Glas. Super sagt, das sei eine Taube, die nicht gewusst habe, dass da ein Fenster sei. Er wickelt die Taube in eine Plastiktüte und steckt sie ins Gefrierfach. Morgen würden sie sie beerdigen, aber nicht jetzt, denn es sei Zeit, dass Marcus zu Bravo werde.

Sein Kostüm fühlt sich so weich an wie echtes Fell und es passt ihm wie angegossen. Es macht so einen Spaß, Bravo zu sein. Er sitzt hinter Super auf der Rückbank, während sie kreiseln und kreiseln, bis sie ganz oben im Parkhaus ankommen. Super hebt ihn auf seine Schultern und sie fahren mit dem Aufzug nach unten. Ein Mädchen, das als Hexe verkleidet ist, wedelt mit ihrem Besenstiel in Marcus' Richtung. Auf der nächsten Etage müssen sie sich dicht zusammendrängen, weil sich ein Vampir und eine Fee mit ihren Mammys und Daddys zu ihnen quetschen. Als der Vampir Marcus sieht, sagt er: »Mum, das ist Bravo«, als hätte er ein echtes Plink gesehen, und da weiß Marcus, dass er das beste Kostüm von allen hat.

»Viel Spaß bei der Halloween-Party, Kinder«, wünscht Super, als der Aufzug anhält und sie alle hinaus auf die Straße treten.

Über der Tür der Buchhandlung sind Luftballons wie ein Regenbogen aufgespannt und der Laden selbst ist voller verkleideter Plinks. Manche tragen richtige Kostüme, andere die Masken, die eine Frau im Laden verteilt. Sie schüttelt Super die

Hand und sagt: »Die Kinder sind so aufgeregt. Sie freuen sich darauf, Sie aus Ihrem neuen Buch lesen zu hören.«

Super hält Marcus fest an der Hand, damit er nicht verloren geht. Emma aus der Schule ist da. Marcus will ihr Hallo sagen, doch Super flüstert ihm zu, dass sie ihr Geheimnis noch ein *kleines* bisschen länger hüten müssten. Emma setzt sich eine Leo-Maske auf. Und als Marcus erneut hinsieht, kann er sie nicht mehr von den anderen Leos unterscheiden.

Super liest sein neues Buch vor. Es ist *mega*. Ein Mann mit einer großen Brille ruft laut: »Jetzt macht mal alle ganz viel Krach für Super Plink«, und die Kinder klatschen und hüpfen und kreischen.

Es ist Supers letztes Plink-Buch. Das ist ein Geheimnis, weshalb er es nicht Emma oder den anderen Kindern erzählen kann, weil sie sonst vielleicht traurig werden. Auch Marcus macht es traurig. Aber Super sagt, Bücher leben für immer, besonders Lieblingsbücher, die leben weiter und weiter, selbst wenn die Autoren alt werden und sterben.

Ein Mädchen zeigt lachend auf Marcus, als Super ihn wieder auf seine Schultern hebt und sagt: »Zeit, zurück ins Plinkhaus zu fahren.«

Durch das Autofenster sieht Marcus ein großes Feuer auf einem Feld brennen. Monster springen um die Flammen herum. Letztes Jahr hat Mammy weißen Stoff gekauft und ihm ein Geisterkostüm gemacht, aber Marcus hat gesagt: »Nein! Nein! Nein! Ich bin Super Plink!«

Er will das Feuer sehen. Sie kraxeln einen Hügel hinauf aufs Feld und da ist ein Fluss und ein Berg und Büsche, die wie Kobolde aussehen. Ein Monster mit Glupschaugen hört auf, Gitarre zu spielen, und ruft: »Wow! Mit den Kostümen machen Sie und Ihr Sohn ja Spiderman Konkurrenz, Mann.«

Die Monster hüpfen und schreien noch immer, als sie nach Hause ins Plinkhaus zurückkehren. Marcus zieht sich das Bravo-Kostüm aus. Er trinkt eine heiße Schokolade mit Marshmallows und putzt sich die Zähne, bevor er schlafen geht. Heute Nacht nimmt er Hero mit ins Bett. Morgen ist Tigra an der Reihe, dann Super. Aber Marcus ist sich nicht sicher, ob er dann überhaupt noch im Plinkhaus ist, weil Super, also der echte Super Plink, sagt, sieben Tage würden alles zu Ende bringen.

Nachdem Super ihm eine Gute-Nacht-Umarmung gegeben hat, blickt Marcus aus dem Fenster. Diesmal treibt sich kein Räuber im Apfelgarten herum. Da ist nur Super, der den Himmel betrachtet. Er ist rot, als würden die Flammen des Lagerfeuers in den Wolken brennen.

Feuerwerk knallt und bringt die Hunde zum Bellen. Große Feuer prasseln, Sirenen heulen leise, aber beharrlich. Kinder, die Süßes oder Saures fordern, kommen nicht nach Shearwater. Denn dort schlummert das wahre Grauen, und nur die Polizei hat Zugang zu dieser Tragödie.

Lar schläft, betäubt vom Whiskey und einer Schlaftablette, als Amanda das Haus durch die Hintertür verlässt. Sie steigt den privaten Pfad hinab, der sich zum Strand hinunterwindet und eine Abkürzung zum Hafen bietet. Schon bald werden die Wellen ihre Fußabdrücke fortwaschen, doch das ist nicht genug, nicht einmal annähernd genug. Eine reißende Flut steigt auf und wird sie mit sich reißen.

Die Werft hat Lar während des Immobilienbooms gekauft, in dem Vorhaben, auf dem Gelände Wohnungen zu bauen, Luxusapartments mit Meerblick, an denen er sich eine goldene Nase verdient hätte. Doch dann kam die Krise und seitdem ist die Werft verlassen.

Hunter wartet bereits auf sie. Kaum zu glauben, dass sie es einst genossen hat, sich mit ihm in den Schatten zu verstecken. Ein verwaister Schiffsrumpf liegt in der Dunkelheit, nur der

Mond leuchtet auf einen rostenden Anker, der vor den leeren Bürohäuschen der Werft liegt. Als er die Beifahrertür öffnet, springt die Innenbeleuchtung an.

»Uns so zu treffen, ist das Letzte, was wir tun sollten.« Amanda rutscht neben ihn auf den Sitz. »Warum setzt du mich einem solchen Risiko aus?«

»Ich muss mit dir reden, und übers Telefon ist das zu riskant.« Seine Fingernägel klingen wie Kastagnetten, als er damit gegen das Lenkrad trommelt. »Was hast du den Gardaí erzählt?«

»Nichts. Du?«

Er holt Luft und lässt sie dann laut entweichen. »Ich wurde befragt, aber ich werde nicht verdächtigt. Niemand bei der Garda hat irgendeinen Grund, uns beide in Verbindung zu bringen. Und so wird es auch bleiben, solange du dicht hältst. Du bist gerade sehr verletzlich –«

»*Verletzlich?*«, ruft sie aus. »Ich bin völlig außer mir! Mein Sohn ist weg, ich habe keine Ahnung, ob er am Leben oder tot ist, und du machst dir bloß Gedanken um deine eigene Haut. Weißt du etwas über diesen anonymen Hinweis? Kannst du mir *irgendetwas* darüber sagen?«

»Soweit ich gehört habe, war es eine Textnachricht. Nicht zurückverfolgbar.«

»Sie kam von Karl Lawson.«

»*Was?*«

»Du hast mich schon verstanden.«

»Das ist doch lächerlich!«

»Er hat meinen Sohn entführt. Ich bin mir sicher, dass er es ist.«

»Warum sollte er –?«

»Er muss herausgefunden haben, dass du meine Quelle warst. Er schleust den Medien Informationen über mich zu, und dieser anonyme Hinweis ist sein Werk.«

»Das ergibt keinen Sinn, Amanda. Das Letzte, was ich von

ihm gehört habe, ist, dass er total verwahrlost ist. Obdachlos. Wie soll er da deinen Sohn entführen und verstecken? Die Ermittlungen haben nichts ergeben, was darauf hinweist –«

»Die Ermittlungen haben nichts ergeben, *Punkt*.« Sie heult laut auf, die Hände an den Kopf gehoben wie eine Wahnsinnige, die weiß, dass ihr niemand zuhört.

»Hör auf, Amanda. Hör auf.« Er packt sie am Arm und schüttelt sie, bis sie verstummt. »Du bist besessen von diesem Mann. Du hast auch geglaubt, dass er hinter diesen Streichen gesteckt hat –«

»Er *ist es*. Marcus ist nicht ohne Grund verschwunden.« Warum erkennt er das Offensichtliche nicht? »Rache. Das ergibt Sinn. Wir alle haben dazu beigetragen, ihn zu ruinieren. Das ist seine Art, es uns heimzuzahlen, und du –«

»*Uns?*« Seine harsche Nachfrage bringt sie zum Schweigen. »Halte mich da raus. Ich hatte guten Grund zu der Annahme, dass Lawson schuldig –«

Ein Lichtblitz vor dem Autofenster lässt ihn zusammenfahren. Erneut blitzt es auf. In Sekundenschnelle. Hunter flucht und bedeckt sein Gesicht. Doch es ist zu spät. Und da hören sie es: Donnergrollen – oder ist es der knallende Auspuff eines Motorrads, das an Geschwindigkeit aufnimmt? Das Geräusch verklingt bereits in der Dunkelheit und Amanda tastet mit zitternder Hand nach dem Türgriff. Das Auto ist zu klein für sie beide geworden. Als die Innenbeleuchtung wieder anspringt, sieht sie sein fassungsloses Gesicht.

»Sylvia darf nichts davon erfahren.« Er packt sie erneut am Arm und sagt zwischen zusammengebissenen Zähnen: »Im Fall der Fälle gibst du zu, dass wir während der Suche nach Constance Lawson ein wenig Kontakt hatten, aber *mehr nicht*.«

Ohne zu antworten reißt sie sich von ihm los und rennt über den Strand. Die Steine sind von glitschigem Seetang bedeckt, der unter ihren Schuhen schmatzt wie aufgeblähter Froschlaich. Ihre Füße versinken im nassen Sand. Sie ist wach und dennoch gefangen in einem altbekannten Albtraum. Sie muss sich in Sicherheit bringen, kann sich jedoch nur in Zeitlupe bewegen. Doch das hier ist kein Traum, und sie läuft in Wirklichkeit rasch über den verlassenen Strand.

Wie soll sie den Beweis einer Kameraaufnahme leugnen? Kamerabilder lügen nicht. Obwohl das natürlich die größte Lüge aller Zeiten ist.

Die ganze Nacht lang macht sie kein Auge zu. Sie wirft sich keine Schlaftabletten ein, um ihren Verstand zu benebeln, während sie auf den Gnadenstoß wartet. Welche Zeitung wird ihn ihr mit der Frühausgabe versetzen? Sie weiß, wie viel Geduld es braucht, um eine Enthüllung wie die an der Werft diese Nacht zu organisieren. Wie viele Informationen nötig sind, um sicherzustellen, dass alles nach Plan läuft. Shane kennt sich mit Nachtaufnahmen aus. Früher hat sie mit ihm gemeinsam geduldig darauf gewartet, einen solchen Moment festzuhalten. Gemeinsam haben sie diese herrliche Erleichterung durchlebt, wenn es gelang. Sie hat die Arme um ihn geschlungen, während er den Gang auf seinem Motorrad einlegte, und sie verschwanden, noch bevor ihren Opfern aufging, dass man ihnen ihre Seelen gestohlen hatte.

VIERUNDFÜNFZIG

Das Wetter ist noch mild und im ganzen Land lodern Lagerfeuer. In der Ferne hört er die Sirene eines Feuerwehrwagens. Irgendwo in der Nähe ist wohl ein Lagerfeuer außer Kontrolle geraten. Halloween ist eine gefährliche Nacht voller Folklore und Aberglauben. Er bekommt eine Gänsehaut unter seiner leichten, atmungsaktiven Verkleidung. *Mit den Kostümen machen Sie und Ihr Sohn ja Spiderman Konkurrenz.* Bei der Erinnerung an den Kommentar des Gitarristen muss er lächeln. Er würde es ja ausziehen, aber Marcus ist sehr wachsam und passt auf, dass das Böse nicht ins Plinkhaus eindringt. Darum muss er vorsichtig sein. Der Junge soll nachts nicht umherwandern. Was hat er gesehen, als er aus dem Fenster geguckt hat? Einen Räuber, hat er gesagt, während er sich schluchzend an Super Plink klammerte, den Anführer der Plinks, dessen oberste Aufgabe es war, kleine Kinder vor Gefahren zu schützen.

Heute war er gut drauf. Als es an der Zeit war, das Plinkhaus in seinem Bravo-Kostüm zu verlassen, war er ganz aufgeregt. Die Menschenmenge bei der Buchvorstellung war größer als erwartet. Kleine Körper, die auf ihn zudrängten, in seine Nähe wollten. Beinahe hätte er Marcus im Gedränge verloren. Es kamen immer mehr Kinder, um Super Plink zu treffen, bis Margaret, die Besitzerin von Browse Awhile, die Tür schloss und draußen eine ordentliche Schlange organisierte.

»Die Kinder vermissen Sie im Fernsehen«, sagte eine Mutter zu ihm, während er das Buch ihrer Tochter mit seinem Plink-Fingerabdruck signierte. »Die Zeichentrickserie gefällt ihnen nicht so gut wie das Original. Da hatten die Kinder das Gefühl, selbst die Geschichte mitzugestalten, wenn sie mit Ihnen zusammen die Bilder gemalt haben.«

An dem Tag in der Grafton Street, als er den Jungen skizzierte, hat Amanda Bowe ihn gefragt, wie die Plinks entstanden sind. Er hat irgendwas von Kritzeleien gemurmelt, und hier sind sie, in seinem Tagebuch. Die Reise der Plinks – eine Idee, die in einer Gefängniszelle entstand und die ihm entwachsen ist. Zumindest behauptete Amanda das, als sie beharrte, dass die Zuschauerzahlen sinken würden. Kinder hätten aufgehört, seine Sendung zu gucken. Da er im LR1-Studio nicht länger gebraucht wurde, hat er die sperrige Plinkhaus-Kulisse an ihren neuen Standort gebracht.

Seine Haut spannt, in seiner Oberlippe pocht es. Mittlerweile ist es nur noch ein Phantomschmerz. Doch die Anspannung nimmt zu, wie schon so oft in der Vergangenheit. So wie in dem Café, als sie sich vorgelehnt und seine Narbe berührt hat. Oder wie in dem Moment, als er sie und ihren Mann auf der Titelseite der *Business Font* gesehen hat, einem Richardson-Magazin, das von Unternehmensmagnaten gelesen wird. Ein doppelseitiges Feature stellte ihr Investment in die Plinks und ihre zukünftigen Pläne vor, eine Marke aus ihnen zu entwickeln.

Wann bringt Reichtum Zufriedenheit?, fragte er sich beim Lesen des Artikels. Gelangt man irgendwann bei einer Hochebene an, oder wird er zu einem unerklimmbaren Berg? Und was ist Reichtum wert, gemessen am Leben eines Kindes?

Vergeltung hat einen seltsamen Geschmack, nicht süß, aber auch nicht eklig, bloß ungenießbar, wie Gefängnisessen.

FÜNFUNDFÜNFZIG

TAG SECHS

Die Sonne geht auf. Wolken ziehen blutrot über den Himmel, wie aufgeschlitzte Adern. Die Digitalausgaben sind online gegangen. Ein Feuerwehrmann ist ernsthaft verletzt worden, als er letzte Nacht ein außer Kontrolle geratenes Lagerfeuer löschte und von einer Flasche getroffen wurde. Bei einer Kostümparty kam es zu einer Messerstecherei, ein junger Mann liegt in kritischem Zustand im Krankenhaus. Auf einer Titelseite ist ein Foto von allen Plinks in der Buchhandlung Browse Awhile, die in die Kameras winken und Ben Carrolls neues Buch hochhalten. Dann öffnet sie die Seite der *Daily Orb*. Jegliche Hoffnung, die Amanda gehegt hat, dass die Story um Marcus' willen und wegen allem, was sie durchmacht, rausgenommen werden könnte, wird sofort zunichte gemacht.

Ihre Gesichter sind durch die Windschutzscheibe leicht verschwommen, aber dennoch erkennbar, ebenso wie Hunters Kennzeichen. Auf dem zweiten Foto greift Amanda nach dem Türgriff. Ihr erstarrter Gesichtsausdruck erinnert sie an den ihrer Mutter in diesen Augenblicken des Schocks, kurz bevor sie von einer Faust getroffen wurde.

Geheimtreffen von Cop und TV-Sternchen
Von Lucy Knight

Während bei der Suche nach dem vermissten Schüler Marcus Richardson der sechste Tag anbricht, sind überraschende Informationen über eine heimliche Zusammenarbeit zwischen seiner Mutter, TV-Sternchen Amanda Bowe (32), und Detective Sergeant Jonathan Hunter (43) ans Licht gekommen. Hunter war einer der leitenden Ermittler im Vermisstenfall Constance Lawson vor sechs Jahren.

Nach dem tragischen Fund der Leiche der Schülerin wurden bei der Garda Untersuchungen in die Wege geleitet, ob und durch wen vertrauliche Informationen an Bowe geleakt wurden, die zu der Zeit als Kriminalreporterin für Capital Eye *tätig war. Hunter, der an der Glenmoore Garda Station stationiert ist, stritt immer wieder vehement ab, sie zu kennen. Diese Behauptung wiederholte er auch gestern während einer offiziellen Garda-Ermittlung, die durch einen anonymen Hinweis initiiert wurde, laut dem es eine Verbindung zwischen dem vermissten Schüler und dem Verschwinden von Constance Lawson gebe.*

Trotz seines Dementis wurde der angesehene und erst kürzlich beförderte Detective Sergeant letzte Nacht mit Bowe in seinem Auto von Kameras erwischt. »Knight Out« hat aus zuverlässiger Quelle erfahren, dass er vom Dienst suspendiert wird, bis weitere Untersuchungen abgeschlossen sind.

Noch müssen die Gardaí ermitteln, ob die beiden Vermisstenfälle in Verbindung stehen. Derweil geht die Suche nach Marcus Richardson weiter. Dass Lar Richardson eine beträchtliche Belohnung für die sichere Rückgabe seines einzigen Kinds ausgesprochen hat, konnte keinerlei Informationen über den Verbleib des Jungen ans Licht bringen. Abgesehen von dem anonymen Hinweis, laut dem es sich um eine Entführung aus Rache handele, scheint das Verschwinden von Marcus ein Verbrechen ohne Motiv zu sein.

Sie schaltet den Laptop aus. Karl Lawson ist Lucy Knights Quelle. Er muss Amandas Handy schon weit vor Marcus' Verschwinden angezapft haben. Sie hat recht gehabt, als sie argwöhnte, dass er sich stets hinter ihr im Verborgenen aufhielt, seinen aufmerksamen Blick auf ihren Rücken gerichtet. Es kann gar keine andere Erklärung geben. Wenn sie sich unvermittelt umdrehte, war er da, nicht persönlich natürlich, aber im Geiste, verfolgte jeden ihrer Schritte und plante, wie er sie mitten ins Herz treffen würde. Er muss Hunters verzweifelte Bitte um ein Treffen belauscht haben. Den heutigen Enthüllungsbericht hat er mit der Präzision eines geübten Killers inszeniert. Ist er wirklich ein solches Monster, so gefühllos, dass er ein Kind für die Sünden seiner Mutter bestrafen würde? Und wenn er ein Monster ist, warum sollte er Marcus dann verschonen? Ihre Beine geben nach. Wie lange wird er sie noch quälen? Sie will die Antwort gar nicht wissen, doch so langsam dämmert ihr die Wahrheit: Sieben Tage werden es sein, sieben qualvolle, herzzerreißende Tage, bis sie endlich das Schicksal ihres Sohnes erfahren wird.

Lar schläft noch immer seinen Rausch von gestern Abend aus, als ein Auto auf den Hof fährt. Sie tritt ans Fenster. Sylvia Thornton, pünktlich wie immer. Hat sie ihren Mann zur Rede gestellt, bevor sie hierhergekommen ist? Sie muss doch den Bericht gelesen haben oder einen Anruf, eine SMS, eine WhatsApp-Nachricht, irgendwas bekommen haben. Warum fährt sie nicht mit quietschenden Reifen auf den Hof? Amanda beobachtet, wie sie mit ihren langen Beinen auf das Haus zuschreitet. Die breite Krempe ihres Huts hat sie tief in die Stirn gezogen und ihr hochtaillierter roter Mantel umspielt ihre schwarzen Stiefel. Anstelle einer Aktentasche sollte sie

Rüstung und einen Dolch tragen. Als sie das Wohnzimmer betritt, ist ihre Miene unergründlich. Ist sie ein Roboter, dem jegliche Emotionen rausprogrammiert wurden? Amanda muss daran denken, wie sie Bleiche über Grahams Kleidung schüttete, als sie herausfand, dass er sie betrog. Wie sie seine Hemden zerfetzte. Sie hinterließ eine Spur der Verwüstung in der Wohnung, in der sie einst ihre gemeinsame Zukunft geplant hatten. Sylvia hat diese Zukunft mit Hunter geschaffen. Sie haben einander Treue geschworen und sind Arm in Arm vor den Altar getreten. Und doch war er letzte Nacht mit Amanda zusammen, sie haben sich aneinandergedrängt wie Flüchtige, als sie diskutierten, wie eine Lüge zu einer Wahrheit geformt werden konnte.

»Sylvia, ich bin so froh, dass Sie hier sind.« Amanda klingt gefasst, unterdrückt das Beben in ihrer Stimme. Damit würde sie bloß schuldig wirken und das darf sie sich vor Sylvia auf keinen Fall erlauben. »Ich habe gerade die Onlineausgabe der *Orb* gesehen. Einfach entsetzlich. Lassen Sie mich das erklären.«

»Warum?«, fragt Sylvia. »Was können Sie mir erzählen, das ich nicht bereits weiß?«

»Was wissen Sie denn?«

»Dass Sie mich anlügen werden, und dass Sie es schon die ganze Zeit tun, seit Ihr Sohn verschwunden ist.«

»Ich lüge nicht, Sylvia. Was die da gedruckt haben, ist ein Skandal, manipuliert …«

Sylvia trägt ein Zitrusparfüm, einen leichten, frischen Duft, durchdringend, aber nicht penetrant, und doch zwingt er Amanda, flach zu atmen, schneller zu sprechen. »Ich habe aus offensichtlichen Gründen abgestritten, Hunter zu kennen. Er hat mir ein paarmal, wirklich nicht oft, während der Suche nach diesem Mädchen mit vertraulichen Informationen geholfen. Er hat genau wie ich geglaubt, dass ihr Onkel schuldig war, und die Polizei hat seine Erkenntnisse ignoriert. Wie sich herausstellte, lagen wir falsch, furchtbar falsch. Aber unsere Beziehung war stets rein geschäftlich.«

Schmutzige Stelldicheins in anonymen Hotelzimmern. Die Geschmacklosigkeit dessen, was einst aufregend war, überfällt sie. Diese heißen Monate, die sie mit Hunter verbracht hat, wirken jetzt eher wie ein Traum oder wie eine alte Geschichte, die ihr jemand anders erzählt hat.

»Wir haben einander benutzt, das gebe ich zu«, fährt sie fort. »Wir beide wollten unsere Karrieren voranbringen. Aber Hunter hat Sie nie betrogen, zu keinem Zeitpunkt. Das ist die Wahrheit, Sylvia. Letzte Nacht haben wir uns getroffen, um über die wiederaufgenommenen Ermittlungen zu reden. Er hatte Angst, in Verdacht zu geraten. Er musste sich vergewissern, dass ich für ihn stark bleiben würde. Und das wäre ich auch ... Ich wäre eher ins Gefängnis gegangen, als meine Quelle zu verraten. Aber jemand hat Lucy Knight und ihrem Fotografen einen Hinweis gegeben. Und ich weiß auch, wer das war – *verdammt*, ich weiß, wer ihr –«

»Ich habe Lucy Knight den Hinweis gegeben.« Sylvia spricht deutlich und mit kühler Stimme.

»*Was?*«

»Ich habe ihr den Hinweis gegeben«, wiederholt sie. »Ich habe ihr gesagt, wo sie Sie beide findet.« Sie hat die Schultern zusammengezogen, als wollte sie eine Barriere zwischen sich und Amanda errichten. Nicht der Hauch einer Emotion ist von ihrem Gesicht abzulesen, während sie ganz ruhig zugibt, die Karriere ihres eigenen Mannes ruiniert und ihre Ehe zerstört zu haben.

»Das glaube ich Ihnen nicht ...« Amanda taumelt angesichts dieses schockierenden Eingeständnisses zurück.

»Was Sie glauben oder nicht, tangiert mich nicht im Geringsten«, erwidert Sylvia.

»Warum sollten Sie –?« Amanda fährt sich mit der Zunge über die Zähne. Das tut sie im Moment ständig. Es beruhigt sie, diese Angewohnheit aus ihrer Kindheit, über die ihre Mitschüler sich einst lustig gemacht haben. »Mandy Mausezahn« nannten sie sie, bis sie sich gegen ihre Anführerin wehrte und ihr einen Schneidezahn ausschlug.

»Wie lautet Ihre Frage?« Sylvia breitet die Zeitungen aus, so wie jeden Morgen seit Marcus' Entführung.

»Warum sollten Sie Ihre Ehe zerstören?«

»Seit wann kümmert Sie denn meine Ehe?«

Amandas Schock klingt ab, ebenso wie ihre Schuldgefühle. »Sie haben recht. Ich will bloß Marcus finden. Karl Lawson war Ihre Quelle. Er hat sich in mein Handy gehackt –«

»Meine Quelle war anonym.«

»Sie wissen, dass er es war. Er hat meinen Sohn. Verstehen Sie? Er hat mir nie vergeben –«

»Warum sollte er Ihnen auch vergeben?« Zum ersten Mal seit Sylvia das Zimmer betreten hat, zittert ihre Stimme, wenn auch nur leicht. Sie hält inne, um sich zu beruhigen. »Sie haben nie dafür büßen müssen, dass Sie und mein Mann sein Leben ruiniert haben.«

»Wir dachten, er wäre schuldig …« Es ist warm im Wohnzimmer, die Heizung ist voll aufgedreht, und doch kann Amanda nicht aufhören zu zittern.

»Und jetzt glauben Sie, er hat Ihren Sohn entführt.«

»Ich *weiß*, dass er meinen Sohn entführt hat.«

»Sie *wussten* damals auch, dass er Constance entführt hat. Damals haben Sie sich geirrt. Genau wie jetzt auch.«

»Bitte helfen Sie mir … *bitte*.«

»Das kann ich nicht, Amanda. Karl Lawson ist nicht derjenige, der Ihren Sohn hat.«

Irgendetwas schwingt in dieser Aussage mit. Irgendetwas, das Amanda alarmieren sollte … sie alarmieren würde, wenn sie in ihrem Studio wäre oder für eine Story im *Capital Eye* recherchieren würde. Etwas, das sie erfassen und interpretieren sollte, doch es entzieht sich ihr. Sylvia Thornton hat recht. Alles zu verlieren, was das Leben lebenswert macht, muss einen Menschen verändern. Aber es macht ihn nicht unsichtbar. Er ist irgendwo da draußen. Und auch Sylvia bestraft sie.

»Sylvia, wenn Sie irgendwelche Informationen bekommen haben ...« Amanda sucht in ihrem Gesicht nach Mitgefühl, nach Verständnis, nach irgendetwas, das sie von diesen Qualen befreit. »Wenn Sie etwas wissen, das der Polizei hilft, Marcus zu finden, dann, *bitte, sagen* Sie es mir.«

»Die einzige Information, die ich bekommen habe, stammt von einer anonymen Quelle, die behauptet, dass Sie eine Lügnerin und Betrügerin sind«, erwidert Sylvia. »Das war jedoch einfach nur die Bestätigung einer Wahrheit, die mir bereits seit einer Weile bekannt ist.«

»Was auch immer Sie von mir denken, es stimmt nicht – es *stimmt nicht.*«

»Hören Sie auf, mich zu bevormunden, Amanda. Für einen Detective war mein Mann ganz schön ungeschickt darin, seine Spuren zu verwischen. Sie waren seine Erste. Wussten Sie das? Sie haben keine Spuren hinterlassen, aber ich habe gespürt, dass Sie da waren. Die anderen nach Ihnen haben Spuren hinterlassen. Den Verschluss eines Ohrrings auf dem Boden seines Autos. Sand an seinen Schuhsohlen. Rätselhafte Anrufe –«

»Ich habe nie ... Sie irren sich.«

»Jon hatte für alles eine Erklärung.« Sylvia ignoriert ihren Einwand. »Und ich habe mich entschieden, ihm zu glauben. Klingt ganz schön klischeehaft, oder? Wir alle bringen Opfer für unsere Kinder. Ich habe mich dafür entschieden, es zu leugnen, bis ich mit der Wahrheit umgehen konnte.« Sie räuspert sich hörbar, als wäre ihr Mund ganz trocken. »Im Amber Door haben Sie ihn ›Hunter‹ genannt. Ich habe gesehen, wie er Ihr

Handgelenk gepackt hat. Das war eine drohende Berührung, keine liebevolle, doch sie hat alles verraten. Da ist mir klar geworden, dass er Ihr Insider gewesen ist – und noch viel mehr als das.«

»Nein! Das war alles. Er war mein Insider. Ich schwöre Ihnen beim Grab meines Vaters, dass nichts weiter zwischen uns war.«

Noch eine Lüge. Sie eingeäschert und in alle Winde verstreut, das hatten sie mit den Überresten ihres Vaters getan. Bei seiner Beerdigung schüttelten sie die Hände der Trauergäste und stimmten ihnen zu, dass er ein hingebungsvoller Vater und Mann gewesen sei. Sie lehnt sich so nah an Sylvias Gesicht heran, dass sie die Furchen sehen kann, die der Schmerz in ihrer Haut hinterlassen hat: blasse Spuren, die mit der Zeit ihr makelloses Hautbild mindern werden.

»Sie müssen mir helfen, Sylvia. Marcus hat damit nichts zu tun. Er ist ein zu Tode verängstigtes Kind – wenn er nicht bereits ... *tot* ist.« Den letzten Teil flüstert sie, aus Angst, den Worten laut ausgesprochen mehr Macht zu verleihen. »Sie müssen der Polizei sagen, dass Sie Informationen von Karl Lawson an die Presse weitergegeben haben. Sie werden seine Anrufe zurückverfolgen können.«

»Was kann ich der Polizei schon erzählen, was sie nicht längst weiß?« Als würde Amandas Atem sie beschmutzen, tritt Sylvia einen Schritt zurück und streicht sich mit der Hand über die Wange. »Die haben genau wie ich einen anonymen Hinweis bekommen, aber sind bei der Suche nach Ihrem Sohn keinen Schritt weitergekommen.«

»Sie wissen, dass er es ist. Wo ist er, Sie gnadenloses Miststück? Sagen Sie es mir ... *sagen* Sie es mir.«

Sylvia zuckt zusammen, als Amanda ihre Schultern packt, ihr Kopf fällt vor Schreck nach vorn, doch dann neigt sie ihn nach hinten und reißt sich los. »Warum erwarten Sie von mir, dass ich meine Quelle preisgebe, wenn Sie selbst eher ins

Gefängnis gegangen wären, als Ihre zu verraten? Wenn die Gardaí Fragen haben, wissen sie, wo sie mich finden.«

Sie holt einen Umschlag aus ihrer Aktentasche und legt ihn auf die Zeitungen. »Meine Kündigung. Geben Sie die an Ihren Mann weiter. Sie und ich haben einander nichts mehr zu sagen.«

Sie geht ebenso leise, wie sie hereingekommen ist. So viele Fragen sind immer noch unbeantwortet, doch Amanda schert sich nicht länger um Sylvia Thorntons zerrüttete Ehe und ihre verdrehten Moralvorstellungen. Bevor sie gegangen ist, hat sie Amanda mit ihrem Blick aus der Fassung gebracht. Dort glaubte Amanda ein Aufglimmen von Mitleid zu sehen – und das macht ihr nur noch mehr Angst.

Lars Haare scheinen dünner geworden zu sein und sind nicht länger silbern, sondern weiß, wie bei einem alten Mann. Er steckt Sylvias Kündigung zurück in den Umschlag und nimmt die *Daily Orb* vom Tisch. Amanda wartet nur drauf, dass er seine Hand erhebt und sie eine Lügnerin nennt. Sie würde das Brennen begrüßen. Alles ist besser als diese angespannte Miene, während er »Knight Out« liest.

»Karl Lawson leitet Informationen an die Polizei, an Sylvia und an die Presse weiter«, sagt sie rundheraus und voller Gewissheit. »Sieben Tage, so lange hat es gedauert, bis sie Constance Lawsons Leiche geborgen haben. Wenn die Polizei ihn vorher nicht findet, wird er unseren Sohn umbringen.«

Er funkelt sie an, die blutunterlaufenen Augen voller Verachtung. »Ich habe deine Berichterstattung von damals nachgelesen. Du hast ihn ruiniert. Du und dein *Insider*.«

»Lar, Marcus zu finden, ist alles, was zählt. Wir müssen die Polizei überzeugen, diese Suche ernst zu nehmen. Das ist unsere einzige Hoffnung, ihn lebend zu finden.«

Er wirkt abgekämpft und wird von Stunde zu Stunde sichtbar müder, doch jetzt schenkt er ihr endlich Gehör.

Die Gardaí treffen wenig später ein. Bildet sie sich das ein oder sind sie plötzlich voller Entschlossenheit? Sergeant Moran warnt Amanda, dass sie wegen Behinderung der Justiz angeklagt werden könne, weil sie bezüglich ihres Verhältnisses zu Detective Sergeant Jon Hunter gelogen habe. Doch im Moment ist Marcus' Verbleib alles, was für sie zählt. Sie ermitteln noch immer in andere Richtungen, doch eine umfassende Suche nach Karl Lawson ist bereits im Gange.

Abermals fährt sie von Shearwater fort. Kameras werden angehoben, Münder bewegen sich, während die Reporter vor ihr auseinanderstieben.

Rebecca macht ihr die Tür auf. »Komm rein.« Sie zieht Amanda an den Händen in die Küche. »Mam ist schon da.«

Sie hat die Küche umgestaltet, seit Amanda das letzte Mal zu Besuch war. Mit babyrosa Schränken, Fliesen im Schachbrettmuster, Freischwingerstühlen und optimistischen Sprüchen an den Wänden hat sie einen Fünfziger-Jahre-Retro-Stil geschaffen. Sie raten Amanda, ihr Krönchen zu richten, wenn sie hinfalle. Ein Leben zu leben, das sie liebe.

Imelda kocht gerade eine Kanne Tee und der Tisch ist bereits mit dem guten Porzellangeschirr gedeckt. »Oh, mein armer Schatz«, meint sie. »Was für schreckliche Sachen sie über dich schreiben. Wie können sie nur so grausam sein, wenn dein armes Herz doch schon so leidet?« So wie sie das sagt, klingt es, als wäre Marcus tot.

Amanda lässt sich auf einen Stuhl sinken und lässt sich von ihrer Mutter Tee einschenken. Imeldas Hände zittern, was Amanda an Elizabeth Kelly und ihr verzweifeltes Bemühen erinnert, höflich zu sein, während die Trauer um ihren toten Sohn sie aufgefressen haben musste.

»Warst du an dem Nachmittag bei Eric Walker?« Rebecca steht mit verschränkten Armen vor ihrer Schwester und ignoriert den mahnenden Laut von Imelda. »Hast du mich gebeten, deinen Sohn von der Schule abzuholen, damit du im Bett eines anderen Mannes liegen konntest?«

Danny kommt in die Küche und verharrt bewegungslos angesichts des unangenehmen Schweigens. Als freiwilliger Helfer des Bevölkerungsschutzes ist er aktiv an der Suche nach Marcus beteiligt, ebenso wie Rebecca. Imelda kümmert sich im Gemeindehaus um die Tee- und Kaffeemaschinen. Amanda würde sie am liebsten fragen, wie viel Hoffnung die Freiwilligen noch hegen, doch sie fürchtet sich vor der Antwort. Danny murmelt etwas von einem Anruf, den er tätigen müsse, und zieht sich aus der angespannten Atmosphäre zurück.

»Sag uns die Wahrheit, Amanda.« Imelda nimmt Amandas Hände in ihre eigenen. »Mehr wollen wir doch nicht von dir.«

Früher lebten sie in einem Haus, in dem der Atem der Gefahr ständig über der Wahrheit lag. Sie war verborgen hinter Jalousien und verschlossenen Türen. Die ständige Angst beschämte sie. Rebecca machte ins Bett, bis sie zehn war. Amanda schlug mit dem Kopf gegen ihre Zimmerwand, um den Zorn ihres Vaters zu übertönen. Er starb, kurz nachdem Imelda ihn mit dem Bügeleisen verbrannt und die Tür hinter seinem Schmerz geschlossen hatte. Er bekam einen Schlaganfall. Unterdrückte Wut kann so etwas auslösen. Sein hoher Blutdruck gab ihm den Rest. Hat Amandas schwächliche Mutter ihn umgebracht? Ihre Mutter, die das Unerträgliche ertragen hat, bis ihre Kinder stark genug waren, um fortzugehen?

Der Tee verbrüht Amanda die Lippen und sie setzt die Tasse klirrend auf der Untertasse ab. Ohne jede Vorwarnung öffnen sich die Schleusen und die Tränen fließen nur so. Sie wirft den Kopf in den Nacken und heult hemmungslos. Die salzigen Tränen nehmen ihr die Sicht, aber sie will nie mehr aufhören. Imelda tupft ihr mit Taschentüchern die Tränen aus dem Gesicht und versucht, sie zu beruhigen. Womöglich befürchtet sie, dass sie wieder ihren Kopf gegen die Wand schlagen wird. Die Wahrheit flattert ihr in der Kehle herum, wie die Flügel eines Vogels, der so lange eingesperrt war, dass er das Fliegen verlernt hat. Sie speit die Lügen aus, die sie erzählt hat, und wartet auf die Erlösung. Hat Erlösung eine Form, eine Leichtigkeit? Etwas, woran sie sich festhalten kann, wenn die Trauer zu groß wird? Morgen ist Allerseelen. Und das Ende von allem kommt erst noch.

Im Plinkhaus ist es still. Handys klingeln hier nicht, aber Marcus sieht, wie Super auf seinem herumtippt und es dann in die Wassertonne schmeißt. Er merkt nicht, dass Marcus ihn beobachtet. Als Marcus sich einen Eimer heranzieht und daraufsteigt, um in die Tonne zu blicken, ist Supers Handy bereits verschwunden.

»Hoppala«, sagt Super und packt ihn. »Vorsichtig. Ich will hier doch kein nasses Plink rausfischen.«

Im Leckerschmeckerzimmer essen sie Spareribs mit den Fingern und Super sagt, das Abenteuer im Plinkhaus sei bald vorbei. Mammy und Daddy kämen dann aus dem Großen Apfel nach Hause zurück. Marcus ist traurig und freut sich zugleich, was sich lustig in seinem Bauch anfühlt. Er will sie unbedingt wiedersehen, aber dann wird er keine Abenteuer im Plinkhaus mehr erleben oder mit Super im Apfelgarten Fußball oder Verstecken spielen.

Super holt die Taube aus dem Gefrierfach und legt sie in eine kleine Schachtel. Sie ist eiskalt und hart wie die Verzierungen auf Mammys Kaminsims. Super holt einen großen Spaten aus der Gartenhütte und gibt Marcus eine kleine Schaufel, damit er mithelfen kann, das Grab auszuheben. Sie marschieren mit ihren Spaten über den Schultern durch den Apfelgarten und Super singt ein Lied über Star, das Pilotenplink, das Löcher in die Wolken macht, damit tote Tauben direkt in den Himmel fliegen können.

SECHSUNDFÜNFZIG

TAG SIEBEN

Der Morgenhimmel ist bedeckt von einem dunklen, gefährlichen Nebel, der die Fähren am Horizont verschwinden lässt und das Kreischen der Möwen dämpft. Amanda liest sich die Frühausgaben der Onlinezeitungen durch. Nichts. Keine Exklusiv- oder Enthüllungsberichte, keine Schlagzeilen mit Fragezeichen auf den Titelseiten. Ihr Sohn ist Schnee von gestern geworden.

Schließlich klart der Nebel auf. Die Stunden vergehen, ohne dass die Polizei irgendetwas Neues vermeldet. Sie begleitet Lar zum Gemeindehaus von Rockfield. Die Freiwilligen nehmen ihren Dank an und sprechen ihr leise ihr Mitgefühl aus.

Die Reporter vor Shearwater sind ihnen bis zum Gemeindehaus gefolgt. Man schreit ihr Fragen entgegen. Erics Namen, Hunters Namen, von allen Seiten wird auf sie eingedroschen. Ist es so auch Karl Lawson ergangen, als ihm seine Realität entglitt? Es war ein Fehler, hierherzukommen. Sie nickt Lar zu, der ihr zu seinem Auto folgt. Die Journalisten bleiben ihnen auf den Fersen. Sie erkennt Shane. Er sieht zerzauster und dicker aus denn je. Sie dachte immer, er wäre auf ihrer Seite. Doch er ist immer nur auf der Seite des Fotos.

Während Lar davonfährt, vermeldet ihr Handy eine neue Nachricht. Das wird nur noch ein Journalist mit noch einer Frage sein – sie ignoriert sie. Da geht eine weitere Nachricht ein, und dann noch eine, das wiederholte Piepsen zwingt sie dazu, schließlich hinzusehen. Auf dem Bildschirm steht kein Name, nur eine unbekannte Nummer. Jede Nachricht hat den gleichen Inhalt und geht ihr durch Mark und Bein.

> *Denn in sechs Tagen hat der HERR Himmel, Erde und Meer mit allem, was lebt, geschaffen. Am siebten Tag aber ruhte er.*

Sieben Tage ... sieben Tage – jetzt weiß sie endlich, was sie wissen muss. Karl Lawson ruht sich heute aus, seine Arbeit ist getan. Sie schreit auf. Lar verreißt vor Schreck das Lenkrad und das Auto gerät ins Schlingern. Schließlich setzt er den Blinker und kommt auf dem Seitenstreifen zum Stehen.

»Was ist los?«, brüllt er. »Zeig her.«

Während er die Nachricht liest, verzieht sich sein Gesicht zu einer eingefrorenen Grimasse. Er herrscht sie an, mit dem Schreien aufzuhören. »Ich kann nicht denken ... ich *kann* so nicht denken«, wiederholt er immer wieder.

»Karl Lawson hat mir diese Nachrichten geschickt.« Er muss sie verstehen, ihr glauben.

»Ein *Bibel*zitat.« Lar nimmt sie schon nicht mehr ernst.

»Das ist eine Warnung. Er hat Marcus umgebracht. Deshalb ruht er sich jetzt aus.«

»Das ist doch Irrsinn«, schleudert er ihr wütend entgegen.

»Verstehst du es denn nicht?« Sie wird gleich wieder anfangen zu schreien, wenn er ihr nicht zuhört. »Constance Lawson wurde am siebten Tag gefunden. Er bestraft mich – o

Gott, ich weiß, wo er Marcus begraben hat. Wir müssen zu Cronins Obstgarten … den Wassertank absuchen –«

»Du drehst völlig am Rad.« Er schüttelt sie, bis sie verstummt, dann schiebt er sie von sich, schiebt das Wissen von sich, das er nicht ertragen kann. »Du weißt gar nichts. Wahrscheinlich ist das nur ein blöder Scherz …«

Er schafft es nicht, weiterzureden. Schweißperlen stehen auf seiner Stirn, als er Sergeant Moran über sein Bluetooth-Headset anruft. Ihr Gespräch ist kurz und knapp.

»Wir müssen dein Handy direkt zur Polizei bringen, sie kümmern sich drum«, sagt er, nachdem er aufgelegt hat. »Sie wollen die Nummer zurückverfolgen.«

»Da gibt es nichts zurückzuverfolgen. Inzwischen hat er sein Handy sicher schon zerstört.« Amanda stellt sich vor, wie er es mit dem Stiefelabsatz zertritt, um die Telefondaten zu vernichten, den Beweis, den sie so dringend brauchen.

»Selbst wenn er es zerstört hat, können sie es zurückverfolgen, die haben schon ihre Mittel und Wege.« Lar setzt den Blinker und reiht sich wieder in den Verkehr ein. »Das schaffen wir nicht alleine.«

Cronins Obstgarten … Sie muss dorthin und die Erde mit bloßen Händen aufgraben. Dann ist ihr Junge, ihr geliebter Junge, nicht mehr allein. Sie macht die Beifahrertür auf. Verschwommen zieht die Straße an ihr vorüber und sie macht sich zum Sprung bereit. Lar schreit auf und zieht sie mit der freien Hand zurück.

»Was zum Teufel soll das werden?«, brüllt er, während das Auto schlitternd zum Stehen kommt.

»Karl Lawsons Handy liegt vermutlich am Grund eines Flusses. Warum hörst du mir nicht zu, verdammt? Marcus ist in demselben Wassertank begraben, in dem Constance Lawsons Leiche gefunden wurde.«

Er schlägt ihr mit der Hand ins Gesicht. Doch es ist ihr egal, selbst wenn er sie wieder und wieder schlagen würde. Selbst wenn er sie bewusstlos schlagen und sie erst nächste Woche wieder aufwachen würde. Das war der Lieblingsspruch ihres Vaters, wenn er wütend auf Imelda war. Amanda wünscht sich, sie wäre bei ihr, dass ihre Mutter die Arme um sie legen würde, während sie ihr Kind wieder ans Licht befördern. Lar reibt sich die Hände, dann streichelt er ihr über die gerötete Wange.

»Dann fahren wir jetzt dorthin«, sagt er. Seine Augen erinnern sie an Kieselsteine, die von den Gezeiten ganz glanzlos gewaschen wurden.

Während der Fahrt über die M50 beginnt es zu regnen. Lars Auto, eigentlich stabil wie ein Panzer, wird von einem jähen Windstoß erschüttert. Bis Glenmoore sind es noch mindestens vierzig Minuten. Die Autos vor ihnen sollten Amanda nervös machen. Ihre Reifen schlittern über das Wasser, während der Regen immer stärker wird, doch Lar behält sein Tempo bei.

Sergeant Moran ruft sie erneut an.

»Amanda glaubt, dass Marcus –« Lars Stimme bricht und er räuspert sich, schafft es aber nicht, den Satz zu Ende zu führen.

»Karl Lawson hat ihn in dem Wassertank begraben, in dem Constance Lawson gefunden wurde«, bringt Amanda weinend hervor.

»Das ist eine gewagte Annahme, Mrs Richardson.« Der sonst so schroffe Ton von Sergeant Moran ist milder, sie klingt nachdenklich.

»Was soll es sonst bedeuten?« Amanda sackt auf dem Beifahrersitz zusammen. Was wäre schrecklicher? Dass man ihr glaubt oder dass man ihr nicht glaubt?

»Fahren Sie nach Hause«, befiehlt Sergeant Moran brüsk. »Wir brauchen Ihr Handy, Mrs Richardson. Lassen Sie die Gardaí ihre Arbeit machen. Wir werden Ihren Verdacht an die Wache von Glenmoore weiterleiten und dort wird man –«

Lar würgt sie mitten im Satz ab, indem er auflegt, ohne vom Gas zu gehen.

Als sie von der M50 nach Glenmoore abfahren, herrscht nur wenig Verkehr. Welkes, nasses Laub weht am Autofenster vorbei. Morgen werden die Bäume kahl sein und dann wird schon bald die Trostlosigkeit des Winters folgen.

Als würde man sie erwarten, stehen die Tore des alten Hauses offen. Die Haustür wurde ersetzt, die Fenster erneuert. Die Jalousien sind heruntergelassen.

Drei Einsatzwagen der Glenmoore Garda Station stehen bereits unter den Bäumen. Lar parkt hinter ihnen und ergreift Amandas Hand, während sie auf den Obstgarten zurennen. Innerhalb von Sekunden sind sie völlig durchnässt. Faulendes Obst schmatzt unter ihren Sohlen. Bei dem Geräusch dreht es ihr den Magen um. Eine Garda in Warnjacke taucht vor ihnen auf und hindert sie mit erhobenen Händen am Weiterlaufen.

Amanda erinnert sich an ihr Gesicht, aber nicht an ihren Namen. Sie und ihre Kollegen standen auf demselben Flecken Erde, als Constance' Leiche gefunden wurde. Die Szene hinter ihr ist erschreckend ähnlich. Der Bagger und der Erdhügel. Wieder sind da junge Gardaí in Arbeitsoveralls, die den Deckel des Wassertanks aufhebeln.

»Sie dürfen nicht hier sein«, sagt die Frau mit einer Autorität in der Stimme, die keine Widerrede zulässt. »Sie müssen uns unsere Arbeit machen lassen.«

»Nein!« Amanda könnte mit ihrer Faust, mit der Kraft ihrer Angst, Berge versetzen. Da fällt ihr der Name der Frau wieder ein: Detective Garda Newton, Hunters Partnerin. Als Amanda sie zur Seite schieben will, packt Detective Newton sie mit einem überraschend kräftigen Griff und dreht sie von dem gähnenden Abgrund weg.

Die Polizeibeamten blicken nach unten, ihre massigen Gestalten verdecken Amanda die Sicht. Auf den Regen ist eine frühe Dämmerung gefolgt und im Obstgarten schwindet das Tageslicht. Irgendwo zwischen den triefenden Zweigen krächzt eine Krähe. Ein hässlicher, misstönender Klang. Amanda hört, wie ein Garda schnaufend in den Tank hinabsteigt. Eine Stimme verlangt, dass der Suchscheinwerfer näher herangebracht werden soll. Lar rinnt der Regen über das Gesicht, es könnten aber auch Tränen sein, die ihm vom Kinn tropfen. Sie klammern sich aneinander fest, nachdem Detective Newton sich nach einer strengen Ermahnung, nicht näher zu kommen, ihren Kollegen angeschlossen hat.

»Hab Mut«, flüstert Lar. Er selbst zittert wie Espenlaub.

Amanda kann den Tankdeckel auf der Seite liegen sehen, daneben das Brecheisen. Eine Leiter ist in den Tank gelassen worden. Der Erdhaufen hat sich in Schlamm verwandelt, der bereits zurück in die Öffnung sickert. Ein Blitz zuckt über den Himmel. In den düsteren Wolken donnert es. Es scheint, als würden die Elemente ihr Aufheulen beantworten, als die Garda den kleinen Körper ihres Sohns aus dem Tank heben und sanft auf dem Boden ablegen.

Einmal hat ihr Vater sie geschlagen, doch Amanda kann sich nicht daran erinnern. Rebecca sagte, sie habe von ihrem Versteck hinter dem Sofa aus zugesehen, während Amanda bewusstlos am Boden gelegen habe. Sie kann sich bloß erinnern, Sterne gesehen zu haben, die sich schließlich in ein schwarzes, unergründliches Loch verwandelten ... und genau so fühlt sie sich gerade wieder, nur dass diesmal Lar da ist und sie aufrechthält, bis die Schwärze aus ihrem Sichtfeld schwindet.

Marcus wurde in einem Pulli begraben – nein, es ist gar kein Pulli, es ist ein glänzender, leuchtender Taucheranzug. Eine Maske bedeckt sein Gesicht. Das Grauen ist so unerträglich, dass sie nicht mal schreien, nicht mal mit den Zähnen knirschen kann. Der Mann, der ihn aus dem Wassertank gehoben hat, stößt einen Fluch aus, sieben Buchstaben, die das sprachlose Schweigen durchdringen. Grob dreht er ihren Sohn auf den Bauch. Er behandelt Marcus wie ein Stück Treibgut, das er aus dem Meer gefischt hat. Wie kann er es wagen, seinen kleinen kaputten Körper so respektlos anzufassen?

Amanda hält sich die Augen zu, als sie hört, wie ein Reißverschluss nach unten gezogen wird. Sie will für immer blind sein, damit sie nicht sehen muss, was jetzt folgt. Stimmen murmeln, rufen, schreien. Lar entfährt ein überraschter Fluch, dann redet er auf sie ein, ihm zuzuhören und mit dem Weinen aufzuhören. Das sei nicht ihr Sohn. Dieses schlaffe Etwas sei überhaupt kein Mensch, auch kein Tier.

Man lässt sie näher kommen. Als sie es wagt, hinzusehen, ist der hintere Reißverschluss des Taucheranzugs offen, bloß ist es gar kein Taucheranzug. Es ist ein flauschiger gewebter Stoff mit samtigem Flor, der weiche Falten schlägt. Wie das Fell eines seidig glänzenden, aufrecht gehenden Wesens sieht es aus – wie ein Plink. Von innen ist er ausgefüllt mit etwas, das wie raues Pferdehaar aussieht, das aus einer alten Matratze stammen könnte, und darunter sind Zeitungen gestopft worden. Detective Newton steckt schnell eine Ausgabe des *Capital Eye* in einen Plastikbeutel, doch Amanda erhascht noch einen Blick auf die Schlagzeile, ihren Namen darunter und das Profilbild, das der Chefredakteur immer für ihre Artikel benutzte. Detective Newton holt weitere Zeitungen heraus. Sieben Tage Schlagzeilen, die Karl Lawson ruiniert haben. Dann folgen aktuellere Ausgaben des *Capital Eye* sowie der *Daily Orb* und anderer Zeitungen, die die Tage von Marcus' Verschwinden aufgezeichnet haben. Artikel, die Amandas Ehe zerstört haben und dafür gesorgt haben, dass ihr Sohn verloren ist – denn Marcus ist inzwischen sicherlich tot. Ermordet von Karl Lawson, der endlich seine Rache bekommen hat.

Ein zweiter Garda kommt die Leiter wieder hoch. Er trägt eine durchsichtige Plastiktüte, die aussieht, als wäre sie mit vielen kleinen toten Tieren gefüllt, Eichhörnchen oder vielleicht Kaninchen. Detective Garda Newton hält Amanda die Tüte hin, damit sie sie näher betrachten kann. Im Licht des Suchscheinwerfers erkennt sie, dass es sich nicht um tote Tiere handelt. Es sind Marcus' Lieblingsplüschtiere. Zu Hause in seinem stillen Zimmer säumen ganz ähnliche Plüschtiere den Fuß seines Bettes und warten auf seine Rückkehr. Selbst seine Lieblingsplüschtiere ... Karl Lawson weiß alles über ihren Sohn.

»Plinks.« Der Name klingt trocken auf ihren Lippen.

»Was haben Sie gesagt?«, fragt Detective Newton.

»Marcus liebt die Plinks.«

Der Garda, der die Plinks aus der Tiefe geholt hat, ist vermutlich selbst Vater, denn er nickt, als verstünde er, warum Kinder von diesen Fantasiewesen so hingerissen sind. Er holt eine weitere Plastiktüte aus dem Tank. In dieser ist eine Ausgabe der *Business Font* mit Lars Gesicht auf dem Cover, sein Blick intensiv, triumphierend. Ein Mann auf dem Höhepunkt eines erfolgreichen Geschäfts. Amanda steht neben ihm, ebenso selbstsicher. Innen ist das doppelseitige Feature über ihren Deal mit Ben Carroll, das weiß Amanda. Dort werden sie überschwänglich für ihren Geschäftssinn gelobt, was über die eigentlich zweifelhafte Abwicklung hinwegtäuscht. Sie haben den unerfahrenen Ben über den Tisch gezogen und ihm die Möglichkeit genommen, aus seiner Fantasieschöpfung ein Vermögen zu machen. Amanda fühlte sich unwohl, als sie das Feature las. Solche Deals würden ständig gemacht. Das hat sie sich selbst eingeredet. Und dass Unternehmer eben Risiken eingehen und deshalb einen Ausgleich für ihre Investitionen brauchen würden. Ben ist ein Straßenmaler gewesen, der auf der Straße geblieben wäre, wenn sie ihn nicht animiert hätte, aufzustehen, statt auf den Knien herumzurutschen.

Der Deckel wird wieder auf den Wassertank gelegt. Der Bagger senkt brummend seine Schaufeln in den Matschhügel. Schon bald wird alles wieder so aussehen, wie die Polizei es vorgefunden hat. Amandas Füße versinken im aufgeweichten Boden. Das bizarre Gebilde, das sie für die Leiche ihres Sohns gehalten hat, ist in sich zusammengefallen. Ein Garda macht sich bereit, es einzupacken. Ein Tatortfotograf verrichtet sein

Werk, dabei ist das hier gar kein Tatort. Es ist Quälerei, Schikane. Ein neues Puzzle, das sie zusammenfügen müssen.

Auch die Zeitschrift wird in einen Beutel gepackt, und jetzt, da Amanda sie in dieser unwirklichen Umgebung gesehen hat, wird sie noch unruhiger. Irgendetwas entgeht ihr, etwas, das sie unbedingt verstehen muss ... Und als ihr die Wahrheit aufgeht – als sie ihr endlich Raum gibt, sich zu entfalten –, trifft sie sie wie ein Donnerschlag.

Scarface, so hatte der obdachlose Junge auf der Uferpromenade ihn genannt. Scarface, wie in dem Film. Aber ... Karl Lawsons Gesicht ist nicht vernarbt. Als sie ihn bei Elizabeth' Beerdigung gesehen hat, hatte er immer noch diese hohen, knochigen Wangen und den arroganten Mund.

»Der's schwarz«, hat der Junge gesagt und damit Scarface' Haare und nicht, wie Amanda jetzt klar wird, seine Hautfarbe gemeint.

Sie gräbt ihre Nägel in die Handflächen, als sie sich daran erinnert, wie seltsam bekannt ihr Ben Carroll bei den wenigen Malen vorkam, die sie ihn ohne sein Kostüm getroffen hat. Seine Haut wirkte durch das mattschwarze Haar, das ihm in die Stirn fiel, noch blasser, und sein Gesicht war durch die Narbe entstellt, die blaue Tönung seiner Brille verdeckte seine Augen. Sein Akzent mit den gedehnten Vokalen und den weichen Ts hat sie so sehr an New York erinnert, dass er über seine Stimme hinweggetäuscht hat.

Das ist eine absurde Vorstellung, völlig unmöglich. Als spürte sie ihre Entrüstung, flattert die krächzende Krähe mit nassen Flügelschlägen über ihren Kopf hinweg.

SIEBENUNDFÜNFZIG

Während Lar noch mit Detective Garda Newton spricht, stürzt Amanda auf das alte Haus zu. Der Regen hat aufgehört, doch von den Bäumen tropft es immer noch. Der glänzende Türklopfer aus Messing scheint neu zu sein und sie lässt ihn mehrmals gegen die Tür fallen. Der widerhallende Klang zeugt von Leere.

Auch auf der Rückseite des Hauses sind die Jalousien heruntergelassen, sodass sie nicht hereinsehen kann. Sie rüttelt an der Türklinke und zu ihrer Überraschung ist nicht abgeschlossen. Sie betritt eine weiträumige Küche mit weißen Wänden und modernen Einbauschränken. Nichts befindet sich auf den glänzenden marmornen Oberflächen. Auch die Schränke sind leer und makellos, nicht ein Krümel oder ein Fleck zeugen davon, dass jemals Essen darin aufbewahrt wurde. Sie geht durch die Zimmer im Untergeschoss. Sie wirken steril und unpersönlich, keinerlei Fotos oder Nippes, die auf einen Besitzer hinweisen. In einem Zimmer steht ein Kinderschreibtisch mit zwei knallroten Stühlen, der einzige Farbklecks in diesem kahlen, weißen Raum. Im nächsten Zimmer stehen zwei Betten, beide abgezogen. Die Zimmer oben sind makellos, aber leer, die Wände ebenfalls weiß gestrichen.

Sie kehrt zurück ins Schlafzimmer. Marcus ist hier gewesen. Da ist sie sich so sicher, dass ihre Haut kribbelt, ihr das Herz bis zum Hals schlägt und ihre Gedanken wild kreisen. Sie sinkt neben dem ersten Bett auf die Knie und schließt die Augen. *Komm zu mir … komm zu mir*, ruft sie ihn aus den Tiefen ihrer Seele – ja, ihrer Seele, die nur er je ans Licht bringen und berühren konnte. Er ist so nah. Sie kann seinen verschlafenen Duft riechen, seine Wärme spüren, wenn er morgens aufwacht. Sie öffnet die Augen und da sieht sie es: einen Streifen gelboranger Farbe zwischen der Matratze und dem hölzernen Bettrost. Sie muss an den Streifen Haut denken, den die Kameras festgehalten haben, als sie vom Auto zu seiner Schule gerannt ist. Er hat alles verraten, ihre Schuld offengelegt … und jetzt ist ein anderer Streifen Beweismaterial zum Greifen nah.

Sie schiebt die Hand unter die Matratze und zieht das zerknitterte Stück Stoff hervor, das den Schweiß ihres Sohnes trägt, den Abdruck seines Körpers. Es ist das Super-Plink-T-Shirt, das er am Tag seines Verschwindens unter der Schuluniform getragen hat.

Jemand klopft an die Haustür, der Klang ist dringlich, fordernd. Draußen stehen Lar und einige Gardaí, die nach ihr suchen und wohl das Licht im Haus bemerkt haben. Wortlos hält sie Lar Marcus' T-Shirt hin, doch Detective Newton nimmt es ihr ab und packt es als Beweis in einen Beutel, noch bevor er es berühren kann.

In der Glenmoore Garda Station nippt sie an heißem Tee und zittert unter einer Decke, die jemand für sie geholt hat. Fakten sind ans Licht gekommen: Das Haus gehört Ben Carroll, der Isaac Cronins nächsten Angehörigen ausfindig gemacht und es gekauft hat, kurz nachdem er die Lizenzen für das Plink-Merchandise verkauft hat. Im Obstgarten hat man ausgebrannte Überreste des

Plinkhaus-Sets gefunden. Neue Ermittlungen beginnen, und abermals bleibt Amanda nichts anderes übrig, als zu warten.

Zurück in Shearwater fährt Amanda ihren Laptop hoch und sieht sich Fotos von Karl Lawson an. Auf jedem einzelnen ist er wütend. Zumindest hat sie das bisher immer so gesehen. Wütend und aggressiv und schuldig. Aber jetzt sieht sie auch seine Angst, seine Fassungslosigkeit. Seine Mühe, zu verstehen, was kommen würde. Sie sucht nach Fotos von Ben Carroll, findet aber nur wenige. Sie sind meist aus schrägen Winkeln aufgenommen, sodass sein Gesicht im Schatten liegt oder seine Hutkrempe seine Augen verdeckt. Sie betrachtet seine kantigen Wangenknochen, den entstellten, einst arroganten Mund, und da weiß sie, dass sie mit ihrem Verdacht richtig liegt.

Lar führt sich auf, als wäre sie völlig von Sinnen, als sie beharrt, dass Karl Lawson und Ben Carroll ein und dieselbe Person seien. Seine Augen weiten sich ungläubig – als wäre all das nicht schon schlimm genug, muss er sich jetzt auch noch mit einer verrückt gewordenen Frau herumschlagen. Mit der Erkenntnis, dass Ben Carroll verantwortlich ist, hat sich alles verändert. Für Lar ist die Sache schnell klar: Groll wegen eines Geschäftsabschlusses. Er hat schon oft erlebt, dass Leute sich von ihm über den Tisch gezogen fühlten und ihm mit rechtlichen Schritten drohten. Doch niemand hat je gewagt, was Ben Carroll getan hat – so weit kann Lar die Faktenlage akzeptieren. Doch dass er von einem Mann mit einer Doppelidentität getäuscht worden sein soll, findet er einfach nur lächerlich.

Sie streiten noch immer, als Amandas Handy klingelt. Eine unbekannte Nummer leuchtet auf dem Bildschirm auf. Eine Frau sagt ihren Namen.

»Mrs Richardson, ist Ihr Mann bei Ihnen?«

»Ja, er ist bei mir. Was wollen Sie?«

»Bitte schalten Sie den Lautsprecher Ihres Handys ein«, sagt sie. »Und hören Sie mir gut zu. Ich habe eine wichtige Neuigkeit für Sie.«

Super macht Pancakes mit Nutella zum Frühstück. Marcus verschlingt drei davon und Super sagt: »Langsam, kleiner Mann, wenn du noch mehr isst, passt du ja nicht mehr in dein Bravo-Kostüm.« Als Marcus seinen Bauch wie ein Känguru rausstreckt, muss Super ganz laut lachen, doch dann wird sein Gesicht wieder traurig, wie in dem Moment, als er ihm gesagt hat, dass ihr Abenteuer im Plinkhaus vorbei sei.

Nach dem Frühstück zieht Marcus sein Bravo-Kostüm an. Super hatte unrecht – der Reißverschluss geht ganz leicht zu.

Als sie die große Stadt erreichen, regnet es noch immer. Super hält einen Schirm über Marcus und sie rennen den ganzen Weg zur Children's Cave, damit sie nicht so nass werden.

Marcus liebt die Children's Cave. Dort gibt es Trampoline und Rutschen und einen Pool und eine Bühne mit vielen kleinen Stühlen davor und eine Ecke mit Brötchen und Kuchen und Chips. An der Wand vor der Höhle mit der Bühne hängt ein Poster, das Super ihm laut vorliest: *Letzte Aufführung von* Das Plinkhaus.

Er bringt Marcus in die erste Reihe und sagt: »Du bist ein ganz besonderer Junge, Marcus. Ich werde dich nie vergessen.« Er gibt Marcus einen Plink-Lolli und Popcorn und verschwindet hinter dem Bühnenvorhang.

Die Plinks kommen heraus und begrüßen die Jungen und Mädchen überschwänglich. Super sieht kleiner aus als im Plinkhaus. Auch seine Stimme klingt anders, als er ruft:

»Haben wir hier Kinder aus Dublin? Haben wir Kinder aus Cork? Haben wir Kinder aus Galway?«

Marcus hält sich die Ohren zu, um das laute »JAAA!« der Kinder nicht mehr zu hören. Dann hören sie auf zu schreien und die Plinks gehen auf Abenteuerreise.

Später hüpft Marcus auf dem Trampolin. Er holt die Banane und die Nüsse und die Trauben aus seinem Plink-Rucksack und trinkt seinen Orangensaft.

Aber Super kommt immer noch nicht. Als die Frau mit dem Children's-Cave-Schild auf dem Kleid fragt: »Oje! Weißt du, wer dich abholen soll, Bravo?«, holt er die Plink-Karte mit Mammys Handynummer heraus, die Super ihm gegeben hat, und sagt: »Ich heiße Marcus Richardson. Kannst du bitte meine Mammy anrufen?«

Ihr Name ist Candy und nachdem er geweint hat, als sie sein Kostüm ausziehen wollte, lässt sie ihn es anbehalten. Sie hebt ihn auf einen hohen Stuhl an der Theke, an dem die Leute Geld bezahlen und das Popcorn gepoppt wird. Marcus malt ein wenig und das Popcorn poppt, als die Polizei mit großen Autos mit Lichtern und Tatütata ankommt. Und auch Mammy kommt und rennt durch die ganze Children's Cave, als würde sie jemanden fangen wollen, und sie hört gar nicht auf zu weinen. Doch sie erkennt Marcus nicht. Sie sagt nur immer wieder: »Wo ist mein Sohn, wo ist mein Sohn?« Daddy ist auch da und ruft mit ihr. Es klingt, als wäre seine Nase verrotzt. Aber niemand erkennt Marcus, weil er Bravo ist.

Candy hebt ihn hoch in ihre Arme und sagt: »Es wird Zeit, wieder Marcus zu sein. Deine Mammy und dein Daddy sind gekommen, um dich nach Hause zu bringen.«

ACHTUNDFÜNFZIG

Die Fernsehkameras und die Presse kommen wie aufs Stichwort für die Schlagzeile und das ganze Land jubelt auf. Amanda trägt ihren Sohn aus der Children's Cave, den Kopf von den Fragen abgewandt, die man ihr entgegenschleudert. Die Medienvertreter verstummen, als Lar ein kurzes Statement abgibt. Er dankt der Polizei und den Freiwilligen für ihren unermüdlichen Einsatz bei der Suche nach seinem Sohn. Zudem bittet er um Privatsphäre für ihn und seine Familie, damit sie sich von dieser schweren Zeit erholen könnten. Seine Miene erstarrt, als ein Reporter fragt, ob Marcus von Ben Carroll, dem Schöpfer der Plinks, entführt worden sei. Und stimme es etwa nicht, ruft ein anderer Reporter, dass er und seine Frau ein Geschäft mit Ben Carroll abgeschlossen hätten, das ihn um den potenziellen Verdienst seines Werks bringe?

Die Tage vergehen. In der Badewanne singt Marcus »Supercalifragilisticexpialigetisch« und spielt mit dem Wasserplink. Er hält sich Muscheln ans Ohr und erzählt Amanda, dass er so Super hören könne, der mit ihm rede. Sie erschaudert jedes Mal, wenn sie sieht, wie er in den Himmel blickt und den Horizont nach Seifenblasen absucht. Abends will er nicht schlafen, bis sie ihm aus seinen Plink-Büchern vorliest. Als sie seine Plüschtiere vom Bett räumen will, bekommt er einen Wutanfall. Also bleiben sie, sitzen unverändert da und starren sie mit diesen flackernden Augen an, die sie durch den Raum verfolgen. Marcus will Sterne an der Decke und Regenbögen über den Türen – im Grunde will er Shearwater in das Plinkhaus verwandeln.

Laut dem Kinderpsychologen, der ihn nach seiner Freilassung betreut hat, würden sein kindlicher Glaube an diese Fantasiewelt und seine einzigartige Erfahrung damit seine Persönlichkeit und seine sozialen Kompetenzen fördern. Er glaubt, dass sie Marcus dazu ermutigen würden, in seinem späteren Leben komplexe Themen zu ergründen und sie aus einem fantasievollen und kreativen Blickwinkel zu betrachten. Amanda hat eine schöne Stange Geld dafür bezahlt, sich dieses Psychogequatsche anzuhören.

In Begleitung von seinen Eltern und der Polizei kehrt er zu dem alten Haus zurück. Er betrachtet die klinisch weißen Wände, stampft mit dem Fuß auf und sagt ganz fassungslos: »Nein ... nein ... *nein.* Das ist nicht das Plinkhaus.«

Sie hält seine Hand ganz fest, als sie die Treppe hinunter in den Keller gehen. Auch hier sind die Wände makellos. Keine Graffitis mehr, kein Gerümpel, abgesehen von einem kaputten Sattel, dessen Pferdehaarfüllung herausgenommen wurde.

Marcus erkennt die Apfelbäume wieder und führt sie zu einem kleinen Erdhügel, unter dem angeblich ein Vogel begraben liege. Der Vogel wird tatsächlich ausgegraben und von der Spurensicherung in der aussichtslosen Hoffnung mitgenommen, dass er ihnen einen Anhaltspunkt auf den Verbleib von Ben Carroll verschaffen möge.

»Du bist doch verrückt«, sagt Lar, wann immer sie versucht, mit ihm über Carrolls Doppelidentität zu sprechen. »Du bist doch verrückt«, sagt er auch, als sie ihm eine Kopie seiner Geburtsurkunde mit dem Namen Karl Benedict Lawson zeigt.

»Verrückt« ist dabei nicht böse gemeint. Er will nicht behaupten, dass sie wirklich wahnsinnig ist, sondern dass sie schon bald, wenn der Schock abgeklungen ist, wieder rational denken wird. Marcus wurde ihnen zurückgegeben. Für den Moment ist nichts anderes von Bedeutung. Ihre Ehe und die Frage, ob sie noch zu retten ist oder lieber beendet werden sollte, müssen warten, bis die Polizei Ben Carrolls Versteck aufgespürt hat. Lar ist überzeugt, dass das nicht mehr lange dauern könne.

Marcus geht wieder zur Schule. Amanda bringt ihn jeden Morgen bis zu seinem Klassenzimmer, und bei Schulschluss wartet sie bereits davor. Streng genommen sind Eltern nur im Foyer erlaubt, aber was die Sicherheit ihres Sohns angeht, ist sie paranoid geworden. Andere Eltern und Lehrer halten Abstand zu ihr. Sie wissen zu viel über sie, um sich in ihrer Gegenwart wohlzufühlen.

Mandy Meets ist abgesetzt worden. Sie akzeptiert die Entscheidung des Unternehmens. Wie soll sie auch Interviews mit Prominenten führen, wenn sie schon zu nervös ist, um gerade einen roten Teppich entlangzugehen?

Er beobachtet sie, da ist sie sich sicher, und dennoch ist die Polizei kein Stückchen weitergekommen bei der Suche nach Ben Carroll. Und was den Verbleib von Karl Lawson anbelangt? Da bleibt Sergeant Moran Amanda gegenüber hart. Sie hätten keinerlei Beweise, die ihn mit Marcus' Verschwinden in Verbindung bringen würden. Ben Carroll sei ihr einziger Verdächtiger. Groll und Rache seien seine Motive. Sie hätten eine Beweiskette, mit der sie ihn für lange Zeit hinter Gitter bringen würden. Sergeant Moran verbirgt ihre Feindseligkeit lediglich hinter einer dünnen Fassade aus Höflichkeit – es ist offensichtlich, dass sie Amanda die Schuld daran gibt, dass Jon Hunters Leben ein Scherbenhaufen ist. Seine Frau hat ihn aus dem Haus geschmissen, und derzeit wird wegen Weitergabe nicht autorisierter Informationen an die Medien gegen ihn ermittelt. Seine wie auch Amandas Telefondaten wurden untersucht, doch alles, was die Polizei zurückverfolgen konnte, war dieser eine Anruf von Hunter, um das Treffen an der Werft auszumachen. Ein Anruf, den Sylvia mit angehört hat, wie Lar in einem Gespräch mit ihr herausfand. In diesem Fall gab es also keinen anonymen Hinweis von Karl Lawson, nur eine Frau, die die Treulosigkeit ihres Mannes leid und auf Vergeltung aus war.

Für die Journalisten sind diese Indizien ein einziges Festmahl, und doch scheuen sie wie verschreckte Pferde zurück, wenn Amanda sie wegen Karl Lawson kontaktiert. Diejenigen, die bereit sind, mit ihr zu reden, verlangen Beweise für ihre absurde These. Schließlich hat sie Karl Lawson schon einmal ruiniert, dann eine Kampagne für seine Freilassung ins Leben gerufen, und jetzt will sie ihn aus unerfindlichen Gründen erneut zugrunde richten.

Der geplante Enthüllungsbericht über die Shroffs im *Crime Report* wurde aufs Eis gelegt. Eric ist nach Frankreich gezogen, oder vielleicht ist er auch in Deutschland. Niemand weiß genau, wo er sich versteckt. Amanda hat keinerlei Verlangen, ihn zu kontaktieren, selbst wenn sie irgendeine Form der Lust in sich wachrufen könnte. Alles, worüber sie nachdenken kann, ist die wahre Geschichte, die sich unter der Oberfläche verbirgt.

Manchmal glaubt sie, alle Puzzleteile beisammenzuhaben. Aber sie passen nie richtig. Hatte sie ihn kniend auf der Grafton Street gefunden, oder hatte er sie gefunden? Hatten Lar und sie ihn manipuliert, oder waren sie ihm ins Netz gegangen?

Einen Monat nachdem Marcus ihnen zurückgegeben

wurde, finden Kinder, die am Strand von Glenmoore nach Krebsen suchen, ein lebensgroßes Plink-Kostüm, das sich zwischen Felsen verfangen hat. Zerfetzt, farblos und ohne jegliche DNA- oder sonstige belastende Spuren, hat es Ebbe und Flut überstanden. Nachdem die Eltern der Kinder die Polizei gerufen haben, wird das Kostüm zur Untersuchung mitgenommen. Amanda weiß, dass es für die Ermittlungen nicht von Nutzen sein wird. Sie beharrt, dass es sich um eine falsche Fährte handele, doch Lar tobt längst vor Wut darüber, dass Ben Carroll sich das Leben genommen habe, statt sich der Justiz zu stellen. Diese Vorstellung macht ihn wahnsinnig. Er will vor Gericht ziehen, will Vergeltung. Denn er musste nicht nur die schreckliche Angst durchleben, sein Kind verloren zu haben, sondern muss jetzt auch noch mitansehen, wie die Medien die Plinks canceln. Eltern haben sie aus den Kinderzimmern verbannt, Einzelhändler entfernen sie aus ihren Spielzeugregalen und sämtliche Plink-Bücher wurden eingestampft. Sie haben ihr Investment verloren und besitzen nun nur noch die Merchandisingrechte eines Monsters. Doch Marcus kann nicht aufhören, über Super Plink zu fantasieren. Er ist für ihn eine Mutter-, Vater- und Freundesfigur in einem.

»Du bist doch verrückt«, wiederholt Lar, als Amanda beharrt, dass der Fund des Plink-Kostüms eine weitere Verhöhnung, ein weiterer Trick sei. Wenn sie in weniger aufgeklärten Zeiten leben würden, würde er sie vielleicht auf dem Dachboden einsperren oder sie in ein Irrenhaus für durchgeknallte Frauen stecken, die zu viel reden. Aber sie leben in modernen Zeiten und Amanda darf durch die Straßen der Stadt streifen und ein Phantom suchen, so lange sie will.

»Scarface«, sagt sie zu den Obdachlosen und Zugedröhnten. Sie zeigt ihnen die beiden Fotos, die sie überall mit hin nimmt. »Scarface, Scarface, Scarface.« Der Junge, der damals diesen Spitznamen gebraucht hat, ist verschwunden. Ist er tot oder gerettet? Alles ist jetzt von Belang. Die Luft, die sie atmet, ist feucht, der Boden unter ihren Füßen scheint immerzu in Bewegung zu sein – bis zu dem Tag, an dem sie ihn plötzlich an die Mauer der Uferpromenade gelehnt stehen sieht.

»Amanda«, sagt er und richtet sich auf. »Ich glaube, Sie suchen nach mir.« Sein voller arroganter Mund formt ein Lächeln. Sein weizenblondes Haar ist vom Wind zerzaust. Ebendieser Wind lässt sie frösteln. Sie sucht nach einer Narbe in seinem Gesicht, doch abgesehen von ein paar Falten um die Augen ist seine gebräunte Haut glatt.

»Kaffee?«, fragt er und kauft auf ihr Nicken hin zwei Becher an einem nahegelegenen Kiosk. Amanda rührt keinen Zucker in ihren Kaffee – der bittere Geschmack scheint ihr ganz passend für dieses Gespräch.

»Woher wissen Sie, dass ich nach Ihnen suche?«, fragt sie.

Er zuckt mit den Schultern. »Man hört so manches auf den Straßen.«

»Wie zum Beispiel, dass Sie meinen Sohn entführt haben?«

»Ich würde die Gerüchteküche gerne außer Acht lassen.« Er nimmt einen Schluck von dem dampfenden Kaffee, die Finger um den Becher gelegt. »Aber Ihre These finde ich interessant. Warum um Himmels willen sollte ich Ihren Sohn entführen und ihm lebenslangen Schaden zufügen?«

»Sie haben ihm keinen Schaden –« Sie unterbricht sich, als ihr bewusst wird, dass er sie aufs Korn nimmt. Die Geschichte, die sie um ihn gesponnen hat, hat sein Leben komplett auf den Kopf gestellt, und aus Rache hat er eine Illusion für ihren Sohn gesponnen, hat ihn mit einem aufwendigen und verzaubernden Trick in seinen Bann gezogen. Er weiß sicher genauso gut wie sie, dass Marcus von dieser Erfahrung eher begeistert war, als dass er Schaden genommen hat.

»Ich *weiß*, dass Sie Ben Carroll sind. Versuchen Sie gar nicht erst, es abzustreiten.« Sie begegnet seinem herausfordernden Blick. Diesmal verbergen keine getönten Brillengläser seine Augen, und doch geben sie immer noch nichts preis.

»Dieser abtrünnige Autor? Was für eine seltsame Vermutung.« Er klingt belustigt. »Ich nehme an, Sie haben Ihre Theorie bereits mit der Polizei besprochen?«

»Marcus hat uns genug erzählt, um Sie zu enttarnen. Es ist nur eine Frage der Zeit, bis Sie festgenommen werden. Und diesmal werden Sie nicht wieder freigelassen.«

»Amanda, es ist wohlbekannt, dass Sie ein eher schwieriges Verhältnis zur Wahrheit haben.« Er betrachtet ein Boot, das auf der Liffey vorbeigleitet. »Warum um Himmels willen sollte also irgendjemand, besonders die Polizei, glauben, was Sie erzählen?«

»Dann leugnen Sie es! Sehen Sie mir ins Gesicht und sagen Sie mir, dass ich lüge.«

Er wendet ihr wieder seine volle Aufmerksamkeit zu und sagt: »Warum kommen Sie nicht mit mir zur Glenmoore Garda Station und bringen Ihre Anschuldigungen dort vor? Ich habe mich für Fragen zur Verfügung gestellt, als ich mitbekommen habe, dass Sie mich mit dem Verschwinden Ihres Sohns in Verbindung bringen. Ich bin nur zu gerne zu einer weiteren Befragung bereit. Aber sie werden mich wegschicken, genau wie letzte Woche und die Woche davor.«

»Sie sind dafür verantwortlich –«

»Sie werfen mir ganz schön viel vor. Das habe ich einmal erduldet, aber das mache ich kein zweites Mal mit. Also lassen Sie mich Ihnen einen Rat geben: Ein Neustart, nachdem man alles verloren hat, ist schmerzhaft. Fehler passieren leicht. Ich habe zugelassen, dass meine Fehler mich an einen sehr dunklen Ort gebracht haben. Lassen Sie das nicht zu, Amanda. Sie sind stark genug –«

»Sie haben meinen Sohn entführt und haben jetzt noch die Dreistigkeit, mir so einen herablassenden Rat zu geben?«, fällt sie ihm wütend ins Wort.

»Amanda, Amanda, Sie haben doch sicher die Zeitungen gelesen?« Es klingt wie eine ernsthafte Frage, nicht wie reiner Spott. »Ben Carroll hat Ihren Sohn auf eine Abenteuerreise mitgenommen. Sie sollten Marcus mit seinen Erinnerungen an das Plinkhaus leben lassen, bis die Zeit sie ihm nimmt.« Ehe sie sich versieht, drückt er ihr den Finger auf die Unterlippe und berührt sie so, wie sie einst aus einem Impuls heraus seine Narbe berührt hat. »Wenn Sie ihm diese Erinnerungen wegnehmen, wird er sich für immer danach sehnen, in seine Fantasiewelt zurückzukehren. Und wer kann schon sagen, was dann passieren wird? Vielleicht wird er sie eines Tages wiederfinden.«

Sie weicht vor ihm zurück, doch sie hat die Warnung hinter seiner Berührung verstanden. Als sie spürt, wie ihr die Wahrheit entgleitet, fühlt sie sich unfassbar hilflos. Die Mauer zwischen ihnen ist unsichtbar, und doch kann sie spüren, wie breit, wie hoch, wie solide sie ist. Mit dem Kopf dagegen zu schlagen wird nichts bringen, wenn die Gewalt nur ein Beben entfernt ist.

Ich weiß, dass Sie es sind ... Ich werde es beweisen ... Sie spricht die Worte nicht laut aus, doch in der Stille, die sich zwischen ihnen herabsenkt, hört er ihre Drohung.

»Auf Nimmerwiedersehen, Amanda«, sagt er in dem gleichen Tonfall, mit dem er sie damals aus seinem Büro entlassen hat, als hätte sie keinerlei Bedeutung. »Ich fliege morgen in die Staaten und werde wohl für eine ganze Weile nicht zurückkehren. Aber vergessen Sie nicht, dass der äußere Schein täuschen kann, ebenso das geschriebene Wort. Und hinter Narben kann eine Menge Verlust verborgen sein. Viel Glück bei Ihrer Suche nach Ben Carroll. Niemand ist unauffindbar. Wenn er dort draußen ist und nicht am Grund des Meeres, wird er gefunden und zur Rechenschaft gezogen werden.«

Er trinkt seinen Kaffee aus und drückt den Pappbecher zusammen. Sein Schatten erstreckt sich vor ihm, bedrohlich und unbezwingbar. Mit starken, aufrechten Schultern geht er davon. Er weiß nur zu gut, dass das nicht stimmt. Ebenso wie Amanda ist ihm klar, dass die Suche nach Ben Carroll vergeblich sein wird. Er hat nie existiert. Ebenso wie das Plinkhaus nicht mehr existiert, außer in der wundersamen Fantasie eines kleinen Jungen.

MEHR VON BOOKOUTURE DEUTSCHLAND

Für mehr Infos rund um Bookouture Deutschland und unsere Bücher melde dich für unseren Newsletter an:

deutschland.bookouture.com/subscribe/

Oder folge uns auf Social Media:

facebook.com/bookouturedeutschland
x.com/bookouturede
instagram.com/bookouturedeutschland

EIN BRIEF VON LAURA

Liebe Leser:innen,

»Fake News« ist ein Begriff, mit dem heutzutage viel um sich geworfen wird. Aber seine neue Definition der sogenannten »Realität« wurde mir erst richtig bewusst, als ich mich zum ersten Mal hingesetzt habe, um an *Schuldig* zu arbeiten. Wie alle meine Romane ist *Schuldig* frei erfunden, doch in diese Fiktion flossen auch persönliche Beobachtungen und Erfahrungen mit ein. Ich habe mit einem ganz groben Abriss der Handlung begonnen und mich von da aus vorangetastet. Aber als die Geschichte dann langsam eine eigene Dynamik entwickelt hat, wurde mir bewusst, dass ich drei einzelne Stränge zusammenführte, die meine schriftstellerische Karriere widerspiegeln, um eine Erzählung zu kreieren.

Gutes Timing war nie meine Stärke, und als ich mich zum ersten Mal ans Schreiben gewagt habe, musste ich es mit den Bedürfnissen eines Neugeborenen und zwei weiteren Kindern unter einen Hut bekommen. Nachdem ich dieses Bestreben also ad acta gelegt hatte und »der große Roman« in den dunklen Tiefen einer Schublade verschwand, wo er nie wieder zum Leben erweckt werden sollte, fing ich damit an, Zeitungsartikel zu schreiben. Ich hatte das Glück, die Aufmerksamkeit eines sehr hilfsbereiten Redakteurs zu erlangen, der an meiner Arbeit interessiert war und mich beauftragte, über viele verschiedene Themen zu schreiben. Ohne mich bewusst dafür entschieden zu haben, wurde der Journalismus nach und nach zu meiner

Vollzeitkarriere, und mein Wunsch, einen Roman zu schreiben, wirkte irgendwann wie der Traum von jemand anderem.

Jahre später, nachdem ich lange in mich gegangen war, habe ich eine Karrierepause eingelegt, um endlich zu schreiben. Die Geschichte, die mir entströmte, war aber nicht, wie geplant, für Erwachsene, sondern für Kinder. Wenn ich jetzt auf diese Zeit zurückblicke, war das nicht besonders überraschend, da mein »Baby« – damals zwölf Jahre alt – mit seinen Bitten um Geschichten immer wieder meine Fantasie herausforderte. Und ich hatte eine ganze Menge Geschichten im Kopf, die nur darauf warteten, niedergeschrieben zu werden. In den folgenden Jahren schrieb ich viele Bücher und Kurzgeschichten für diese Altersgruppe, und ich schrieb auch sehr gern Drehbücher für Radio- und Fernsehsendungen für Vorschulkinder.

Als die Themen, die ich ergründen wollte, die Grenzen der Kinderliteratur überschritten, ging ich nahtlos dazu über, meinen ersten Roman für Erwachsene zu schreiben. Doch ich habe nie vergessen, wie viel Spaß es macht, die Fantasie junger Menschen anzuregen und sie in die Tiefen eines Königreichs der Fantasie zu locken. Genauso wenig habe ich vergessen, wie aufregend Journalismus sein kann, wie berauschend es ist, Informationen nachzujagen und daraus einen Investigativbericht zu gestalten. *Schuldig* hat mir die Möglichkeit gegeben, diese beiden Elemente in einem Roman miteinander zu verbinden, was zugleich eine Herausforderung und eine Freude war.

Nun, da ich mich am Ende des Buchs von meinen Figuren verabschieden muss, überkommt mich eine Einsamkeit, doch gleichzeitig bin ich erleichtert, dass sie nun eine lange Reise beginnen werden, an deren Ende hoffentlich viele Leser:innen auf sie warten. Ihr seid diese Leser:innen, und ich bin euch zutiefst dankbar, dass ihr euch dafür entschieden habt, *Schuldig* zu lesen. Wenn euch mein Buch gefallen hat, würde ich es sehr zu schätzen wissen, wenn ihr eine Rezension schreibt. Wenn ihr über meine Neuerscheinungen auf dem Laufenden bleiben wollt, meldet euch einfach unter dem untenstehenden Link an. Eure E-Mail-Adressen werden niemals weitergegeben und ihr könnt euch jederzeit wieder abmelden.

deutschland.bookouture.com/subscribe/

Herzlichst

Laura Elliot

www.lauraelliotauthor.com

facebook.com/lauraelliotauthor
x.com/Elliot_Laura

DANKSAGUNG

Zuallererst muss ich meinem Mann Sean danken. Du warst unglaublich geduldig und nachsichtig mit mir, wenn ich freitagabends in unserem örtlichen Pub Schritt für Schritt die Handlung von *Schuldig* durchgeplant habe. Vielen Dank an meinen Sohn Tony, meine Töchter Ciara und Michelle sowie ihre Ehepartner und Lebensgefährten Roddy, Louise und Harry. Ihr habt mich über die Jahre mit eurem Rat, dringend benötigter Hilfe in Sachen Technologie und vielen gemütlichen Abendessen unterstützt. Ich danke meinen wundervollen Enkelkindern Romy und Ava, deren Besuche an Dienstagnachmittagen ein toller Anreiz sind, mal meinen Laptop auszuschalten und zum Strand zu gehen.

Besonderer Dank gilt Peter Brunton für seine Geduld und seinen Rat während meiner Arbeit an *Schuldig*.

Auch meine Freund:innen sind mir sehr wichtig. Wenn ich jede:n von ihnen einzeln nennen würde, vergäße ich aus Versehen noch jemanden. Auch wenn sie mir so eine kurzzeitige Gedächtnislücke vergeben würden, ich selbst würde mir das nie verzeihen. Also, an alle meine Freund:innen nördlich wie südlich der Liffey und weit darüber hinaus: Ich danke euch für die Mittagessen, die Frühstücke und die Gespräche beim Kaffee, bei denen wir uns immer viel zu erzählen haben. Ein besonderes Dankeschön an die Autorin Patricia O'Reilly dafür, dass sie bei unseren Gesprächen über unsere jeweiligen Schreibprojekte immer so aufmerksam zugehört und kritisch mitgedacht hat.

Ich danke meiner Lektorin Claire Bord, deren feinfühlige Arbeit mich immer wieder anregt, tiefer in meine Fantasie einzutauchen. Danke an Kim Nash für ihren Enthusiasmus und ihr Marketinggeschick, an Lauren Finger und Hannah Todd für ihre Geduld und Detailgenauigkeit sowie an Alex Crow, der dieses Buch vermarktet hat. Ich bin allen im Team von Bookouture, die an der Redaktion und Produktion beteiligt waren, zu tiefem Dank verpflichtet. Besonderer Dank gilt Emma Graves für das wundervolle Cover und Laoise O'Callaghan, der Hörbuchsprecherin der Originalausgabe von *Schuldig*.

Vielen, vielen Dank an alle Rezensent:innen und Blogger:innen, die sich die Zeit genommen haben, meine Bücher zu besprechen. Ich bin euch allen zutiefst dankbar.

Printed in Poland
by Amazon Fulfillment
Poland Sp. z o.o., Wrocław

35455223R00260